실전 기획부동산

**실전 기획부동산**

**초판 1쇄 인쇄** 2013년 12월 25일
**초판 1쇄 발행** 2013년 12월 30일

**지은이** 현철호
**펴낸이** 金泰奉
**펴낸곳** 한솜미디어
**등 록** 제5-213호

**편 집** 박창서, 김수정
**마케팅** 김명준
**홍 보** 김태일

**주 소** (우143-200) 서울시 광진구 구의동 243-22
**전 화** (02)454-0492(代)
**팩 스** (02)454-0493
**이메일** hansom@hansom.co.kr
**홈페이지** www.hansom.co.kr

ISBN 978-89-5959-380-4 (03810)

*책값은 표지에 표시되어 있습니다.
*잘못 만들어진 책은 구입하신 서점에서 친절하게 바꿔드립니다.

# 실전 기획부동산

현철호 지음

한솜미디어

| 프롤로그 |

어느 사회에나 암적인 존재는 있다.
그들의 생명력은 강력하며 끈질기다.

최일도!
내가 알고 있는 한 그는 암적인 존재가 될 수 없는 사람이다.
그는 정의롭고자 했으며 약자의 편에도 설 줄 아는 사람이었다.
그랬던 그가 고백을 한다.
나는 그의 고백을 눈물로 들었고
그의 고백을 가슴 저미는 울렁거림으로
이 책을 통해 사회에 풀어 놓고자 한다.

최일도!
그는 내게 아주 어려운 숙제를 남겨 놓고 자유롭게 떠났다.
이 글이 마무리되는 날 그를 찾아 한잔의 소주를 나누고 싶다.

| 차 례 |

프롤로그 / 4

01. 촌놈, 최일도 / 7
02. 황홀한 검은 땅 / 36
03. 땅 팔기, 혈사학지종직모 / 108
04. 뻥끼통과 조약돌 / 164
05. 기획부동산 / 195
06. 사돈 사장 / 226
07. 최고의 전문가 / 238
08. 신화 창조 / 282
09. 기획부동산의 종말 / 306
10. 자음과 모음 / 319

실전 **기획부동산 01.**

## 촌놈, 최일도

 찬바람이 매섭다.
 꽃망울이 처녀 젖가슴 열리듯 수줍게 한 꺼풀 벗으려는 찰나 얄궂게 다시 옷매무새를 단단히 고쳐 조이게 하는 싸가지가 꽃샘추위라 했던가. 3월 말인데도 귓불을 때려 대는 찬바람이 당차게도 제법이다. 가던 길을 잠시 멈춘 일도는 우측에 서 있는 간판에 눈길이 머물렀다.
 '돼지껍데기와 쐬주 한잔.'
 그냥 지나칠 수 없는 이끌림에 지갑 열어볼 부담감까지 느껴지지 않아 안으로 들이섰다. 안에 들어서니 제법 규모가 컸다. 드럼통 같은 원탁 테이블이 20여 개 정도 있는데 이른 저녁인데도 빈자리가 보이지 않았다.
 돼지껍데기 익어가는 냄새가 구수한 맛을 느끼게도 했지만 여기저기에서 뿜어대는 담배연기와 연탄냄새가 쾌쾌하게 열댓 평 되는 가게 안을 가득 채우고 있었다. 일도는 어쩔까 하고 잠시 망설이다 한쪽 구석에 놓여 있는 보조의자에 잠시 앉아 빈자리가 날 때까지 기다리기로 했다.
 잠시 후 종업원인 듯 뽀글뽀글 머리를 한 아주머니가 일도를 한쪽 테이블로 안내했다. 4인용 원탁 테이블에 40대 중년으로 보이는 정장차림의 남자가 넥타이를 풀어헤친 채 술에 지친 듯 벌건 얼굴로 앉아 있었다.

"혼자 오시는 손님들은 합석을 해야 돼요. 어쩔 수 없어요. 이해하세요. 기본 갖다 드리면 되죠?"

일도의 대답이 나가기도 전에 아주머니는 주방 쪽을 향해 "기본 하나요!"라고 소리쳤다. 아주머니의 일처리 속도에 할 말을 찾지 못한 일도는 일단 테이블 자리에 앉았다.

연탄불 위에 놓인 석쇠에서는 돼지껍데기가 시커멓게 탄 채로 놓여 있고 빈 소주병이 3병이나 되었다. 일도가 앉은 자리 쪽에 빈 소주잔이 덩그러니 남아 있는 것으로 보아 한 사람이 먼저 자리를 비운 것이 분명한 듯했다.

"껍데기 기본 왔어요."

뽀글뽀글 아주머니가 돼지껍데기들이 보솜히 담긴 접시를 일도 앞에 놓으며 말했다. 빠알간 고추장 양념에 버무려진 껍데기는 제법 시각적인 맛을 뿜어내고 있었다.

"아저씨, 같이 오신 분은 갔어요? 계산은 그분이 했고요. 아저씨 많이 취했어요. 집에 일찍 들어가세요!"

뽀글뽀글의 말은 엄청 빨랐다 '요'자에서 한 템포 억양이 높아지는데 마무리는 '요'를 살짝 길게 빼면서 '오'를 꼬옥 붙이는 것이었다. 듣는 이에게 뽀글뽀글의 말투는 어떤 결론을 통보받는 것 같은 묘한 중압감을 주었다. 뽀글뽀글은 정장손님의 석쇠를 치워버리고 새 석쇠 위에 일도가 주문한 껍데기를 올려놓으며 소주는 어떤 걸 주냐고 물었다. 일도는 테이블 위에 놓여 있는 빈 소주병을 눈빛으로 가리켰다. 뽀글뽀글 아주머니도 눈빛으로 대답하고 종종 걸음으로 사라졌다.

정장의 중년 사내가 떨구었던 고개를 들어 일도를 바라보았다. 남자치고는 곱상한 얼굴이다.

'학교 선생일까? 아니면 공무원?'

"나 오늘 짤린 사람입니다."

일도의 궁금증을 읽은 듯 정장의 사내가 말했다.

"20년 동안 미친 듯이 일했던 은행에서 오늘 쫓겨났지요."

정장사내는 술이 얼굴에서만 취했지 정신에서는 멀쩡한 듯했다. 막투도 발음이 정확했다.

"그래도 난 남들보다 두세 달 늦게 쫓겨나는 겁니다. 내 능력을 그만큼 더 인정해 주었다는 거 아닙니까?"

일도는 정장사내의 안경 속에서 선명하고 짙은 쌍꺼풀을 보았다.

"이 사당동에서 말입니다. 중소기업 운영하는 사람들 350명, 자영업자 1천 3백 명! 여기 남성시장 사장님 사모님들, 나! 김종백이 모르면 간첩이요 간첩!"

일도는 정장사내의 말이 허풍만은 아닐 거라고 생각했다. 그의 눈빛은 일도의 눈빛을 한 치도 벗어나지 않고 똑바로 응시하고 있었다. 조금은 슬픈 듯 보였지만 맑고 초롱함이 있는 눈빛이었다.

정장사내는 석쇠 위에서 꼬부라져 가며 연기를 뿜어내는 껍데기를 뒤집어 놓으며 일도에게 자신의 술잔을 내밀었다.

'술을 받으라는 건지… 달라는 건지.'

일도는 처음 보는 자신에게 이런저런 양해도 없이 아는 사람처럼 행동하는 정장사내에게 약간 귀찮다는 불쾌감을 느꼈지만 그냥 받아들였다.

일도는 뽀글뽀글이 가져온 술을 정장사내가 내미는 술잔에 채워

주려 했다. 그러자 정장사내가 왼손을 흔들며 아니라고 했다. 일도는 정장사내가 내미는 술잔 대신 앞에 놓인 새 술잔을 집어 들었다. 정장사내도 순순히 일도가 집어 드는 술잔에 술을 따랐다.
"이 동네 사십니까?"
정장사내가 물었다.
"아닙니다. 처갓집이 이 동네에 있습니다."
"아! 그래요."
정장사내는 자신이 이 동네에서 20년을 살았다며 일도에게 친밀감을 표시해 왔다. 일도와 김종백의 인연은 그렇게 시작되었다.
김종백은 47세였다. 일도보다 열 살이나 많았다. 김종백은 S은행에 20년이나 근무했고 오늘 정리해고 되었다고 했다. 자신이 근무했던 은행보다 H은행이 자기자본 비율이 높아 정부의 금융권 강제 구조조정 대상으로 H은행에 합병되는 바람에 1차로 작년 12월에 수백 명이 쫓겨나고, 쫓겨난 동료들 때문에 마음이 항시 괴로웠는데 이번 2차 구조조정 대상이 되어 정리해고 당했다는 것이었다. 당시 대한민국 사회는 하루도 눈물마를 날이 없는 혼란의 격변기였다.
"위대한을 이대한으로", "경제를 갱제로", "제주도 관광도시를 제주도 강간도시"로 만들어 버린 이대한 갱제!
대통령은 퇴임 몇 개월을 남겨놓고 역사상 대한민국 국민들이 처음으로 경험하는 사살상의 국가 부도상태로 만들어 버렸고, 대권 도전 4수 만에 당선된 차기 대통령은 대통령직 인수위원회를 통해 차기 정권이 출범하기 전 골치 아픈 장애물들을 하루라도 빨리 제거하기 위해 피도 눈물도 없는 잔인한 길을 걷고 있었다.
2월에 새 정권이 출범하고 3월말인데도 국제통화기금은 끊임없는 구조조정을 요구하고 있었고 1차 구조조정으로 끝내려 했던 정부의 금융권 구조조정은 어쩔 수 없이 잔인한 2차 구조조정을 결정했던 것이다. 그 시점에 김종백도 거센 회오리 속에 희생양이 된 것이다.

"댁은 뭐가 잘못된 겁니까? 여기 껍데기 집에 술 마시러 오는 사람들은 셋 중에 하나요, 망했거나 짤렸거나 하루 벌어 하루 먹고 사는 사람이거나."

김종백의 말에 일도는 주위를 다시 한 번 둘러보았다. 젊은 또래는 거의 보이지 않았다. 일도는 자신이 이곳에 있는 사람들 중에 제일 어릴 것 같다는 생각을 했다. 양복 정장 차림에 김종백처럼 넥타이를 길게 풀어헤친 사람들이 꽤 많이 보였고, 군데군데 일용직 작업복 차림의 사내들이 열심히 소주잔을 비우고 있었다.

"괴로우면 아무한테나 그냥 털어 버리는 게 좋아요. 혼자 끙끙댄다고 해결되는 것 아닙니다. 그렇게 해보시오. 마음 한쪽 구석이 쬐끔은 가벼워질 거요."

김종백은 자신이 먼저 처지를 얘기했으니 상대의 얘기를 들어봐야 되겠다는 생각인지 일도의 입을 자꾸만 열게 하려 했다.

"저는 망했습니다. 그것도 아주 쫄딱 망했습니다. 선배님은 돌아갈 집이라도 있으시죠. 저는 이제 집도 절도 없습니다. 혼자 조용히 실컷 취해보고 싶어서 온 겁니다. 10병 정도 마시면 실컷 취하지 않을는지요. 10병 마시려면 선배님하고 얘기할 시간이 없습니다. 죄송하지만 조용히 술만 마시고 싶습니다."

일도의 말에 김종백은 자세를 바로잡고 눈길을 잠시 화력이 점점 거세어지는 연탄불 위에 고정시키더니 일어섰다.

"미안합니다. 인연이 되면 또 한 번 봅시다. 소주 10병은… 죽을 용기가 필요할지도 모르겠군요."

김종백이 사라지자 일도는 소주잔을 비우는 데 열중하기로 했다. 이제는 마시다가 정신을 잃어도 괜찮다 싶었다. 거래를 성사시키기 위해 마시는 술도 아니니 말이다. 쓰러지면 또 어떠랴, 죽기밖에 더 하겠나.

소주 한 병이 순식간에 없어졌다. 뽀글뽀글을 찾기 위해 두리번거리는데 테이블 위에 소주 10병이 놓여졌다. 돼지껍데기도 한 접시 새로 놓여졌다. 뽀글뽀글이 아니었다. 긴 머리를 묶은 아줌마였다. 아니 노처녀일지도 모른다. 이게 뭐냐고 물으려는 찰나 김종백이 나타나 앞자리에 다시 앉았다.

김종백은 한마디 말도 없이 석쇠 위에 있는 껍데기 안주를 테이블 옆 쓰레기통에 깨끗이 비우더니 연탄불 위로 둥그런 덮개를 덮고 나서 그 위에 석쇠를 다시 올렸다. 껍데기 안주를 차곡차곡 석쇠 위에 깐 다음 김종백이 입을 열었다.

"10병 마시려면 안주 든든하게 드셔야 안 되겠습니까? 오늘은 마음껏 괴로워하시고 기회 되면 꼭 한 번 만납시다."

김종백은 쪽지를 일도 앞에 내밀며 말했다. 일도는 고개를 끄덕이며 쪽지를 양복 안주머니에 집어넣었다. 김종백이 손을 내밀었다. 일도는 순순히 김종백이 내미는 손을 받아들여 악수를 했다.

그제서야 일도는 완전히 혼자가 되었다. 3병까지는 소주잔으로 마셨다. 일도는 정말 마음껏 취하고 싶었다.

사당동 아파트 단지는 처가 동네였다. 대형 건설사들이 지은 3개 단지는 몇 천 세대가 될 정도로 대규모의 재개발지역으로 달동네였던 곳이었다. 두 달 전 일도는 처와 아이들을 처갓집에 보냈다. 정말 어쩔 수 없는 선택이었지만 일도는 그 이후 못난 자존심 때문에 단 한 번도 처가를 찾지 못했다.

그런데 오늘은 아이들이 어떻게나 보고 싶은지 도저히 참을 수가 없어 처가로 가던 중이었다. 지하철 4호선 이수역에서 내려 처가를 가려면 마을버스를 이용하든지 아니면 남성시장이란 길목을 10분 정도 걸어 올라가야 했다. 남성시장은 꽤나 전통 있는 곳으로 규모도 컸다.

'돼지껍데기와 쐬주 한잔'이란 간판에 이끌려 스펀지에 잉크 흡수되듯이 일도는 그렇게 이끌려 들어온 것이었다. 처음엔 허전한 마음이나 조금 달래고 처가로 가고자 했으나 자신이 껍데기만 남았다는 사실을 다시 한 번 뼈저리게 깨닫게 되자 처가는 접어두고 미쳐도 좋으니 아주 실컷 취해 보고 싶은 생각이 들었다.

일도는 소주잔 대신 물컵에 따라 마시기 시작했다. 쓴맛이 있어야 소주 아니던가. 그러나 쓴맛이 느껴지지가 않았다. 껍데기를 몇 점 집어 보았으나 도저히 맛을 느낄 수가 없었다. 대신에 가늘게 썰어진 통마늘과 토막토막 썰어 놓은 청양고추는 입맛뿐이 아닌 온몸에 자극을 주어 술안주로 쾌감을 느끼게 해주었다.

일곱 개의 빈병이 일도의 눈에 들어왔을 때쯤 뽀글뽀글이 한 사람의 남자를 데리고 와서 일도의 자리에 합석시켰다. 일도는 일어섰다. 뽀글뽀글이 일도를 부축했다.

'이 여자가 왜 이러는 거야!'

일도는 자신의 몸과 정신이 아주 멀쩡하다고 생각했다. 그런데도 뽀글뽀글은 계속 자신의 팔을 잡고 놓아주지 않았다. 뽀글뽀글은 계산이 끝났다며 일도를 문 밖에까지 부축해 주었다.

밖으로 나오니 시원함이 전신을 감싸왔다. 일도는 처가와는 정반대 방향으로 걷기 시작했다. 대로를 건너면 방배동이었다.

'24시 사우나.'
일도는 그 간판을 향해 걸었다.

목이 타는 듯한 갈증에 일도는 눈을 떴다. 주변을 둘러보니 어둠 속에 어렴풋이 넓은 공간이 눈에 들어왔다. 한쪽으로 비상구 불빛이 보였다. 조금 시간이 지나자 희미한 어둠에 적응되었는지 구석구석이 눈에 들어왔다. 사우나, 수면실이었다. 전날의 기억이 떠올랐다. 일도는 사우나에 도착하자마자 씻지도 못하고 수면실을 찾아 기어들었던 것이다. 옷을 입은 채로 쓰러져 잠이 들었던 일도는 주머니 이곳저곳을 뒤져 보았다. 없어질 만한 귀중품도 없었지만 모든 것이 그대로였다.
김종백이 준 쪽지도 그대로였다. 왼쪽 손목에 사우나 탈의실 열쇠가 고리로 채워져 있었다. 일도는 수면실의 좁은 계단을 머리 숙이고 내려왔다. 탈의실을 찾아 이쪽저쪽을 기웃거리는데 정수기 물통이 보였다. 짜증날 정도로 쬐그마한 종이컵으로 열댓 번 마셔 대자 갈증이 조금 풀리면서 머리가 맑아지는 듯했다. 탈의실은 바로 옆에 있었다. 사우나실로 들어선 일도는 찬물로 샤워를 간단히 하고 열탕에 몸을 담갔다. 뜨거운 물의 열기가 온몸을 압박해 왔다. 일도는 눈을 감았다.
'휴우~' 길게 한숨을 내쉬자 답답한 가슴이 조금은 풀리는 듯했다. 열탕의 뜨거운 물에 몸이 적응되면서 온몸에 나른함이 몰려왔다. 일도의 머릿속은 지난날의 어느 시점을 찾아 서서히 움직이기 시작했다.
82학번인 일도는 죄인이 아닌 죄인이 되어 강원도 평창군 미탄면으로 숨어들었다. 학교 선배의 고향이었다. 몇 달 숨어 지내기에는 안성맞춤이라며 선배가 추천했고 미탄 광업소 소장이 그 선배의 매형이라 했다.

전과조회도 없고 신원확인도 없는 곳이 당시 영세규모의 탄광이었다. 선배의 매형은 선배의 부탁을 받았는지 일도가 원하는 속마음을 흡족하게 해결해 주었다. 대문 외에도 뒷문으로 출입할 수 있는 하숙집을 알선해 주었고 이것저것 기초적인 생필품을 구입해 주었다.

일도는 2~3일 후부터 탄광에 일을 나가기로 하고 선불을 얼마 챙겨 놓았다. 쫓기는 자의 낮과 밤은 피곤히고도 고독했다. 뒤농수에 눈이 없으니 쫓기는 자의 걸음은 무의식중에 빨라졌다. 두리번거리지 말자 하면서도 자꾸만 뒤를 돌아보는 것이 쫓기는 자의 습관이었다. 일도가 뒷문이 붙어 있는 하숙방을 얻은 이유는 쫓기는 인생을 살고 있기 때문이었다.

1980년 서울의 봄이 군부의 총칼에 무너지고 그나마 저항의 싹이 시들어지지 않고 끊임없는 항거의 물결을 만들어 내는 세력이 일도와 같은 학생들이었다. 그들을 이끌어 가는 세력이 일도의 선배 학번들이었다.

사람이 한 번 큰 거짓말을 하고 나면 그 거짓말을 정당화하기 위해 수많은 작은 거짓말들로 시나리오를 채워 메꿔야만 한다. 거짓말로 한 편의 각본을 짜고 총칼로 살상을 저지르며 정권을 탈취한 5공 세력에게 가장 큰 골칫거리는 저항하는 대학생들이었다. 5공 세력은 5대 강력범을 규정하여 저항세력인 대학생들을 범죄인으로 몰아 사회와 격리시키고자 하였다. 살인, 강도, 강간, 방화, 반공을 5대 강력범으로 규정하였으나 저항하는 학생들을 살인범으로 몰 수는 없고 강도, 강간범으로 누명 씌울 수도 없었다. 제일 만만한 것이 반공으로 엮어 국가보안법을 적용시키는 것이었으니, 멀쩡한 학생들이 5대 강력범인 중죄인이 되어 일도처럼 쫓기는 학생들이 한둘이 아니었던 웃지 못할 세상이었다.

일도는 대충 방정리를 끝내고 자리에 누웠다. 천정 벽지가 특이하게 일도의 눈에 들어왔다. 훈민정음 벽지였다. 일도는 국어선생이 꿈이었다. 고2 때 담임선생님이 국어 과목이었는데 그분의 영향을 많이 받은 탓이었다. 사실 국어라는 과목이 역사 같은 과목처럼 흥미롭고 생동감 있는 것은 아니었다. 좀 딱딱한 과목이라 표현하는 게 맞을 것이다. 그런 딱딱한 과목을 선생님은 미친 듯한 열정으로 한 시간이 언제 지났는지도 모르게 재미있고 쉽게 또는 경이롭게 풀어 나가곤 하셨다. 선생님은 국문학의 거목이신 양주동 박사님이 대학 은사라고 하셨다. 종암동 호랑이 출신인 선생님은 한때 서울 유명 입시학원 명강사이셨는데 명예도 얻고 돈도 벌고 보니 방탕해졌다고 했다.

어느 날 세종대왕님이 꿈에 나타나 자신을 귀양 보내는 꿈을 꾸셨단다. 그래서 낙향을 했고 쥐꼬리만 한 월급 받으며 쥐방울만 한 S읍 S고등학교에서 이 모양 이 꼴로 산다는 게 그분의 아주 간단한 인생사였다.

그런 선생님이 일도는 존경스럽고 너무너무 멋있게 느껴졌다. 수업시간 동안 다른 생각은 할 수도 없었고 아예 포옥 빠져 헤어나올 수가 없었다. 한 시간의 수업시간이 지나면 학생들은 너무 아쉬워 탄성을 지를 정도였고, 수업이 시작될 때면 창문이 터져나가라 우레와 같은 박수로 선생님을 환영했다. 그때의 생각이 떠오르자 일도는 자신도 모르게 입가에 미소가 번졌다.

일도는 촌구석에서 태어났다. 그것도 아주 깡촌이었다. 충청도

청양군 사양면 백금리, 맵디매운 '청양고추'로 잘 알려진 곳이다.

사양면에는 옛날 '구봉광산'이란 폐광이 있었다. 일제시대 때 그곳에서 금을 채취했다고 한다. 당시에는 금광 때문에 돈이 흥청망청했고 술집들도 많았고 이쁜 기생들도 많았다고 했다.

일도는 구봉광산에서도 20리는 더 산골로 들어가야 나오는 백금리라는 곳에서 태어났다. 초등학교 4학년 때 충남 예산으로 이사 오기 전까지 전깃불을 구경하지 못했다. 어머니는 집에서 1km 넘게 떨어져 있는 마을 우물에서 물통지게질로 물을 길어다 5남매를 밤새 먹이고 씻겨 키우셨다. 어머니가 머울 우물가로 빨래를 가면 일도는 쫄랑쫄랑 어머니를 따라가 동네에서 제일 큰 마당을 갖고 있는 집에서 딱지치고 자치기하고 땅따먹기도 하면서 놀았던 기억이 아련하면서도 생생했다.

겨울이면 고구마가 주식이다시피 했다. 윗방 한구석에 가마니로 틀을 짜서 고구마 저장시설을 만들어 놓고선 점심이고 저녁이고 고구마를 찌거나 구워서 시도 때도 없이 먹곤 했다. 그래서 그랬던지 일도는 어른이 되고 나서 고구마를 쳐다보지도 않았다.

집 앞 개울가에서 다슬기 잡고 된장어항 만들어 물고기 잡아 어머니가 쑤어주는 어죽을 먹곤 했다.

'내 고향….'

일도는 가슴이 잔잔해져 왔다. 고향 하면 떠오르는 그리운 사람.

'어머니….'

일도의 눈가에 이슬이 맺혔다. 쫓기는 신세이다 보니 어머니에 대한 그리움이 배가되어 사무치듯 가슴을 때렸다.

어머니는 백금리 이웃동네에 해당하는 매봉리라는 곳이 고향이라고 하셨다. 아버지는 백금리에서 태어나고 성장하셔서 어머니께 장가를 드셨다. 어머니의 오빠인 외삼촌과 아버지는 친구 사이셨고 외삼촌이 아버지가 너무 마음에 들어 매제 삼으셨다고 했다.

아버지는 초등학교 3학년까지가 학업의 전부이셨다고 했다. 당시 청년이셨던 큰아버지가 일본군 징병을 피해 월산(동네에서 제일 크고 높은 산)에 토굴을 만들고 도피하자 어린 아버지가 대신 순사들에게 끌려가 엄청나게 모진 고문을 당하셨다고 했다. 학교에는 더 이상 갈 수가 없었고, 그때 당한 고문 후유증 때문에 아버지는 평생을 고통스럽게 살다 일찍 돌아가셨다.

일도가 동네 어른들께 들었던 아버지에 대한 기억은 천재에 가까운 두뇌의 소유자였다는 것이었다. 일본 유학까지 다녀온 면장이 풀지 못하는 문제를 아버지는 척척 풀어냈다고 하니 머리가 좋기는 좋으셨던가 보다. 아버지는 나이 20이 될 때까지 술도 담배도 입에 대지 않고 성실하게 농사일을 하시다가 어머니와 결혼하셨다고 했다.

첫째 아들이 태어났는데 100일도 되기 전에 저 세상으로 가버린 후부터 아버지는 술을 드셨다고 했다. 늦게 배운 술이 사람 잡는다고 했다던가. 아버지는 술을 드시면 사람이 완전히 달라져서 일본말로 마구 떠들면서 거칠어지곤 했다고 한다. 그런 기억은 일도의 머릿속에도 뚜렷이 남아있다. 그때 그런 아버지가 너무 싫어 아버지가 술에 취해 집에 오는 날이면 일도는 아예 귀를 솜으로 막아버리곤 했다.

일본 놈들의 고문 때문이었는지 아버지는 크게 힘쓰는 어려운 일을 못하셨다. 비라도 오는 날이면 아버지는 온몸이 쑤시고 아프다고 끙끙 대셨고 술로 그 괴로움을 풀곤 하셨다. 더구나 아버지는 노름에까지 손을 대기 시작하셨다.

어머니의 한숨과 눈물은 마를 날이 없었고 예산에서 부농으로 자리 잡으신 큰외삼촌이 이런 사정을 안타깝게 여겨 일도네 가족을 예산으로 불러들인 것은 어쩌면 당연한 일이었다. 그렇게 이사를 하게 됐고 일도는 예산으로 이사해서 전깃불도 처음 보고 버스도 처음 타보게 되었다. 신작로에 버스가 한 번 지나가면 뿌연 흙먼지가 일어 손발이고 얼굴이고 흙먼지 투성이가 되면서도 버스를 뒤따라 달리기했던 시절이었다. 고무신이 벗겨지고 발바닥이 돌멩이에 찔리고 그래도 친구들과 마냥 즐겁고 재미있기만 했던 그리운 시절이다.

가난했지만 행복했던 일도에게 아버지의 갑작스런 죽음은 크나큰 충격이었다. 일도가 중학교 2학년 때였다. 아버지 제사일이 음력 4월이니까 양력으로는 5월 달이 되고 시골에선 모내기로 정신없이 바쁜 때였다. 정말 갑자기 돌아가셨다. 일도는 졸지에 열다섯 살의 나이로 집안의 가장이 되었다.

어머니 말씀대로 까막눈이신 무학의 어머니, 중학교 간신히 졸업하고 도시에 있는 방직공장으로 일하러 올라가신 누님, 일도, 그리고 밑으로 여동생 셋, 허름한 초가집, 소 두 마리, 논 일곱 마지기가 돌아가신 아버지께 상속받은 전부였다.

어머니는 삼우제가 끝나고 열흘이 넘어서는데도 식음을 전폐하신 듯 물로만 간신히 버티셨다. 동네 아주머니들께서 깨죽을 쑤어 오셔서 드시길 권유했건만 어머니는 한 숟가락 억지로 입에 넣으셨다가 토해내곤 하셨다. 너무 안타까워서 어머니 손을 잡으면 어머니는 그러셨다.

"아버지 없이 어떻게 산다냐, 엄마가 까막눈인디… 아버지 없이 어떻게 산다냐."

눈가에 눈물이 그렁그렁해서 기운 없는 목소리로 그 말만 반복하셨다. 까막눈… 글씨를 모르는 어머니의 무학은 세상에 대한 두려움 그 자체가 아니었을까.

아버지가 돌아가신 후 집안에 대소사가 있어 일도가 어머니께 상의코자 의견을 여쭈면 영락없이 어머니는 이렇게 말씀하셨다.

"까막눈이 뭘 안다냐. 네가 알아서 해!"

어머니께서 식음 전폐하시고 기운 못 차리시는 동안 한동네 사시는 큰외삼촌 내외께서 집안 살림을 거의 맡아주셨으므로 그런대로 생활이 이루어졌으나 일도는 학교에 가서도 공부가 될 리 없었다. 금방 어머니가 돌아가실 것만 같았다.

'아버진 기왕에 돌아가신 거 어쩔 수 없다 치고 어머니마저 이 세상에 안 계신다면….'

생각이 여기에 미치자 일도는 더 이상 학교에 있을 수가 없었다. 학교에서 집까지 약 3km를 정신없이 뛰었다. 어머니가 금방 돌아가실 것 같은 생각에 흐르는 눈물을 주체할 수 없었다. 집에 도착했을 때는 숨이 막히고 지쳐서 막상 엄마를 부를 기운조차 없었다.

방문을 열고 들어섰을 때 어머니는 조용했다. 순간 가슴이 철렁했지만 일도가 어머니 얼굴에 손바닥을 댔을 때 어머니의 숨결이 일도의 손바닥에 은은히 전달되었다.

일도는 어머니 옆에 누워 잠깐 잠이 들었다. 얼굴에 까칠까칠한 손바닥의 느낌을 받고 눈을 떴을 때 어머니가 일도를 내려다보고 있었다.

어머니의 눈물은 마르지 않는 샘물처럼 촉촉이 젖어 있었다.

"학교는 어떡하구 온겨!"

어머니의 입술이 까칠하게 말라 갈라져 있었다. 일도는 일어나 앉아 어머니 앞으로 바싹 다가앉았다. 그리고 어머니께 진지하게 말씀드렸다.

"엄마, 제발 기운 차리세요. 제가 아침 일찍 일어나 소꼴도 베어 오고 학교 다니면서 엄마 농사일도 많이 도울게요. 돼지도 키우고 토끼도 키우고… 그러면 되잖아요. 논도 일곱 마지기 있잖아요. 엄마 제가 잘할게요. 진짜진짜 잘할게요. 제발 기운 차리고 일어 나세요 엄마…."

일도는 어머니의 얼굴에 혈색이 돌아오는 걸 느낄 수 있었다. 어머니는 죽을 드시고 싶다고 했다. 일도는 옆집 아주머니께로 달려갔고 그날 어머니는 깨죽 한 그릇을 다 드셨다.

저녁 무렵 큰외삼촌 내외분이 오셨을 때 일도는 자신의 뜻을 큰 외삼촌께 말씀드렸고, 어머니께서도 그동안 오빠께서 고생하셨다며 이제 기운 차릴 테니 염려 마시라고 말씀드리자 외삼촌은 흐뭇해하셨다.

큰외삼촌께서는 당신께서 가까이 살고 있으니 자주자주 들르시 겠다면서 모처럼 기분이 좋으니 약주 한잔 하시겠다며 일도에게 막걸리 심부름까지 시키셨다. 정말 모처럼 집안에 웃음소리가 번지면서 사람 사는 온기를 찾을 수 있었다.

일도는 다음 날부터 새벽 일찍 일어나 아버지께서 쓰시던 지게를 지고 나가 소꼴을 한 짐 베어다 놓고 학교에 가곤 했다. 지게질을 해본 사람들은 알겠지만 지게끈 밑둥가리를 돌리면 끈이 짧아진다. 지게끈이야 일도의 키에 맞출 수 있다지만 어른이 쓰던 지게였는지라 열다섯 살 일도에게는 빈 지게만도 부담되는 게 사실이었다. 거기에 소꼴까지 한 짐 얹으면 그 무게는 만만치 않았지만 그래도 일도는 힘든 줄 몰랐다.

미탄면 하숙집에 누워 잠시 옛 생각을 하던 일도는 어머니가 몹시도 그리웠다. 경찰이 어머니를 찾아와 아들이 국가보안법 위반으로 수배되었으니 나타나면 꼭 설득해서 자수시키라고 했더란다.

그때 어머니는 경찰에게 또박또박 말씀하셨단다.

"나는 까막눈이라 그게 뭔놈의 법인지 모르는구먼유. 하지만 우리 아들 일도가 나라 법을 어길 놈은 절대 아니구먼유. 내가 눈은 까막눈여도 귀는 까막귀가 아니구먼유. 나도 듣는 말이 있슈. 내 아들은 절대 죄인 아니니께 앞으로 우리 집에 절대 찾아오지들 말아유. 명심들 허슈!"

형사와 어머니 간에 있었던 이런 이야기들을 일도는 큰외삼촌을 통해 들었다. 큰외삼촌이 어머니 집에 들르자 어머니는 형사들이 집에 찾아왔었다며, 일도가 반드시 오빠네 집에 들를 것이니 일도를 보거든 절대로 엄마 걱정 말고 네 생각대로 갈 길을 가라고 일도에게 꼬옥 전달해 달라고 하셨단다.

이 땅의 모든 자식들에게 어머니란 단어만으로도 콧잔등이 찡해지고 가슴 뭉클해지는 그런 존재가 아니던가. 일도에게 있어 어머니의 존재는 애틋하면서도 천년 고목나무와도 같은 존재였다.

서른일곱에 5남매 거느린 과부 되시어 오늘날까지 5남매 뒷바라지에 단 하루도 마음 편할 날 없으셨을 어머니! 허허벌판 살얼음 몰아치는 혹독한 찬바람을 온몸으로 받아들이다 지쳐버린 자라다만 고목나무 같은 존재… 그렇게 금방 지쳐 쓰러질 듯 바람에 뽑혀 날아갈 듯 간신히 간신히 천년을 버텨나 온 애틋한 고목나무 같은 존재였다.

일도가 언제나 어머니를 가슴에 품고 살아가듯 어머니 또한 일도에 대한 믿음이 크고 강하셨다. 일도에 대한 어머니의 믿음은 부모니까, 자식이니까 하는 식의 천륜 때문에 갖게 되는 그런 믿음이 아니었다. 어려운 세월 풍파를 같이 헤쳐 나온 동반자 격인 믿음이었다.

아버지께서 돌아가신 이후 일도의 삶은 완전히 바뀌었다. 어리지만 한 집안의 가장이었다. 동생도 셋이나 되었다. 아무리 힘들어도 헤쳐 나가야 했고 언제나 어머니 앞에서는 힘든 내색을 하지 않았다.

어린 일도가 새벽마다 지게질하는 모습을 안타깝게 생각하셨던 큰외삼촌은 일도에게 리어카를 한 대 구입해 주셨다. 1년 후에 갚아야 된다는 조건이었다. 일도는 외삼촌의 깊은 뜻을 곧바로 알아들었다. 새벽에 일어나 일도는 소꼴을 챙겨놓고 학교가 끝나면 어머니가 논에 계실 땐 논으로 달려갔고 그렇지 않은 날엔 집근처 텃밭에서 자라고 있는 채소들을 가꾸었다.

일도의 정성 때문인지 소들은 건강하게 잘 자랐다. 비록 두 마리뿐이었지만 모두 암놈이었고 머지않아 엄마소가 될 수 있는 놈들이었다. 일도의 생활은 소년가장이기에 더 규칙적이게 되었다. 해야 할 일이 정해져 있었으므로 남들은 사춘기라고 호강에 겨운 고민거리를 안고 방황들도 했지만 일도에게는 그럴 시간들 자체가 없었다.

항상 바쁘고 힘든 생활이었지만 큰외삼촌의 도움도 크나큰 자산이었고 무엇보다 가족들 모두가 참으로 건강하다는 사실은 일도에게 큰 위안이자 버팀목이었다.

그러나 그럼에도 일도는 그 무언가가 허전한 듯 항시 불안했다. 먹고 사는 거야 무엇을 한들 굶어 죽기야 하겠는가. 그러나 일도의 불안감은 단순히 먹고 사는 그런 문제에서 생기는 것이 아니었다.

일도는 자신의 진로문제와 동생들의 앞일도 생각해 보았다. 자신이 농사꾼으로 시골에서 어머니와 평생 살 수 있다는 생각은 해본 적이 없었다. 그렇다고 어떤 뚜렷한 목표도 없었다. 단지 아버지 없는 가정에서 무언가를 어떻게든 해놓지 않으면 안 된다는 불안감이 일도를 마냥 지배했던 것이다.

그 불안감은 일도에게 어떤 결정을 내리게 만들었다. 농업과목 선생님하고 했던 상담이 큰 도움이 되었다. 일도가 돼지를 키우기로 결심하고 큰외삼촌께 텃밭에 돼지우리를 지어줄 것을 부탁드렸을 때가 가을 탈곡이 끝나고 찬서리가 내리던 무렵이었다.

그때 일도네 가족은 어떤 일로 인하여 모두 한마음 되는 계기가 되었다. 그날 일도는 구덩이를 파고 있었다. 텃밭에 심어 정성껏 가꾸었던 배추와 무를 땅속 구덩이에 저장하기 위해서였다. 열심히 삽으로 구덩이를 파고 있던 일도의 귀에 어디선가 여자아이의 울음소리가 들려왔다. 천천히 들어보니 바로 밑에 동생 이숙의 울음소리가 틀림없었다. 일도는 울음소리가 나는 쪽으로 다가섰다. 짚누리와 짚누리 사이의 조그만 공간에서 동생이 쪼그리고 앉아 서럽게 울고 있었다. 일도는 동생을 불렀으나 동생은 계속 서럽게 울었다.

"이숙아! 왜 울어? 이리 나와 봐!"

일도의 목소리가 커지자 동생은 마지못해 짚누리 사이에서 빠져나왔다. 얼굴에 눈물자국이 그득했다. 일도는 잠시 뜸을 들였다가 다시 물었다.

"왜 우니? 무슨 일이야?"

동생은 천천히 말문을 열었다. 동네 오빠들이 희롱했다고 했다.

"차분하게 울먹거리지 말고 설명해 봐. 언제? 어디서? 누가? 어떻게? 이런 식으로 말이다!!"

　일도의 말에 동생 이숙도 순서대로 말했다. 동생의 말인즉 학교가 끝나고 친구인 명숙이네 집에서 놀다가 마을 구멍가게가 있는 정자나무 앞을 지나가는데 동네 오빠인 김형균하고 박동우가 희롱을 했는데 동생한테 젖가슴이 이쁠 것 같다는 둥 엉덩이가 빵빵하다는 둥 하면서 서울 간 네 언니는 언제 오냐면서 온갖 농지거리를 했다는 것이다.

　동생 이숙이는 초등학교 6학년이었는데 다른 아이들보다 조금 성숙하여 사춘기를 빨리 쉬는 듯했고, 아버지가 안 계셔서 그런지 말이 별로 없었다. 김형균과 박동우는 일도보다 세 살이나 많은 동네 형들이었다.

　일도는 언젠가 누나인 일숙이 했던 말이 생각났다. 김형균 박동우 애들이 싸가지 없는 것 같다고….

　'그렇다면 누나에게도 분명히 농지거리를 했을 터….'

　일도는 순간 머리끝까지 치솟는 분노를 느꼈다. 그렇지 않아도 동네 망나니로 소문난 놈들이었다. 세 살이나 많은 형들에다 부잣집이고 체격들도 좋았다. 더구나 친인척들도 많은 집안이었다. 모든 게 일도에게 불리했지만 그냥 넘어갈 수만은 없었다.

　일도에겐 여동생이 셋이나 되는데 그냥 넘어간다면 그놈들은 계속 동생들을 희롱할 것이었다. 누나가 명절이면 내려올 텐데 무슨 일을 당할지도 모를 일이었다.

　아버지가 안 계시니 내가 누나와 동생들을 지켜야 한다는 생각에 미치자 즉시 행동에 옮기기로 결심했다.

　일도는 헛간 이곳저곳을 뒤져서 굵은 나무를 찍어 꺾을 때 쓰는 단단하고 무거운 육철낫을 찾아 들었다. 웬만한 팔뚝 굵기의 나무도 힘차게 내리찍으면 한 방에 나가떨어졌다.
 육철낫을 든 일도는 3백 미터 정도 떨어져 있는 김형균 집으로 향했다. '개새끼 죽여 버린다'는 말을 지껄이며 눈에 핏발이 선 채 동네 한복판을 가로지르며 설쳐 대자 동네 몇몇 어른들이 일도를 뒤쫓아 가며 무슨 일이냐고 말렸다.
 동네는 순식간에 아수라장이 되었다. 일도는 기왕에 작정한 김에 김형균 집을 택했다. 김형균 체격이 박동우보다 컸고, 김형균 집안이 박동우 집안보다 친척집이 더 많았던 이유였다. 또한 김형균 집안이 마을에서 제일 부자이기도 했다.
 동네 어른들 몇 분이 일도를 말리려고 뒤쫓아 오는 사이 일도는 김형균 집 앞에 도착했다.
 "김형균 나와! 김형균 개새끼 나와!"
 일도는 대문을 발로 걷어차고 육철낫으로 찍어대며 더욱더 악을 써 댔다.
 잠시 후 대문이 열렸고, 육철낫을 들고 눈가에 핏발이 서 있는 일도를 보고 김형균 어머니가 뒤로 나자빠졌다. 일도는 집안으로 뛰어들었다. 망설임 없이 큰 마루를 가로질러 김형균 방이라고 생각되는 미닫이문을 육철낫으로 사정없이 상하로 길게 내려찍었다.
 방 안에 들어선 일도는 방바닥에 깔려 있는 이불이고 베개고 사정없이 찍어 대면서 소리를 질러 댔다.
 "김형균 개새끼 빨리 나와! 오늘 너 죽이고 나 죽는다! 개새끼 치사하게 어디 숨었냐! 빨리 나오란 말이다 개자식아!"
 일도의 발악이 얼마나 심했던지 동네 어르신들이 감히 말릴 엄두조차 내지 못하고 있었다. 일도는 이제 장롱의 문짝까지 육철낫으로 찍어 대고 있었다.

언제 나타났는지 김형균 아버지가 일도에게 사정했다. 김형균을 찾아올 테니 무슨 일인지는 몰라도 제발 좀 참아 달라고 했다. 김형균 어머니는 아예 사색이 되어 일도 앞에 무릎까지 꿇었다.

그때 부엌 쪽에서 무슨 소리가 들렸고, 일도는 그쪽으로 잽싸게 뛰었다. 부엌문을 열어젖히자 김형균이 덩치에 어울리지 않게 오돌오돌 떨고 있었다.

"나와! 이리 나와, 개새끼야!"

김형균은 나올 생각을 못하고 계속 떨고 있었다. 일도는 안으로 들어서며 가마솥을 내리쳤다. 쇠끼리 부딪히며 불꽃이 일었다.

"나오란 말이야, 개자식아!"

이번엔 김형균의 머리통을 향해 육철낫을 내리칠 판이었다. 순간 김형균의 어머니가 일도의 허리춤을 잡고 매달렸다.

"아이고, 일도야! 조금만 참어 봐. 응? 일도야 뭔일인지 몰라두, 무조건 아줌마가 미안혀~ 일도야 일도야! 그 낫 좀 내려놓고 얘기허자~ 일도야, 제발!"

김형균 어머니가 통사정을 했다. 그 사이 김형균이 잽싸게 부엌을 빠져나가 지 아버지 뒤로 숨어 버렸다.

잠시 후 일도의 어머니가 헐레벌떡 김형균 집으로 들이닥쳤다. 동생 이숙이 놀라 부랴부랴 어머니께 알린 탓이었다. 어머니는 다짜고짜 일도의 손에서 육철낫을 뺏어 멀리 집어던져 버리고는 일도의 가슴을 때려 대면서 대성통곡을 하셨다.

"아이고 이놈아! 인자 동네에서 어찌 살라고… 아이고, 이 무지막지한 놈아!"

어머니는 참 서글프게도 우셨다. 일도는 소리쳤다.

"엄마가 왜 울어요! 저 자식이 아버지 없다고 우리를 무시하고 누나와 동생을 희롱했단 말입니다. 김형균! 이리 나와서 얘기해 보란 말이다, 개자식아!"
 일도는 울부짖었다. 일도의 눈길이 던져진 육철낫 쪽으로 향하자 김형균이 엉거주춤 기어나왔다.
 "미안혀 일도야! 다신 안 그럴겨."
 김형균이 일도 앞에 무릎을 꿇었다. 그제서야 어머니는 눈물을 거두셨다.
 "김형균이 넌 형도 아니다. 오늘 한 시간 내로 박동우하고 우리 집에 와서 내 동생한테 사과해라."
 일도는 어머니의 손을 잡고 집으로 돌아왔다.
 김형균과 박동우는 일도 집을 찾아 사과했고, 그들은 끝내 일도의 얼굴 한번 제대로 보지 못하고 미안하다는 말만 되풀이했다.
 동네에서 이런 일이 있고 난 후 일도를 힐끔힐끔 쳐다보면서 고개를 절레절레 흔드는 사람이 서너 명 생긴 건 어쩔 수 없었지만 그 사건 이후 김형균과 박동우 집안에서는 무슨 행사만 있었다 하면 음식을 바리바리 챙겨서 일도 집에 날라다 주곤 했다.
 동네 사람들도 어머니께 깍듯하게 대한 건 말할 나위도 없었다. 사실 서른일곱에 과부가 되셨으니 동네 이웃 남정네들의 술자리에서 어찌 농지거리가 한두 번 나오지 않았으랴.
 동네 형들은 일도를 보면 '육철낫'이라며 극도로 말을 조심하였고 일도의 동생들은 아버지가 돌아가시고 은근히 기가 죽어지내던 차에 오빠의 든든한 존재를 확인하고 다음 날부터 아주 활기찬 모습으로 바뀌었다. 그때부터 동생들은 일도의 말이라면 죽는 시늉까지도 했다.
 그 일이 있고 며칠 후에 일도는 흑돼지 새끼 다섯 마리를 들였다. 일도가 다니는 중학교 농업 선생님 댁에서 구입한 흑돼지였다. 농업 선생님은 대술이란 지역에서 규모가 큰 사과나무 과수원과 흑돼지 농장을 하고 있었다. 유난히도 일도를 이뻐했던 농업 선생님은 일도에게 돼지 사육에 관련된 서적들을 챙겨 주시기도 하였고, 수시로 불러 돼지에 대한 이야기, 삶에 대한 이야기, 일도가 고민하는 것 등등에 대해 든든한 버팀목 역할을 해주셨다.

일도네 돼지우리는 농업 선생님 댁 돼지농장에 비하면 장난감 수준이었다. 바닥은 텃밭의 흙바닥이었고 추운 겨울에 모진 찬바람을 막아낼 수 있을 정도의 시설만 갖춘 모양새였다.

당시 일도네는 소가 두 마리 있었다. 봄부터 초가을까지는 일도의 부지런함 때문에 논두렁 밭두렁에 지천으로 널려 있는 풀들을 베어다 먹이곤 했다. 그러나 사실은 그것도 만만치 않은 일이었다. 왜냐하면 당시의 시골은 집집마다 소 한두 마리 키우지 않는 집이 없었고 일도뿐만이 아니고 일도 또래의 남자애들은 모두 낫질을 잘할 수밖에 없었다. 그러다 보니 풀이 무성하게 자라 있는 논두렁 밭두렁 찾기가 힘들었고 그만큼 시간이 많이 소요되곤 했었다.

겨울이면 일도는 아버지가 그랬던 것처럼 커다란 가마솥에 소에게 먹일 여물을 삶곤 했다. 볏단을 작두로 잘게 썰어 푹 끓이는 것이었다. 아버지는 소여물 끓이는 솥에 소금을 조금씩 넣었는데 사람이나 소나 싱거우면 맛이 없다는 말씀이었다. 일도는 자신이 아버지의 명석한 두뇌를 닮았다고 생각했다.

아버지는 비 오는 날을 정말 싫어하셨다. 온몸이 쑤시고 통증이 온다고 했다. 아버지는 비 오는 날이면 꼭 소주를 드셨는데 작은 병도 아니고 대병 소주 한 병을 다 드셨다. 그리고는 알아들을 수 없는 일본말로 마구 떠들어 대곤 했었다.

큰외삼촌의 부름으로 이사한 아버지는 큰외삼촌의 감시 때문에 노름은 못하셨지만 대신에 술은 더욱 많이 드시게 되었다. 아버지께서 술을 많이 드신 다음 날이면 어머니는 어디서 구했는지 꼭 콩나물국을 끓여서 시원한 물에 식혔다가 아버지께 드리곤 했다.

일도는 그런 어머니가 납득이 되지 않아서 "술만 드시는 아버지가 엄마는 밉지도 않냐"고 항변하면 이렇게 타이르셨다.

"일도야, 아버지 미워하지 말어… 니 아버지가 일본 놈들만 아니었으면 면장 하구도 남았을겨. 아~ 면장이 뭐여, 군수 허구두 남았제…."

아버지에 대한 평가는 외삼촌도 마찬가지였다.

"니 아부지가 시대를 잘못 타고 태어난겨. 인자 와서 다 소용없는 일이지만. 그러니께 니가 니 아부지 한을 풀어드려야 하는겨. 일도야, 니 아부지가 말은 안 혀도 니를 얼메나 생각하는지 모를겨…."

어쨌든 일도는 아버지에 대한 각별한 애정을 느끼지 못하고 아버지의 죽음을 맞이했었다. 단지 특별나게 공부를 열심히 했던 것도 아니고, 예습복습도 없이 수업시간에 선생님 말씀에만 집중했을 뿐인데도 성적은 최상위권을 유지했기 때문에 아버지를 닮았다는 자부심을 은연중에 갖고 있었다.

일도는 농업 선생님이 주신 돼지사육에 관한 책을 몇 번이고 탐독했다. 일도가 중3이 되고 꽃피는 춘삼월이 되었을 때 일도네 집에는 활력이 넘쳐흘렀다. 일도네 집 마루에는 둥그런 깻묵 덩어리가 백 개도 넘게 쌓였고, 키우고 있던 암소 두 마리가 모두 새끼를 잉태해서 일도의 마음을 흥분시켰다.

농업 선생님은 충청북도 음성에서 깻묵을 대량으로 구입하셨다. 선생님의 말씀에 의하면 음성군의 토양이 참깨, 들깨 가꾸기에 최

적이어서 생산량도 많거니와 영양분도 많다는 것이었다.

참기름을 짜고 나오는 참깻묵은 낚시가게를 운영하는 사람들이 돈을 지불하고 사갔는데 아주 헐값에 가져올 수 있다고 했다.

더구나 농업 선생님의 처남 되시는 분이 음성에서 엄청나게 큰 참기름 방앗간을 운영하여 큰돈을 벌었는데 사실은 참깨 농사로 더 큰돈을 버셨다고 했다. 참기름 짜러 오는 손님 백이면 백 모두 볶아서 기름을 짰는데 그도 그럴 것이 볶아야 고소한 맛이 배가된다고 했다. 그러나 처남은 참기름이 덜 고소하더라도 자신이 농사 지은 참깨는 볶지 않고 기름을 짰고, 호텔이나 고급 식당 등에서 볶지 않은 참기름을 찾는 수요에 맞추어 주면서 깻묵은 비싸게 팔아서 큰돈을 벌었다는 것이다.

처음에 일도는 무슨 말인가 쉽게 이해되지 않았지만 깻묵을 비교해 보고서야 무슨 말인지 알게 되었다. 볶은 깨의 깻묵이 모래같이 버썩거렸다면 볶지 않은 참깻묵은 보기에도 윤기가 철철 넘쳤고 마치 찰흙같이 느껴졌다. 낚시 미끼로 물고기를 모이게 만들때 볶지 않은 참깻묵의 효능이 백 배 낫다는 것이었다. 그러니 그만큼 비싸게 팔려나갈 수밖에 없었다.

일도가 농업 선생님을 통해 깻묵을 구해 놓은 이유는 소와 돼지 먹이로 활용하기 위해서였다. 선생님은 이미 깻묵을 활용한 돼지 사료를 개발하여 3일에 한 번씩은 깻묵사료를 돼지에게 먹이고 있었다.

그때쯤 일도 나이 열여섯하고 4월, 일도는 평생을 잊지 못할 소중한 경험을 하게 되었다.

진인사 대천명, 뿌린 대로 거두는 게 사람의 삶이라 했던가. 다섯 마리의 흑돼지는 그런대로 잘 크고 있었다. 그러나 먹이는 게 부족했던지 영 시원찮았다. 일도는 틈나는 대로 리어카를 이용해 동네 큰 밭에서 수확 후에 나오는 부산물들을 주워다 삶아 먹이기도 하고 동네에 과수원이 많다 보니 썩은 사과를 구해다 돼지들에게 먹이기도 했다.

그러던 중 일도는 돼지에게서 아주 특이한 점을 발견하게 되었다. 텃밭에 돼지우리를 설치했는지라 바닥에 콘크리트를 하지 않은 상태였는데 돼지들이 콧등으로 바닥 흙을 엄청 파댄다는 사실이었다. 그것도 깨끗한 흙 쪽이었다. 배설물이 있는 쪽은 쳐다도 안 보고 깨끗한 흙 쪽을 부지런히 파대며 입안에는 우물우물 끊임없이 무언가를 씹어대는 것이었다.

순간 일도는 놀라운 사실을 발견했다. 돼지들이 파대는 흙을 보니 그건 황토 흙이었다. 일도는 텃밭 한쪽에서 깨끗한 황토 흙을 몇 삽 떠서 잘게 손질한 다음 소금을 섞어 돼지우리에 넣어 보았다. 순간 놀라운 광경이 일도의 눈앞에 펼쳐졌다. 냄새를 맡는 듯 하더니 돼지들이 황토 흙을 순식간에 먹어 치우는 것이 아닌가. '그래, 이거다! 바로 이거였어!'

일도는 온몸이 전율하는 듯했고, 무언가 엄청난 일을 해낼 것 같은 생각이 일도를 한껏 흥분시켰다.

일도는 다음 날부터 학교가 끝나자마자 잽싸게 집으로 돌아와 돼지 사료 개발을 시작했다. 일도는 완전히 미쳐 있었고 3일째 되던 날 마음껏 만세를 불렀다. 기가 막힌 돼지죽을 개발했기 때문이었다. 일도는 소여물 삶는 큰 가마솥을 이용했다. 끓는 물에 소금을 넣고 가늘게 채친 황토 흙을 넣었다. 쌀겨를 한 바가지 넣고 깻묵을 잘게 부수어 섞은 다음 풀을 작두로 잘게 썰어서 가마솥에 넣고 폴폴 끓여 낸 다음 한 바가지 떠서 맛을 보니, 일도의 입에도 괜찮은 맛이 진하게 느껴졌다.

일도는 죽을 식힌 다음 돼지우리에 들이밀어 보았다. 그 다음은 말해 무엇하랴.

일도는 만세를 불렀다. 그날 저녁 일도는 가족이 모인 자리에 큰외삼촌을 모셨다. 그동안 있었던 일을 얘기하고 일도는 새로운 계획을 밝혔다.

돼지 숫자를 늘리겠다는 것, 마당에 큰 가마솥을 한 개 더 설치하기 위해 아궁이를 만들어야겠다는 것, 앞으로는 땔감이 많이 필요하므로 동네 과수원에서 가지치기 된 나무들을 많이 주워 와야 하니 도와달라고 했다.

외삼촌은 일도가 만들었다는 돼지죽을 돼지들에게 먹여보고는 놀라시는 눈치였다. 외삼촌은 뿌듯한 표정으로 어머니 손을 꼬옥 잡으며 기쁘게 말씀하셨다.

"동상! 인자 걱정 안 혀도 되겠네. 아들 열 몫을 하고도 남잖여."

그날 이후 일도네 가족은 더욱더 단결할 수 있었다. 어머니는 일도를 보면서 힘든 농사일에도 힘든 줄 몰라 하셨고 어린 동생들도 이제는 할 일을 찾아서 움직이는 적극적인 성격으로 바뀌어 가고 있었다.

기쁘고 좋은 일은 몰아서 일어난다고 했던가. 일도네 가족에게 또 다른 기쁜 소식이 전해졌다. 일도네 마을엔 사과 과수원이 세 곳이나 있었다. 모두 규모가 꽤나 큰 과수원이었다. 그중에 동네 한가운데 제일 큰 과수 농사를 짓는 한씨 아저씨께서 어느 날 저녁 일도네를 찾아오셨다. 창고에 저장했던 사과를 한 양동이 가득 담고서 말이다.

아저씨는 어머니와 일도를 앞에 두고 천천히 말씀을 꺼내셨다.

그동안 일도를 유심히 지켜보셨다고 했다. 새벽에 일도가 리어카 위에 지게를 싣고 가는 모습을 여러 번 보셨다고 했다. 당시에 일도는 큰 농로까지는 리어카로 이동했고 풀이 무성한 좁은 논두렁 둑에서는 지게로 풀을 지어다가 리어카로 옮겼으므로 지게를 리어카에 싣고 다녔다.

"일도야, 열심히 살아줘서 고맙구나!" 하시면서 한 가지 제안을 하셨다. 앞으로 과수원에 있는 풀을 베어 가라는 것이었다. 과수원 풀은 싱싱하고 연하며 소들이 좋아하는 풀들이 많았다. 그러나 과수원엔 농약을 자주 해야만 하기 때문에 그렇게도 좋은 풀들을 짐승에게 먹일 수 없는 게 현실이었다.

아저씨의 말씀인즉, 과수원의 4분의 1 여백을 주시겠다는 것이었다. 다시 말해서 과수원 농약을 할 때 4분의 1은 농약을 안 칠 것이니 그 사이에 농약 안 한 풀을 베어 가라는 것이었다.

너무나 감사한 말씀이었다. 자칫 잘못하면 과수원 1년 농사를 망칠 수도 있는 일이었다. 과수 병충해는 번지는 속도가 엄청 빨라서 과수 전체를 농약 살포해야만 병충해 예방 효과가 있었다. 나이 어린 일도였지만 농업시간에 배운 것이 있어 아저씨의 뜻이 얼마나 대단한 것인지 알 수 있었다.

일도가 그런 사실을 염려하자 아저씨는 씽긋 웃으시며 말씀하셨다.

"녀석! 우리 다 같이 열심히 살자꾸나."

일도의 눈에 고마움의 눈물이 흘렀다.

아버지가 안 계신 삶! 솔직히 무섭고 두려웠었다. 오직 어머니를 위해 나약해질 수 없을 뿐이었다. 일도는 이제 자신이 어른이 된 것처럼 느껴졌다. 일도는 더욱더 열심히 살리라 다짐했다.

일도가 고3이 되었을 때 일도네 가정은 놀라운 변화가 일어나고 있었다. 일도가 개발한 돼지죽은 엄청난 행운을 안겨다 주었다. 돼지는 1년이면 두 번씩 새끼 생산이 가능했다. 과수원에서 질 좋은 풀들을 한 시간이면 산더미처럼 베어 올 수 있었다.

또한 새끼를 낳는 암소가 8마리로 불어났고, 동네잔치가 있거나 이웃 동네에 경사가 있을 때 일도네 흑돼지는 마리당 시세보다 더 받고 팔려 나갔다. 일도네 초가집은 반듯한 슬레이트 지붕으로 개량되었고 제법 그럴싸한 우사와 돈사를 갖춘 탄탄한 가정으로 바뀌었다.

일도는 예산군의 S읍 S고등학교에 장학생으로 진학해서 3학년이 되었고 상위권 성적을 유지하였다. 일도는 자신의 진로 문제를 어머니와 외삼촌, 중학교 때의 농업 선생님, 고2 때의 담임선생님과 여러모로 상의하였다.

결론은 일도가 다니던 중·고교에서 국어 선생님 하면서 농업 선생님처럼 농장을 운영하는 것이었다. 어머니와 함께 살면서 말이다. 일도는 국어국문학을 선택했다.

일도의 여러 가지 사정을 익히 알고 있던 학교에서는 교장선생님까지 일도의 진학문제를 발 벗고 나서 J대학에 향토장학생으로 추천하여 장학금 혜택을 받을 수 있게 도와주셨다.

촌놈! 최일도!

일도는 이렇게 해서 영등포구 흑석동이란 도시 속으로 촌티를 가득 안고 뛰어들게 되었다.

실전 **기획부동산 02.**

# 황홀한 검은 땅

  이틀 동안 마음을 안정시키면서 충분한 휴식을 취한 일도는 선배 매형인 탄광소장을 만나기 위해 밖으로 나왔다. 강원도 산골에 면단위의 조그마한 마을은 참으로 평화롭다는 느낌이 들었다. 일도는 마을을 천천히 한 바퀴 둘러보기로 했다. 미탄면의 중심지는 시외버스가 하루에 다섯 번씩 정차한다는 버스정류소를 중심으로 구성되어 있었다. 주변에 다방, 정육점, 5일장 같은 시장들이 들어서 있고 '돌산장'이라는 여관이 있는데 2층이지만 미탄면에서 제일 고층인 듯했다.
  일도는 자신이 쫓기는 신세라는 사실을 잠시 잊고 마을의 평화로움에 흠뻑 빠졌다. 일도는 그 순간만은 시인이고 싶어졌다.
  과 동기 중에 영순이란 학생은 서울이 고향이라고 했다. 부모님은 태백에 계셨고 어찌됐든 자신은 시골이 아닌 서울 출신이라고 했다. 일도의 충청도 사투리에 영순은 일도를 놀리듯이 "그랬구먼유~ 그래 갖구유~ 그담엔 워쩌케 됐되유~"하면서 웃어 댔다.
  그러면서 강원도 사투리로 "나는 촌사람 아니더래요~ 최일도는 확실한 촌놈이더래요~" 하며 일도에게 친근감을 표시하곤 했다.
  미탄면 사람들이 말끝마다 '~하더래요'를 붙이는 것을 보고 일도는 영순이 떠올라 빙그레 웃었다.

영순은 시를 잘 썼다. 마치 언어의 마술사 같았다. 거칠고 삭막한 문장들도 영순의 손을 거치면 시적 냄새 폴폴 풍기는 아름다운 문장으로 바뀌곤 했다.

영순은 귀여운 얼굴이었다. 이마가 살짝 튀어나와 짱구라는 별명으로 불렸다. 웃을 때 고르고 하얀 치아가 매력적이어서 '짱구의 살인미소'라는 별명도 가지고 있었다.

이런 저런 생각들을 하며 걷다 보니 넓은 기와집에 도착했다. 탄광소장의 집이었다. 소장은 기다리고 있었다며 미리 준비했던 술상을 보게 했다. 일도는 선배의 누님께 인사하고 부담 없이 술상을 받았다.

당시 탄광업체는 고한, 사북 등 국내 최대 석탄 생산지의 대규모 파업난동으로 인하여 어수선하고 혼란스러운 상황이었다. 정부에서는 당근과 채찍을 적절히 사용하며 중소 탄광업체들에 석탄 생산 장려금을 지원해 주고 있었다.

선배의 매형은 탄광생활에서 주의해야 할 사항들을 세밀히 챙겨 주었고 갑, 을, 병으로 나뉘어 3교대 운영된다고 했다. 선배의 매형은 일도를 을반에 배치하겠노라고 했다. 이유인즉 을반의 근무시간이 오후 2시에서 저녁 10시까지이므로 간혹 경찰이 하숙집들을 불시검문하는데 주로 시간대가 을반들이 막장에서 일하고 있을 때라고 했다.

일도는 선배 매형의 세심한 배려에 감사의 뜻을 전했다. 대화를 나누어 볼수록 지식의 깊이가 상당했다. 쫓기는 자의 입장으로 일면식 연고도 없는 객지에서 일도는 선배의 매형에게서 많은 위안을 받는 형편이었다.

일도는 내일부터 일할 때 필요한 준비물들을 받아 적은 다음 너무 늦지 않게 선배 매형의 집을 나섰다. 일도는 시장에서 작업에 필요한 모든 것을 준비해 하숙집으로 돌아왔다.

'막장!' 왠지 인생의 마지막을 은연중에 표현하는 듯한 말이라고 일도는 생각했다. 왜 막장이란 말을 하는지 일도는 첫날 탄광생활을 경험해 보고 나서야 이해할 수 있었다.

일도는 갑, 을, 병 중에서 을반의 돌진부에 배치되었다. 탄광의 인부들은 돌진부와 채탄부로 나누어져 있었다. 돌진부는 한마디로 탄맥을 찾아 특공대처럼 전진하는 팀을 일컬었다. 돌진부에서 탄맥을 찾아내면 채탄부는 석탄을 캐내어 운반기구를 이용해 막장 밖으로 운송하는 것이었다.

급료는 철저하게 실적 급이었다. 돌진부나 채탄부는 모두 3명이나 4명씩 한 조를 이루어 작업을 진행하였는데 예를 들어 채탄부에서 을반의 작업부 4명이 10톤의 석탄을 생산했다면 경력에 따라 비율을 나누어 월에 한 번씩 지급하는 식이었다.

돌진부의 급여 방식은 좀 복잡했다. 돌진부는 한마디로 터널을 계속 뚫고 나가는 게 주 업무였다. 단, 탄맥을 찾아 터널을 뚫어야 하므로 일직선으로 계속 나갈 수는 없는 것이었다. 터널을 뚫어 나가기 위해서는 발파를 해야 하고, 발파를 위해서는 다이너마이트 설치를 위해 구멍을 뚫어야 하는데 구멍 뚫는 작업을 천공이라 했다. 그 천공기는 오랜 경력의 보유자만이 할 수 있는 일이었고 발파되어 터널이 그만큼 생긴 자리에는 무너지지 않게 하기 위해 동발을 세워야 했다.

또한 발파된 돌덩이들을 막장 밖으로 실어 날라야 했으며, 돌덩이를 전부 치운 자리에는 철길이 계속 이어지도록 레일 만드는 작업을 하였다.

 이러하니 천공하는 데 얼마, 발파하는 데 얼마, 돌덩이 실어 나르는 데 한 그루마당 얼마, 동발 세우는 데 얼마, 레일 설치하는 데 얼마 하는 식으로 합산한 뒤 경력에 따라 비율을 나누는 것이었다.

 일도는 첫날 작업이 어떻게 이루어지고 어떻게 8시간을 보냈는지 도통 정신이 없었다. 웬만큼의 어려운 작업은 은근히 자신했던 일도였으나 막장의 첫날은 마치 생지옥처럼 느낄 수밖에 없었다.

 막장은 깜깜했고 공기는 혼탁했다. 발파 때 생긴 엄청난 분진과 석탄 가루들은 눈을 뜨기도 어렵게 만들었고 입마개를 했음에도 숨쉬기마저 힘들었다. 천정에선 물방울이 떨어져 작업복을 적셨고 장화 신은 발에는 물이 새어들어 걷기에도 힘들었다. 허리에는 배터리 충전기를 부착하고 안전모에 야광용 서치를 꽂아 깜깜한 땅속 막장에서 오직 그 불빛에만 의지해야 하는데 정말 두더지 같은 삶일 수밖에 없었다.

 더구나 하숙집에서 싸준 도시락을 그토록 깜깜한 막장 안에서 쪼그리고 앉아 먹는데 석탄가루와 분진가루가 어찌 입속으로 아니 들어가겠나. 그럼에도 같은 조를 이룬 선배들은 아주 맛있게 식사를 하였다. 눈하고 입가리개만 했던 입 주위만 빼고는 온통 시커먼 얼굴들, 도대체 이들은 이런 생활을 어떻게 견디어 왔을까….

 일도는 그들이 존경스럽기까지 했다.

 온몸이 땀에 흠뻑 젖은 일도가 작업을 마치고 조를 이룬 동료들과 막장 밖으로 나오자 밖에도 캄캄한 밤이었다. 샤워실에서 온몸을 정성들여 씻고 나서야 일도는 거울에 비친 자신의 모습을 보고 사람 같다는 생각을 하였다.

 같은 조를 이룬 동료들은 일도보다 나이들이 많았다. 30년째 탄광생활을 한다는 50대의 황씨 아저씨, 막장이 무너져 일주일 동안 막장에 갇혀 있었다던 40대의 양씨 아저씨, 이제 3개월 됐다는 서른일곱의 고시 포기생 등 정녕 그들이 위대하게만 느껴졌다.

동료들은 일도에게 첫날인데도 보조를 잘 맞추어 준 덕분에 일의 성과가 좋았다고 일도의 어깨를 두드려 주었다. 미탄면 하숙집에서 탄광까지는 차로 20분 거리의 산속에 있었다. 미탄 광업소는 출퇴근 버스를 한 대 운영하고 있었다.

하숙집에 도착한 일도는 그냥 쓰러져 잠이 들었다. 그날 밤 일도는 악몽에 시달렸다. 온몸에 밧줄이 꽁꽁 묶이고 혼자 내버려진 채 누군가를 애타게 불러도 대답조차 없는 쓸쓸한 허허벌판….

일도는 흐느끼고 있었다.

영등포구 흑석동 J대 부속고교가 있는 앞도로는 Y자 거꾸로 형태의 길이 있었다. 삼거리 코너에는 '블랙스톤'이라는 레스토랑이 있고 2층 건물이었으며 3층에는 옥탑방이 있었다. 일도는 학교장 추천으로 향토장학생이 되어 꿈에 부푼 대학생활을 시작하였다. 일도가 집안 걱정에 서울지역에 있는 대학 진학을 포기하고 예산에서 기차로 통학할 수 있는 대학에 진학하려 하자 큰외삼촌은 노발대발이셨다. 엄마 걱정, 동생들 걱정 모두 필요 없다고 하셨다. 소 걱정, 돼지 걱정 그것도 모두 필요 없다고 하셨다. 너는 내 아들이나 다름없으니 모든 걸 자신에게 맡기고 공부에 전념하라는 외삼촌의 절대적인 조카 사랑 때문에 일도는 서울에 있는 대학의 학생이 될 수 있었다. 그러나 대학의 기숙사는 정원초과로 입사가 불가능했다.

블랙스톤에서 아르바이트를 하기로 했다. 일도의 처지를 이해해 주신 주인 내외가 옥탑방에서 종업원들과의 합숙을 허락해 주었다.

숙식은 자동으로 해결되었다. 부지런한 일도는 성실 그 자체였다. 주방이든 홀이든 화장실이든… 어디든지 무슨 일이든지 모두 일을 찾아서 솔선수범했다. 학교생활도 마찬가지였다. 일도는 오직 한 가지 생각만 하려 했다. 낙오되지 말고 졸업만 제대로 하자고 말이다. 그건 교장선생님과의 약속이기도 했다.

그렇게 1년이 지났다. 고단하지만 너무도 당당했던 삶에 하늘이 시기라도 품었는지 일도에게 크나큰 시련이 다가오고 있었다.

장석규라는 선배가 있었다. 키 크고 잘생기고 집안도 좋았다. 한마디로 남여 캠퍼스생들에게 우상인 존재였다. 선배는 블랙스톤 단골이기도 했다. 선배는 올 때마다 일행들이 바뀌는 듯했고 올 때마다 밀폐된 칸막이 룸을 요구했었다. 서빙 아르바이트로 룸을 들락거리는 일도의 눈에 장석규 선배는 항상 열정적인 리더였으며 일행을 압도하는 인물이었다. 일도는 석규 선배와 포장마차에서 몇 번 술잔을 같이 기울인 적이 있었다. 선배는 블랙스톤이 마감해야 하는 시간에 몇 번 혼자 들렀었고 그때마다 일도를 반억지로 농행시켜 포장마차로 끌고 가곤 했었다.

선배는 일도와 같이 있을 때는 말이 별로 없었다. 블랙스톤에 일행들과 같이 와서 열변을 토할 때의 선배와는 아주 딴판이었다. 선배는 일도의 고향이야기를 좋아했다. 시골사람들이 살아가는 이야기….

소가 먹이를 커다란 위통에 저장했다가 되새김질을 해서 소화시킨다는 이야기와 돼지는 자신이 배설하는 자리에만 배설한다는 이야기 등등 선배는 일도에게 그런 얘기들을 들을 때면 어린아이처럼 새로운 세상을 발견한 듯 순수한 마음을 일도에게 내비추곤 했었다. 언젠가 한번은 자신이 지은 시라며 일도에게 들려주었다.


먼 동


먼동이 멀었는가
기다림에 지쳐가네
기다림에 지쳐가는
민초들이 늘어나네
먼동은 언제나
희망으로 다가올까

먼동이 멀었는가
술잔에도 안 보이네
길 위에도 안 보이네
먼동은 언제나
기대만큼 다가올까

먼동은
어느 계절에
우리에게 다가올까
5월이면 좋으련만
5월이면 좋으련만…


선배의 목소리가 우울하기도 했었지만 시의 내용 또한 어딘가 모르게 자학적이며 선동적인 내용이 아닌가 하고 일도는 생각했었다. 그날은 비가 억수로 쏟아지는 날이었다. 지도 교수님의 사정으로 강의가 취소되어 그날 일도는 블랙스톤 옥탑방으로 일찍 돌아와 있었다.

느닷없이 두 명의 건장한 남자가 들이닥쳤다. 짧은 머리 스타일에 둘 다 검정색 가죽잠바를 입고 있었다.

'미란다 법칙'도 없는 일방적인 연행이었다. 추리닝 복장으로 운동화도 제대로 신지 못한 채 수갑부터 채워졌다.

"최일도 맞지?"

한 사람이 말하자 다른 한 사람이 뭔가 사진인 듯한 것을 안주머니에서 꺼내 보더니 고개를 끄덕였다. 그리고는 그걸로 끝이었다. 차에 태워진 일도의 눈에 가리개가 씌워졌다. 잠시 숨 돌릴 사이도 없이 벌어진 일에 어안이 벙벙해 한마디 말도 못했던 일도는 겨우 정신을 차리고 물었다.

"도대체 무슨 일입니까? 어디로 가는 거구 당신들은 누구입니까?"

"장석규 알고 있지?"

"그런데요"

"그럼 주둥아리 닥치고 가만 있어. 쥐도 새도 모르게 죽으면 네 놈만 손해야."

일도는 뭔가 크게 잘못됐다는 생각 속에 석규 선배에 대해 생각해 보았다. 일도가 알고 있는 석규 선배는 복학생이고 군생활도 최전방에서 했다고 했다.

키 크고 인물 좋고 못하는 운동 없고 집안 좋고 그런 선배를 알고 있다는 사실이 쥐도 새도 모르게 일도가 죽을 수도 있다면 도대체 이건 뭐가 어떻게 된 것인가.

'뭔가 엉뚱한 오해가 있는 것이겠지!'

일도는 그렇게 생각할 수밖에 없었다. 2~30분 지났을까, 일도의 눈에 씌워졌던 가리개가 벗겨졌다. 일도가 두리번거리며 상황을 파악했을 때는 어쩌면 그렇게도 영화나 텔레비전에서 보았던 똑같은 배경이 눈에 들어왔다. 중죄를 지은 사람들이 특수기관에서 심문받는 듯한 똑같은 그런 배경 말이다.

가죽잠바는 사진 몇 장을 일도 앞에 내던졌다. 장석규 선배와 포장마차에서 술 마시는 장면의 사진이었다. 다른 사진들은 배경이 블랙스톤 내부인 듯하고 일도가 선배에게서 노란 큰 봉투를 전달받는 사진이 있었고 일도가 누군가에게 봉투를 전달하는 사진도 있었다.

"불어! 사실대로 고백하면 정상참작은 해줄 수 있다."

가죽잠바는 다짜고짜 불라고 했다.

"좀 알아듣게 얘기 좀 해주시면 안 되겠습니까?"

가죽잠바는 잠시 생각하더니 "그래, 그럼 알아듣게 해주지!" 그 한마디를 던지고는 밖으로 나가 버렸다.

한참이 지나도록 일도는 혼자 의자에 앉아 지금 이 상황이 어떤 상황일까를 생각했다. 선배의 부탁을 몇 번 들어준 적이 있었다. 그런데 그랬던 일들이 사진으로 남았다.

'그렇다면 누가, 왜 이런 사진을…. 그리고 그 봉투 안에 있던 내용물은 도대체 어떤 것이었을까?'

석규 선배의 부탁은 어려운 게 아니었다. 일도에게 봉투를 맡기면서 누군가 일도를 찾아오면 봉투를 전해달라는 것뿐이었다.

'그랬을 뿐이었는데, 도대체 내가 왜 이런 곳엘 와 있어야 하는 거지?'

일도는 아무리 생각해 봐도 쉽게 이해되지 않았다. 둘러보니 사방이 막혀 있는 공간이었다. 감시 카메라 같은 것은 없어 보였다.
 '도대체 여기는 어디일까?'
 문이 있는 쪽으로 가서 문고리를 당겨보았지만 미동도 하지 않았다.
 "여보세요! 누구 없습니까?"
 문짝을 두드리며 소리쳐 보았지만 아무런 반응도 없었다. 시계도 없고 창문도 없었다. 끌려온 지 반나절은 넘은 것 같은데 도대체 몇 시나 됐는지 알 수도 없었다. 불안감이 밀려왔다. 사방이 막혀 있는 공간에서 아무리 불러 봐도 대답조차 없는 폐쇄감이 공포심으로 다가왔다.
 '지금 이곳이 대한민국 서울 맞겠지?'
 언젠가 운동권 동기에게 들었던 괴담이 떠올랐다. 선배 중에 운동권의 귀재로 인정받는 영웅이 있었는데 어느 날 갑자기 사라져 한 달 넘게 흔적도 찾을 수가 없었다고 했다. 두 달 만에 그 선배가 나타났는데 침을 질질 흘리며 완전히 미친 사람이 되어 나타났더란 얘기였다. 또다시 공포감이 엄습해 왔다.
 누군가 문을 열어주지 않는 한 이곳에서 공포감에 떨며 굶어 죽을지도 모른다는 불안감은 현실이 되는 듯했다. 갈증이 나는데 마실 물이 없었다. 배에서 꼬르륵거리는데 먹을 음식이 없었다. 화장실도 없었다. 일도는 순간 자신의 손등을 꼬집었다. 꿈이 아니었다.
 일도는 털썩 주저앉았다. 일도가 끌려오는 걸 블랙스톤 주방에서 주방장 보조로 일하는 사람이 보기는 했으나 어디로 왜 끌려갔는지는 모를 것이 아닌가. 누군가 일도가 없어진 것을 알리고 일도를 찾기 위한 노력이 있어야 할 텐데, 아무런 영문도 모르는 상태에서 과연 누가 일도를 구하기 위해 발 벗고 나설 것인가. 이 상태로 사람 하나 죽어 없어진들 누가 어떻게 알 것인가?

일도는 순간 온몸에 소름이 돋았다.

'국가가 국민 한 사람을 이렇게 죽일 수도 있는 게 그리 어려운 일이 아니었구나.'

긴장감에 온몸이 경직되면서 소변이 마려웠다. 그러나 아무것도 없었다. 그렇다고 옷에 싸버릴 수는 없지 않은가. 일도는 어쩔 수 없이 구석진 코너에 볼일을 보았다.

일도는 머리가 돌아버릴 것 같았다. 아니 제정신으로는 도저히 현실을 인정할 수가 없을 것만 같았다.

'내가 이대로 이곳에서 끝난다면… 어머니! 어머니는 어찌 되는 거지?'

일도는 다시 미친 듯이 문짝을 두드렸다. 자신을 잡아갈 저승사자라도 좋았다. 일도는 오직 그 문짝이 열리기만 바라며 미친 듯이 문짝을 두드렸다.

일도는 자신이 흐느끼는 소리에 놀라 눈을 떴다. 온몸이 땀에 흠뻑 젖어 있었다. 밖은 훤히 밝은 아침인 듯했다. 머리맡에 있는 사발시계를 보니 아침 8시가 좀 넘어 있었다. 탄광에서 오자마자 쓰러져 잠이 들었던 일도는 일어나 밖으로 나왔다. 하숙집 아주머니가 텃밭에서 상추를 뜯다가 일도를 보고 반갑게 인사했다.

"총각, 잘 잤더래요? 탄광일은 할만하더래요?"

일도는 대답 대신 웃으며 고개를 한번 끄덕였다. 이토록 평화로운 마을에 무거운 마음의 짐을 가득 안고 숨어든 자신이 마을의 평화를 깨버리는 것이 아닌가 하는 생각마저 들 정도로 사람들은 순수하고 맑았으며 친절했다.
 일도가 영순에게서 처음 느꼈던 그런 감정들을 이곳 미탄면에서 그대로 느끼고 있었다.

 선배의 추천으로 미탄면에 숨어들기 이틀 전 일도는 영순을 만났었다. 이모님 댁에서 통학한다고 했다. 이모님은 노량진 수산시장에서 장사를 하신다고 했고 집은 남태령 쪽이라 했다.
 일도가 영순을 처음에 쬐금이라도 알게 된 날은 '오염된 한강물과 청정수 개울물이 만났을 때'라는 플랜카드를 걸어놓고 신입생 환영회를 했던 장소에서였다. 국문학과 신입생 환영회답게 상대방의 이름으로 삼행시를 짓는 과목이 있었다.
 선배들은 신입생들에게 이름표를 나누어 주었고 영순의 가슴에는 '안영순'이란 이름표가 달렸다. 삼행시 선택권은 여학생에게 있었다. 여학생이 남학생을 지목하면 남학생은 자신을 지목한 여학생의 이름으로 삼행시를 지어야 했다. 국문학을 전공할 학생들답게 기발하고 문학적인 삼행시들이 많이 나왔다. 삼행시의 반응이 별로인 신입생에게는 벌칙으로 막걸리와 소주를 섞은 술을 마시게 했다. 그것도 대접에 마시는 술이었다.
 영순의 차례가 되었고 영순은 일도를 지목했다. 일도가 자리에서 일어서자 환영회에 참석한 모든 이들이 운을 띄워 주었다.
 "안!"
 일도는 순간 당황했다. 어느 여학생이 자신을 지목할지 몰라 전혀 준비되지 않은 때문이기도 했다.
 띄운 운을 즉시 받지 못한 벌칙으로 일도는 대접 술을 받았다. 시골에서 막걸리는 한두 잔 마셔 보았지만 이런 술은 처음이었다.

눈을 딱 감고 마셔 버렸다. 곧이어 다 같이 운을 띄웠다.
"안!"
"안영순이구먼유."
"영!"
"영순이라구유."
"순!"
"순진해갖구유 아무것도 몰러유. 잘 좀 부탁혀유~"
얼떨결에 지어낸 삼행시에 요절복통 배꼽 잡고 뒹구는 선배들이 한둘이 아니었다. 일도는 미안한 생각이 들어 영순의 눈치를 살짝 살폈는데 영순은 아주 즐거운 표정이었다.
삼행시 과목이 끝나자 선배들은 일도와 영순을 의도적으로 붙어 앉게 했다. 이후 환영회가 진행되는 동안 일도는 벌칙으로 두 번의 대접 술을 더 마셔야 했고 영순도 한 잔의 대접 술을 마셔야 했다.

사당동에서 과천 쪽으로 넘어가는 길목에 위치한 동네가 남태령이었다. 그때는 전철도 없었고 흑석동에서 과천행 버스를 타면 갈 수 있는 곳이었다.
일도를 보자 영순은 주변을 살피며 걱정부터 했다.
"검문에 걸리면 어쩌려구 그러니?"
영순은 일도를 한가로이 외진 곳으로 이끌었다.
마을 한쪽 산밑에 아름드리 큰 나무 밑에 간이의자가 있었다. 영순은 일도를 의자에 앉혔다. 자신은 서 있는 채로 한참을 말없이 일도를 쳐다보던 영순이 말했다.
"일도야, 너 많이 늙은 것처럼 보인다."
일도는 치아가 드러나지 않게 살포시 웃었다.

"그래, 바로 그 미소야. 너를 처음 보았을 때 그 미소 말이야."
일도는 무슨 말인가 싶었다.
"그때 말야, 내가 왜 너를 지목했는지 아니?"
궁금하다는 듯 일도는 눈빛으로 의미를 전달했다.
영순이 일도 옆에 앉았다.
그때 일도는 교련복 차림이었다고 했다.
'그래! 색깔이 누렇게 변해 버린 교련복이었지.'
남들은 고교를 졸업하자마자 대부분 쳐다보지도 않는 옷이었지만 일도는 그 옷이 때가 잘 타지 않고 편해서 좋았다.
일도는 얼굴도 시커멓게 햇빛에 그을려 건강해 보이기는 했지만 진짜 촌놈처럼 보였다고 했다. 당시 다른 남학생들은 힐끔힐끔 자신을 쳐다보았는데 일도는 눈길 한번 주지 않았다고 했다. 모두들 낄낄대고 웃어도 일도만은 좀 전처럼 입모양만 살포시 웃었다고 했다. 영순은 일도의 또래에게서 느끼는 철부지 같은 느낌은 전혀 없었고, 일도의 어깨에 무거운 짐이 걸려 있는 것 같은 고독감을 보았노라고 했다.
영순이 일도 옆으로 바싹 다가앉으며 밀했다.
"일도야, 나 좀 똑바로 한번 쳐다봐."
일도의 눈길이 수줍음에 살짝 떨리었다.
"일도야… 나 이쁘지? 앞으로 보고 싶으면 내가 너를 찾아갈게…."
영순의 눈이 이슬처럼 반짝였다.
영순의 입술이 다가오더니 일도의 입술 위에 살포시 겹쳐졌다. 어린아이 살결 같은 감촉이 일도의 입술 위에 전해졌다.

일도는 천천히 걸어 시외버스 정류장이 있는 곳에 이르렀다. 서울로 가는 고속버스 편에 오르기 위해 예닐곱 명의 사람들이 줄서 있었다. 일도는 서울행 버스에 탑승하고픈 욕구를 강하게 느꼈다. 영순이 보고 싶었다. 촉촉한 입술의 감촉이 지금도 선명하게 남아 있었다.

'그녀가 아니었다면 난 그냥 그때… 그곳에서 쥐도 새도 모르게 죽었을지도 몰라.'

그랬다. 영순은 일도에게 있어 구세주였다. 어딘지도 모르는 곳으로 끌려가 밀려드는 공포감을 이겨내지 못하고 일도는 탈진해서 잠시 정신을 잃었다. 아무리 문짝을 두드려도 문짝은 꿈쩍도 하지 않고 시간이 도대체 얼마나 지났는지, 하루가 지났는지 이틀이 지났는지, 아니 3일이 지났는지도 모를 일이었다. 폐쇄 공포증이란 그런 상황을 두고 하는 말이었을 것이다. 겪어보지 않고 그 고통스러운 공포감을 어찌 이해할 수 있으랴.

누군가 문짝을 열어주는 이가 있다면 그 존재가 악마일지라도 눈물 나게 고마울 것이었다. 먹는 것 없어도 생리적인 현상은 어쩔 수 없었다. 오줌 쌌던 자리에 대변을 보고 나서 주위를 보니 휴지마저도 없었다. 일도는 자신의 존재가치를 찾을 수 없는 상실감에 차라리 죽어버리고 싶었다.

'이럴 수는 없다! 나는 짐승이 아니다! 돼지새끼나 송아지를 엄마 돼지나 어미 소와 떨어트려 놓을 때도 먹을 것 주고 잠자리 해주고 떨어트려 놓는다. 나는 지금 짐승만도 못한 대접을 받고 있다. 과연 이 나라가 애국가에 나오듯이 하느님이 보우하사 사람 사는 나라인가?'

일도는 절규하다 발악하다 탈진해서 그렇게 정신을 잃었다.

정신을 잃고 얼마나 시간이 흐른 건지… 온몸에 따스함이 느껴졌다. 여기는 어디일까. 일도는 눈을 뜨려 했다. 그 순간 옆에서 인기척이 느껴졌다. 일도는 눈을 감고 죽은 듯이 있었다.

"최일도 고향 경찰서에선 연락 왔나?"

"예!"

"내용은?"

"전혀 아닙니다."

남자 둘의 대화 내용이었다. 한동안 둘의 대화는 중단되었다가 다시 한 남자의 말이 이어졌다.

"우리가 잘못 판단한 것 같습니다. 최일도가 다녔던 학교에서나 동네에서나 칭찬이 자자했답니다."

한동안 또 조용해졌다. 이건 또 무슨 상황일까? 문이 열리고 이어 문이 닫히는 소리가 들렸다. 일도는 집중해서 귀를 세웠다. 옆에 사람이 있는 듯한 인기척은 이제 전혀 느껴지지 않았다.

눈을 떴다. 크지 않은 방이었다. 일도는 침대에 누워 두터운 이불 속에 있었다. 일도는 좀 전 두 남자의 대화내용을 떠올렸다. 일도가 인간 이하의 취급을 받으면서 고통스런 공포감에 흐느끼며 괴로워할 때 일도의 뒷조사를 했음에 틀림없었다.

분노를 느껴야 정상이었으나 일도는 분노를 느낄 수 없었다. 지옥 같았던 이곳을 빨리 벗어났으면 하는 생각뿐이었다.

문이 열렸다. 한 남자가 다가와 일도를 내려다보았다. 일도는 눈길을 피하지 않았다. 남자는 일도에게 일어날 것을 요구했다. 그리고 따라오라고 했다.

일도는 남자가 시키는 대로 했다. 어느 지점에선가 멈춰선 남자는 '202'라고 써 있는 문을 열고는 안으로 들어가라 했다. 안으로 들어서자 가정집 같은 구조와 가구들이 눈에 들어왔다. 식탁에 음식이 차려져 있었다. 남자는 일도에게 식사하고 샤워를 하고 있으라며 밖으로 나갔다.

식탁에 가까이 가보니 설렁탕이 준비돼 있었다. 일도는 물 한 컵을 단숨에 들이켜고 나서 설렁탕을 깨끗이 비웠다.

남자의 말대로 일도는 샤워를 했다. 면도까지 깨끗이 했다. 좀 전 남자들의 대화 내용이 일도를 마음 편하게 해주었다. 이제 일도는 이곳을 나갈 거라 확신했다. 그러니 먹이고 샤워까지 시켜 주는 것 아니겠는가.

잠시 후 일도는 다시 그 남자를 따라나섰다. 따라가 보니 처음 끌려왔던 그 방이었다. 순간 일도의 눈에 공포가 서렸다.

"최일도! 괜찮아 앉아."

가죽잠바였다.

"최일도! 궁금하다고 했지?"

일도는 아무 말도 하지 않았다.

"장석규가 월북했다."

일도의 눈이 순간 움찔했다.

"장석규는 월북했고… 다시 말해서 장석규는 고정간첩이었다. 장석규는 민중의 요람이라는 지하단체를 만들어 최일도 너처럼 가정 형편이 어려운 사회 불만 세력들을 규합해 국가 전복을 꾀하려 했다. 최일도 너는 장석규의 심복으로서 중요한 임무들을 수행했다. 그러나 국가는 단 한 번만 너를 용서하기로 했다. 단 한 번의 실수 때문에 영원히 너를 격리시키기에는 네가 그동안 너무 열심히 살아왔기 때문이다. 너를 오늘 풀어줄 것이다. 그동안 넌 이곳에서 아무 일도 없었다. 나를 본 적도 없다. 나가서는 열심히 공부하고… 이 다음에 훌륭한 선생님이 되길 바란다."
 가죽잠바는 일도의 어깨를 두드리고는 밖으로 나갔다.
 일도는 지금까지 들은 얘기가 무슨 얘긴가 싶었다. 어떻게 생각하면 자신의 이야기 같기도 하고 또 어떻게 생각하면 드라마 속 한 장면을 자신이 재연하는 것 같기도 했다. 그러면서도 머리 한쪽 구석을 강하게 지배하는 어떤 생각이 있었다.
 '나의 의지와는 전혀 상관없이 일어날 수 있는 일들이 있구나. 이런 건 어떻게 설명되는 것일까… 업보라는 것인가?'
 일도는 순간적으로 아버지를 생각했다. 일도보다 한참이나 어린 나이에 일본 놈 순사들에게 무작정 끌려가 얼마나 크나큰 공포 속에서 고통을 당하셨을까. 같은 민족끼리도 이토록 커다란 고통을 주는데… 악독한 일본 놈들은 얼마나 더한 짓을 해댔을까? 비 오는 날에 아버지는 어떤 고통을 겪으셨기에 도저히 맨정신으로 버티시지 못했을까? 어머니는 말씀하셨다. 일본 놈들에게 많이 맞아서 비 오는 날이면 몸이 쑤시고 아픈 거라고….
 일도 역시 당시에는 그럴 거라 생각했다. 그러나 그게 아닐 거라는 생각이 들었다. 어쩌면 아버지는 비 오는 날에 땅속에 생매장당하는 고문을 당했을지도 모를 일이었다.
 '국가는 국민을… 그것도 죄 없는 국민을 죄인으로 만들어 죽일 수도 있다. 쥐도 새도 모르게….'
 가죽잠바가 밖으로 나가자 일도를 데리고 온 남자가 대신 의자에 앉았다. 남자는 종이를 내밀더니 일도에게 지장을 찍으라고 했다. 이곳에서 있었던 일을 누구에게도 발설하지 않는다는 서약서라고 했다. 일도는 지장을 찍기 전에 한 가지만 물었다.
 "내가 이곳에 온 지 얼마나 됐습니까?"

남자는 꼬박 5일 됐다고 했다. 일도는 더 이상 아무 말 없이 지장을 찍었다.

옥탑으로 돌아왔다. 블랙스톤 사장 내외가 제일 먼저 일도를 맞아주었다. 나중에 알게 되었지만 일도가 누군지도 모르는 사람에게 체포되어 사라지자 납치사건이라며 해당지역 경찰서에 납치 실종 사건으로 신고하여 학생회에 알렸으며, 총장에게까지 찾아가 일도의 존재를 알렸고 학교 차원에서 구명운동을 할 것을 요구했다고 한다. 블랙스톤 사장 내외의 이러한 조치들에는 처음부터 끝까지 영순이 함께했음을 두 분이 말해주었다.

사장 내외는 일도를 친동생 대하듯 하였다. 블랙스톤은 주로 부인인 여사장이 도맡아 운영하다시피 했고, 남자 사장은 저녁시간에 들러보곤 했는데 잡지사를 운영한다고 했다.

언젠가 블랙스톤이 위치한 지역 일대가 예고 없이 단수된 적이 있었다. 장사를 해야 할지 쉬어야 할지 고민하는 여사장에게 일도는 장사를 하자고 주장했었다.

여사장은 물 없이는 장사가 힘들다고 했다. 일도는 물을 구해오면 된다고 했고 물은 자신이 길어오겠다고 했다. 일도의 어머니는 집에서 1km 넘게 떨어져 있는 마을 공동우물가에서 물지개질로 물을 길어다 어린 5남매를 키우셨다. 흑석동 전체가 물이 안 나오는 것도 아니고 마음만 먹으면 물은 얼마든지 구할 수 있는 상황이라고 생각했다.

일도는 양동이 두 개를 들고 블랙스톤에서 30m 정도 떨어진 길 건너 설렁탕집에서 물을 떠다 날랐다. 예고 없이 단수된 사정을 얘기하고, 만약에 설렁탕집에 오늘처럼 예고 없이 단수된다면 물을 길어다 드리겠다고 약속했다. 설렁탕집은 기꺼이 허락했다. 그렇게 해서 그날 저녁 장사를 무사히 마친 적이 있었다. 일도의 사고방식이 이러했으니 사장 내외는 일도를 마음으로부터 아껴주었으며 항시 힘이 되어 주고자 했다.

일도가 가죽잠바들에게 끌려가는 것을 본 주방보조가 여사장에게 알렸을 때만 해도 여사장은 별일 없을 것으로 생각했단다. 일도가 워낙 반듯한 모습으로 그동안 성실했기 때문이었다. 그러나 다음 날 오후가 되어도 나타나지 않았고 강의에 출석하지 않은 일도가 궁금해 무슨 일인가 싶던 차에 일도를 찾아왔던 영순의 애기를 듣고는 문제의 심각성을 느꼈다고 했다.

블랙스톤의 손님 70%가 J대 학생들이었고 당시 학생들은 정통성을 확보하지 못한 집권세력에 맞서 반정부 데모가 일상적이었던 시기였음에 대학가 근처들은 한시도 조용할 날이 없던 때이기도 했다. 그런 만큼 어느 날 갑자기 학교 동기가 보이지 않으면 데모 중에 실명을 했다든가, 남산에 끌려갔다든가, 병원 중환자실에 있다든가 하는 어수선한 애기들이 난무하던 시기였다.

자세한 애기를 모두 털어놓자 사장 내외는 일도에게 며칠 안정을 취하라며 아르바이트생에게는 있을 수 없는 유급휴가를 주었다.

일도는 이런 저런 앞뒤 상황을 맞추어 보면서 머리를 맑게 가져 보려 노력했다. 사장 내외와 영순의 도움으로 일도의 실종이 납치사건으로 문제화되자 잔악무도한 그놈들도 그들 마음대로는 하지 못했을 터였다. 이들의 문제제기가 없었다면 일도는 어떤 어려움에 처했을지 모를 일이었다. 일도는 자신이 놈들에게 잡혀 있는 순간에 영순이 발 벗고 나서서 자신의 구명운동을 벌인 사실을 알고 너무 고마웠다.

일도는 캠퍼스 안에서나 밖에서나 이상하게도 항시 영순이 일도 가까이에 있는 것처럼 느껴지곤 했다. 일도는 캠퍼스 내에서 시간 날 때마다 자주 찾는 곳이 본관 앞에 있는 연못이었다. 연못 한가운데 청룡 동상이 있는데 청룡은 지구를 감싸고 있고 왼손에 학문을 뜻하는 붓을 잡고 있었다. 학생들은 학교의 상징이라며 블루드 래곤이라 불렀다.

일도는 이 청룡 연못가 벤치에 앉아 책을 보는 것을 크나큰 즐거움으로 삼았다. 분수가 물을 뿜을 때면 일도는 가슴 후련함을 느끼면서 한참씩이나 상념에 잠기곤 했다. 그럴 때마다 꼬옥 일도 옆에 나타나는 사람이 영순이었다.

그러나 일도는 영순에게 정말로 재미없는 남자친구였다. 재미있는 얘기를 할 줄도 몰랐고 영순을 즐겁게 해줄 줄도 몰랐다. 일도는 그저 학교와 블랙스톤 아르바이트밖에는 몰랐다. 그래도 영순은 그저 그러려니 했다. 딱 한 번인가 영순이 투정 아닌 투정을 부린 적이 있다. 자신이 나타나지 않으면 일도가 자신을 찾을까 싶어 연못 벤치가 보이는 곳에 숨어 일도가 책 읽는 모습을 한참 동안이나 지켜보았다고 했다. 일도는 책에 푹 빠져 주위를 한 번도 둘러보지 않았다고 했다. 일도는 그랬나 싶어 씨익 웃었다.

"그렇게 웃지 마… 별로 매력 없어."

영순은 일도가 얄밉다는 듯 그렇게 한마디 했다.

언젠가는 일도가 졸음을 이기지 못하고 벤치에 누워 잠이 들었다. 나중에 눈을 떠 보니 일도가 영순의 무릎을 베고 있었다. 일도가 깜짝 놀라 일어나려 하자 영순이 일도의 머리에 손을 얹으며 그냥 있으라는 표시를 하고 엄마가 아이 보듯 해준 적도 있다.

캠퍼스 내에서 일도가 자주 가는 곳이 또 있었는데 청룡 연못에

학생들이 많이 모여들어 책 읽기에 불편하다 싶으면 '의혈탑'을 찾았다. 4·19 의거에 참가했다가 장열하게 죽음을 맞이한 7명의 의로운 죽음을 기념한 탑이었다. 의혈탑 앞에서 역사의 소용돌이 속에 희생된 선배들의 넋을 잠시라도 기리는 뜻도 있었지만 일도는 의혈탑 주변에 큰 나무 그늘이 있어 좋았다. 일도가 그곳에 있노라면 용케도 알고 나타나는 사람이 영순이었다.

이렇듯 영순은 항시 일도 옆에 있는 듯했다. 영순은 블랙스톤에도 자주 들르곤 했다. 블랙스톤 여사장은 처음엔 손님 대하듯 하더니 몇 번 본 다음에는 영순을 친동생 대하듯 이뻐했다. 영순은 일도가 일하는 모습을 말없이 지켜보다 음악을 신청해 듣기도 했다. 영순이 좋아하는 음악은 주로 조용하고 차분한 음악이었는데 일도에게는 전혀 생소한 것들이었다.

그럴 때마다 일도는 자신이 어쩔 수 없는 촌놈이라고 생각했다. 여러모로 생각해 봐도 영순은 일도에게 어울리지 않는 백조 같은 여대생이었다. 영순이 백조라면 일도는 마차를 모는 마부라고나 할까. 그런데도 사람들은 일도와 영순이 아주 잘 어울리는 한 쌍이라고 했다.

블랙스톤 여사장은 일도의 촌놈 같은 우직함이 영순에게는 기대고 싶은 기둥 같을 거라고 했다. 사실 일도는 무슨 말인가를 표현하고 싶어도 표현하지 못할 뿐이었다. 일도의 마음에 영순은 이미 많은 비중을 차지하고 있었고 점점 더 커짐을 부정할 수 없었다.

한편, 일도가 끝끝내 이해할 수 없는 부분이 석규 선배의 문제였다. 일도는 선배가 단 한 번도 자신을 이용한다거나 하는 생각을 해본 적이 없었다. 포장마차에서 몇 번 술잔을 기울이며 일도의 고향 이야기를 진지하게 들어주었고 일도에게 몇 번 봉투를 맡긴

게 전부였다. 그게 무슨 내용물인가는 물을 필요도 없었고 선배 또한 얘기해 준 적이 없었다.
 민중의 요람이라는 지하조직이 국가 전복을 꽤했다는 가죽잠바의 이야기 또한 도저히 현실적으로 믿을 수 없는 것은, 장석규 선배가 도대체 무엇이 아쉬워 간첩 짓거리를 했다는 말인가. 일도는 단 한 번도 이념에 휩쓸리지 않았고 운동권 학생들과는 의도적으로 거리를 두고 있었다.
 처음 일도가 꿈에 부푼 대학생활을 시작할 때 잠시 현실적인 고뇌에 부딪혔던 적은 있었다. 캠퍼스 정문까지 기사 달린 고급 자가용을 타고 등교하는 선배들이나 동기를 볼 때였다. 그들의 입장에서는 당연한 권리였겠으나 일도에겐 현실에 대한 깊고 높은 절벽을 보는 느낌이었다.
 그러나 그뿐이었다. 일도는 이내 현실을 인정하고 시골에서 고생하실 어머니를 생각하며 현실의 삶에 충실하고자 마음을 다잡고는 더 이상 흔들리지 않았다. 일도는 더 이상 깊은 생각을 오늘만큼은 피하자고 마음먹었다.
 '내일 영순을 만나고 그 이후 민중의 요람이라는 그 실체를 시간을 갖고 알아보자.'
 일도는 그날 일찍 잠자리에 들었다.

 다음 날 일도는 영순과 함께 남산을 찾았다. 서울 생활 1년이 넘었지만 한 번도 가본 적이 없는 곳이었다. 6년의 공사 끝에 75년도에 완공되었다는 남산타워는 엄청난 높이를 자랑하고 있었다. 일도가 대학생이 되기 1년 전 일반에 공개되었다는 남산타워는 3층까지만 올라가 볼 수 있었다. 일도가 영순에게 남산엘 가자고 했을 때 조금 놀라는 눈치였다. 그러면서도 한마디 질문도 없이 일도를 따라나섰다.

사람들은 남산의 어딘가에 그곳이 있다고 했다. 일도가 끌려갔던 그곳이 어딘지는 모르겠지만 일도는 남산엘 가보고 싶었다. 영순도 남산에 한 번 와본 적이 있다고 했다. 누구와 왔었냐고 물으니 영순은 말없이 씨익 웃기만 했다. 일도는 영순의 손을 꼬옥 잡았다.

"어디쯤일까?"

일도는 뜬금없이 물었다.

"사람들이 모르는 곳에 있을 거야. 땅속에 있을지도 몰라."

영순은 마치 일도의 마음속에 들어와 있는 듯 일도의 뜬금없는 말에 대답했다. 영순의 친구 중에도 운동권이 있다고 했다. 그 운동권 친구를 통해 영순이도 알건 다 안다고 했다.

"할 일이 태산인데… 그리고 열심히 살아왔는데… 아무것도 안 하고 살아온 것 같은 생각이 들어."

일도의 심정은 그랬다. 정말 열심히 살아왔고 살아갈 자신도 있는데 무언가 자신을 한없이 억누르는 느낌이었다.

"만약에 무슨 일을 하게 되면… 너무 깊이는 빠지지 마… 일도 넌 무슨 일을 하게 되면 끝을 볼 것만 같아서… 두려워."

영순이 일도의 눈을 빤히 쳐다보았다.

"그리고 의혈탑 쪽에는 웬만하면 가지 마… 7명의 원혼이 네게 붙어 버릴지도 몰라."

영순의 목소리는 진지했다. 일도가 없어진 5일 동안 영순은 많은 생각을 했다고 했다. 하루도 최루탄 가스 냄새 없는 날이 드물 정도로 대학가는 군부정권에 대한 조직적 움직임이 계획적이고 지능적으로 움직이던 때에 저항조직의 머리를 제거하기 위한 군부정권의 작전들은 이미 대학생들에게 널리 알려진 사실들이었다. 싹수가 있어 보이면 미리 싹을 뽑아 버리기 위한 다양한 협박과 회유책 등 떠도는 얘기들 중에 끔찍한 내용들도 많았단다.

영순은 일도가 돌아와 주어 고맙다고 했다. 세상이 그런 세상인지라 정말 걱정을 많이 했노라고 했다.

"지켜야 할 것은 많아. 일도 너는 나를 지켜줘야 될지도 몰라. 우리 아빠가 우리 엄마를 지켜주듯이…."

영순은 웃으면서 말했지만 사뭇 진지해 보였다.

"만약에 네게 무슨 일이 생기면 마음 아픈 현실을 맞이해야 할 사람들이 많을 거야. 이 세상엔… 아니 너의 주변엔… 너 모르게 너를 생각하는 사람들이 있을 수 있어. 그것도 아주 많이."

손에 힘을 주며 영순이 말했다.

일도는 영순의 마음을 헤아리며 그 뜻을 알 것도 같았다. 영순은 자신의 미래를 일도와 함께하고 싶다는 생각을 하고 있을지도 모른다는 기대감이 일도의 머릿속을 파고들었다. 일도는 행복하다는 생각이 들었다.

그날 일도는 속으로 결심했다. 한 가지만 확인해 보고 그것이 사실이라면 영순의 마음속 바램대로 지난일은 잠시의 악몽으로 치부해 버리고 모든 것을 잊기로 했다.

그러나 운명은 정해진 것이었던가. 일도의 운명은 영순의 바램과는 정반대의 길로 향하고 있었다. 생각지도 못했던 악몽 같은 체험은 일도에게 커다란 충격과 함께 세상을 바라보는 시야를 넓게 만들었다. 일도가 아무리 현실만을 직시하고 가족과 자신의 미래를 위해 다람쥐 쳇바퀴 돌듯 학교와 블랙스톤만을 생활의 공간으로 삼았다 해도 일도 역시 피 끓는 젊은이였고 지성의 상징인 대학생이었다.

일도가 대학생이 아니었다 해도 어쩌면 선택할 수밖에 없는 양심의 결정이었는지 모르겠지만 일도는 장석규 선배의 억울한 누명과 실종을 확인한 뒤 최소한의 항거라도 하지 않으면 안 된다는 어떤 사명감에 불타 있었다. 일도는 장석규 선배의 실체를 분명히 알고 싶었다.

일도의 마음이 그러한 때에 일도를 찾아온 사람이 있었다. 노란봉투의 주인공이었다. 장석규 선배가 일도를 찾아오면 전달해 달라고 해서 몇 번 자신을 찾아왔을 때 노란봉투를 전해 주었던 그 사람이었다.

일도는 그동안 있었던 일을 이야기했다. 그는 듣고 나서 일도에게 말했다.

"장 선배는 군인의 아들입니다. 장 선배의 아버님은 지금 현재 정권을 잡고 있는 놈들에겐 손톱에 가시 같은 존재였지요."

장석규 선배에 대한 이야기 중엔 일도가 처음 듣는 얘기였다.

"사실 그대로 말씀 좀 부닥드립니다."

"정말 살인마 같은 놈들입니다. 후배 분께선 역사를 얼마나 알고 이해하는지 모르겠지만… 한마디로 권력은 사람 한두 명의 목숨 따위는 파리 잡듯이 했던 것이 권력의 역사였지요."

"장 선배의 아버님과 연관되어 있는 것입니까? 그렇다면 그분은 누구이고 장 선배는 왜 간첩으로 몰린 겁니까?"

일도는 자신도 모르게 말이 빨라졌다.

노란봉투 선배는 말없이 한참 동안 일도를 쳐다보았다. 그러더니 주위를 살피며 자신은 쫓기는 몸이라고 했다. 그러면서 자신은 전국 대학 총연합회의 중요 직책을 맡고 있다고 했다. 자신들의 목표는 군부독재 타도이며 민주정권을 탄생시키는 것이 최종 목표라고 했다. 장석규 선배의 아버님은 군의 장성이었고 평생 충직한 군인의 길을 걸어오신 분으로서 군부정권의 탄생을 결사반대했으며, 그로 인해 엄청난 박해를 현 정권에서 받고 있다고 했다. 장석규 선배의 아버님은 그 박해를 꿋꿋이 견뎌내면서 아들인 장석규 선배를 통해 현 군부정권을 무너트릴 수 있는 나름대로의 특급 기밀들을 전국 대학생 연합회에 제공하는 역할을 했다는 것이 노란봉투 선배의 얘기였다.

"장 선배는 살아 있습니까? 살아 있다면 어디에 있습니까?"

"그건 우리도 모릅니다. 장석규 선배의 아버님이 구속되기 전 장 선배를 도피시켰다는 얘기도 있고 유럽에 있다는 설도 있고 놈들에게 잡혀 들어가 쥐도 새도 모르게 죽었을 것이라는 설도 있고…. 장 선배가 없어진 이후 그의 소식을 아는 동지가 한 사람도 없으니 우리도 그 소식을 애타게 기다리는 중입니다."

"장 선배가 월북했다는 건…."

일도는 조심스럽게 노란봉투의 표정을 살피며 말했다.

"민족에겐 분단의 아픔이지만… 정통성 없는 권력을 유지하는 놈들에겐 최고의 은폐물인 셈이지요. 빨갱이로 몰아서 은폐물 속에 처박아 버리면 실체를 확인할 방법이 없으니 말입니다."

노란봉투는 씁쓰레한 표정으로 담담하게 말했다.

"그렇다면 장 선배의 생사 여부를 확인할 방법이 전혀 없다는 뜻입니까?"

일도의 말에 노란봉투의 얼굴에 그늘이 드리워졌다. 그는 끝내 아무런 대답이 없었다.

일도는 가슴이 답답해졌다. 엄연하게 법이 존재하는 법치국가에서 어떻게 이런 일이 생길 수 있단 말인가. 일도는 자신이 겪었던 5일간의 공포를 떠올리며 장석규 선배가 어떤 일을 겪고 흔적도 없이 사라졌는지 막연하게나마 추측할 수 있었다. 장 선배는 분명히 보이지 않는 힘에 의해 움직여졌을 것이다. 더구나 장 선배의 부친까지 옭아매기 위한 작업이 진행되었다면 장 선배는 일도가 상상하는 그 이상의 어떤 음모에 의해 북으로 보내졌을지도 모를 일이었다.

"후배의 도움이 필요합니다."

한동안의 침묵을 깨고 노란봉투가 말문을 열었다.

"장석규 선배의 실종 사실을 어떻게든 많은 사람들에게 알려야만 합니다. 그 적임자가 후배이시니 후배께서 협조해 주십시오."

"제가 무슨 도움이 되겠습니까?"

"우리 뜻대로만 해준다면 우리에게 엄청난 도움이 될 것입니다."

"무슨 말씀이신지…."

"후배께서 놈들에게 끌려갔던 사실을 적극적으로 알리고 행동해 주었던 분들이 계셨기에 후배께서 5일 만에 그곳을 빠져나올 수 있었듯이… 누군가의 도움이 장 선배에겐 절실히 필요할 것입니다."

일도는 자신도 모르게 고개를 끄덕였다.

"제가 어떻게 하면 되겠습니까?"

일도는 자신이 할 수 있는 일을 물었고 노란봉투는 아주 진지한 목소리로 구체적인 계획을 말했다. 노란봉투는 일도에게 장 선배와의 첫 만남에서부터 5일 동안 겪었던 일을 있는 그대로 진실되게 글로 써 달라고 했다. 또한 일도의 신분을 정확히 글에 밝혀 달라는 요구도 뒤따랐다.

노란봉투는 일도의 글을 전국 대학협회에 알려 전국의 대학생들이 일도의 글을 볼 수 있게 하겠다고 했다. 그렇게 되면 장석규 선배의 실종사실이 전국에 알려지게 될 것이고 구명운동이 일어나게 될 것이라고 했다.
　"그 방법이 가장 좋은 방법이라고 생각됩니다. 다만…."
　"다만… 무엇입니까? 제가 할 수 있는 일이라면 정의 차원에서라도 하겠습니다."
　"후배님에게 큰 희생이 따를 수도 있는 일입니다. 후배님의 신원을 정확히 밝혀야 구명운동의 효과가 극대화될 것이고… 그렇게 되면 후배님은 놈들의 집중적인 목표가 될 것입니다."
　일도는 진지해진 노란봉투의 말에 심각해졌다. 일도는 5일 동안 갇혀 있던 곳에서 풀려나오면서 놈들이 내밀었던 서류에 자신이 지장을 찍은 내용을 떠올렸다. 만약 노란봉투의 뜻대로 일도가 글을 써서 대학생 협의회에 제공한다면 분명 놈들은 일도를 그냥 놔두지 않을 것이었다.
　놈들의 수법을 생각해 볼 때 일도에게 따르는 희생은 자신이 상상할 수 있는 그 이상일지도 모를 일이었다. 고향의 어머니를 생각해 보았다. 일도는 어머니에게 있어 인생의 모든 것이나 마찬가지였다. 만약 일도에게 무슨 일이 생긴다면 어머니는 견딜 수 없을 것이었다. 일도는 어머니를 떠올리자 노란봉투의 부탁이 한없이 어려운 일로 받아들여졌다.
　"역시 어려운 부탁이 되겠지요?"
　일도의 흔들림을 눈치 챈 듯 노란봉투가 물었다. 일도는 아무런 말도 할 수가 없었다.
　"장 선배의 어머님은 지금 말로 표현 못할 정도의 고통스런 삶을 간신히 유지하고 계십니다. 벌건 대낮에 집으로 들이닥친 놈들에게 장 선배의 아버님이 끌려가시고 아들인 장 선배는 생사조차 확인되지 않고 있으니… 살아계셔도 살아있는 것이 아닌 상태이십니다. 구세주 같은 누군가의 도움이 절실히 필요한 때입니다."

노란봉투의 눈빛은 간절했다.

일도는 다시 어머니를 떠올렸다. 놈들에게 끌려가 갇혀 있는 5일 동안 일도에게 가장 큰 고통은 어머니에 대한 걱정뿐이었다. 일도가 놈들에게 끌려간 상황을 어머니께서 알게 되셨다면 아마도 제정신으로 살 수 없으리라는 것은 너무나도 뻔한 일이었다.

일도는 장 선배의 어머니를 생각해 보았다. 얼마나 크나큰 고통 속에서 가슴앓이를 하고 계실까? 이 세상 모든 어머니들이 그러하겠지만 남편까지 끌려간 상태에서 사랑하는 아들의 생사조차 모르는 실종 앞에 어떤 어머니인들 제정신으로 살 수 있을 것인가? 일도는 잠시나마 흔들렸던 자신에게 부끄러움을 느꼈다.

갇혀 있던 5일 동안 문이 열리기를 얼마나 애타게 갈구하며 가슴 태웠던가? 악마라도 좋으니 문을 열어 달라고 얼마나 울부짖었던가.

일도의 눈에 눈물이 고였다.

'그래… 장 선배나 장 선배의 어머니께는 구원의 손길이 필요하다. 그것도 아주 절실하게….'

일도는 노란봉투에게 볼펜과 종이를 요청했다. 일도는 글을 써 내려가기 시작했다. 글을 쓰는 동안 일도는 몇 번씩이나 몸을 떨기도 했고 설움에 복받쳐 눈물을 흘리며 통곡하기도 했다.

"후배님, 고맙습니다! 훗날 장 선배를 만나게 되면 그때 웃으며 이 순간을 얘기해 봅시다. 민주정권이 이 나라에 세워지는 날까지 힘들더라도 꿋꿋이 이겨냅시다."

일도의 글을 받아들며 노란봉투가 말했다.

일도는 온몸에 막혀 있던 혈관이 뻥 뚫리는 듯한 시원한 기운을 느꼈다. 일도는 간절히 기원했다. 놈들의 만행으로 고통 속에 지내고 있겠지만 분명히 장 선배는 살아있으리라. 월북이란 말은 놈들이 만들어낸 각본일 뿐이리라. 장 선배는 머지않아 나타나리라. 상큼하게 웃으며 일도 앞에 나타나리라 기원했다.

그러나 일도의 기원은 악귀 같은 소식으로 전해졌다. 일도의 글은 전국의 대학생들에게 알려지기도 전에 악마 같은 놈들의 손에 넘어가고 말았다. 쫓기는 몸이었던 노란봉투는 일도를 만나고 급히 연합회로 가던 도중에 붙잡히는 신세가 되고 말았다.

결국 일도의 글은 빛 한 번 보지 못하고 일도를 옭아매는 명백한 물증이 되어 일도의 운명을 또 다른 고통 속에 빠지게 만들었다. 그 이후 일도는 장석규 선배를 다시 만나지 못하였고, 훗날 그 누구에게도 장석규 선배의 소식조차 듣지 못하였다.

일도가 미탄면으로 숨어든 지 두 달이 조금 지났을 무렵 찌는 듯한 더위가 최고조의 기승을 부리고 있었다. 처음 막장생활에 적응이 안 되어 힘들어 했던 일도도 이제는 땅속 두더지 같은 생활에 많이 익숙해졌다. 일도의 성실성은 탄광생활에서도 여전히 빛을 발하여 두 달 동안 하루도 결근 없이 일도와 같은 조를 이룬 팀에게도 활력이 되었다. 다른 조에 비해 실적이 월등히 좋았기 때문이었다.

팀원 중에서도 일도는 서른일곱 살의 고시 포기생과 아주 친하게 되었는데 그의 이름은 황인원이었다. 그는 자신을 부모 등골

빼먹은 흡혈귀라고 표현하였다. 그의 아버지는 정선군 사북의 D 탄광에서 막장 귀신이 되었다고 했다. 땅속 700m에서 막장이 무너져 내려 보름 만에 구출되었으나 이미 싸늘한 시체로 발견되었다고 했다. 그는 자신이 고시에 패스하지 못할 것을 너무나 잘 알고 있었다고 했다. 그러면서도 10년도 한참 넘는 세월을 서울 혜화동과 신림동 고시촌에서 고시생 흉내만 내면서 부모의 등골을 빼먹었다고 했다.

골치 아픈 법전과 씨름하는 시간보다는 만화방에서 보내는 시간이 훨씬 많았고 안 되는 걸 뻔히 알면서도 끝내 그의 아버지께 자신의 무능력을 고백하지 못하고 결국은 아버지를 깊은 땅속 막장에서 한 많은 인생을 마치게 하고서야 정신을 차렸다고 했다.

황인원은 미탄 광업소와 미탄면 정류소의 중간지점인 아주 작은 산골 마을에 살고 있었다. 우물도 없는 집에 집 옆으로 흐르는 계곡이 말 그대로 우물이요, 수영장이요, 목욕탕이었다. 허름한 농가주택을 사서 리모델링이라면 너무 거창하고 약간의 개조를 하였는데 주변 경관이 너무 좋아서인지 마치 신선이 사는 집같이 느껴졌다.

황인원은 그곳에 '황인원 변호사 家'라는 장난스런 나무간판을 걸어 놓고 실제로 가끔은 미탄면 사람들에게 공짜로 법률상담도 해준다고 했다. 나름대로 자신의 존재가치를 찾는 하나의 방법이라고 했다.

황인원은 어떤 여자와 살고 있었는데 본인보다 10살이나 더 많다고 했다. 그 여자는 황인원이 다니던 만화가게 주인이었다고 했다. 아이도 없는 이혼녀라는 사실을 알고 황인원이 꼬셨다고 했다. 황인원이 그런 얘기를 할 때 그녀는 그냥 살포시 웃기만 했다.

일도가 어떻게 꼬셨느냐고 궁금해 하자 황인원은 껄껄껄 웃으면서 "아주아주 깊은 산골에 변호사 사무실을 차렸는데 인생 사무장이 필요하니 서울생활 정리하고 같이 가자"고 했단다. 그러면서 자신의 인생 중에서 가장 달콤하고 잘한 결정이었다며 또다시 껄껄껄 웃어 댔다. 황인원은 그런 사람이었다.

인생의 고뇌 또한 없지 않으련만 사람을 편하게 해주는 묘한 매력을 지니고 있었다. 황인원은 가끔씩 자신의 집으로 같은 조의 팀원들을 반강제로 초대하곤 했다. 을반조가 일을 마친 후 씻고 집에 갈 준비를 하다 보면 2~30분이 후딱 지나니 퇴근 운행버스에는 10시 30분 정도에 을반의 돌진부 세 개팀, 채탄부 네 개팀이 탑승했다.

광업소에서 미탄면 정류소 마을까지는 20여 분 정도 소요되었고 딱 그 중간지점인 조그마한 산골마을에 황인원의 집이 있었다. 자신이 사는 집 근처에 도착할 때쯤이면 황씨 아저씨나 양씨 아저씨 아니면 일도를 살살 꼬시곤 했다. 집에 가서 술 한잔 하자는 이유였다.

그러면 팀원들은 밤늦게 남의 집에 갈 수 없다며 대부분 거절했고 일도 또한 대부분 거절했다. 밤 11시 다 되어 남의 집을 방문한다는 것도 큰 결례였지만 황인원의 부인 때문에라도 일도는 거절하곤 했었다.

그러고 보면 술을 많이 즐기는 듯한 황인원은 을반이 매우 힘들 듯도 했다. 오후 2시부터 저녁 10시까지 일을 해야 하는 시간이니 낮술 먹고 출근할 수도 없을 테고, 저녁 11시에 술 먹을 데도 없으니 말이다.

황인원이 이런 사정을 일도에게 하소연하듯 말하면서 술친구 한

번 해달라고 해서 반강제로 몇 번 집에 끌려간 적이 있었다. 그의 부인은 밤늦게 술손님이 왔음에도 싫은 내색 한번 하지 않고 그 늦은 밤에 닭을 잡아 닭도리탕을 정성껏 만들어 내놓았다.

이런저런 얘기 중에 술자리가 새벽 2시를 넘어섰음에도 그의 부인은 자세 한번 흐트러지지 않고 술시중을 들고 있었다. 일도가 너무 미안해서 술자리를 일찍 마무리하자 옆방에 이불을 깔아 놓고는 황인원과 일도를 같이 자게 잠자리를 보았다. 황인원은 술이 거나하게 취했는지 부인이 시키는 대로 바로 잠자리에 들었고 일도는 어쩔 수 없이 황인원 옆에 누워 잠이 들었다.

한참을 잤을까… 옆방에서 이상한 소리가 들려 잠을 깬 일도는 숨도 제대로 쉬지 못하고 고문 아닌 고문을 당해야 했다. 황인원의 거친 숨소리가 그녀의 온몸을 덮치는 듯했고, 그녀는 옆방의 일도를 의식해서인지 마음껏 소리도 못 지르고 흐느끼듯 가늘게 가늘게 신음을 토해내고 있었다. 일도는 피할 수만 있다면 피해 주고 싶은 생각이 굴뚝같았다.

황인원은 술기운 때문인지 다른 때보다 더욱 격정적으로 그녀를 몰아붙이는 게 분명한 듯했다. 이는 그녀가 숨을 헐떡이며 자신도 모르게 간혹 뱉어내는 격정의 목소리에서 감지할 수 있었다. 일도는 이러지도 저러지도 못하는 야릇한 상황 속에서도 온몸의 뜨거운 열기가 몸 한쪽에서 발산되고자 하는 것을 느꼈다.

분명 그녀의 알몸을 본 적이 없음에도 불구하고 그녀의 농익은 알몸이 일도의 육체 위에서 일도를 마음껏 유린하고 있었다. 그녀의 숨소리는 점점 더 거칠어졌고 이제는 절대 더 이상 참을 수 없다는 듯 마지막 폭발음을 내쏟으려는 찰나… 일도는 이불을 뒤집어쓰는 동시에 '끄응' 하고 낭떠러지에 떨어지듯 무너지는 자신을 느꼈다.
　일도가 다시 눈을 떴을 때는 오전 9시가 넘어 있었다. 언제 준비했는지 우거지로 끓인 해장국이 차려져 있었다. 일도는 감사한 마음으로 밥숟가락을 들었으나 입으로 들어가는지 코로 들어가는지 눈길을 어디에 두어야 할지 몰랐다.
　아침식사가 끝나자 황인원은 부인에게 일도를 정류소 마을까지 태워다 줄 것을 부탁했다. 일도는 그런 황인원의 처신이 지극히 불편하고 부담스러웠다. 자신이야 일도가 편해서 그런다지만 일도는 그렇지가 못했다.
　부인이 서울생활을 정리하면서 얼마간의 경제적 여유가 생긴 탓인지 오래된 중고차지만 황인원은 차가 한 대 있었다.
　'본인이 운전을 못하니 부인한테 일도를 태워다 주라는 얘긴데… 본인도 동행을 하든지.'
　어쨌든 일도는 상당히 불편하고 부담이 되었다.
　그러나 부인은 일도에게 삼촌이라 호칭하면서 손까지 잡고 차로 이끌었다. 일도는 어쩔 수 없이 그녀의 차를 이용해 정류소 마을까지 올 수밖에 없었다. 마을로 오는 동안 그녀는 일도를 편하게 대해 주었지만 일도는 눈길마저 제대로 둘 곳이 없어 무슨 말인가를 걸어올 때마다 버벅대곤 했다.
　그런 일이 있고 난 후로 일도는 황인원이 집에 가자고 하면 어떤 핑계를 대서라도 빠지곤 했다. 그런데 이상한 것은 일도에게 전에 없던 현상이 생긴 것이었다. 바로 영순에 대한 생각이 완전히 바뀐 것이었다. 전에는 영순을 여자로 보긴 했으되 섹스의 대상으로 생각하지 않고 지켜주고 싶은 여자… 그렇게 생각했었다.
　그러나 이제 영순은 일도에게 있어 지켜주고 싶은 여자가 아니었다. 자신의 여자로 만들어 자신의 울타리 안에 가두어 두고 싶은 여자가 된 것이었다. 일도는 자신의 미래가 불안하고 초조한 것은 분명한 사실이었으나 그렇다고 영순이 하나 책임 못 질까 하는 자신감도 은연중 생겼다.

바로 그때쯤이었다. 일도가 영순에 대한 그리움이 기회가 된다면 이제 같이 잘 수도 있다는 자신감으로 일도 자신을 다스릴 바로 그럴 때였다. 찌는 듯한 더위가 산천초목을 녹다운시키려는 듯 열기를 푹푹 뿜어낼 때에 한 편의 영화 장면처럼 영순이 일도 앞에 나타났다.

그날은 탄광 인부들에게 휴가가 시작되는 날이기도 했다. 그렇다고 무슨 휴가비가 있는 것도 아니었다. 삼겹살 한 근 값 정도를 인부들에게 쥐어 주는 게 전부였다. 사북, 고한 지역에서 있었던 광부들의 대규모 데모 때문에 정부에서도 바싹 긴장했던 터라 휴가를 실시하지 않는 영세 규모인 탄광업체들에 대해 반강제로 휴가를 형식적이나마 실시하게 했고, 정부 보조비로 얼마씩을 지급했으나 차 떼고 포 떼고 나서 영세업체 광부들에게 지급될 휴가비는 없었다. 더구나 휴가기간 동안 유급이 아닌 무급 휴가였으니 눈 가리고 아웅 하는 식이었다.

영순은 학교에서는 한 번도 본 적 없었던 차림으로 일도 앞에 나타났다. 그날 일도는 황인원이 평창읍에 있는 자동차 운전학원에 등록한다고 하여 그의 부인이 운전하는 차에 탑승해 자동차 운전학원도 구경하고 서점에 들러 휴가기간 동안에 읽을 책을 사려던 참이었다.

하숙집 밖에서 클랙슨 소리가 울려 나가 보니 황인원 내외가 뜻밖에도 영순과 함께 서 있는 것이 아닌가. 영순이 일도를 보고 활짝 웃고 있었다. 일도는 어안이 벙벙했다. 꼭 한 번은 영순이 찾아올 것으로 생각하고 있었으나 이런 식으로 만나게 되리라곤 전혀 예상치 못했다.

일도가 멍하니 서 있자 황인원이 얼른 끼어들었다. 오는 길에 정류소에서 만났다고 했다. 정류소 근처에 차를 세우고 담배를 잠시 사려는 사이에 영순이 미탄 광업소 소장집이 어디냐고 물어 내막을 알게 돼서 안내했다고 했다.

"삼촌, 이렇게 이쁜 애인이 있으면서 왜 그동안 한 번도 얘기를 안 했어요?"

황인원의 부인이 영순이 인형처럼 예쁘다며 한마디 거들었다.

일도는 무슨 말을 어떻게 해야 할지 몰라 머쓱해 있다가 안으로 들어가자고 했다. 일도의 그 말이 떨어지기도 전에 오지랖이 태평양인 황인원이 또 거들고 나섰다.

"이렇게도 이쁜 제수씨가 오셨으니 자동차 운전학원이 문제가 아니다!"라며 마침 며칠 휴가인데 잘 오셨다는 둥 점심때가 거의 다 됐으니 시장에 가서 맛있는 거 사올 테니 안에 들어가 기다리라는 둥 일도는 자신이 친동생보다 더 아끼는 동생이라는 둥 난리법석을 떨었다. 그의 부인은 또 연신 "그럼요, 그럼요" 하면서 장단을 맞추곤 했다. 정말 천생연분인 듯했다.

일도는 영순을 데리고 하숙방으로 들어섰다. 다행히도 방은 깨끗이 정리되어 있었다. 방이 푹푹 쪄 대서 일도가 선풍기를 틀고자 움직이려는데 영순이 일도의 손을 잡아끌었다. 엉거주춤 뒤돌아선 일도의 품에 영순이 안기었다. 일도는 반사적으로 영순의 민소매 어깨를 감싸 안았다. 안고 보니 영순의 체구가 참으로 아담하다는 사실에 일도는 놀랐다.

영순이 일도의 허리를 두 손으로 감싸 안으며 몸을 바싹 밀착시켜 왔다. 뭉클하면서도 몰랑한 느낌이 전해져 왔다. 가슴이 쿵쾅거리며 온몸이 흥분되었다. 그 느낌을 좀 더 진하게 느끼고 싶어 일도는 두 팔에 힘을 주어 영순의 몸을 좀 더 힘껏 끌어당겼다. 영순은 일도가 이끄는 대로 몸을 맡기며 자신도 일도의 몸에 좀 더 밀착되고자 일도의 허리를 세게 끌어안았다.

일도의 거친 숨소리가 방안을 가득 메우며 열기가 더해졌다. 일도는 몸의 한쪽 구석이 뜨겁게 팽창되는 것을 느꼈다. 그리고 그 팽창을 거부하지 않고 오히려 자랑스럽게 그 팽창을 부추기기 위해 영순의 몸에 더욱 밀착하였다. 뒤로 몇 발짝 밀리던 영순이 벽에 부딪혀 더 이상 물러설 수 없게 되자 일도의 팽창은 좀 더 적극적으로 영순의 몸에 압박을 가하고 있었다.

영순은 약간 당황한 듯했다. 일도의 몸이 이렇게까지 뜨거울 줄이야… 더구나 일도의 팽창은 무서운 힘으로 자신의 심벌을 사정없이 압박하고 있지 않은가.

일도는 마치 미쳐버린 코뿔소 같았다.

"일도 씨~ 잠깐만요… 일도 씨~"

영순이 힘에 부쳤는지 고개를 살짝 올려 일도를 쳐다보며 애원했다.

그러나 일도는 전혀 멈출 기색이 없었다.

일도는 영순의 입술을 덮쳤다. 미친 듯이 빨아대더니 이번엔 영순의 입속으로 무자비하게 침투했다. 일도는 영순의 혀를 찾자마자 아주 강한 흡입력으로 혀를 빨아들였다.

일도의 손이 이번엔 영순의 가슴을 파고들었다. 영순은 속살이 잘 보이지 않는 민소매 상의와 무릎에서 끝나는 몸에 붙는 청바지를 입고 있었다. 일도는 당장 무슨 생사의 결판이라도 내려는 듯 영순의 몸을 한 곳 한 곳 점령해 나가고 있었다.
"잠깐만… 잠깐만요 일도 씨….”
영순이 일도의 손을 제지했다. 언제부터 일도에 대한 호칭이 달라졌는지 영순은 일도 씨라 호칭하며 그의 행동을 저지했다.
그러나 그뿐 이미 영순의 가슴은 일도의 손아귀 안에서 무자비한 보호를 받고 있었다. 일도는 영순의 등으로 손길을 돌려 브래지어 끈을 풀어내었다. 영순의 젖가슴을 확인이라도 하려는 듯 옷을 벗겨 내려던 일도의 손놀림이 갑자기 멎었다. 뭔가 이상했기 때문이었다. 일도의 손놀림을 적극 제지하던 영순이 아예 아무런 저항도 하지 않고 나무토막처럼 우뚝 선 채로 숨소리조차 멎은 듯 조용해졌기 때문이었다. 순간 일도는 온몸에 힘이 빠진 듯 당황했다. 영순의 눈가에 촉촉한 물기가 고여 있었다. 일도는 이 상황을 어떻게 처리해야 할지 몰라 허둥대기 시작했다.
"선풍기 틀어! 너무 더워!”
뜻밖에 영순이 담담하게 예상외의 말을 내뱉었다. 일도는 재빨리 선풍기를 틀었다. 그리고는 영순의 처분만을 기다리듯 어깨가 축 처진 채로 고개를 푹 숙이고 있자 영순이 한마디 했다.
"짐승!”
영순이 한마디 내뱉고는 옷매무새를 고치고 있는데 이러지도 저러지도 못하고 오줌 마려운 강아지마냥 쩔쩔 매는 일도의 모습을 보고 영순은 슬그머니 웃음이 났다. 좀 전의 일도하고는 전혀 어울리지 않았기 때문이었다.
"최일도~ 순진한 줄 알았더니~ 너 혹시 카사노바 아냐?”
일도는 영순의 말에 왔다갔다 또 혼란스러웠다.

'일도 씨라고 했다, 최일도라고 그랬다가, 너라고 했다가, 카사노바는 또 뭐야?'

일도는 영순의 마음을 어떻게 맞춰줘야 하는 건지 도대체 종잡을 길이 없어 머쓱하니 밖으로 나왔다. 찌는 듯한 더위였지만 그나마 밖으로 나오니 조금 시원하다는 느낌이 들었다. 흥분으로 가득했던 일도는 온몸이 땀으로 흠뻑 젖어 있었다.

하숙집 마당에 나무그늘이 있는 평상에 잠시 앉아 있는데 황인원 내외가 양손에 무언가를 잔뜩 들고 대문 안으로 들어섰다. 황인원은 넉살도 좋게 하숙집 아주머니를 부르더니 삼겹살구이 철판 달라, 소금 달라, 참기름 달라, 가스 달라며 한바탕 소란을 떨었다. 그러면서 제수씨 어디 갔냐며 영순을 향해 제수씨 얼른 나오라면서 큰소리로 부르고 난리가 아니었다.

잠시 후 영순이 방에서 나왔는데 옷차림이 편한 복장으로 바뀌어 있었다. 일도는 순간 영순이 하숙집에 들어설 때 손에 가벼운 가방 같은 것이 들려져 있던 생각이 떠올랐다.

그렇다면 잠깐 얼굴 보고 가려던 것이 아니었구나… 하는 생각에 미치자 일도는 좀 전에 미친놈처럼 서둘렀던 자신이 무안했던지 영순을 똑바로 쳐다보지 못했다. 일도가 힐끔 힐끔 영순의 눈치를 살피는 사이 평상 위에는 푸짐하게 한상이 차려졌.

넷이는 평상에 둘러 앉아 오래전부터 아는 사람들처럼 아주 편하게 어울리기 시작했다. 일도는 스스럼없이 형님, 형수님이란 호칭으로 황인원 내외를 대했다. 그러고 보니 직접적으로 호칭을 그렇게 쓴 적은 이번이 처음인 듯했다.

황인원은 영순에게 그저 제수씨 제수씨 하면서, 일도에게 제수씨 얘기 많이 들어서 꼭 한번 뵙고 싶었다면서 있는 얘기 없는 애기를 쏟아내느라 정신이 없었다. 영순도 그런 자리가 즐거웠던지 아주 밝은 표정이었다.

황인원은 주당답게 뜨거운 대낮부터 소주잔을 돌리기 시작했다. 석탄가루를 많이 마시는 광부들에겐 삼겹살이 최고라며 삼겹살에 소주가 빠질 수 없다는 게 그의 주장이었다.

한 잔 두 잔씩 돌아가던 술잔이 나중에는 한 병 두 병으로 늘어나자 분위기는 점점 과열되어 황인원이 이번에는 남녀의 사랑을 주제로 몰아가기 시작했다. 그러면서 본인이 만화가게 다니면서 연정을 품게 된 사연부터 쭈욱 읊어가기 시작했다. 그러더니 결국엔 형수님과 첫 관계를 맺는 과정까지 풀어놓았는데 형수는 그런 모습을 아주 사랑스러운 표정으로 지켜보고 있었다. 일도는 그런 형수의 모습을 보면서 일전에 겪었던 당황스러웠던 일을 잠시 떠올렸다. 사실 아직까지 여자 경험이 없었던 일도는 그날 이후 영순과의 섹스를 참으로 많이 꿈꾸어 오곤 했다.

황인원 내외는 어느 정도 술자리가 정리되자 집으로 가겠다며 일어섰다.

"일도야, 우리는 올라간다. 형하고 형수하고는 집에 가서 해야 할 일이 있걸랑!" 하면서 황인원이 일도를 향해 눈을 찡긋했다.

황인원 내외는 올라가면서 휴가기간 동안 놀러갈 데가 있으니 같이 가자며 내일 오전에 일찍 데리러 오겠다고 했다.

배웅차 대문 밖으로 따라나서자 황인원이 일도를 살짝 불러 말했다.

"오늘같이 더운 날은 정류소 옆에 있는 돌산장이 시원하고 좋으니까 잘 알아서 해라" 하면서 또다시 눈을 찡긋했다. 그렇지 않아도 일도는 오늘 반드시 영순을 자신의 여자로 만들고야 말리라 생각했다.

 영순이 하숙집 아주머니를 도와 평상 위를 정리하는 사이 일도는 부리나케 뛰어 돌산장으로 향했다. 하루저녁에 얼마인지, 에어컨은 있는지, 침대는 깨끗한지 등을 확인하고 잽싸게 하숙집으로 돌아왔다.

 영순은 방에 있었다. 선풍기가 틀어져 있으나 후덥지근한 더위는 어쩔 수 없었다. 일도가 방에 들어서자 영순이 한쪽으로 조금 물러나 앉으며 다리를 오므렸다. 일도는 영순과 조금 거리를 두고 앉았다.

 둘 사이에 깊은 침묵이 흘렀다. 일도는 자신이 먼저 침묵을 깨야겠다고 생각했다. 그래서 무슨 말인가를 하려는데 영순이 일도를 쳐다보며 먼저 입을 열었다.

 "나! 여기서 일도 씨하고 며칠 있다가 갈 거예요."

 일도 씨라는 말이 듣기에 너무 좋았다.

 "나! 일도 씨 많이 보고 싶었어요. 일도 씨가 서울에 있을 땐 몰랐는데… 그렇게 서울 떠나고 나서… 마음대로 연락도 못하고…."

 영순의 눈가에 사알짝 이슬이 맺혔다.

 일도는 다시 가슴이 뜨거워짐을 느꼈다.

 "정류소를 지나다닐 때마다 서울행 버스를 타고 너에게 달려가고 싶어 괴로웠던 적이 한두 번이 아니었어. 아까는 내가 미안…. 너를 만나면… 너를 내 여자로 만들어야겠다는 생각을 수없이 했었거든. 정말로 미안해."

 "아니에요… 조금 놀란 건 사실이지만 여자가 남자를 찾아 며칠같이 있을 생각하고 왔다면…. 난 운명처럼 일도 씨가 내 남자라고 생각했었어."

참으로 신기했다. 일도 씨라고 표현하는 영순이의 말에 일도는 자신이 멋진 남자처럼 느껴졌고, 여성스럽게 말하는 영순이 전혀 대학동기처럼 느껴지지 않았다. 그저 영순이 성숙한 여인으로 일도의 가슴에 다가올 뿐이었다.

일도는 자리를 살짝 옮겨 등을 벽에 기대었다. 그리곤 영순을 끌어당기어 자신의 옆에 자신과 똑같이 앉혔다. 왼손을 영순의 목 뒤로 해서 어깨를 잡으니 자연스레 영순이 일도의 어깨에 머리를 기대었다.

영순의 머릿결 향기에 일도는 감미로운 평안함을 느꼈다.

"근데… 아까 그 말은 무슨 뜻이니?"

일도는 문뜩 생각난 듯 물었다.

"무슨 말이요, 일도 씨?"

영순은 이제 대학동기가 아닌 한 여자로서만 일도를 대하기로 마음을 굳힌 듯했다.

"짐승, 카사노바 그런 말…."

순간 영순이 까르르 웃었다.

"생각해 봐요. 전에는 뽀뽀만 해도 얼굴이 빨개지던 사람이… 나 사실 엄청 놀랐어요. 무섭기도 했구. 나는 일도 씨가 첫 남자이자 전부인데… 일도 씨는 여자 경험이 많은 것처럼 나를 몰아붙였잖아요."

영순이 할 말이 많았다는 듯 얘기들을 쏟아 내었다.

"일도 씨… 솔직히 얘기해 봐요. 여자 경험 있죠? 아까는 분명히 있는 듯한 느낌이었어!"

일도는 순간 웃음이 나려는 걸 간신히 참았다.

영순과의 섹스를 생각하면서 사실 일도는 얼마나 많은 마음의 준비를 했는지 모른다. 그래서 일도는 본인이 애정소설 작가라고 생각하며 사랑하는 여인과의 첫 섹스를 상상하는 글을 몇 번이나 써본 적이 있기 때문이었다. 일도는 영순에게 사실대로 고백했다.

"사실은 촌놈 소리 들을까봐 걱정 많이 했어."

사실이었다. 그런데 카사노바 아니었냐는 말을 들었으니 일도의 사랑행위가 그런 대로 괜찮았다는 얘기가 아니던가.

그런 생각에 슬며시 미소 짓는 일도에게 영순의 얼굴이 가까이 다가오더니 순간 일도의 입술을 덮쳤다.

여관방 안으로 들어서자 영순이 일도의 뒤로 살짝 숨으며 부끄러워했다. 침대 위엔 하얀 천이 순결의 흔적을 맞을 채비라도 한 듯 깔려 있고 푹푹 찌는 밖의 날씨와는 달리 시원한 공기가 일도와 영순의 사랑을 위해 준비되었다는 듯 맘껏 뽐내고 있었다.

일도는 자신의 뜻을 따라준 영순이 너무나 고마웠다. 하숙방에서 일도는 영순에게 자신의 마음을 고백했다. 자신의 순결을 영순에게 주고 싶다고. 그러니 영순의 순결 또한 일도에게 달라 했다. 밤새 미치도록 사랑하며 탐닉하고 싶다고 했다. 호텔이 아니어서 미안하지만 둘만의 공간에서 마음껏 사랑을 나누고 싶다고 했다.

"당신 뜻대로 해요. 따를게요."

일도는 영순이 사랑스러워 정말 미칠 것만 같았다.

그러나 막상 돌산장 여관에 들어서자 영순은 긴장하는 기색이 역력했다. 가슴 뛰는 소리가 일도의 귀에 들릴 정도였다. 일도는 자신의 뒤에 숨어 가슴 쿵쾅거리는 영순을 앞쪽으로 돌려 세우며 가볍게 포옹했다. 그리고 영순의 귀에 대고 속삭였다.

"죽을 때까지… 아니 죽어서도 잊지 못할 소중한 사랑을 생생하게 나누고 싶어."

일도는 천천히 영순의 옷을 벗기기 시작했다. 블라우스 단추 한 개 한 개가 풀어지면서 영순의 몸이 가늘게 떨리기 시작했다. 영순은 불을 꺼달라고 했다. 일도는 그럴 수 없다고 했다. 죽어서도 간직해야 할 추억이기에 영순의 몸을 한 티끌도 감춤 없이 전부 보고 느껴야 한다고 고집했다.

어쩔 수 없이 영순은 두 손으로 자신의 얼굴을 가린 채 모든 걸 일도에게 맡겨 버렸다. 블라우스의 단추가 모두 풀리자 영순의 하얀 속살이 드러났다. 일도는 천천히 영순의 등 뒤로 손을 넣어 보라색의 브래지어 끈을 풀었다. 브래지어와 블라우스를 동시에 벗기기 위해 얼굴을 가린 두 손을 끌어내리자 영순은 두 눈을 꼭 감고 일도를 보려 하지 않았다.

영순의 젖가슴이 드러났다. 일도는 마른침을 꿀꺽 삼켰다. 여자의 나신은 신의 작품이라고 했던가. 봉긋한 젖가슴이 눈앞에 펼쳐졌다. 일도의 오른손이 영순의 한쪽 젖가슴을 담았다. 살며시 손바닥으로 쓸어 올리며 살짝 힘을 주었다. 영순의 몸이 움찔했다. 앵두빛에 가까운 젖꼭지를 살짝 살짝 만져주니 젖꼭지가 딱딱해지는 듯 팽팽해지는 느낌이 일도의 손바닥에 고스란히 전해졌다.

"일도 씨 불 좀… 아무래도 안 되겠어요. 불 좀 꺼주세요."

영순이 거친 숨을 몰아쉬며 간신히 말했다.

일도가 모든 동작을 멈추고 잠시 머뭇거리자 영순이 다시 말했다.

"일도 씨 미안해요… 불 끄고 옷 벗겨 줘요. 나 땀 많이 흘렸어요. 씻고 싶어요. 일도 씨가 나 씻어줘요. 나도 씻겨 줄게요."

일도는 불을 껐다. 불을 끄고 보니 낮인데도 창가에 커튼이 드리워져 있는 탓인지 조금은 어둑어둑하게 느껴졌다. 일도는 다른 스위치를 눌러 보았다. 빨간 전등불이 방안을 감싸면서 아늑한 느낌으로 변화시켜 주었다.
　영순이 이제 됐다는 듯이 일도의 품에 안겨왔다. 영순은 마음이 한결 편안해진 듯 일도가 이끄는 대로 침대 위에 반듯이 누웠다. 일도의 손은 이제 영순의 반바지로 향했다.
　지퍼를 내리기 전 일도는 손바닥으로 영순의 배꼽 밑을 몇 번 눌러 살짝 압박해 주었다. 그러자 영순의 호흡소리가 재빠르게 다시 거칠어지기 시작했다. 지퍼를 내리고 일도는 두 손으로 영순의 반바지를 쓸어 내렸다. 영순은 살며시 엉덩이를 들어 주었다. 영순의 이런 작은 행위들이 일도를 더욱더 흥분되게 만들었다.
　거친 숨을 몰아쉬던 영순이 일도를 잡아당겼다. 그리고 이번엔 영순이 일도의 옷을 벗기기 시작했다. 일도와 영순은 마지막 속옷만 남긴 채 잠시 호흡을 가다듬었다. 일도가 비스듬히 영순의 옆에 눕자 영순이 일도를 쳐다보며 비스듬히 자세를 바꾸니 둘이 마주보고 누운 자세가 되었다.
　일도의 손이 다시 움직이기 시작했다. 영순의 귓불에서 시작된 일도의 손놀림은 목덜미를 타고 내려와 어깨에서 잠시 머무르다 영순의 옆구리를 오르락내리락 거리더니 영순의 몸을 반듯하게 눕히고 있었다.
　일도의 손과 입과 혀는 영순의 봉긋한 두 개의 봉우리에서 한동안 현란하게 춤을 추었다. 흥분된 영순의 봉우리는 팽팽하게 부풀 대로 부풀었고 참을 수 없었던 듯 신음소리가 입에서 흘러 나왔다.
　일도의 손은 영순의 마지막 비밀을 캐내기 위해 영순의 속옷 위를 살짝 눌러보기도 하고 위로 아래로 옆으로 옆으로 또는 허벅지 사이로 사이로 움직이는 사이 영순은 온몸을 뒤틀면서 자신의 몸을 주체하지 못했다.

"잠깐만요 일도 씨, 거긴… 잠깐만요. 씻고 나서… 그리고 나서… 만져줘요."

영순이 급하게 일도를 저지했다. 일도의 손이 영순의 속옷 안으로 들어가려던 찰나였다. 영순이 씻기를 간청해도 일도는 지금 이 순간에 어떤 공백도 허용하려 하지 않았다.

어쩔 수 없이 영순이 이번엔 일도를 반듯하게 눕게 했다. 그리고는 다짜고짜 일도의 속옷 속으로 손을 황급히 집어넣어 일도의 남성을 움켜잡았다. 일도의 남성이 꿈틀거렸다.

"일도 씨 하숙방에서… 얼마나 강했던지… 무섭기도 하고 궁금하기도 했었어요. 일도 씨는 아주 강한 사람이에요."

영순이 일도의 속옷을 벗겨 내리자 일도의 남성이 힘차게 위를 향해 뻗어 있었다. 영순이 일도의 힘찬 남성에 가볍게 입을 맞추었다.

영순은 남은 속옷을 자신의 손으로 벗었다.

"나… 욕실로 안아다 줘요."

그렇게 둘이는 땀이 젖은 몸을 씻어내고 씻어주고 서로를 맞이할 준비를 했다.

영순이 일도의 품안에서 곤히 잠들어 있었다. 일도도 깜빡 잠이 든 모양이었다. 밖은 이미 어둑해진 느낌이었다. 발끝에서 가슴까지 영순의 알몸 감촉이 느껴졌다. 에어컨 바람이 강했던지 얇은 이불을 덮고 있는 상태인데도 약간 써늘한 느낌이 들었다.

영순의 고른 숨결이 일도의 가슴으로 전달되었다. 일도는 눈을 감았다. 생각해 볼수록 가슴이 뿌듯해졌다.

일도나 영순이나 둘 다 처음이었으니 남녀 간의 사랑행위는 숙맥이나 마찬가지였다. 그러나 둘은 서로에게 적절한 의사표시를 통해 적극적으로 소통함으로써 거의 동시에 마지막 절정을 향해 치달을 수 있었다. 영순은 소리를 질러 댔었다. 그 격정의 순간들이 되새김질하듯 선명하게 떠올랐다. 일도의 남성이 다시 팽창하기 시작했다. 꿈틀꿈틀 거대하게 팽창한 일도의 남성이 방망이질을 해대었다.

이상한 느낌을 감지한 영순이 눈을 뜨자마자 이불을 머리끝까지 끌어 올렸다. 그리곤 일도의 품으로 더욱 파고들었다. 일도의 전신에 매끄러운 영순의 알몸이 그대로 느껴져 왔다. 일도의 남성이 다시 방망이질을 시작하자 영순이 일도의 남성을 움켜잡았다.

"일도 씨!"

영순이 이불을 뒤집어쓴 채 일도를 불렀다.

"신비로워요."

"뭐가?"

"당신의 거대한 이것이 내 몸속에 들어왔었다는 사실이 말이에요."

일도는 자신의 남성에 있는 힘을 다 보태어 꿈틀거리게 했다. 일도의 남성이 영순의 손바닥 안에서 요동쳤다. 이불 속에서 영순의 가느다란 웃음소리가 새어나왔다.

"내 몸속에서도 지금처럼 꿈틀거렸어요."

영순이 이불속에서 꼼지락거리더니 일도의 남성을 애무하기 시작했다. 처음엔 입술로 서서히 애무하더니 일도의 남성을 한손으로 꼬옥 잡고 입안 깊숙이 빨아들이고 있었다.

일도는 온몸에 느껴지는 전율에 자신도 모르게 몸을 떨었다. 일도는 더 이상 참을 수 없는 욕정에 영순을 반듯하게 눕히고 영순의 육체 위에 자신의 육체를 포개었다. 온몸에 느껴지는 영순의 살결이 부드럽다 못해 일도의 전신을 붕붕 떠다니게 만들었다.

영순의 계곡은 여유로운 샘물이 촉촉하게 넘쳐흐르고 있었다. 처음에 영순은 한사코 자신의 손으로 방어하며 "다음에… 다음에"를 반복하며 끝내 자신의 계곡에 일도의 입술을 허락하지 않았었다. 그러나 일도의 남성을 한번 받아들인 그 계곡은 이제 일도의 입술을 거부하지 않았다. 일도는 영순의 계곡에서 마음껏 놀기로 했다. 계곡 입구를 핥아 보기도 하고 계곡을 살며시 열어 혀를 넣어 보기도 했다. 그럴 때마다 영순은 몸을 뒤틀며 엉덩이를 뒤로 빼기도 하고 어떤 때는 엉덩이를 들어 주어 일도의 사랑이 자신의 계곡 속으로 들어올 수 있도록 도와주기도 했다.

애무의 결정체가 계곡 숲의 산장이라고 했던가. 일도가 영순의 계곡에서 산장을 찾아 혀로 살짝 건드리자 영순의 입에서 괴성이 또 흘러 나왔다. 다시 한 번 건드리고 빨아주고를 반복했다. 영순은 더 이상 참지 못하고 손으로 자신의 계곡을 막아 버렸다.

"일도 씨… 나 준비 충분히 됐어요."

영순이 일도를 자신의 몸 위로 이끌었다. 영순은 일도의 남성이 자신의 계곡 속으로 깊숙이 들어올 수 있도록 무릎을 세워주고 허벅지를 살짝 벌려 주었다. 일도의 남성이 영순의 계곡으로 진입하기 시작했다. 처음엔 일도의 남성을 쉽게 받아들이지 못하고 엉덩이를 자꾸만 조금씩 뒤로 빼던 영순이었다.

일도는 서두르지 않고 천천히 자신의 남성을 영순의 계곡 속으로 밀어넣었다. 아주 조심스럽게 계곡 속으로 깊이 들어가자 영순의 입에서 "허억" 하는 소리가 흘러나왔다.

일도는 자신의 남성이 영순의 계곡 속에 포위되어 빡빡하게 압박당하고 있음을 느끼며 서서히 계곡 속을 들락거리기 시작했다.

영순은 거친 숨소리를 반복적으로 토해내며 일도의 등짝을 긁어 대었다. 그러다가 영순의 몸이 파르르 떨리는 듯했고 이번엔 영순의 두 손이 일도의 엉덩이를 감싼 채 일도의 들락거림에 맞춰 밀었다 당겼다를 반복하고 있었다.

  일도는 온갖 정성을 다했다. 자신을 받아들여 준 영순이 고마워서 그랬고, 영순이 미치도록 좋아서 그랬고, 자신을 받아들이는 영순을 좀 더 만족스럽게 해주기 위해서 그랬고, 그동안 영순과의 섹스를 그토록 기대해 왔기에 그러했다.

  일도의 온몸이 땀에 흠뻑 젖을 정도로 온 정성을 다해 사랑에 열중하는 사이 영순은 몇 번이나 몸을 파르르 떨었다. 영순의 몸이 파르르 떨릴 때마다 여지없이 영순의 입에서는 숨넘어가는 소리가 터져 나오곤 했다.

  처음보다는 영순의 사랑행위가 더욱 적극적이었다. 그러한 영순의 반응에 맞추어 일도의 행위도 좀 더 적극적으로 변해 갔다.

  더 이상 참을 수 없는 격정에 일도는 들락거림을 빠르게 아주 빠르게 올라갔다. 곧 절정에 오를 것 같은 순간을 잠시나마 지연시키기 위해 안간힘을 쓰면서 일도는 집중하고 또 집중했다. 그럼에도 일도는 이제 더 이상 지체할 수가 없었다.

  마지막 절정의 몸놀림이 멎는 순간 일도는 온몸이 나락으로 떨어지듯 영순의 육체 위에서 무너져 버렸다. 일도의 격렬한 몸놀림을 거친 숨소리와 함께 받아들이던 영순도 함께 무너져 내렸다. 일도와 영순은 한동안 꼼짝도 하지 않았다.

  한바탕 격렬한 사랑 행위가 끝나고 일도와 영순은 서로의 몸이 조금이라도 떨어지는 것이 싫어 밀착된 상태로 누워 있었다.

  일도의 왼팔을 베개하고 눈을 감은 채 영순은 고른 숨결을 토해

내고 있었다. 영순의 왼손은 일도의 남성을 꼬옥 잡은 채 꽤 오랫동안 잠시도 놓아주려 하지 않았다. 격렬했던 사랑의 여운이라도 즐기려는 듯이 영순은 미동조차 하지 않고 고른 숨결만 새근새근 토해 내었다.

일도는 영순에 대해 생각했다. 영순의 부모님은 태백에서 약초 재배를 하신다고 했다. 영순의 아버지는 서울에서 대기업에 다니며 능력을 인정받는 실력자이셨는데 영순의 어머니 건강이 영순이 열 살 되던 때부터 좋지 않으셨다고 했다. 그래서 순전히 아내 사랑을 위해 모든 걸 다 버리고 태백으로 이사했노라고 했다. 영순은 무남독녀 외동딸이었다. 어머니의 건강 때문에 외동딸 하나로 만족할 수밖에 없었다고 했다.

영순은 언젠가 말했었다. 자신의 미래도 미련 없이 버릴 수 있는 남자! 그런 남자한테 시집갈 거라고. 글을 쓰고 싶을 때 글을 쓰고, 여행가고 싶을 때 여행가고, 잠자고 싶을 때는 몇 날 몇 밤을 잠만 자는 그런 삶을 살고 싶다고.

영순은 자신이 그렇게 원하는 대로 살 수 있게 해줄 수 있는 남자가 있다고 했다. 영순은 그 남자를 아주 많이 사랑한다고 했다. 그런데 그 남자는 좀 바보 같아서 자신의 마음을 모르는 것 같다고 했다.

"일도 씨."

잠들어 있는 줄 알았던 영순이 일도를 불렀다.

"응….."

"일도 씨, 나 말이에요. 아무래도 끼 있는 여자인가 봐."

영순의 왼손이 일도의 오른쪽 가슴 위에 얹혀 있었다. 일도의 젖꼭지를 건드리며 영순이 말했다.

"나 있잖아요. 당신 살결이 내 몸에 느껴지는 게 너무 좋아요. 자기는 어때요?"

당신이랬다, 자기랬다, 일도 씨랬다, 영순이 어떻게 부르든 일도는 모든 게 다 좋았다. 일도는 대답 대신 자신의 몸을 영순에게 힘껏 밀착시켰다.

"일도 씨."

"응."

"나 있잖아요… 오늘 몇 번씩이나 느꼈어요."

일도는 영순을 힘껏 끌어안았다.

"내 몸은 끼 있는 몸인가 봐요. 내 몸이 당신한테 맞춤인가 봐… 아니 당신 몸이 내 몸에 맞춤인 거 같아. 어떡해요. 나! 당신 몸이 너무 좋아요…."

일도는 행복하면서도 순간 서러움이 밀려왔다. 자신의 도피 인생이 어떤 결론에 도달하게 될지 몰라서 마음이 무거워졌다.

일도는 영순에게 무슨 말이든 하고 싶었다. 영순을 부르려 하는데 마땅한 호칭이 떠오르지 않아 일도는 순간적으로 막막해졌다.

'영순아' 하고 부를 수는 없었다. 영순이 자신을 일도 씨, 당신, 자기라 표현하는데 소꿉친구 부르듯 그럴 수는 없었다.

'영순 씨'라고 부를까 생각하니 왠지 어색하게 느껴졌고 '영아! 순아!'라고 할까? 그건 좀 더 유치했다. '이쁜아?' 이건 어떨까? 역시 좀 유치한 듯했다.

'자기야' 하고 일도는 속으로 불러보았다. 괜찮을 것 같았다. 영순이 자신에게 자기라고 호칭했을 때 참으로 듣기 좋았기 때문이기도 했다.

"자기야!"

일도가 영순을 불렀다. 영순이 고개를 들어 일도를 바라보았다.
"자기야."
다시 한 번 일도가 영순을 불렀다.
"으응… 왜… 왜요? 왜요 자기야."
영순이 더듬거렸다.
"사랑해… 많이많이 엄청 많이."
영순이 몸을 좀 더 밀착시키는 것으로 응답해 왔다.
"그리고 고마워… 자기를 사랑하게 해주어서…."
"나도 고마워요… 나를 사랑해 주어서…."
그 어떤 말로도 표현할 수 없는 이런 감정이 사랑이 아니겠는가. 보고 있어도 보고 싶고, 만지고 있어도 안고 있어도, 온몸으로 부딪히고 있어도 채워지지 않는 부족함… 그래서 또 몸부림치고 다시 또 격렬한 사랑을 나누고 그리고 또 부족해 하고… 그런 게 사랑 아니겠는가.
일도는 그 부족함에 다시 영순의 온몸을 뜨겁게 달구기 시작했다. 영순의 몸은 금세 또 달아올랐다. 밤이 새도록 뜨거운 숨소리가 흘러넘쳤고 격렬한 몸짓들이 한여름 밤을 뜨겁게 달구고 있었다.

황인원 내외가 일도와 영순을 태우고 도착한 곳은 천상미 계곡이라 불리는 동강의 비밀 명소였다. 산과 강과 조그마한 마을이 한 폭의 풍경화처럼 기가 막히는 조화를 이루고 있었다. 황인원을 제외한 세 사람은 탄성을 질렀다. 완전 넋이 나갈 정도로 그림 같은 명소였다. 외부에 많이 알려지지 않은 탓에 조용하면서도 이국적이고 자연상태 그대로 담백하면서도 필요한 자리에는 사람들의 손길이 닿은 듯 정리가 잘 되어 있었다.

각자 짐을 챙겨들고 황인원을 따라 강 건너 조그마한 마을에 도착하니 황인원은 '인생쉼터'라는 나무간판이 있는 집 앞에 멈춰 섰다. 그 나무간판을 어디에선가 본 듯했다. 생각해 보니 '황인원 변호사 家'라고 걸려 있던 나무간판하고 똑같은 디자인의 것이었다.

그 집은 황인원의 대학 선배가 운영하는 민박집이라고 했다. 황인원의 말에 의하면 선배는 스스로 패잔병이라 인식하며 살아가는 인물이라고 했다. 선배 앞에서 절대 정치나 경제를 화두에 올리지 말아 줄 것을 부탁했다.

"선배님, 황 변호사 왔소!"

황인원이 버럭 소리를 질렀다. 잠시 후 '인생쉼터' 우측에 꽤나 큰 옥수수밭이 있었는데 산자락 밑으로 완만한 경사를 이루고 있어 강 건너에서 보았을 때는 너무나도 환상적인 풍경을 연출해 내고 있었다. 그 옥수수밭 속에서 선배란 사람이 튀어나왔다.

머리는 빡빡머리에 수염은 달마대사 같았고 덩치는 산도둑 같았는데 눈빛은 참으로 온화한 사람이었다.

"인생 전진을 해야 할 사람들이 인생쉼터엔 뭐하러들 오셨는가?"

선배의 목소리는 굵직하고도 부드러웠다.

황인원은 세 사람을 소개하고 며칠 묵을 거라며 홀아비인 선배가 좀 괴롭더라도 며칠간 귀 막고 살라며 너스레를 떨었다.

일도와 영순은 옥수수밭 쪽으로 넓은 창문이 있는 방을 선택받아 짐을 안으로 들였다. 방안에 들어와 창문을 열어보니 예상했던 것 이상으로 멋진 풍경이 펼쳐졌다. 일도와 영순은 한참을 창가에 서서 이색적인 풍경을 만끽했다.

잠시 서로의 눈길이 마주쳤을 때 누가 먼저랄 것도 없이 둘은 뜨겁게 포옹했다.

"일도 씨, 나중에 우리도 이런 곳에서 살면 좋겠다… 그치?"

"응… 그런 날이 오겠지!"

"일도 씨는 글 쓰는 거 좋아하고, 나는 일도 씨가 쓰는 글 좋아하고…. 내가 옥수수 농사져서 당신 먹여 살릴게. 당신이 유명작가가 될 때까지…."

영순은 일도의 꿈이 무엇인지 훤히 알고 있으면서도 주변의 멋진 환경에 매료되어 분위기에 푸욱 빠진 탓인지 그렇게 말했다.

"우리… 밖으로 나갈까?"

밖에서 황인원이 떠들어 대는 목소리가 들리자 방안에 둘만 있는 것이 살짝 눈치 보여 일도가 말했다.

"쬐끔만 더요. 쬐끔만 더 있다 나가요."

영순은 일도의 품에서 떨어지지 않으려 했다.

그런 영순이 일도는 귀엽고 사랑스러웠다. 하숙집에서 천상미계곡까지 오는 동안에도 영순은 일도의 손을 한 번도 놓지 않고 꼬옥 잡고 있었다. 일도에게 순결을 허락한 이후 영순은 가끔 일도가 당황할 정도로 적극적이었다.

돌산장에서 나오기 직전 영순은 둘이 사랑을 나누었던 침대를 깔끔하게 정리했다. 밤새도록 사랑을 나눈 자리에는 영순의 소중한 흔적이 선명하게 남아 있었다. 영순은 그 침대보를 걷어 차곡차곡 접어 침대의 한쪽에 치워 놓으며 말했다.

"나는! 앞으로 영원이 당신의 여자예요. 나보다 더 이쁜 여자가 당신 앞에 나타나더라도… 일도 씨가 나만 사랑할 수 있도록 내가 노력할게요. 이제 당신은 영원히 내거예요. 사랑해요 일도 씨."

영순은 일도의 눈 속으로 빠져 들어갈 듯이 일도의 눈을 똑바로 응시하면서 말했다.

일도와 영순이 잠시 시간을 보내는 사이 황인원이 무슨 대단한 것을 준비한 듯이 일도를 불러 대기 시작했다. 밖으로 나와 보니 황인원은 역시 주당이었다. 대낮부터 술자리가 준비되어 있었지만 일도와 영순의 눈에는 찰옥수수가 먼저 반갑게 시야에 들어왔다.

사실 일도와 영순은 어제 저녁도 오늘 아침도 굶은 상태였다. 아침은 하숙집에서 먹고 출발하려 했으나 황인원의 성화에 못 이겨 아침마저 굶고 따라나섰던 것이다.

일도와 영순은 맛있게 삶아져 윤기가 흐르는 옥수수로 일단 허기를 달래었다. 황인원이 돌리는 술잔을 일단 받아놓고 옥수수로 허기진 배를 채운 일도는 피곤이 몰려왔다.

옆자리의 영순을 슬그머니 살펴보니 피곤한 기색이 역력해 보였다. 일도는 이 자리를 어떻게 빠져나가 영순을 편하게 해줄 수 있을까 고민하다가 마땅히 좋은 생각이 떠오르지 않자 황인원 내외와 빡빡머리에게 적당히 얘기하고 양해를 구하고자 했다. 일도는 어제 저녁에 너무 더워서 밤에 잠을 못 잤으니 좀 쉬어야겠다고 말하고 영순의 손을 잡아끌었다.

영순은 얼굴이 뻘게진 채로 일도에게 이끌려오다 다시 있던 자리로 가더니 찰옥수수 두 개를 집어 들고 일도에게로 뛰어왔다.

일도와 영순은 뒤에서 웃어대는 소리가 들리든지 말든지 서둘러 방으로 돌아왔다.

천상미 계곡의 인생쉼터는 미탄면의 하숙집과는 달리 시원하고 풍경이 뛰어나서 말 그대로 솔솔 부는 강바람 산바람에 일도와 영순은 기분 좋게 잠을 청할 수 있었다.

얼마나 지났을까, 팔에 저림이 느껴져 일도가 눈을 떠보니 영순은 일도의 팔베개를 하고 일도의 품에 얼굴을 묻은 채 깊은 잠에 빠져 있었다.

볼수록 예쁘고 생각할수록 고마운 영순이였다. 신입생 환영회 때 이름 삼행시 짓기로 인연이 된 이후로 일도에게 있어 영순의 존재는 말 그대로 설레임 그 자체였다.

일도의 삶은 생활계획표 그 자체였다. 몇 시에 일어나 몇 시에 무엇을 하고 몇 시에 취침을 해야 하는 그 생활계획표 속에 영순이 들어온 것이다. 영순이 일도를 찾으면 일도의 생활계획표는 바뀌어야 했고 영순이 밥 먹자고 하면 그러해야 했다.

영순은 캠퍼스에서 동기생들보다는 선배들에게 인기가 많았다. 영순은 키도 제법 큰 편이었고 몸매도 예뻤다. 피부도 고왔고 머릿결에서는 윤기가 흘렀다. 영순이 웃을 때는 주변에 빛이 날 정도였다. 그리하여 미소천사란 닉네임까지 소유한 영순이었다.

일도와 영순이 다니는 학교는 연극영화학과가 명성을 누리고 있었다. 처음 영순을 보면 거의 대부분 사람들이 연극영화학과 학생이려니 생각할 정도로 영순은 매력 있는 여대생이었다.

그렇게도 매력 있고 인기 많은 영순이 선택한 남자가 바로 일도 아니었던가. 자신이 영순을 사랑하는 것은 당연하단 생각이 들면서도 영순이 자신을 사랑한다는 사실은 마치 꿈에서나 가능한 일인 것처럼 느껴지곤 했었다.

그러나 그 영순이 지금 일도 옆에 그것도 일도의 품에 안겨 있지 않은가. 일도는 머리맡에 있는 베개를 당겨다 영순의 머리를 사알짝 옮겨 주었다. 그제서야 일도는 영순의 잠자는 얼굴을 자세히 볼 수 있었다.

천사가 잠자는 모습이 이토록 예쁘고 평화로울쏘냐. 일도의 눈에 비치는 영순은 정말 천사보다 더 예뻤다.

'어머니 계시는 시골에 그림 같은 기와집을 짓고 학교 선생님 하면서 시간 날 때마다 농장일 하고, 저녁이면 글을 쓰고 영순은 시를 쓰고 아들 둘에 딸 둘이면 집안에 웃음 그칠 날이 없으리니 마음껏 사랑하고 마음껏 행복하자….'

잠자는 영순의 모습을 지켜보던 일도의 입가에 미소가 번졌다. 그러나 그것도 잠시 일도는 금세 마음이 무거워졌다. 일단 학교는 휴학계를 제출하고 도피생활을 선택했지만 일도가 기대하는 대로 군부의 독재세력이 무너지고 민주세력이 집권할 것 같은 조짐은 보이지도 않고 있는 상태였다.

일도가 선택할 수 있는 길은 둘 중의 하나였다. 민주세력 정권이 들어설 때까지 계속 도피생활을 하든지 아니면 자수를 통해 독재정권과 협상을 거쳐 적당히 면죄부를 받는 길이었다. 그렇지 않은 이상은 군부의 국가보안법 억지 사슬에 걸려 최소 몇 년 이상은 사회와 격리되어 수감될 수밖에 없는 것이 현실이었다.

한 남자로 태어나 한 여자를 사랑해서 그 여자의 모든 것을 받아들이고 자신의 모든 것을 힘께했으니 이제 일도에게 있어 영순은 생활계획표의 일부가 아닌 전부여야 했다. 일도와 영순은 아직 어리다고 할 수 있는 나이지만 둘 다 성인으로서 서로 사랑을 지키고 좀 더 성숙한 사랑을 위해 지금보다 미래가 더 중요할 수밖에 없는 것 아닌가.

이런 저런 생각에 빠져 있는 사이 영순이 살며시 눈을 떴다. 자신의 얼굴을 빤히 쳐다보고 있던 일도를 보자 영순이 팔을 뻗어 일도의 목덜미를 끌어 당겼다.

"언제 일어난 거예요."

영순의 목소리에 단잠의 흔적이 묻어 있었다.
"잘 잤어? 나 때문에 깨었구나."
영순이 고개를 살짝 흔들었다.
"나 잠자는 얼굴 어땠어? 미웠어요?"
"아니… 천사보다 예뻤어."
영순이 후후 하며 웃었다.
"우리 밖에 나가요. 우리 흉 많이 봤을지도 몰라… 미안하기도 하다 그치?"
서둘러 나와 보니 마당에는 아무도 없었다. 황인원 내외가 선택한 방엘 가보아도 인기척이 없고 신발도 보이지 않았다.
일도와 영순은 강가로 나왔다. 강의 폭은 꽤나 넓었다. 동쪽으로는 높은 산들이 가로막아 그쪽으로는 깊은 강물이 고여 있듯 흐르고, 서쪽으로는 바닷가 해면처럼 길고도 넓은 강변이 펼쳐져 있었다. 서쪽으로 기울어진 해를 보니 다섯 시 정도는 되었을 듯했다. 그 햇볕에 반사된 넓은 강변의 조약돌들이 반짝반짝 빛나고 그 조약돌 위로 맑고 깨끗한 강물이 살짝 덮인 채 흐르고 있었다.
영순은 일도의 손을 꼭 잡은 채로 조약돌 강변을 맨발로 걸으며 아름답다, 이쁘다, 신비롭다를 연발했다.
천상의 아름다움을 간직해서 천상미 계곡이라 이름 붙여졌던가.
"자기야, 우리가 와 있는 계곡의 풍경이나 느낌을 한두 마디로 표현한다면 어떤 게 좋을까?"
일도의 말에 영순은 걷기를 멈추고 동서남북 사방을 둘러보며 시적 영감을 얻고자 집중하는 듯했다.
잠시 후 영순이 진지한 음성으로 말했다.
"나에겐 일도 씨가 곧 낙원이니 일도 씨와 같이 있는 이곳이 내게는 낙원이에요. 당신을 사랑하고 나서 다른 사람을 사랑할 수 있는 자유를 상실했으니 자유 상실이에요. 당신도 나 외에 다른 여자를 사랑할 수 있는 자유가 이젠 없어요. 일도 씨는 죽어서도 내거예요."

 영순이 일도의 두 눈을 똑바로 응시했다. 영순의 눈망울이 이곳 천상미 계곡의 강물보다 맑았다.

 해가 서쪽 산기슭에 턱걸이 하듯 걸려 있을 때쯤 일도와 영순은 인생쉼터로 돌아왔다. 돌아오면서 일도는 아주 잘 다듬어진 조약돌 하나를 주워 주머니에 넣었다. 이때만 해도 일도는 그 조약돌이 자신에게 줄 피눈물 나는 아픔을 전혀 예상할 수 없었다.

 일도와 영순이 손을 꼬옥 잡고 인생쉼터로 돌아오니 찰옥수수가 밭에서 방금 수확된 채로 마당에 가득 쌓여 있었다.

 "신혼 재미가 너무 좋은 거 아니더래요?"

 황인원이 살짝 얄궂게 한마디 했다. 일도와 영순이 개울가로 나들이 간 사이 빡빡머리 선배와 황인권 내외는 옥수수를 수확한 모양이었다. 마당에 쌓인 만큼 밭에 따 놓은 옥수수가 있다는 말에 일도는 잽싸게 마당 한쪽 구석에 있는 지게를 지고 옥수수밭으로 달려갔다. 열댓 번 왔다갔다 하자 순식간에 마당에는 쌓였던 만큼의 옥수수가 더 쌓였다. 빡빡머리는 이렇게 수확해 놓으면 장사꾼들이 와서 앞다투어 사간다고 했다.

 영순은 황인원의 처와 저녁 준비를 한다고 부지런을 떨었고 구수한 냄새가 식욕을 자극시켰다. 황인원은 술을 챙기느라 바빴고 일도는 땀을 씻느라 바빴다.

 잠시 후 마당에는 멍석이 깔리고 그 위에는 크고 널찍한 모기장이 씌워졌다. 사방에서 끈을 당겨 묶으니 근사한 야외 캠핑장이 되었다. 낮에는 모기가 없으나 밤이면 옥수수밭에 잠복해 있던 모기들이 몰려와 모기장 없이는 잠을 잘 수 없다고 했다.

쭈욱 둘러앉아 저녁식사를 하면서 술을 한잔씩 하는데 안주는 역시나 삼겹살이었다. 황인원은 삼겹살과 소주 없으면 어찌 살까 싶었다. 일도를 친동생 이상으로 아껴주고 보살펴주는 황인원이지만 술을 너무 좋아하다 보니 일도는 조금 부담스럽기도 했다. 자신도 어느 정도는 마셔야 하기 때문이었다. 일도는 분위기를 맞추는 선에서 술을 받기로 하고 맘 편하게 술자리에 끼었다.

술잔이 돌다 보니 황인원의 대학 선배인 빡빡머리는 큰 체격만큼이나 주량도 보통이 아니었다. 처음 몇 잔은 소주잔으로 홀짝홀짝 예의를 갖추더니 술기운이 조금 오르자 소주를 대접에 따라 마셨다. 황인원은 서울 H대학 법학과, 빡빡머리는 철학과였는데 나이는 4년 선배이고 대학은 2년 선배라 했다.

일도는 천상미 계곡으로 올 때 황인원이 당부했던 말이 떠올랐다. 일도에게는 대 선배들인지라 특별히 일도는 할 말이 없었다. 그러나 일도가 휴학계를 내고 사회경험을 얻고자 탄광생활을 하러 왔다가 황인원 선배를 알게 되었다고 하자 빡빡머리는 한참을 눈도 깜빡이지 않고 일도의 눈을 쏘아보듯 쳐다보았다. 그리고 나선 옆자리의 영순을 또 한참이나 쳐다보았다.

"험한 길은 아픔 없이는 갈 수 없네. 독재자들의 군홧발은 젊고 어린 학도들이 편한 길 걸으라고 놔두질 않아. 짓밟게 되어 있지."

빡빡머리는 일도에게 들으란 건지 영순에게 들으란 건지 둘을 번갈아 보며 말했다.

"지금 독재자는 수백 명의 국민을 쥐도 새도 모르게 더 죽여야만 권력을 유지할 수 있을 거야. 그 희생양 중에 자네 같은 젊은이들이 절반은 차지하게 될 테고…. 안 그런가 후배….”

"선배님, 머리 아픈 얘기는 접어두고 우리 술이나 기분 좋게 마십시다. 오랜만에 만났으니 말이유."

황인원이 나서며 분위기를 바꿔 보려 했다. 황인원은 눈짓과 고갯짓으로 부인에게 영순을 데리고 방으로 들어가라는 표시를 했다. 영순이 일도의 손을 꼬옥 잡았다 놓고서는 황인원 부인의 뒤를 따라나섰다.

남자 셋만이 남게 되자 황인원은 술잔을 전부 비우게 하고 다시 가득 술잔들을 채웠다.

"선배님, 오랜만에 선배님 개똥철학 좀 들읍시다. 골치 아픈 시국 얘기는 치우고 말이유."

황인원의 분위기 전환 제안에 빡빡머리는 한마디 대꾸도 없이 술대접을 단숨에 또 비워 버렸다. 그리고는 자신이 소주 한 병을 또 대접에 부어 버렸다.

"지금의 독재자는 자네 같은 젊은이들 수백 명… 아니 수천 명 죽이고도 눈 하나 깜짝하지 않을 독종일세. 내가 대항했던 그 독재자하고는 비교도 안 될 정도로 커다란 권력욕을 가지고 있는 괴물이란 말일세. 자네 같은 젊은이들 몇 백 명 정도는 쥐도 새도 모르게 죽일 수 있는 심복들이 전국에 쫘악 깔려 있단 말일세."

일도는 빡빡머리의 말이 맞다고 생각했다. 아무런 죄도 없이 그들의 추측성 혐의 하나 때문에 죽을 수도 있었던 게 일도 아니었던가. 그것도 쥐도 새도 모르게 말이다.

"선배님께서 생각하시기엔 언제쯤에나 독재정권이 끝나겠습니까?"

빡빡머리의 말을 듣기만 했던 일도가 물었다.

빡빡머리는 다시 소주 한 대접을 비웠다. 그 빈 대접에 술을 채우더니 일도에게 내밀었다.

일도는 묵묵히 술대접을 받아 마셨다.

"후배… 내가 그걸 어찌 알겠는가."

"느낌이라도 있지 않습니까?"

"허허… 느낌이라… 그럼 자네 느낌은 어떠한가? 자네 느낌은 어떠하길래… 몇 년 정도만 피해 다니면 될 것이란 생각에 자넨 지금 힘든 길을 가는 것인가… 그래 자네는 몇 년이면 될 것 같은가?"

빡빡머리의 말에 일도는 잠시 생각해 보았다. 아니 잠시의 생각이 아니라 그동안 스스로에게 수없이 물어보았던 그 답에 대해 잠시 생각해 보았다. 그러나 전혀 예측할 수가 없었다.

"선배님의 생각을 듣고 싶습니다. 선배님은 분명히 어떤 판단을 갖고 계실 것 같습니다. 부탁드립니다. 말씀해 주십시오."

빡빡머리는 한동안 대꾸조차 없었다.

연신 줄담배만 피워 댔다. 일도는 흐트러짐 없이 선배의 대답을 기다렸다.

"올림픽을 유치했으니 올림픽 개최를 당연히 독재세력이 최대 업적으로 만들려고 하겠지. 그러려면 정권연장 아니면 방법이 없네. 수단 방법을 가리지 않겠지. 앞으로 최소 10년간은 민주세력이 집권할 수 없을 거라고 보네."

"10년이 지나서도 마찬가지야. 야당의 두 거물이 협력하지 않는 한 20년간 민주세력이 집권하지 못할 수도 있지."

선배의 말에 일도의 한숨이 흘러나왔다. 선배의 판단이 결코 틀리다고 생각되지 않기 때문이었다.

"단! 변수는 있지."

일도는 귀가 번쩍 뜨였다.
"어떤 변수가 있을는지요?"
"희생양이 계속 있어야 한다는 걸세."
"좀 더 쉽게 말씀 좀 부탁드립니다."
일도는 이해될 듯하면서도 쉽지 않았다.
"자네 같은 저항세력이 있는 한 저들은 자네들을 둘 중에 한 가지로 다스리려 할게야. 첫째는 회유해서 같은 편을 만들거나 아니면 없애 버리거나…. 없애는 방법은 두 가지가 되겠지. 오랜 시간 감옥에 처박든지 아니면 쥐도 새도 모르게 죽여 버리든지. 변수는 그때 생기는 거지. 쥐도 새도 모르게 죽였는데 쥐도 알게 되고 새도 알게 되고 언론이 알게 되고 국민이 알게 되고… 그랬을 때 완전한 변수가 되는 것이지… 마음 아픈 얘기야. 안 그런가 후배."
다시 일도의 한숨이 흘러 나왔다.
"역사의 물줄기를 바꿀 수 있는 희생양이 되려면 사랑은 금물이어야 한다고 나는 생각하네. 왜냐하면 아프니까. 사랑하는 사람의 마음이 너무 아프니까 말일세."
빡빡머리는 술 한 대접을 또 마셔 버렸다. 일도는 그때 잠시 순간이나마 볼 수 있었다. 빡빡머리의 눈에 이슬이 반짝이는 것을….
일도는 더 이상 대화를 진행해서는 안 되겠다고 생각했다. 가슴 아픈 사연들이 깊어지면 술자리에서 좋을 일은 아니었다. 일도는 자신이 나서서 술자리를 정리하고 자리를 비켜 드리기로 했다.
일도는 선배들께 인사하고 잠시 머리를 식힐 겸 강가로 나왔다. 찌는 듯한 삼복더위임에도 천상미 계곡은 강바람 산바람이 정말 시원했다.
머리가 좀 맑아지는 듯했으나 가슴 한 구석은 억누를 길 없는 답답함이 밀려왔다. 일도는 자신의 선택에 대해 큰 의미를 부여하지 않았다. 역사의 물줄기를 바꿀 수도 있다는 거창한 생각은 더더욱 해본 적이 없었다.

그러나 분명한 것은 있었다. 석규 선배가 쥐도 새도 모르게 사라지고 난 이후, 석규 선배를 월북 고정간첩으로 몰아가기 위해 일도를 포함한 엑스트라의 또 다른 희생이 필요했고, 그 희생으로 젊은 이들이 흔적도 없이 죽을 수도 있다는 것을 깨달았을 때 두려움 뒤로 숨어 있을 수만은 없었다.

절대! 절대로 죄 없는 사람들이 쥐도 새도 모르게 죽어도 되는 그런 나라는 아니어야 했다. 내 어머니와 내 동생들과 훗날 내 자식들이 살아가야 할 이 나라에서 최소한 그런 만행만은 없어야 하지 않겠는가 말이다.

일도의 선택은 오직 그 이유였다. 감정이 복받쳐 올랐다. 일도의 선택은 벌써 많은 어려움과 고통을 현실 속에서 만들어 내고 있었으니 말이다.

자유를 구속당한 젊은 청춘이 되어 사랑하는 사람에게서 멀리 떠나 있어야 하고 보고 싶다고 마음대로 찾아갈 수도 없고, 그리운 어머니와 정겨운 가족에게도…. 마음대로 만나지 못하는 고통을 참는 것이야 인내할 수 있다고 치더라도 서로의 걱정 때문에 가슴 저미는 그 아픔은 어찌 할 것인가?

'어머니! 어머니! 죄송합니다.'

일도는 어머니를 생각하자 가슴 깊은 곳에서부터 뜨거운 그 무엇이 치밀어 올랐다. 그리움, 한없이 밀려드는 그리움에 일도의 눈에는 굵디굵은 눈물이 고였다. 토해내고 싶은 울음을 꾸역꾸역 참으며 서럽게 속으로 삭이는 일도를 하늘이 위로하고 강바람이 쓰다듬었다.

일도의 어깨 위에 누군가의 손길이 느껴졌다. 영순이었다. 일도는 얼른 고개 돌려 호흡을 가다듬고 눈물자욱을 지우려 했다. 영순은 그저 아무 말 없이 일도를 쳐다만 보았다. 영순인들 일도의 서러움을 어찌 모를까.

조금 특별한 음식만 앞에 있어도 어머니를 먼저 생각하는 일도였다. 영순은 그런 일도를 올바르고 반듯한 남자로 생각해 왔다.

"일도 씨… 자고 나면 새날이 올 거야. 새날이 오면… 그때 마음껏 아수 실컷 울어요. 그때는 나도 같이 마음껏 울 거예요. 자고 나면 새날이 반드시 올 거예요. 나 졸려요 팔베개 해줘요."

일도와 영순은 옥수수 창문 방으로 돌아왔다.

"일도 씨… 내가 왜 일도 씨를 사랑하는지 알아요?"

영순이 일도의 팔베개를 하고 누워 천정을 보며 천천히 말했다.

"나는 일도 씨가 오빠 같았어. 당신의 표정이나 행동… 우울한 눈빛까지도 또래에서 볼 수 없는… 오빠 같았어."

영순이 일도 쪽으로 누운 몸을 틀었다.

"일도 씨는 내게 먼저 말을 붙인 적도 없었고 다른 남학생들처럼 나를 쳐다보지도 않았고… 그런데도 항상 내 곁에 있는 것 같았어. 왠지 모르게 항상 나를 지켜줄 남자 같았어… 후후! 왜 그런 생각이 들었나 몰라."

영순이 고개를 들어 일도를 쳐다보았다.

"미안해… 그리고 고마워."

일도는 영순이 정말 고마웠다. 그리고 미안했다.

"일도 씨… 미안하다는 말 다시는 절대로, 이번이 마지막이에요. 난 세상에 태어나 일도 씨 만나서 너무너무 행복해요. 누군가를 사랑한다는 거, 보고 싶다는 거, 가슴 설레게 만들었어요. 내 가슴에도 그런 설레임이 숨어 있었다는 게 신기했어요. 당신이 남태령에 다녀간 이후 얼마나 보고 싶었는지 몰라요. 당신을 생각하면서 난 여자가 될 수 있었어요. 당신은 내게 너무 소중한 사람이에요. 그렇게 멀지 않아 당신이 원하는 세상이 올 거예요. 그리고 하늘이 우리 사랑 지켜줄 거예요. 잠시 떨어져 있더라도 우리 사랑 무럭무럭 잘 키워요 우리…."

영순이 일도의 가슴에 얼굴을 묻었다.

일도는 무슨 말인가를 하고 싶었으나 아무런 말도 하지 못했다. 지금 이 순간 무슨 말이 필요할까 싶기도 했다. 일도는 영순이 편하게 잠들 수 있도록 사알짝 사알짝 등을 토닥여 주었다.

영순은 천상미 계곡에서 일도의 하숙집으로 돌아와 4일간을 더 지내다 태백으로 떠났다. 영순은 태백에서 부모님과 며칠 보낸 뒤 남태령 이모님 댁으로 올라가 개강 준비를 할 예정이라고 했다.

영순은 또 시집을 준비 중인데 마무리는 아직 한참이나 남았다고 했다. 순전히 일도 생각 때문에 시를 쓸 수 없었다며 씨익 웃기도 했다.

일도와 영순은 천상미 계곡에서 단둘이 있고 싶은 마음이 굴뚝같았으나 황인원의 극성에 억지 춘향이처럼 황인원 내외와 하루를 더 머물렀다.

빡빡머리는 일도에게 천상미 계곡에 있는 동안만이라도 머릿속을 터엉 비워볼 것을 조언했으나 빡빡머리의 조언은 일도에게 전혀 도움이 되지 못했다. 잠시나마 모든 것을 잊어 보려 해도 전혀 그럴 수가 없었다. 하나의 생각이 끝날쯤이면 또 하나의 생각이 꼬리를 물고 이어져 결국 천상미 계곡에서는 아름다운 추억보다는 번민과 고민거리만을 안고 돌아온 셈이 되었다.

영순이 낙원이라 표현했던 천상미 계곡… 이때만 해도 일도는 전혀 예상하지 못했다. 일도에게 상상조차 할 수 없는 아픔을 천상미 계곡에 묻게 될 줄은….

일도의 하숙집으로 돌아온 영순은 일도를 남편 대하듯 했었다. 광업소의 휴가 같지 않은 휴가는 3일 만에 끝난 상황이었고 일도는 일을 나가야 하는 처지였다. 그러나 영순을 혼자 두고 일을 나갈 수는 없었다. 하숙집 아주머니는 영순을 이뻐하면서 영순이 있는 동안 마음 편히 있을 것을 진심으로 당부했다.

영순은 끼니때마다 자신이 음식을 준비하고 정성껏 밥상을 차리곤 했다. 일도와 영순은 밥 먹고 시장 가고 청소하고 찬물로 등목하고 책 보다 낮잠 자고, 누구든 한 사람이라도 원하면 뜨겁게 사랑하며 둘이는 한정된 울타리 안에서 그렇게 시간을 보냈었다.

버스를 타고 좀 멀리 벗어나서 단둘이 여행이라도 해볼까 생각도 해봤으나 언제 어디서 있을지 모르는 불시검문이 염려되어 꼼짝없이 하숙집 주변에서 시간을 보낼 수밖에 없었다.

일도가 조금이라도 미안해할라치면 영순은 일도의 그런 맘을 손톱만큼도 인정해 주려 하지 않았다. 오직 같이 있다는 그 사실만으로도 영순은 진심으로 기뻐하고 행복해 했다.

영순은 일도의 팔베개를 하고 누워 도란도란 이야기 나누는 것을 아주 좋아했다. 주로 이야기는 영순이 하고 일도는 가끔씩 장단을 맞추는 식이었다. 영순은 또 일도가 쓴 글을 읽기를 좋아했다. 일도는 아주 오래전부터 글쓰기를 꾸준하게 해 왔다.

일도의 글은 일기이기도 했고 수필이기도 했다. 또한 단편소설이기도 했다. 영순은 일도의 글을 읽으면 마치 자신이 일도와 함께 과거를 살아온 것처럼 느껴진다고 했다.

영순은 전생을 믿는다고 했다. 자신이 전생에서 우렁각시였을 거라고 했다. 애틋한 사랑이 너무도 안타까워 현생에서 그 사랑을 완성시키고자 다시 태어난 거라고 했다.

일도는 자신의 꿈에 대해 얘기했다. 영순은 잘 알고 있다고 했다. 영순은 일도가 국어 선생을 하면 잘 어울릴 것이라고 했다. 농장은 조그마하게 했으면 좋겠다고 했다. 일도가 너무 바쁘게 살면 자신이 외로울 거라고 했다. 영순은 자신이 시를 쓰거나 극작가를 해도 좋을 거라고 했다.

그러고 보니 영순은 일도에게 자신의 꿈에 대해서 정확한 의사를 밝힌 적이 없었다. 그저 영순의 미래는 일도의 꿈에 의해 정해지는 듯했다.

일도가 영순의 꿈에 대해 진지하게 물으면 영순은 "시 쓰고 싶을 때 시 쓰는 것, 졸릴 때 자는 것, 여행하고 싶을 때 여행 가는 것, 배고플 때 밥 먹는 것…. 그리고 일도 씨 닮은 아들 낳는 것… 나 닮은 딸 낳는 것. 재미있게 살다가 일도 씨하고 한날한시에 같이 떠나는 것…."

영순은 이런 식이었다.

영순이 떠난 후 며칠 동안 일도는 허전함에 멍하니 앉아 있다가 뭐 마려운 강아지마냥 대문을 들락거리기도 하고 안절부절 못했다. 적당하면 모든 것이 약이라고 했거늘 일도를 온통 지배하는 것은 영순에 대한 생각뿐이었다.

일도는 조약돌 작품 만들기에 집중하기로 했다. 조약돌은 오랜 세월 다듬어진 결정체답게 단단하기가 상상을 초월했다. 그나마 돌보다 쇠가 강하다는 걸 입증이라도 시켜주는 듯 쇠줄톱이 조약돌의 모양을 조금씩 일도가 원하는 대로 바꾸어 주고 있었다.

부지런히 조약돌을 손질하다 보면 아주 조금씩이라도 변화되는 모양에 일도는 큰 보람을 느낄 수 있었다.

'언제쯤 원하는 모양이 완성될지는 모르겠지만… 만약에 시간이 많이 걸리게 된다면 결혼 예물로 괜찮겠다 싶을 정도로 정성들여 만들리라.'

강원도의 가을은 유난히도 빨랐다. 아침저녁으로 선선하더니 순식간에 온 산의 나무들을 단풍으로 붉게 물들였다.

'영순은 지금 가을 학기 중이라 바쁘겠지? 청룡 연못가의 단풍나무에는 단풍이 들었을까?'

단풍이 엊그제 물들었나 싶더니 이내 살얼음이 아침 공기를 영하의 날씨로 만들어 내었다. 낮에 출근할 때는 몰랐으나 밤 10시 이후에 퇴근하는 일도는 춥다는 느낌에 시간의 빠름을 피부로 느꼈다.

영순과의 추억은 찌는 더위에 집중되어 있는데 옷깃을 여며야 하는 추위에 일도는 아쉬움을 느낄 정도로 아직도 한여름 밤의 추억에서 헤매고 있었다.

지하 막장에서 땀범벅이 되어 막장 밖으로 나왔을 때 땀은 순식간에 온몸에서 얼어붙는 듯했다. 문득 일도는 겨울이 왔구나 생각했다.

'겨울방학 때면… 영순이… 온다. 오랜 시간 같이 있기로 약속했던 영순이 온다….'

일도는 이제 서서히 한여름의 추억을 뒷장에 간직하고 한겨울의 추억을 맞이할 준비를 하면서 가슴이 부풀어 올랐다. 강원도의 첫눈은 강원도의 단풍만큼이나 빨리 찾아왔다. 찔끔거리며 흉내만 내다 그치는 서울의 첫눈하고는 비교도 안 될 정도로 아름다우면서도 양이 많았다.

'눈발자국 남기며 영순이 나타나리라.'

일도는 영순이 내려오면 주변에 온통 눈이 가득 쌓여 아무도 오갈 수 없는 그런 집에서 몇 날 며칠 함께하리라 생각했다.

일도는 탄광 소장집을 찾았다. 소장의 처남인 일도의 선배에게서 어떤 연락이 없었는가 궁금해서였다. 선배의 누님은 선배가 많이 바쁠 거라고 했다. 올해 졸업하는 동생이 취직 문제로 올겨울에는 고향엘 다녀가지 못할지도 모른다고 했단다.

선배는 모범생이었고 평판도 좋았으니 원하는 좋은 직장 얻어서 멋진 사회 초년생이 될 것이라고 일도는 생각했다.

그해 겨울은 유난히도 눈이 많았다. 일도는 서울에서 오는 버스가 결차되는지 수시로 버스 정류소를 찾아보았다. 일주일에 한두 번 결차되는 일 외에는 원만하게 소통되고 있었다.

일도의 하루는 버스 정류소에서 보내는 시간이 점점 많아졌다. 탄광에서 일하는 시간 외에 서울에서 출발해 미탄 정류소를 경유하는 차가 도착할 시간이면 꼭 버스 정류소를 찾곤 했다.

차에서 내리는 사람들 중에 영순이 있을까 하는 기대 속에 일도의 기다림은 겨울이 깊어갈수록 조바심을 자아내고 있었다. 조바심은 걱정으로 이어졌고 일도의 속 타는 걱정에도 불구하고 끝내 영순은 나타나지 않았다. 찾아가지 못하고 기다림 속에서만 가슴 앓이 해야 했던 일도는 날마다 서울행 버스에 승차하는 꿈을 꾸면서도 현실에서 그러하지 못했다.

끝내 기다릴 수밖에 없었던 일도의 마음에는 자신이 서울로 상경하다 불시검문에 걸려 구속되는 것에 대한 염려도 있었지만 서로 간에 길이 어긋나면 어찌하나 싶었다.

끝내 그해 겨울은 그렇게 흘러가 버리고 말았다.

봄볕이 완연한 3월… 탄광소장의 처남인 일도의 선배는 멋진 정장차림으로 미탄면에 모습을 드러냈다. 일도의 선배가 일도의 하숙집을 찾아왔다.

일도는 반가움에 선배의 두 손을 꼭 잡았다. 선배는 일도를 반가워하면서도 왠지 모를 망설임이 확연하게 드러났다. 선배의 입에서 영순의 소식이 전해지기를 학수고대하면서 일도는 선배의 얼굴을 빤히 응시했다. 선배는 한참을 망설인 끝에 입을 열었고, 잔인한 소식이 전해졌다.

실전 **기획부동산 03.**

# 땅 팔기, 혈사학지종직모

대학민국 최고의 부자동네 강남! 강남역 6번 출구라고 했던가. 일도는 김종백의 말대로 6번 출구로 나와 100여 미터를 걸었다. 강남대로와 테헤란로의 교차로 중심인 강남역은 IMF하고는 전혀 상관이 없는 듯했다.

작년 늦가을에 시작된 IMF는 수많은 사연들과 수많은 경제 파탄자들을 양산해 놓고는 나라는 망하지 않고 힘들게 힘들게 굴러가고 있었다. 금융권 2차 구조조정의 성공을 위해 대형 금융기관들의 합병이 진행되면서 일시적인 초 고금리 현상이 일어나고 이로 인한 빈익빈 부익부 기현상이 대한민국 전체를 뒤덮고 있었다. 그런 와중에도 금 모으기 운동이 전국적으로 일어나 날마다 전파를 탔고 신문지상에는 갖가지 사연들이 소개되고 있었다.

어차피 인생 자체가 일장일단이라고 했던가.

정부의 일시적인 초 고금리 정책으로 은행에 현금을 맡겼던 강남 부자들은 은행 갈아타기에 행복한 고민들을 하면서 고금리의 혜택을 철저하게 누리고 있었다. 이런 계층의 여유 있는 소비는 강남역을 중심으로 한 강남 상권에서 흥청망청하고 있었으니, 누구는 쫄딱 망해서 가족들이 뿔뿔이 흩어지고 끼니걱정 하고 있는

데 누구는 흥청망청해도 다음 날이면 쓴 만큼 또 돈이 생기는 웃지 못할 기현상이 생긴 것이었다.

일도는 지금 그 기현상의 도시 강남의 한복판에 있는 것이었다. '돼지껍데기' 집에서 만났던 김종백은 지금 강남에서 끗발 날리는 존재가 됐다고 했다. 은행에서 쫓겨난 것이 천운이라고 했다. 김종백은 일도에게 자신이 일하는 회사에 한번 와보라고 했다. 자신도 몰랐던 별천지가 엄연히 존재하고 있다고 했다.

일도가 김종백을 처음 우연히 만나던 날! 그날 일도는 많은 술을 마셨었다. 방배동 24시 사우나에서 정신을 차리고 나왔던 일도는 막상 갈 곳이 없었다. 자신의 처지가 처량하기 그지없었다. 하루 종일 서울 거리를 목적 없이 헤매다 아이들을 볼 겸 사당동 처가에 들렀다.

첫사랑 영순과의 애틋한 사랑이 평생의 아픔으로 남았던 일도는 조금 늦은 결혼을 했다. 일도 나이 서른일곱에 다섯 살 난 딸과 세 살 난 아들이 있었으니 한창 아빠의 사랑과 손길이 필요한 나이였다.

아이들의 엄마는 서울 사람이었다. 일도가 대학 시절 아르바이트를 했던 '블랙스톤'의 여사장이 소개를 했다. 영순과의 사랑을 잊지 못해 또 다른 사랑을 거부했던 일도는 어머니의 근심과 걱정에 굴복해 가슴 저미는 애틋한 사랑을 추억에 묻고 결혼했다. 아내는 간호학을 전공했고 결혼 전까지 K대 병원에서 근무했었다.

일도의 사업이 IMF의 파고를 넘지 못하고 무너지자 아내는 옛 직장에서 시간제로 근무하고 있었는데 너무 눈치가 보여 친척언니가 운영하는 프랜차이즈 점포에서 일할 계획이라고 했다.

유난히 일도를 좋아하는 아이들은 아빠의 손에 과일봉지가 들려 있음에도 과일은 쳐다본 척도 안 하고 일도에게 매달렸다. 양쪽 팔에 두 아이를 거뜬히 안고 일도는 억지로 기운을 내었다.

아내는 그런 일도를 물끄러미 쳐다보다 저녁상을 준비했다. 처가에 들를 때마다 일도는 별 말이 없었다. 아내는 아들 형제가 없고 위로 언니 한 분만 계셨다. 호텔에서 근무하던 처형은 일본 남성을 만나 국제결혼을 해서 일본에서 생활 중이었다.

장인 장모는 일도를 마음에 들어 하면서도 홀어머니에 아들 한 명이라는 환경 때문에 처음엔 극구 결혼을 반대했었다. 아들이 없었던 탓에 아들 많은 집에 둘째 딸을 결혼시켜 사위를 아들삼아 살았으면 하는 바램이 있었기 때문이었다.

그러나 일도가 위낙 반듯한 성격에 사람 됨됨이가 강건하고 꿋꿋해 보이는 데다 딸이 일도를 좋아하는 감정을 갖게 되다 보니 어쩔 수 없이 결혼을 승낙했었다.

아내가 정성껏 차려 주는 저녁상을 받은 일도는 맛있게 밥그릇을 비웠다. 식사 내내 일도는 한마디 말도 없었다. 처갓집에 올 때마다 워낙 말이 없어서인지 장인 장모는 일도를 꽤나 어려워했다. 이상하게도 일도와 장인 장모 사이에는 보이지 않는 벽이 존재하는 듯했다.

일도의 사업이 무너지자 장인 장모는 일도가 재기하는 날까지 처가로 들어올 것을 권유했으나 일도는 차마 그럴 수 없었다. 어쩔 수 없이 처와 아이들만 처가에 들여보내고 일도는 끝내 처가에 들어가지 않자 못난 자존심 부린다며 은근히 서운해 하셨다.

일도의 사업은 공든 탑이 무너지듯… 힘들게 힘들게 쌓은 탑에 밑돌 하나 쏘옥 빼내면 전체가 순식간에 손 쓸 사이 없이 무너지듯 그렇게 무너졌다. 일도는 할 수 있는 최선을 다해 빚 정리를 하고 정면돌파를 시도했으나 시대적인 상황은 결코 만만치 않았다. 결국은 빚 청산도 깔끔히 정리하지 못하고 무언가 새로운 길을 찾아야만 했다.

일단 일도는 몇 사람의 도움으로 생활 주거지를 마련했다. 처가에서 가까운 봉천동의 지하 단칸방이었다. 혼자 생활하기에는 불편함이 없었고 비록 초라하고 왜소한 공간이었지만 처가보다는 마음이 편한 곳이기도 했다.

일도는 아내에게 생활 기반이 잡히는 동안만 처가살이 해줄 것을 부탁했고 아이들이 보고 싶을 때는 언제든지 찾아가든지 아니면 처와 아이들이 일도가 있는 곳을 찾아오도록 부탁했었다.

이렇게 저렇게 며칠 동안 주변 정리가 끝나자 무슨 일이라도 해야 했던 일도는 고민고민 하다가 떠올린 사람이 김종백이었다.

불과 한 달 정도 만에 사당동에서 다시 만난 김종백은 처음 만났던 때와는 완전 딴판이었다. 얼굴에 웃음이 멈출 시간이 없었고 저녁도 아주 비싼 고기집에서 폼 나게 사는 것이었다.

일단 일도는 김종백이 하는 그대로 받아들였다. 인간지사 새옹지마라고 사람 일을 누가 알겠는가. 김종백은 은행에서 정리해고 당한 이후 생맥주집이라도 해보려고 알아보던 중 강남에서 부동산 컨설팅 팀장으로 근무하는 친구의 권유로 컨설턴트 업무를 시작하면서 새로운 꿈을 갖게 됐다고 했다. 억대 이상의 연봉을 실현할 수 있으며 무한한 꿈을 이룰 수 있다고 했다.

백문이 불여일견이니 어찌 시간투자 한번 아니할 수 있을쏘냐. 일도는 직접 방문해서 자세한 것을 알아보기로 했다. 김종백의 말대로 6번 출구에서 100m 직진하니 좌편에 HS라는 고층빌딩이 눈에 들어왔다. 일도는 건물 안으로 들어섰다.

11층 안내 표지판에 SH개발이라는 간판이 붙어 있었다. 일도는 엘리베이터를 눌렀다. 11층에 내리니 SH개발이라는 금색 간판이 깔끔하고 고급스럽게 눈에 들어왔다. 안으로 들어서니 안내 여직원이 한쪽 방으로 안내했다. 상담실인 듯했다. 벽 한쪽에는 대한민국 전도와 지역개발 현황도가 붙어 있었고 이곳저곳에 부동산 컨설팅 상담소라는 이미지가 확연히 드러나는 그런 곳이었다.
　　잠시 후 팀장이라는 사람이 들어왔다. 사람이 깔끔해 보이면서도 정감이 있어 보였다. 팀장이란 사람은 자신의 명함을 주면서 일도에게 인사했다. 자신은 DH라는 대기업에서 최초 40대 임원이라는 초고속 승진의 주인공이었다고 했다. 20년 넘는 세월을 새벽부터 밤늦게까지 DH의 노예처럼 살아온 결과였다고 했다. 그러나 IMF와 함께 회사가 한순간에 무너지면서 20년 정열 인생이 무지개처럼 사라지고 나서 부동산 컨설팅으로 새로운 인생을 시작한 지 몇 달 됐다고 했다. 꿈이 있는 사람에게 꼭 필요한 업종이 부동산 컨설팅이라고 하면서 부동산 컨설팅의 장점을 몇 가지 추려 주었다.
　　첫째, 수입의 무한대 창출이라는 것이었다.
　　SH개발에 입사하는 사원의 주된 업무는 토지 분양 영업이라고 했다. 분양하는 토지는 수익성 토지라고 했다. 다시 말해서 몇 년 후 주변 개발로 인한 지가 상승으로 투자원금 플러스 지가 상승으로 이루어지는 재테크 토지라는 것이었다. 200평, 300평, 500평 규모의 분할된 토지라고 했다. 토지에 투자하는 계층은 여유자금을 보유한 불특정 다수로, 투자금액은 최소 몇 백만 원에서 몇 천, 몇 억까지라고 했다. SH개발에 근무하는 사원이 불특정 다수의 고객에게 토지를 분양하면 그에 따르는 분양 수당을 받게 되는데 그 수당 수입이 무한대라는 것이었다. 실제로 26세의 젊은 남자사원이 1년에 5억의 연봉을 벌었다는 얘기도 덧붙였다. 반면에 1년에 단 1건의 실적도 내지 못하는 사원도 있다고 했다. 당연한 현실일 거라고 일도는 생각했다.

두 번째는 SH개발 사원으로 근무하면 체계적인 교육을 통해서 부동산 전문가가 될 수 있다는 것이었다. 기초적인 부동산학 개론부터 가르침으로써 유능한 인재를 양성화해서 그룹으로서의 발전을 도모한다는 것이었다. 그러므로 부동산에 대한 전문지식이 없더라도 입사가 가능하다는 것이었다.

세 번째는 SH개발 사원으로 근무하면서 좋은 토지에 투자할 수 있는 기회를 얻을 수 있다고 했다. SH개발은 꿈이 있는 사람들에게 그 꿈을 구체화시켜 준다고 했다. SH개발에서는 많은 사람이 꿈을 이루었다고 했다. 자신도 그중에 한 사람이라며 일도 또한 SH개발에서 꿈을 이룰 수 있는 역량과 경력을 갖추고 있다고 강조했다. 성공하겠다는 일념과 돈 벌겠다는 열정만 있으면 된다고 했다.

팀장은 진지했으며 열정적이었다. 부동산은 인간에게 없어서는 안 되는 산소 같은 존재라고 했다. 자신이 좀 더 일찍 부동산에 눈을 떠서 대기업에 다니며 노른자위 부동산에 투자해 놓았더라면 자신이 다니던 대기업은 망했어도 자신은 큰 부자로 살았을 것이라며 안타까워하기도 했다.

어찌 됐든 일도의 눈에 비치는 팀장의 모습은 성공을 위해 열정적인 삶을 살아가는 그런 사람으로 비쳐졌다. 일도는 궁금한 사항을 질문하기로 마음먹었다. 먼저 어느 지역 토지를 분양 중이며 분양가격은 얼마씩인지를 물었다. 팀장은 정식사원이 아닌 사람에게는 회사의 기밀이므로 기밀사항에 붙여야 한다고 뚝 잘랐다.

입사 이후 3일간의 수습 교육기간이 통과되어야만 알 수 있다는 것이었다.

일도는 수당 체계에 대해 물었다. 예를 들어 500평짜리 한 필지를 1억에 판매했다면 10%인 1천만 원이 수당이라고 했다. 단! 특약판매조건인 경우에는 수당의 퍼센트가 높다고 했다. 판매가격이 평당 20만 원이면 사원은 평당 30만 원에 팔아도 된다는 것이었다. 그러면 판매가 20만 원에 판매한 총금액의 10%와 30만 원에 팔았을 시에 20만 원에서 플러스되는 10만 원의 절반, 즉 5만 원은 수당이고 5만 원은 회사 입금가격이라고 했다.

그런고로 특약판매조건 토지를 500평 한 필지 팔았다고 가정했을 때 총판매금액은 500평 곱하기 30만 원은 1억 5천일 때, 500평 곱하기 20만 원은 1억의 수당 10%인 1천만 원과, 평당 10만 원씩 플러스해서 판매한 수당, 즉 평당 5만 원씩 2천 5백만 원의 추가수당이 발생하는 것이었다. 이러하니 1억 5천의 매출 중에 3천 5백이 판매사원의 수당인 것이었다.

판매사원에게는 상당히 괜찮은 조건이 아닐 수 없었다. IMF로 줄줄이 무너지는 기업들이 한둘이 아니었고 길거리로 쏟아지는 파산자들이 지천에 넘치는 시대였으며 직장 잃은 고학력 능력자들이 새로운 터전을 찾아 눈에 불을 켜는 그런 시기에 일도는 김종백의 소개로 마음만 먹으면 새로운 기반을 다질 수 있는 기회를 접한 것이었다.

대략 SH개발의 운영 콘셉트를 납득한 일도는 일단 최종 결정은 다음으로 미루기로 했다. 일도 자신이 세상 모든 경험을 다한 것은 아닐지라도 세상은 반드시 음과 양이 존재한다고 믿었다. 강남이라고 하는 지역의 특수성과 부동산 컨설팅이라고 하는 전혀 경험해 보지 않은 생소함이 선뜻 결정하기에 걸림돌이 되었고 한 번 결정하게 되면 반복할 수 없는 일도의 성격이 반영된 탓이었다.

저녁에 김종백을 다시 한 번 만나기로 한 일도는 HS빌딩에서 나와 강남역 쪽을 향해 걸었다. 이제 5월의 시작인데도 이곳 젊은 이들의 옷차림은 계절을 앞서 가고 있었다. 강남이 생활권이 아니었던 일도에게 강남은 확실히 이질감을 느끼게 하는 도시였다.

대한민국 최초의 계획도시라는 강남! 바둑판처럼 잘 짜여진 도시 강남! 부동산 불패 신화라는 전설을 자랑하는 도시 강남!

수많은 신흥 부자들이 새로운 소비문화를 이끌어 가는 도시답게 강남의 분위기는 화려함과 넘치는 여유와 젊음 그 자체였다.

강남역 지하상가에서 사람구경을 즐기던 일도는 약속한 시간이 되자 다시 강남역 6번 출구 쪽으로 이동했다. 김종백과 일도가 만난 곳은 HS빌딩에서 한 블록 뒤에 있는 곱창집이었다.

김종백의 말에 의하면 강남에서 제일 유명한 맛집이라고 했다. 강남에서 만나 그런지 김종백은 사람이 더 여유있고 부티 나게 보였다. 분명히 처음에 봤던 김종백하고는 엄청난 차이가 있어 보였다. 그때는 고개 숙인 남자였는데 지금은 분명히 어깨에 힘이 팍팍 들어간 남자였다. 무엇이 그렇게 김종백의 어깨에 힘이 들어가게 했을까.

일도는 그걸 좀 더 자세히 알고 싶었다. 일도는 최종 결정하기에 앞서 김종백의 경험을 듣고 판단하고자 마음먹었기에 궁금했던 안건들을 전부 시원하게 물어보았다. 그동안 얼마를 벌었으며 어떻게 누구에게 토지를 분양했느냐가 최대의 궁금한 안건이었다.

김종백은 한 달 정도 근무해서 7천 5백만 원을 벌었다고 했다. 당시에 엘리트 대기업 신입사원의 연봉이 1천 8백~2천만 원이었으니 이는 엄청난 고수입이 분명했다. 김종백은 본인의 인맥 중에서 딱 두 사람이 토지에 투자함으로써 생긴 결과라고 했다. 총 투자금액은 3억이 조금 넘는 돈이라고 했다.

일도는 낮에 팀장에게 들은 얘기가 있어 대충 계산해 보니 어느 정도 맞아 떨어졌다. 입사가 결정되어 출근하게 되면 날마다 활동비가 지급된다고 했다. 또 얼마 안 되지만 봉급조로 월급이 지급되며 각종 시상이 성과금에 포함되는 것도 만만치 않다고 했다.

일도는 김종백에게 어떤 방법으로 두 사람에게 토지를 분양할 수 있었느냐고 물었다. 김종백은 고객의 리스트만 제공했을 뿐 모든 마케팅 전략전술은 윗선에서 제공해 주었고 본인은 역할에만 충실했다고 했다.

일도는 무슨 돈벌이가 이렇게 쉬운가 싶었다. 일도는 조금이라도 더 진지하게 부동산 컨설팅에 대한 분석을 하고 싶었다. 일도에게 있어 부동산이란 집과 땅이란 개념 외에는 전혀 생각해 본 적이 없는 그런 것이었다.

초가집과 기와집, 넓은 땅과 조그마한 땅!

일도는 어려서 넓은 땅을 가지고 넓은 기와집에서 사는 친구를 한없이 부러워했던 적이 있다. 기와집은 부자의 상징이요, 넓은 땅은 배부름의 상징이었다. 일도는 땅을 사게 된다면 어머니 동네에 땅을 사서 어머니께서 기뻐하시는 모습을 보고 싶다는 생각을 했다.

김종백은 일도가 부동산 컨설팅 업무를 하게 되면 남들보다 아주 잘할 것이라고 했다. 일도는 왜 그렇게 생각하느냐고 물었다. 김종백은 그냥 느낌이라고 했다. 두 시간 정도 김종백과의 저녁시간을 통해 일도가 내린 결정은 단순하고 간단했다. 일도는 돈이 필요했고 돈 벌 수 있는 일이 필요했다. 일도의 기획부동산은 이렇게 시작되었다.

이틀 뒤 일도는 HS빌딩의 SH개발에 정식으로 출근했다. 팀장의 의견대로 일도는 일단 부딪혀 보기로 했다.

일도는 첫날 출근해서 생소한 경험을 하면서 사소한 것이라도 자신에게 도움이 될 수 있는 안건들은 철저하게 메모하면서 집중도를 높여 나갔다.

첫날 일도는 이른 시간에 출근했다. 사무실은 열려 있는데 출근한 사원은 한 명도 없었다. 사무실은 오픈 매장 형태로 꾸며져 있었는데 근무사원이 백여 명이 넘는 듯 꽤 많은 책상들이 들어서 있었다.

실적 경쟁 시스템인 듯 사무실 한쪽에는 팀별로 실적 현황도가 붙어 있었고, 영업 A팀, 영업 B팀, 사업 A팀, 사업 B팀 등 11개의 각 팀이 팀명을 가지고 공간을 차지하고 있었다.

각 팀에는 헤드테이블이 있고 헤드테이블을 중심으로 사원들의 책상인 듯 12개에서 16개의 책상이 양쪽에 일렬로 배열되어 있었다. 사원들의 책상에는 전화기와 책꽂이 외에는 별다른 것들은 보이지 않았으나 정리가 깨끗하게 된 자리들에는 영업에 관련된 책들과 부동산 관련 서적들로 책꽂이가 꽉 찬 자리도 제법 보였다.

어떤 책들이 꽂혀 있는지 살펴보던 중에 일도는 눈에 띄는 메모 내용을 발견하였다. 영업 A팀이라는 팀의 책상을 둘러보던 중이었다. 책상 한쪽에는 박성홍 차장이란 명함이 있었는데 A4용지에 정성껏 메모한 내용을 코팅해서 책상 정면에 붙여 놓았는데 내용을 읽어보니 이러했다.

"수레를 만드는 장인은 사람들이 모두 부자가 되었으면 좋겠다고 생각한다. 관을 만드는 장인은 사람들이 모두 빨리 죽었으면 좋겠다고 생각한다. 그러나 전자를 선인이라고 후자를 악인이라고 할 수 없다. 부자가 되어야만 수레를 사줄 것이고 죽어야만 관을 팔 수 있기 때문이다. 사람은 철저하게 자기 이익에 따라 판단하고 자기 이익에 따라 움직일 뿐이다."

내용인즉 한비자의 기본 이념을 옮겨 적은 것이 분명해 보였다. 일도는 박성홍 차장은 어떤 사람일까 순간적으로 궁금해졌다.

"안녕하십니까? 최일도 씨, 일찍 오셨군요."

소리 나는 쪽을 보니 팀장이었다.

"예, 안녕하십니까? 사무실 구경 좀 했습니다."

일도는 반갑게 인사했다. 팀장은 간부회의를 마치고 나오는 길이라고 했다.

HS빌딩의 SH개발에는 11부서의 팀이 있고 팀장 또한 11명이라고 했다. 11개의 각 팀에 인원이 10명에서 16명까지 총 140여 명이 된다고 했다. 팀장은 일도에게 자리를 안내했다. 영업 D팀이란 팀명이 붙어 있었다. 일도는 영업 D팀의 팀장 자리에서 왼쪽으로 세 번째 칸에 있는 책상을 배정받았다.

30분 정도 지나자 김종백이 출근했다. 김종백은 일도에게 팀의 구성원들에 대해 언질을 주었다. 일도는 김종백의 말을 귀담아 들으면서 영업 A팀의 박성홍 차장이란 사람에 대해 좀 알고 있는지 물었다. 김종백은 자신이 알고 있는 박성홍에 대해 자세히 얘기해 주었다.

박성홍의 나이는 일도와 비슷할 거라고 했다. 부동산 컨설팅 경력은 1년 정도이며 6개월째 회사에서 매출 실적 1위를 달리고 있는 사원이라고 했다. 지난달에도 1등 사원으로 표창을 받아 오늘까지 3일째 특별 휴가라는 말도 덧붙였다.

　일도는 슬며시 1등 사원의 월수입에 대해 물어보았다. 김종백은 지난달에 자신이 7천 5백만 원을 벌었는데 1등을 못했으니 아마 자신보다는 더 벌었을 것이라고 했다.

　일도는 순간 묘한 감정에 사로잡혔다.

　'IMF로 힘들어 나자빠지는 사람들이 한둘이 아닌 세상에 월 몇 천만 원 수입을 올릴 수 있다는 사실에도 흥분되는 이야기인데 그것도 6개월씩이나 월 몇 천만 원씩 벌었다면… 도대체 그 박성홍 차장이란 사람은 얼마를 번 것이고, 어떻게 영업을 하는 사람이길래 그런 실적을 낼 수 있었을까?'

　일도는 새삼 박성홍 차장이란 사람이 더욱 궁금해졌다.

　일도와 김종백이 이런저런 얘기를 나누는 사이 팀원 전원이 출근을 했다. 일도가 속한 영업 D팀의 자리는 14개였다. 일도를 포함한 13명의 팀원 중에서 20대가 7명이었다. 일도를 포함한 30대가 3명, 김종백을 포함한 40대가 2명, 50대가 1명이었다.

　팀원이 전원 출근하자 부서 조회라는 것이 열렸다. 팀장이 팀원들을 모아놓고 오늘 하루를 어떻게 보낼 것인가에 대한 동기부여 형태의 조회였는데 말 그대로 조회였다. 팀장이 팀원들에게 하루에 해야 할 일을 지시하는 것에 다름없었다.

　일도는 부서조회가 열리는 동안 팀원들을 세밀히 살펴보았다. 7명의 20대 중에서 두 명의 남자사원과 1명의 여자사원이 눈에 띄었다. 이들에겐 공통점이 있었다. 복장이 깔끔하고 헤어스타일이 단정했으며 한마디로 자기관리가 되어 보이는 사원들이었다. 팀장이 조회하는 내용을 성실히 메모하는가 하면 부서 조회에 임하는 자세 또한 반듯해 보였다. 30대에서는 여자사원이 눈에 띄었고 50대 남자

사원은 눈동자까지 풀려 있었다. 부서조회가 끝나자 팀장은 팀원들에게 일도를 소개했다.

"최일도 씨를 소개합니다. 사냥 레저용품 도매사업체를 운영하셨던 분이고… 앞으로 우리 SH개발에서 사업 A팀의 박성홍 차장을 타고 넘을 유일한 실력자가 될 것으로 판단됩니다. 최일도 씨의 인사 말씀을 듣겠습니다."

일도는 좀 당황스러우면서도 쑥스러웠다. 일도는 자신이 했던 사업에 관해서는 단 한마디도 팀장에게 해본 적이 없었다. 단지 이력서 제출 시에 이력내용을 기재했을 뿐이었다.

"최일도입니다. 잘 부탁드립니다."

일도는 간단히 정중하게 인사했다.

잠시 후 부서조회가 끝나고 일도는 김종백과 함께 밖으로 나왔다. 김종백은 일도를 건물 옥상으로 안내했다. HS빌딩은 23층짜리 건물이었다. 건물주인은 김종백보다 한참 어린 40대 초반이라고 했다. 강남 테헤란로 변에 HS빌딩 같은 건물이 5채 더 있는 갑부라고 했다. 건물주의 아버지는 강남이 개발되기 전 압구정동에서 배나무 농사를 지은 농사꾼이었다고 했다.

옥상에서 사방을 두루 살펴보니 말 그대로 바둑판처럼 도로망이 잘 개발된 도시였다. 수많은 건물들이 위풍당당하게 하늘 높이 솟아 있었다. 이렇게 수많은 빌딩들은 누군가 주인이 있을 테고 그들은 돈이 있는 사람들일 것이다. 어디 강남뿐이겠는가.

일도는 생각해 보았다. 서울에만 있는 건물이 몇 개일까? 부산, 인천, 대구, 대전, 광주 같은 대도시에 있는 건물은 또 몇 개일까? 전국적으로 있는 건물은 또 몇 개일까? 생각이 여기에 미치자 대한민국이 아무리 IMF라 해도 절대 망할 리는 없다는 생각이 들었다. 일도는 막연하게나마 어떤 기운을 느낄 수 있었다. 아니 기운을 내서 돈을 벌어야겠다는 생각이 강하게 자신을 지배하는 것을 느낄 수 있었다.

잠시 후 전체조회가 시작된다는 김종백의 말에 일도는 11층으로 내려왔다. 140여 명이나 되는 인원이 꽉 차 있는 사무실은 열기가 후끈 느껴졌다. 전무라는 사람이 전체조회를 주관했다. 나이는 일도보다 두세 살 많아 보이는데 전무라 했다. 단상에 서서 강사가 강연하듯 조회를 주관하는 전무라는 사람은 몸에 명품이란 명품은 다 걸친 듯 보였다. 아니 군더더기 하나 없이 젠틀하게 생긴 외모가 그런 생각을 들게 만들었는지도 몰랐다. 일도가 보기에 전무란 사람은 솔직히 멋있어 보였다. 한마디 한마디에 힘이 느껴졌고 간혹 한 번씩 사람들을 웃기는 강연 솜씨는 타고난 것 같기도 했지만 많은 훈련을 통해 다듬어진 것 같은 느낌도 동시에 들었다.

전무의 조회 내용은 아줌마와 부동산이었다. 아줌마A, 아줌마B를 두고 여고생 시절과 결혼상대 남편과 가정경제 등을 비교하는 내용이었다. 아줌마A는 아줌마B보다 어려운 환경에서 성장했고, 공부도 못했고, 아줌마B보다 못생긴 아줌마A는 열등감만 많은 그런 존재였다. 아줌마A는 고물상을 운영하는 남자에게 시집을 갔고 아줌마B는 외교관에게 시집을 갔다. 그리고 20년 후 아줌마A와 B의 운명이 바뀌었다.

그건 땅 때문이었다. 아줌마A의 남편이 운영하던 고물상 땅이 개발되어 몇 백억대 부자로 바뀐 것이다. 때문에 부동산은 희망이며 특히 땅은 일반 서민에게 구세주와 같은 것이라는 강연 주제였다. 억지로 짜낸 것 같은 시나리오에 웃음이 나올 만도 했지만 전무란 사람이 얼마나 진지하게 온갖 액션을 취해 가면서 얘기를 하는지 차마 웃을 수도 없게 만들었다.
 그렇게 전체조회가 끝나고 나더니 한바탕 소란이 일었다. 전체구호가 끝나자 이번에는 각 팀별로 구호를 외쳐 대는데 11개 팀이 동시에 외쳐 대자 정신이 하나도 없었다.
 김종백은 이미 완벽하게 적응된 듯 아주 재미있어 하는 눈치였다. 구호할 때 소리를 한 번 지르고 나면 속이 아주 후련해진다고 했다. 김종백은 일도에게 금세 적응될 거라며 한두 번 하다 보면 재미있다고 했다.
 조금 시간이 지나자 140여 명이나 되는 사원들이 일제히 전화 수화기를 들고 어딘가에 통화들을 하는데 일도의 눈에는 도통 이해될 수 있는 것들이 하나도 없었다. 도대체 이렇게 해서 땅을 어떻게 팔 수 있다는 말인가….

 이렇게 출발한 일도의 기획부동산 업무는 어느새 한 달이 거의 다 되어 갔다. 김종백은 그 사이 두 건의 토지분양 계약을 더 체결해 3천만 원 넘는 수입을 올렸다. 두 건의 계약 중 1건은 잔금이 완료되어 일도가 보는 앞에서 2천만 원의 수당을 받아 일도를 자극시켰다. 나머지 1건의 계약은 중도금까지 입금되었으며 일주일 후 잔금이 완납된다고 했다. 그 건의 수당은 1천 2백만 원이라고 했다. 사업 A팀의 박성홍 차장은 7개월째 1등 사원인 듯 실적판에는 이달 들어서도 5건의 계약 실적이 올라가 있었다.
 영업사원이 실적을 올려 수당을 받을 때는 전체 사원들이 보는 자리에서 현금으로 지급하곤 했는데 그 방법이 특이했다. 노란 황금색 쟁반에 만 원짜리 현금 뭉치를 쌓아 지급하곤 했는데 일도가 보기에도 솔직히 욕심나는 광경임에 틀림없었다.

기획부동산의 운영방식을 처음에 어느 누가 모델을 창안했는지는 모르겠으나 시각·청각을 최대한 활용하는 오픈 매장형 사무실 구조에서도 느낄 수 있듯이 철저하게 인간의 감성을 자극해서 경쟁심을 부추기는 것은 물론 경제적인 욕구를 불러일으켜 팔고 보자는 심리를 극대화시키는 다양한 방법들이 펼쳐지고 있었다.

  한 달 정도 SH개발에서 생활하자 일도는 자연스레 어색했던 생활들에 젖어들었다. 인간은 환경의 동물이라 했던가. SH개발이란 기획부동산 업체에서 토지 분양사업을 시작한 일도는 조바심마저 생기기 시작했다. 나름대로 분석하고 판단하고 자신의 성공여부를 가늠질도 해 보았다. 김종백의 소개로 새로운 업종을 알게 됐다고는 하나 선택은 일도의 결정이었다. 선택하고 결정한 이상 결과를 만들어 내야 하는 것이 영업 세계의 냉엄한 현실이 아니던가.

  솔직히 일도는 돈이 필요했고 큰돈 벌 수 있는 일이 절대적으로 필요했다. 때문에 부동산 컨설팅은 일도에게 꼭 필요한 업종이라 할 수 있었다.

  때문에 일도는 한 달 동안 나름대로 적극적으로 영업환경에 빠져들고자 노력했다. 회사에서는 한 달 동안 신입사원에게 채워줄 수 있는 모든 프로그램을 가동하고 있었다. 일도는 7명의 신입사원과 함께 프로그램에 참여하였다. 교육 프로그램은 상당히 체계적이고 구체적이었다. 먼저 부동산에 관련된 교육시간이 오전에 2시간씩 진행되었고 오후에는 영업 방법에 대한 교육이 진행되었다. 이런 교육은 일주일에 3회씩 반복되었다. 신입사원 교육 중에 29세의 남성사원이 입사 보름 만에 계약 실적을 올렸다. 그 사원은 최성한이라고 했다.

  전남 여수가 고향인 최성한은 딸 일곱에 아들이 하나인데 본인이 그 소중한 아들이라고 했다. 여수에서 수산업을 운영하는 매형과 큰누님이 투자를 해서 계약을 성사시켰다고 했다. 투자금액은 8천만 원이었다. 회사에서 교육받은 계약사례에 의하면 최성한의 계약 건은 혈연에 의한 것이었다.

혈! 사! 학! 지! 종! 직! 모!

일도는 교육노트에 쓰여진 이 글을 뚫어져라 쳐다보았다. 영업은 물건을 파는 일이라고 했다. SH개발의 영업사원이 팔아야 할 물건은 땅이었다. 영업사원에겐 물건을 팔아야 할 대상이 있어야 했다. 그 대상이 '혈사학지종직모'라고 했다.

혈 - 피로 맺어진 혈연, 형제, 자매, 친인척 등
사 - 사회활동을 통해 맺어진 인연
학 - 학교, 공부할 때 통해 맺어진 인연
지 - 고향 등을 통해 맺어진 인연
종 - 종교활동을 통해 맺어진 인연
직 - 과거 했던 일, 직업 등을 통해 맺어진 인연
모 - 모임 등을 통해 맺어진 인연

'혈사학지종직모'가 없는 이는 없다고 했다. 일도는 핵심을 찌르는 무서운 교육이라고 생각했다. 세상에 공짜가 어디 있겠는가. 영업사원에게 물건을 팔아야 할 대상이 없다면 그 영업사원이 회사에 필요할 리가 없으니 말이다. 그러나 회사의 교육은 일반인들의 상상을 초월한 한 단계 높은 수준이었다. 회사교육은 인생을 잘못 살아온 사람에게는 인맥이 아무리 많아도 소용이 없다고 했다. 일도는 맞다고 생각했다. 인생을 잘못 살아 신뢰를 잃은 사람에게 '혈사학지종직모'를 통한 인맥이 백 명이면 뭐하고 천 명인들 무슨 소용이 있겠는가. 진짜 금덩어리를 싸게 살 수 있다고 해도 신뢰 잃은 사람의 말을 믿을 리는 없으니 말이다.

그럼에도 회사는 인생을 잘못 살아온 사람에게도 기회는 있다고 했다. 그런 사람들에게 회사는 철저하게 두 가지를 요구했다.

첫째는 지난날은 잊고 철저하게 영업사원으로 변신하라는 것이었다. 앞으로 만나는 모든 사람을 가망고객으로 생각하고 철저한 자기관리를 통해서 새로운 출발과 영업 마인드를 갖추라는 것이었다.

둘째는 이러한 자기계발 속에 회사에서의 영업교육을 바탕으로 텔레마케팅 영업을 통해 성공 인생으로 거듭나라는 것이었다.

한 달 정도 근무했을 때 일도에게는 분명 많은 변화가 있었다. 그만큼 회사는 다양한 교육 프로그램을 통해 사원들의 변화를 만들어 내고 있었다. 변화되지 않는 사원, 세상에 공짜가 존재하는 것으로 착각하는 사원, 노력의 흔적이 보이지 않는 사원은 바로바로 정리시켜 버리는 결단성도 갖추고 있었다. 회사의 교육 시스템과 일도의 성실성 등으로 한 달 정도가 지났을 때 일도는 나름대로 어느 정도의 고객을 확보할 수 있었다. '혈사학지종직모'와 'TM(텔레마케팅)'을 통해 고객관리카드에 특별 관리하는 고객을 예닐곱 명 정도는 확보할 수 있었던 것이다. 물론 그들을 고객이라고 생각했던 것은 일도의 판단뿐이었다.

일도가 한 달 동안 SH개발에서 얻은 보람 중 의미 있는 일은 사업 A팀의 박성홍 차장과 친밀해진 것이었다. 일도의 의도적인 노력도 있었지만 박성홍 차장 역시 일도에게 개인적인 호감을 느꼈던지 친밀감을 가지고 대해 주었다. 박성홍 차장의 나이는 일도보다 한 살 위였다. 일도는 처음부터 선배님이란 호칭으로 다가섰다. 고향은 경기도 일산이라고 했다. 일산은 경기도 고양시 일산구였다. 그러나 많은 사람들이 고양시 하면 생소해하고, 일산이라고 하면 모르는 사람이 없다고 했다. 바로 일산 신도시 때문이 아닌가 싶었다. 일산이 신도시로 개발되기 전부터 시골이었을 때의 일산 모습을 너무도 생생하게 기억하고 있는 박성홍 차장은 그러했던 자신의 경험이 부동산 컨설팅 토지분양 업무를 하면서 많은 도움이 되었다고 했다.

일산이 개발되기 전의 옛날 얘기를 실감나게 하다 보면 고객들과의 공감대가 자연스럽게 형성된다는 것이었다. 일도는 첫날에 박성홍 차장의 책상에서 보았던 한비자의 기본이념에 대해 물어보았다.

"선배님은 서양의 마키아벨리와 동양의 한비자 중에서 누가 더 조직의 리더로서 현실적인 감각을 가졌다고 보시는지요?"

"마키아벨리든 한비자든 강남역 6번 출입구 쪽에서 구걸하는 걸인이든 난 모두 똑같다고 생각하네."

뜻밖의 대답이 돌아왔다. 그러나 무슨 뜻인지는 알 듯했다.

"어차피 인간은 누구나 자기이익에 따라 움직이는 것 아닌가."

일도는 지극히 맞는 말이라고 생각했다. 그러면서도 왠지 씁쓰름한 생각이 드는 것도 사실이었다.

"그 걸인 말일세."

무슨 말인가 싶어 일도가 박성홍을 쳐다보았다.

"강남역 6번 출구에서 구걸하는 걸인 말일세. 언젠가는 그 걸인이 싸우는 걸 본 적이 있네. 장난이 아니었어. 아예 목숨 걸고 싸우더군. 그 대상이 누구였는지 아나. 똑같은 걸인이었어. 다른 걸인이 자신의 자리를 침범하자 자신의 구역을 지키기 위해 목숨 걸고 싸우더군…."

박성홍의 표정이 아주 진지해졌다.

일도는 6번 출구에 걸인이 있었던가 하고 생각해 보았다. 관심이 없었던 탓이었던지 본 것도 같고 못 본 것 같기도 했다.

"난 그때 크게 깨달은 것이 있었네. 그리고 그때부터 난 달라질 수 있었고 그때부터 실적이 나오기 시작했지."

김종백의 말대로 일도가 박성홍을 처음 볼 무렵이 부동산 컨설팅 경력 1년 될 때라고 했다. 처음 입사해서 6개월 동안은 단 1건의 계약도 해보지 못했다고 했다. 그때는 자신이 전혀 쓸모없는 인간처럼 여겨졌다고 했다. 모든 것을 포기하고자 했을 때 6번 출구에서 걸인의 싸움을 보았노라고 했다. 구걸을 하기 위해 피터지게 싸우는 걸인들의 모습을 보면서 자신의 모습을 찾았노라고 했다. 너무나도 나약한 가장의 모습을 자신에게서 보았노라고 했다.

박성홍은 중견 건설업체에서 토목 기술자로 근무하다 때려치우고 본인 스스로 부동산 컨설팅을 선택했다고 했다. 스스로 선택한 일에서 패배자가 될 수는 없었다고 했다. 박성홍은 일도가 앞으로 어떤 한 가지 문제로 큰 고민을 하게 될 것이라고 했다. 자신의 도움이 필요한 때가 오면 도와줄 용의가 있다고 했다. 일도는 박성홍 차장과의 관계 형성을 아주 소중히 생각했다. 반드시 큰 도움을 받을 수 있는 일이 있을 듯싶었다.

한편, 일도는 김종백의 계약 건들의 과정이 너무도 궁금했었다. 김종백은 술을 좋아해서인지 몰라도 저녁때만 되면 특별한 일이 없는 한 일도를 잡고 늘어졌다. 일도 역시 지하 단칸방에 일찍 들어가 본들 좋을 일은 없었다. 10년은 선배인데다가 김종백의 주머니 사정이 좋아졌는지라 일도는 큰 부담감 없이 김종백의 요구를 거의 들어주었다.

저녁 먹는 자리에 소주 서너 병은 항상 기본이었다. 김종백은 술이 좀 들어가면 자신이 살아온 얘기로 밤을 새워도 부족할 듯했다. 한 얘기 또 하고 또다시 반복할 때도 많았다. 그러나 일도는 결코 짜증내지 않고 모두 들어주었다. 일도는 김종백과의 술자리가 있을 때마다 김종백의 계약 건에 대한 자세한 스토리가 궁금했다. 일도에게도 분명 도움이 될 것이고 계약까지는 분명히 남모르는 과정들이 있을 것이기 때문이었다.

그러나 김종백은 단 한 번도 시원스럽게 얘기해 준 적이 없었다. 단지 "하다 보면 계약은 쓰게 돼 있어. 위에서 시키는 대로만 하고, 급하게 마음먹을 거 없네"라는 말로 대충 넘어가곤 했었다.

그러던 어느 날 드디어 김종백의 입에서 계약에 관한 자세한 스토리가 새어 나왔다. 그날은 김종백이 다른 날보다 술이 좀 더 취했던 날이었다.

"자네 기억나나?"

"뭐가 말입니까?"

김종백의 뜬금없는 말에 일도가 오히려 물었다.

"돼지껍데기 집에서 처음 만났던 거 말야."

일도는 대답 대신 지난 생각에 피식 웃었다.

"그때는 정말 하늘이 무너지는 줄 알았지. 20년 동안 다닌 은행에서 잘렸으니 말이야."

"그때 선배님은 힘들어 했어도 눈빛은 살아있었지요. 그때 선배님이 큰소리 쳤던 거 기억나십니까?"

"큰소리?"

"중소기업 운영하는 사람들 350명, 자영업자 1천 3백 명, 남성시장 사장님 사모님들 김종백이 모르면 간첩이다 그랬지 않았습니까!"

일도의 말에 김종백이 껄껄 웃었다.

"자네 참 기억력도 좋군. 그래 그랬었지."

김종백은 기분이 괜찮은 표정이었다.

"자네, 내가 계약했던 얘기 자세하게 듣고 싶다고 했지."

김종백은 소주를 한잔 비우고 나서 얘기를 시작했다. 첫 계약자는 대학 선배인 중소기업체 사장이라고 했다. 세상은 음지가 있으면 양지가 있기 마련! IMF에 너도 나도 힘들어 할 때 오히려 그런 어려운 난국이 득이 되는 업종이 분명히 있었을 터. 또한 위기에 기회를 잡는 사람이 왜 없을쏘냐. 김종백의 첫 계약자 고객이 그런 경우였다고 했다.

일토에게나 김종백에게나 IMF의 기억은 뼈에 사무치게도 생생했다. 당시 정권은 국민소득 2만 달러의 시대가 현실로 다가왔다며 환율 원화가치의 상승을 암암리에 묵인하지 않았던가. 수출업체들의 수익성은 갈수록 악화되고, 수입업체들은 고가의 소비성 상품 수입에 열을 올리고, 기업들은 자기자본 몇 백 배에 이르는 은행돈으로 흥청망청 사업을 벌여 대고, 은행돈 끌어대기 위해서라면 물불 안 가리는 기업인들이 판을 치고, 대통령 아들까지 앞장서서 대출압력을 해주는 그런 나라꼴이었으니….

지내 놓고 진단 내려 보면 제정신이 아니었던 사람들이 판치던 때가 아니었던가. 그런 때에 위기를 기회로 활용한 사람들이 어디 한둘이었겠는가.

김종백의 첫 계약자 고객은 은행빚이 10원도 없는 사람이었다고 했다. 빚이 있으면 죽는 줄로 아는 성격이었다고 했다. 고가의 이태리 가구를 수입 판매하던 지인이 쫄딱 망하자 헐값에 재고 가구들을 인수해 신문 전면광고 판매로 크게 한몫을 챙겼다고 했다. 김종백은 입사 일주일 만에 친구인 팀장과 상의해서 '혈사학지종직모'의 오더 중에서 첫 고객으로 그를 선택했고, 3일 동안 날마다 그를 공략할 방법을 연구하고 고민하다 회사에서 경험 많은 임원과 상담을 했다.
"적을 알고 나를 알면 백전백승은 아닐지라도 패전할 확률은 줄어든다. 고객이 적은 아니지만 땅을 팔려면 고객과 고객 주변의 모든 사람이 적이 된다. 우리는 그걸 고춧가루 뿌리는 세력이라고 표현을 한다. 계약은 고춧가루 뿌릴 일만 없애면 확률은 그만큼 높아지는 법이다!"
김종백은 손자병법 강의 받듯 그 임원의 설교를 들어야만 했고 그 임원의 말이 백 번 맞다고 판단한 김종백은 그 임원이 설계해 준 영업 방식대로 그대로 따랐다고 했다. 사람은 누구나 자신 주변의 사람이 어느 날 갑자기 영업사원이 되어 나타나면 반드시 그를 경계하고 멀리할 것이다. 또한 전화를 하게 되면 상대방은 없는 약속까지 갑자기 만들어서 피하게 될 것이다. 그러므로 연고, 지인에게 물건을 팔기 위해 접근할 때에는 방법을 달리해야 한다는 것이었다.
그 임원이 김종백에게 제시한 영업 시나리오는 이러했다. 김종백은 부동산 컨설팅 회사에 입사한 것이 아니고 SH개발이라는 부동산 개발 회사에 분양팀이 아닌 총무과에 경력사원으로 입사를 한 것이다.
"SH개발이 직접 개발하고자 확보했던 입지 좋은 땅이 있다. IMF로 개발자금이 압력을 받게 되어 확보한 토지 중 일부를 어쩔 수 없이 회사에 근무하는 사원이나 사원의 직계가족 및 특수인에게만 몇 필지 분양을 결정하였다. 총무과의 경력사원인 자신에게 토지매입 건의가 들어왔는데 본인은 솔직히 회사는 믿지만 토지에 대해서는 잘 모른다. 그래서 고민하다가 편안하게 상의 한번 해볼까 하고 찾아뵈었다. 들리는 소문에 선배님이 부동산에 대한 안목이 상당히 높다는 얘기를 들은 바 있어 부탁하는 것이니 시간 한번 내셔서 권리분석 한번 해주시면 좋겠다. 은행에서 정리해고 당하면서 몇 푼 받은 돈 잘못 투자하면 큰일 나지 않겠느냐. 그러니 선배님의 안목으로 평가 한번 해달라.”

임원은 일단 김종백의 선배인 그 중소기업 사장을 회사로 끌어내기만 하면 나머지 부분은 모든 시나리오가 준비되었으니 자신만 믿고 시키는 대로 해보라는 것이었다. 김종백이 조금 망설이자 임원은 한 가지 질문을 김종백에게 했다고 했다. 만약 김종백이 부동산 컨설팅업체 사원으로 선배인 중소기업 사장을 만나 땅에 투자하기를 권유하면 그 선배가 땅을 살 것 같으냐고 물었다고 했다.

솔직히 김종백은 자신이 없었지만 그 임원의 뜻대로 따랐다고 했다. 그런데 정말 놀라운 사실은 임원이 시키는 대로 했던 그 거짓말이 선배에게 통했다는 것이었다. 솔직히 김종백은 선배에게 거짓말까지 하면서 땅을 팔아야 되나를 많이 고민했다고 했다. 그러나 솔직히 말한다고 해서 선배가 회사로 나와 땅을 살 거라는 생각은 더더욱 들지 않았다고 했다.

어찌됐든 회사의 영업 시스템이 얼마나 완벽했던지 임원 세 사람이 돌아가면서 각자의 역할이 미리 정해져 있는 듯했고, 정해진 과정이 끝나자 잠깐씩 망설이던 선배가 나중에는 고맙다는 인사까지 하면서 땅을 사더라는 것이었다.

김종백의 얘기를 들으면서 일도는 교육받았던 내용이 떠올랐다. 기획부동산에서 파는 땅은 완성된 토지가 아닌 미완성 토지라는 것이었다. 때문에 현장에 가서 보면 자연 그대로의 임야 상태이며 논이요, 밭이요, 시골의 모습이 그대로이기 때문에 그 땅이 언제 개발되어 언제 땅값이 오를까 하는 생각에 투자를 망설이게 된다는 것이었다.

그렇기 때문에 판매기법이 다양해지고 이런 다양성 때문에 사기꾼들이라는 소리를 듣는 것이라고 했다. 어떻게 받아들이느냐에 따라서 엄청난 생각의 차이가 날 수밖에 없는 마케팅 방식이라고 했다.

김종백의 얘기를 진지하게 듣던 일도는 궁금한 의문이 하나 생겼다.

"그렇다면 선배께서 은행 그만두면서 받았다는 돈은 그 선배와 같이 땅을 산 건가요? 아니면… 선배께서 그 선배에게 한 얘기가 있으니 그 문제는 어떻게 됐습니까?"

일도는 사실 그 부분이 아주 궁금했다.

"아! 땅! 나도 샀지. 그런데 말이야 그게 그 선배님이 내게 땅을 사준 거나 마찬가지야."

일도는 이게 무슨 말인가 싶었다.

"자네도 교육 받을 때 들었을 게야. 특약판매조건 토지에 대해서 말이야."

일도는 그제서야 대략 무슨 말인지 이해되는 듯싶었다. 김종백의 설명은 이러했다. 김종백이 분양한 토지는 분양가격이 평당 15만 원이었다고 했다. 500평이면 7,500만 원이 된다. 그러나 특약판매조건이면 얘기는 달라진다. 파는 사람 마음대로 가격이 결정되는 것이다. 김종백은 30만 원씩에 분양했다고 했다. 아니 임원이 그렇게 결정했다고 했다. 그렇게 해서 김종백이 챙길 수 있는 수당은 4,500만 원이라고 했다. 회사의 공식분양가인 15만 원씩 500평이면 7,500만 원이고 여기에서 10%인 750만 원은 정식 수당으로 받았다고 했다. 나머지 3,750만 원은 특약판매로 했고 분양가 평당 15만 원을 30만 원씩에 분양했으니 평당 15만 원의 웃돈이 생겼으므로 회사의 사원이 절반씩 나누니 3,750만 원이라고 했다. 합해서 4,500만 원이 되었고 4,500만 원 벌었으니 1,500만 원 뚝 떼어 100평 땅을 사면서 고객인 선배에게는 3천만 원 들여 100평을 사는 것처럼 보였으니 참으로 기막힌 영업방법이 아닐 수 없었다.

더구나 등기부등본에는 거래금액이 표기되는 것도 아니었고 과세표준액인 공시지가로 등기권리증을 취득하니 계약서는 하나의 형식일 뿐이었던 것이다. 그러니 나중에라도 선배인 고객이 알아챌 리 만무하고, 그러했으니 그 선배는 친구까지 한 사람 소개해서 또 한 건의 계약을 거저 얻다시피 했다는 것이었다.

김종백의 얘기를 듣는 동안 일도는 소설 같은 얘기라 생각했지만 그나마 한 달 동안 교육을 받은 내용이 있어 쉽게 이해할 수가 있었다.

그날 저녁 일도는 밤을 꼬박 새우다시피 했다. 한 권의 노트를 펴놓고 이런저런 생각 중에 복잡한 머리를 정리할 겸 요점정리를 하다 보니 나름대로 결론을 내릴 수 있었다. 분명히 부동산 컨설팅은 돈을 벌 수 있는 업종임에 틀림없었다. 단, 두 가지는 일도 자신이 명확하게 가슴에 새겨야 될 부분이라고 생각했다.

첫째는 영업방법에 있어서 자동차 팔듯이, 공기총 엽총 팔듯이 해서는 절대 팔 수 없다는 것이었다. 철저하게 어떤 시나리오에 의한 기획된 영업이 아니고서는 땅을 팔 수 없겠다는 생각이 굳어졌다. 일도는 노트에 '마케팅 전략전술 다양화, 극대화'라고 적었다. 둘째는 판매상품의 확신에 대한 자기 정리였다. 그에 대한 정답은 박성홍 선배가 이미 일도에게 답을 준 것이 아닐까 하는 생각을 해보았다. 어떤 영업 조직이든지 영업사원은 자신이 파는 상품에 대한 자기 확신을 먼저 철저히 요구할 것이었다. 솔직히 회사에서 분양하는 토지에 대한 확신은 아주 미미한 것이었다.

10년 세월 동안 전국 매장을 상대로 사냥 레저용품 도매사업을 해왔던 일도였다. SH개발이란 회사가 운영되는 데 있어 필요한 지출 비용을 모를 리 없었다. 그 모든 것이 토지판매에서 얻어지는 이득으로 운영될 것이니 토지의 분양가격은 당연히 비쌀 수밖에 없을 것이었다.

박성홍 차장이 책상에 붙여놓은 한비자 관련 내용이 정답이라 보면 틀림없을 것이었다. 솔직한 얘기로 땅의 팔자를 누가 알겠는가.

일도는 노트에 옮겨 놓은 박성홍 선배의 책상에 있던 내용을 다시 한 번 정리해 보았다.

"수레를 만드는 장인은 사람들이 모두 부자가 되었으면 좋겠다고 생각한다. 관을 만드는 장인은 사람들이 모두 빨리 죽었으면 좋겠다고 생각한다. 그러나 전자를 선인이라고 후자를 악인이라고 할 수 없다. 부자가 되어야만 수레를 사줄 것이고 죽어야만 관을 팔 수 있기 때문이다. 사람은 철저하게 자기 이익에 따라 판단하고 자기 이익에 따라 움직일 뿐이다."

또다시 한 달이 흘렀다. 일도는 여전히 무실적 사원으로 남아 있었다. 일도와 같이 신입사원 교육을 받았던 7명의 사원 중에 3명은 계약사원이 되었고 1명은 자진퇴사, 2명은 권고퇴사, 1명은 일도와 똑같은 무계약 사원으로 남았다. 일도가 입사한 이후에 후배로 들어온 사람도 15명이었다.

일도는 어제 오후에 팀장과 한 시간 정도 상담을 했다. 입사한 지 두 달 정도 되었으니 일도에게서 계약이 나올 건이 있는지 없는지 중간점검 성격의 상담이었다. 일도는 있는 그대로 진실하게 상담에 응했다. '혈사학지종직모'에서의 계약 건을 팀장은 절실하게 기대했으나 솔직히 일도는 나름대로 진행되고 있는 계획은 밝혔으나 팀장이 원하는 대로 급하게 할 수 있는 계약 건은 없다고 했다.

팀장은 회사에서 일도를 예의주시하고 있다는 말로 은근히 압박을 가하였다. 일도는 팀장의 입장을 충분히 이해할 수 있었다. 중간 관리자로서 실적에 대한 압박이 어찌 없을까? 위에서는 실적을 빨리 만들어 내라고 쪼아댈 것은 눈으로 안 봐도 뻔한 것이고, 밑에서는 자신의 뜻대로 움직여 주지 아니하니 그 속이 편할 리 있겠는가.

팀장이 일도를 팀원으로 받아들였을 때에는 분명히 어떤 기대치가 있었을 것이었다. 젊은 나이에 사업을 했던 일도이니 아무리 망했어도 그 인맥이 있으려니 하고 어찌 기대를 안 했을까? 한 시간의 상담 중에 팀장은 여러 번 실적에 쫓기는 모습을 노출시키곤 했다.

일도는 처음 팀장을 만났을 때를 생각했다. 깔끔해 보이면서도 정감이 있어 보였다. DH라는 대기업에서 최초 40대 임원이 되었다며 세상살이에 대한 자신감이 철철 넘쳐 보였고, 부동산 컨설팅으로 제2의 인생을 멋지게 성공했다며 일도에게 꿈과 희망을 심어주고자 열변을 토했었다. 그러나 두 달 동안의 생활에서 일도는 팀장에게서 처음에 했던 말과는 완전히 상반되는 모습을 자주 보게 되었다.

당시 일도는 나름대로 정확한 영업목표를 가지고 업무에 임하고 있었다. 먼저 일도는 고객확보 문제에 있어서 회사에서 말하는 연고, 지인, 고객과 개척고객의 비율을 3:7로 목표했었다.
'혈사학지종직모'의 고객비율 30%, 개척고객 비율 70%.
이를 달성하기 위해서는 구체적으로
1) 회사 내에서 내근 시에 텔레마케팅 업무강화
2) 주 2회 통화 고객 방문 미팅
3) 서신발송(TM 업무 보완)
4) 개발지 답사, 토지개발 선례장소 설정 등 나름대로 착실한 준비 속에 설계된 계획들을 행동에 옮기고 있었다.

일도의 영업관리 노트에는 장차 가망고객들의 명단이 꾸준하게 늘어나는 입장이었고 비록 첫 계약은 없었으나 일도는 스스로 자신감을 키워 가고 있었다. 일도는 회사에서 교육받은 내용들 중에서 자신의 생각을 만들어 내기 위해 무한한 노력을 하고 있었다. 대부분의 사원들이 개척고객의 대상으로 전화번호부 연락처를 가지고 텔레마케팅을 하고 있었다. 일도가 처음 SH개발에 입사하여 위에서 시키는 대로 전화번호부를 가지고 통화를 시도해 보았으나 너무나도 막연한 영업방법이라는 생각이 들었다. 도대체 상대방에 대해서 알 수 있는 것이 아무것도 없었다.

오직 전화번호 하나뿐인 상대를 고객으로 확보해서 땅을 팔 수 있다는 것이 도저히 현실로 와 닿지가 않았다. 일도는 고객으로 확보하기 위한 상대방의 기본적인 인적사항들을 파악할 수 있는 오더 확보에 주력했다.

회사의 교육 중에 일도가 '아! 그거다' 하고 생각했던 대로 청계천 헌책방을 정성들여 훑다 보니 꽤 괜찮은 영업대상의 책자들이 있었다. 중소기업 열람 책자를 비롯해 전국에 있는 음식점 가이드

책자들도 있었다. 명문대 행정대학원 수료 회원들의 소개가 나와 있는 책자는 물론 한의원, 병원, 미용실, 빵집 주소는 물론 대표이사 전화번호, 출신대학까지 모두 기재되어 있는 책자들이 한두 권이 아니었다. 최소 세 가지에서 일곱 가지 정도는 상대방에 대해서 기본적인 사항들을 파악하고 공략할 수 있는 오더들이었다.

이러한 오더들을 중심으로 해서 먼저 서신을 발송하는 영업을 하였다. 서신에 정중하게 자신을 소개하고 편지를 쓰게 된 이유에 대해 자세한 내용을 썼다. 상대방의 업종에 따라 내용은 달랐고 자필로 쓴 편지를 복사해도 될 편지는 복사해서 하루에 몇 십 통의 서신을 발송했다. 또한 서신발송 이후에는 반드시 전화를 했다. 그러나 텔레마케팅은 역시나 어려운 영업이었다. 일도가 영업사원임을 알게 된 상대방은 대부분 정중한 거절이 최고의 대우였다. 간혹 대화가 통할 때도 있었지만 나중에 알고 보면 일도에게 상대방이 처분하기 힘든 부동산을 처분해 달라는 내용이었다.

일도는 한동안 커다란 상실감에 빠져들었다. 이런 식으로 해서 언제 땅을 팔고 계약을 성사시켜 돈을 번단 말인가? 일도의 고민은 깊어만 갔으나 그렇다고 포기할 수는 없었다. 일도는 우선 복잡한 생각들을 가지치기 작업부터 하기로 했다. 한 그루의 나무가 제대로 성장하기 위해서는 쓸데없는 곁가지는 그 나무의 값어치만 떨어트릴 뿐이었다. 일도는 먼저 서신을 보내고 통화한 고객들 중에서 부동산 투자의 가능성이 조금이라도 있어 보이는 사람들을 따로 관리하기로 했다. 그리고 부탁을 해오는 고객들은 고객이 아닌 것으로 정리했다.

일도는 자신의 목적이 정확해야 했다. 회사에서 분양하는 땅을 통해 돈을 버는 것이 목적이어야 했다. 일도는 역지사지 입장에서 영업의 진로를 다시 설정했다. 일도가 안면식도 없는 사람에게서 한 통의 편지를 받고 전화를 받았을 때를 가정해 보았다. 일도 역시 투자의사를 영업사원인 상대에게 밝힌다는 것은 말도 안 되는 얘기였다. 어떤 계기가 있었다면 모를까? 바로 그 계기가 필요했다. 일도는 그 계기를 과정으로 만들기로 했다.

회사의 교육 중에 영업은 연애하듯이 하란 내용이 있었다. 한 남자의 사랑을 받는 여자가 있었다. 남자는 날마다 여자에게 똑같은 시간에 똑같은 장소에서 붉은 장미 한 송이를 들고 여자를 기다렸다. 한 달이 지나도 그 여자는 그 남자의 사랑고백을 받아들이지 않았다. 붉은 장미는 날마다 여자의 손에 의해 쓰레기통에 버려졌다. 그래도 100일 동안 남자의 사랑고백은 계속되었다.

여자는 이제 남자를 경멸하기에 이르렀고, 다음 날부터 남자는 그 장소에 나타나지 않았다. 여자는 그러려니 했다. 다음 날에도 남자는 없었다. 여자는 조금 궁금해졌다. 그 이후 남자는 계속 그 자리에 없었다. 여자는 이제 허전해졌다. 남자는 그런 여자의 모습을 멀리 숨어서 지켜보고 있었다. 여자의 허전함이 체념으로 바뀔 무렵 남자는 이제 한 송이의 장미가 아닌 한 다발의 장미를 들고 그 자리에 나타났다. 남자는 뜨거운 열정의 사랑고백과 함께 여자에게 장미다발을 바쳤고 그 장미다발은 쓰레기통에 버려지지 않았다. 일도는 그 교육내용을 자신의 것으로 만들기로 했다.

일도는 우선 통화내용 전개 방법을 만들기로 했다. 일도가 전화했을 때 상대의 반응은 대부분 거절이었다. 일도는 그 거절을 받아들이며 다시 통화의 순간을 이어가야만 했다. 일도는 대문짝만 한 종이를 준비했다. 일도가 전화를 걸어 용무를 밝혔을 때 상대의 응답은 예스 아니면 노였다. 일도는 상대의 응답에 따라 어떤 말로 즉시 응대할지를 계속 이어서 써 내려갔다. 상대의 거절을 기분 나쁘지 않게끔 계속 통화를 이어갈 수 있는 멘트들을 집중해서 연구하고 찾아내었다.

일도는 또한 자신의 통화내용을 녹음해서 통화의 요령에 대해 연구하면서 자신의 목소리 조절을 하는 훈련을 거듭하였다. 효과는 분명히 있었다. 상대방은 일도의 통화내용이나 방법에 대하여 일도가 연구 노력한 것은 몰랐을지언정 호감을 심어주는 것이나 한 번쯤은 기회가 된다면 땅투자의 기회가 될 때 일도를 통해서 해보고 싶다는 욕구를 심어주는 것에는 분명한 의미가 전달되었다. 또한 한 번이라도 기회가 된다면 만나보자는 내용의 통화들이 늘어가고 있었다. 때문에 일도의 고객관리 카드에는 잠정적인 고객들만 늘어나고 있었다.

그러나 팀장에게 당장 필요한 것은 계약이라는 성과였다. 팀장은 일도에게 그만두라는 말은 차마 못하고 계속 계약서란 실적으로 압력을 가하고 있었다. 한 평의 판매실적 계약도 없이 일도는 그렇게 4개월을 채우고 있었다.

"최일도 씨, 나 좀 봅시다."

일도는 팀장을 따라 상담실로 갔다.

"톡 까놓고 얘기합시다. 일주일 내로 계약건 있습니까? 투자할 사람 없으면 본인이 단 열 평이라도 사시오."

팀장은 아예 노골적이었다. 일도는 팀원으로서 실적을 4개월간이나 만들어 내지 못했던 결과에 미안했지만 이건 아니다 싶었다. 막말로 일도가 아무리 사업실패를 하고 어려운 환경에 처해 있다고 해도 그까짓 10평이고 100평이고 마음만 먹으면 못할 것이 무엇이겠는가.

일도는 팀장을 이해 못하는 것도 아니었다. 그러나 일도에게도 눈과 귀가 있었고 판단력이 있었다. 이미 김종백은 다른 회사로 자리를 옮겼고 남은 팀원들 역시 팀의 결속체에서 점점 멀어져 가고 있었다.

팀장의 부서조회는 가면 갈수록 자신의 지난날 자화자찬 일색이었고 자신의 우월감과 함께 팀원들에게는 사정없는 굴욕감을 느끼게끔 행동하였다. 일도는 그렇지 않아도 여러 가지 고민 속에서 또 다른 고민을 안고 갈등하게 되었다. 도저히 팀장의 운영방식으로는 팀의 일원으로서 자신의 계획을 펼쳐 나갈 수가 없었다.

일도는 고민 끝에 박성홍 차장에게 만남을 요청했다. 박성홍은 기꺼이 그 요청을 들어주었다. 일도는 시간을 지체하지 아니하고 자신의 애로사항을 털어 놓았다. 박성홍은 일도의 이야기를 자세히 듣고 난 후 이해할 수 있다는 듯 말했다.

"자네 입장이나 팀장 입장이나 안타까운 건 피장파장이지만 결론의 본질은 서로 간에 자신들의 보호본능 때문 아니겠는가? 사람은 누구나 자신의 이익에 따라 생각하고 행동하게 되어 있으니 말일세."

역시 박성홍다운 말이었다. 일도는 근본적인 해결책을 찾고 싶었다.

"선배님은 실적 없이 어떻게 6개월을 견디어 내셨습니까?"

일도는 언젠가 박성홍에게 들었던 말이 생각나서 물었다.

"팀장님의 배려 때문이었지… 나를 끝까지 믿고 기다려 주셨네. 그래도 당시 내 마음은 하루하루가 지옥 같았지."

"하루하루 지옥 같던 당시의 고통을 어떻게 극복하셨습니까?"

일도의 질문에 박성홍은 안주머니에서 수첩을 꺼내 보였다. 박성홍이 펼쳐 내보이는 수첩에는 "나를 좀 더 이기적인 인간으로 만들자. 뻔뻔한 이기적인 인간이 되자"라고 쓰여 있었다.

일도는 그 내용이 무슨 말인가 싶었다. 박성홍은 펼쳤던 수첩을 덮어 안주머니에 넣고 나서 자세를 고쳐 앉더니 얘기를 시작했다. 박성홍이 입사 5개월이 되도록 단 한 건의 계약도 성사시키지 못하고 스스로 괴로워할 때 박성홍은 두 가지 갈림길에서 아주 깊은 고민을 했다고 했다.

그만둘 것인가, 존재가치를 찾을 것인가. 그만둘 수는 없었다고 했다. 그만두더라도 다른 회사를 선택할 수밖에 없었고 자신이 스스로 선택한 부동산 컨설팅을 떠날 수는 없었다고 했다. 팀장은 박성홍을 믿고 단 한 마디도 부담을 주지 않았지만 팀장의 얼굴을 제대로 볼 수 없었다고 했다.

아내에게도 미안했고 모든 사람이 자신의 무능을 지켜보고 있는 것 같아 어깨는 내려앉고 의욕은 사라져 갔다. 그렇다고 계약을 할 수 있는 고객이 없는 것도 아니었다. 다만 모든 문제는 자신에게 있었다고 했다. 회사에서 분양하는 토지가 선정될 때마다 자신은 필요 이상의 뒷조사를 했는데 그때마다 분양하는 토지상품에 대한 확신이 없었다고 했다.

박성홍이 가장 염려하는 부분은 회사에서 얘기하는 대로 분양하는 토지가 추후에 가치의 상승이 없으면 어찌하나, 또한 지나친 폭리를 취하는 것은 아닌가 하는 것이었다. 한마디로 말해 영업사원이 주제넘은 걱정을 하다 보니 상품에 대한 확신을 가질 수가 없었다고 했다.

그러던 중에 강남역 6번 출구에서 걸인들이 생계를 위한 자리싸움에서 목숨 걸고 싸우는 걸 보면서 박성홍은 전율을 느꼈다고 했다. 두 명의 걸인이 싸우다 죽게 되면 또 다른 걸인이 그 자리를 차지할 것은 뻔한 일이었다.

'구걸을 위한 자리 때문에도 목숨 걸고 싸우는 사람이 있는데 자신은 도대체 무슨 배부른 고민을 하는 것인가?' 하는 자신에 대한 회한이 밀려왔다고 했다. 자신의 염려 때문에 자신의 수많은 인맥을 영업대상으로 활용하지 않는다면 다른 누군가가 자신의 인맥을 영업대상으로 공략할 것이 아닌가 하는 생각이 아주 강하게 파고 들었다고 했다.

박성홍은 자기 자신을 이기적인 사람으로 만들기로 작정하고 한비자의 리더십 이념을 자신의 영업이념으로 삼기로 했고 그때부터 박성홍은 적극적으로 변했다고 했다. 박성홍이 적극적으로 변하자 인맥들의 반응은 뜻밖에도 호응이 아주 좋았다고 했다. 인맥들은 박성홍이 부동산 컨설팅에 근무하는 것을 알고 있었으나 6개월 동안 단 한 번도 땅 사라는 말을 하지 않던 박성홍이 적극적으로 권유하자 어떤 땅이냐며 물어오더라는 것이었다.

박성홍은 6개월 동안 기다리고 기다리던 땅이라며 자신 있게 권유했다고 했다. 일은 뜻밖에도 쉽게 풀리기 시작했고 박성홍은 그때부터 토지판매 영업의 흐름을 정확히 이해하면서 고객인 상대방들과의 심리전에서 우위에 설 수 있었다고 했다.

"팀장이 자네에게 그토록이나 심리적으로 압박을 가한다면 자네가 아주 힘들겠지… 그래도 어떡하겠나. 칼은 가슴속에서 갈고 웃으면서 버텨 내야지, 안 그런가?"

박성홍의 말이 백 번 맞다고 생각하면서도 일도는 가슴이 답답했다. 그 답답한 가슴을 박성홍이 풀어줄 리는 만무했다. 결국 모든 것은 일도의 몫이었다.

일도는 박성홍과의 만남에서 자신에게 도움이 될 수 있는 내용들을 개인노트에 정리하고 다시 한 번 새로운 마음으로 누가 뭐라 하든 자신이 생각했던 길을 앞만 보고 걸어가리라 마음먹었다.

그러나 팀장은 일도가 마음먹은 대로 갈 수 있게 해주지 않았다. 박성홍과의 만남이 있고 나서 3일쯤 후에 공식적인 업무를 마치는 팀의 부서 석회에서 팀장은 끝내 일도에게 마지막 말을 토해내고 말았다.

"이 시간 이후 오늘밤 12시까지 최일도 씨 본인이 땅을 10평이라도 사든지 100평이라도 팔든지 결과를 가져오시오. 그렇지 않으면 최일도 씨는 내일부터 출근할 필요가 없소… 사람이 양심이 있어야지!"

사람들이 일도를 쳐다보았다. 팀의 동료들만이 아니었다. 팀장의 목소리가 얼마나 컸던지 회사의 거의 모든 사람들이 쳐다보고 있었다.

일도는 순간 몸이 경직됨을 느꼈다. 무슨 말인가를 하고 싶었고 몸을 움직여 보고 싶었으나 꿈쩍도 하지 못하고 있었다. 팀별로 부서 석회를 진행하던 회사의 분위기는 모두가 숨죽인 듯이 순간적으로 적막감에 빠져들었다.

일도는 허벅지를 꼬집었다. 몸에 피 흐름이 느껴졌다.

"죄송합니다. 조금만 더 시간을 주십시오. 더 열심히 하겠습니다."

일도는 팀장을 향해 정중하게 말했다.

"최일도 씨만큼 열심히 안 하는 사람이 여기 누가 있습니까? 필요 없으니 내 말대로 하시오."

팀장의 목소리는 여전히 격앙되어 있었다. 더 이상 할 말이 없어 일도는 밖으로 나왔다. 건물 옥상으로 올라가니 아무도 없었다.

머릿속이 텅 비어 버린 것 같은 느낌이 들었다. 시간이 조금 지나자 일도는 황당하다는 생각이 들었다. 팀장의 입장을 이해 못하는 것은 아니었으나 아무리 이해를 하려 해도 다분히 의도적이었다는 생각이 들었다. 그렇지 않은 이상 그 많은 사람들 앞에서 공개적인 망신을 줄 수는 없는 일이었다.
"아우님, 기분 풀고 나하고 소주 한잔 하러 가세."
소리 나는 쪽으로 뒤돌아보니 박성홍이었다.
"자네 팀 팀장이 그 정도밖에 안 되는 사람일 줄은 나도 몰랐네. 나가서 소주 한잔 하세… 어쨌든 더러운 기분은 풀어야지."
일도는 아무 말 없이 박성홍을 따라나섰다. 옥상에서 내려가는 길에 항상 들고 다니던 영업 가방을 가져가기 위해 11층 회사 사무실에 들렀을 때 팀장은 보이지 않았다. 팀원들도 전혀 보이지 않았다. 다른 팀원인 사원 몇몇이 일도에게 위로의 말을 건네 왔다.
그 와중에 일도는 또다시 가슴 아픈 말을 전해 들어야 했다.
"그 팀, 아마 오늘 저녁에 부서 회식할 거예요."
일도는 담담하게 그러냐고 응대해 주고 나서 조용히 사무실을 빠져나왔다.
사람이 만나는 인연도 중요하고 같이 생활하는 과정도 중요하지만 예술 같은 헤어짐을 가져야 한다고 강조하던 사람이 팀장이었다. 영업사원은 헤어짐의 미학을 반드시 이해하고 실천해야 한다고 평상시에 주장했었다. 팀장에겐 보낼 사람을 많은 사람들 앞에서 공개망신 주고 그 사람을 잘라낸 기념으로 남아있는 부서 팀원들하고 회식하는 것이 헤어짐의 미학이었던가 보다. 일도는 한없이 씁쓸한 생각이 들었다.
일도는 다른 회사의 팀장으로 자리를 옮긴 김종백을 잠시 생각해 보았다. 3개월 정도 일도와 같은 팀에서 활동했던 김종백은 다른 회사에 스카웃되어 팀장으로 활동하고 있었다. 김종백이 떠난 이후 팀의 실적은 현저히 떨어져 있었다. 김종백은 팀장으로 이동하면서 일도에게 같이 이동해 줄 것을 요구했으나 그럴 수 없었다.

당시에 3개월 동안 무실적인 일도에게 회사는 이미 많은 투자를 한 상태였다. 회사는 일비와 월급을 지급해 주었고, 교육을 제공해 주었고, 일할 수 있는 공간과 자리까지 제공해 주었다. 그로 인해 일도는 비록 3개월 동안 무실적이었으나 고객관리 영업노트에는 미래의 실적들이 차곡차곡 쌓여 가고 있었다. 회사 때문에 얻은 결과를 가지고 실적으로 보답하지 않고 회사를 떠날 수는 없었다. 그래서 일도는 정중하게 김종백의 제안을 거절했었다.

팀장은 김종백이 떠나면서 팀의 실적이 현저히 떨어지자 그때부터 일도에게 은연중 압력을 가하기 시작했었다. 가끔은 이력만 화려하면 무엇하냐며 툭하면 일도의 이력서를 앞에 들이대 놓고 투덜거리기도 했다.

'언제 내 자신의 이력이 화려했다고 떠벌린 적이 있기를 했나?'

결국 팀장은 일도에게 빚을 내서라도 회사 땅을 살 것을 요구했고 일도의 말은 들으려고도 하지 않았다. 그래도 일도는 정확한 자신의 목표가 있었던지라 꿋꿋이 견뎌낼 수 있었다.

박성홍은 일도를 곱창집으로 이끌었다. 박성홍은 소주 한 병을 둘이서 다 비울 때까지 한마디도 없었다.

"저의 판도라 상자입니다."

선배님이 제 오더 상담 좀 한번 해주십시오.

일도는 박성홍 앞에 고객관리 영업노트를 내밀었다. 그동안 일도가 개척하고 인연을 맺어온 관리고객들의 신상에 관한 내용들과 통화내역이 자세하게 적혀 있는 영업노트였다.
"내용이 아주 잘 정리되어 있군."
몇 장 넘겨 보면서 노트를 세밀히 살펴보던 박성홍이 말했다.
"그나저나 자네 내일부터 어찌 할 생각인가?"
박성홍은 노트를 덮으며 일도를 쳐다보았다.
"글쎄요."
일도는 당장 어떤 결론을 내릴 수 없었다. 그러나 절대로 그냥 물러설 수는 없었다.
"팀장의 요구대로 그만둘 수는 없습니다. 어떤 방법을 찾아내야 하겠지요. 혹시 선배님께 좋은 생각이 있으십니까?"
박성홍은 그제서야 자신의 속마음을 일도에게 털어 놓았다. 일도가 팀장에게 멸시당하는 모습을 부서 석회 중에 지켜보았던 박성홍 팀의 팀장이 일도에게 박성홍이 속한 팀으로 이동할 의사가 있는지 없는지 정확한 뜻을 얘기해 달라고 했다는 전달이었다.
일도에겐 그렇게만 될 수 있다면 더할 나위 없이 좋은 일이었다. 팀장들을 평가한다는 것은 어불성설이었으나 일도에게도 눈과 귀가 있었고 박성홍 팀의 팀장에 대한 평가는 일도가 평가하기 이전에 남들이 먼저 아주 좋은 평가를 내리고 있었다.
점심시간이 끝나고 일도가 근무하는 회사는 그날의 당직 팀장 인솔 하에 체조를 마치고 나서 오후 업무에 들어가기 전 그날 당직 팀장의 경험담이나 인솔 리더십을 경험해 볼 수 있는 시간들이 있었다.
당직은 팀장들이 돌아가며 교대로 하고 있었기에 사원들의 눈과 귀는 팀장들의 능력을 비교해 볼 수 있는 좋은 시간들이었다. 어떤 팀장은 자기 자랑하기에 열중이었고 어떤 팀장은 앞뒤 맞지 않는 말을 함으로써 사원들의 실소를 자아내기도 했다. 일도 역시 무의

식중에 팀장들의 면면을 비교해 보면서 같이 일해 보고 싶은 팀장이 바로 박성홍 팀의 팀장이었다.

"제가 원하면 원하는 대로 회사에선 받아주는 겁니까?"

일도는 솔직하고 싶었다. 박성홍 팀의 팀장과 같이 일하는 것도 좋은 일이었지만 박성홍과 함께한 팀에서 일하면 많은 도움이 될 듯도 싶었다.

"선배님과 같은 팀에서 일할 수 있다면 제게는 너무 좋은 기회입니다."

"그렇다면 내가 하라는 대로 할 수 있겠는가?"

일도는 대답 대신 박성홍 앞으로 바싹 다가앉았다.

박성홍은 일단 일도에게 퇴사를 하고 며칠 후에 자신이 일하는 팀으로 재입사를 하라고 했다. 회사에서는 사원 한 명보다는 팀장을 더 소중히 하기 때문에 일도가 퇴사도 하지 않고 팀을 회사 내에서 이동하게 되면 일도네 팀장의 반발은 불 보듯 뻔할 것이니 회사가 시끄러워지면 일도에게 득될 게 전혀 없다는 설명도 덧붙였다.

박성홍의 얘기를 귀담아 들은 일도는 자신이 처량하다는 생각이 들었다. 자존심이 상했다. 일도는 그렇게 비굴하게까지 해서 팀을 옮기고 싶지 않았다.

일도는 잠시 고민 끝에 자신의 생각을 박성홍에게 말했다.

"팀을 옮기더라도 당당하게 옮기고 싶습니다. 제게 한번 맡겨주십시오."

일도는 나름대로 생각이 있었다. 자신의 생각을 박성홍에게 밝히고 상의를 할까 생각도 해보았으나 구차하다는 생각이 들었다. 일도는 그동안 비록 무실적이었으나 자신이 스스로 최선을 다했노라고 생각했다. 일도의 노력은 고객 영업관리 노트에 흔적이 그대로 남아 있었다. 백여 명이 넘는 고객의 리스트가 알곡처럼 쌓여 있었다. 일도의 계획은 결코 허황된 것이 아니었다. 지난 5개월을 허송세월 하지 않았다는 자기 확신이 있었다.

일도는 결연한 표정으로 박성홍에게 다시 한 번 모든 것을 자신이 해결해 보겠다는 뜻을 전하고 그날은 일찍 헤어졌다.

지하실 방으로 돌아온 일도는 편지를 쓰기 시작했다. 편지의 수신인은 회사의 총괄 책임자인 전무였다. 일도는 태어나서 오늘까지의 과정을 모두 편지에 담았다. 그리고 자신은 결코 회사에 입사한 이후 5개월 동안 허송세월하지 않았음을 밝혔다. 일도는 그 증거물로 고객 영업관리 노트를 제출하겠다는 뜻을 밝혔다. 지난 5개월 동안 회사에서 일도에게 투자해 준 결과라는 감사의 뜻도 밝혔다. 때문에 일도가 다른 회사로 옮겨버리면 5개월간 일도에게 투자한 회사의 손해일 뿐이라고 조금은 뻔뻔한 주장도 밝혔다. 일도는 또한 팀장과의 관계도 현실 그대로 밝혔다. 팀을 옮겨 회사에서 계속 일하면서 반드시 자신의 존재가치를 찾아내겠다는 의사를 밝히고 아울러 실적이 나올 때까지 회사에서 지급하는 일비와 월급을 받지 않고 일하겠다는 뜻을 밝혔다. 그리고 전무의 처분대로 따르겠다는 내용을 마지막으로 편지를 마무리했다.

일도는 다음 날 아주 이른 시간에 회사에 도착했다. 회사의 문은 아직 열려 있지 않았다. 일도는 정문에서 전무를 기다리기로 했다. 전무가 부지런한 사람인 것을 일도는 알고 있었다. 예상대로 얼마 후 전무가 나타났다. 일도는 인사를 하고 편지와 고객 영업관리 노트를 전무에게 전달했다.

"자세한 내용은 편지에 모두 있습니다. 전무님의 처분을 기다리겠습니다."

무슨 일인가 싶어 당혹한 빛을 띠는 전무에게 일도는 그렇게 말하고 전무가 회사 문을 열자 일도는 사무실로 들어섰다. 시간이 지나자 팀장들이 출근하고 사원들이 출근하기 시작했다. 자신의 자리에 앉아있는 일도에게 시선들이 쏠렸지만 개의치 않았다. 팀장이 출근할 때는 일도가 평상시처럼 인사했으나 팀장은 일도를 쳐다보지도 않았다. 팀장의 얼굴에 불쾌한 표정이 역력했다. 그래도 일도는 전혀 개의치 않았다.

팀장이 간부회의에 참석하고자 자리를 비우게 되자 박성홍이 일도를 건물 옥상으로 이끌었다.

"궁금해서 묻지 않고는 안 될 것 같은데… 얘기 좀 해줄 수 없나?"

박성홍은 일도의 생각이 어떤 것인지 엄청 궁금한 듯 물어왔다. 일도는 담담하게 자신의 생각과 아침에 있었던 일을 말해 주었다. 일도의 이야기를 모두 들은 박성홍은 표정이 심각해지는 듯했다.

"내가 어제 몇 장 보았던 그 노트, 끝까지 자세히 살펴보지 못해서 섣부른 판단은 못하겠지만… 괜찮은 고객이 꽤 있을 것도 같다는 생각은 했었지. 글쎄 전무의 판단이 어떨지…."

박성홍은 말끝을 흐렸다.

"어쨌거나 결론이 어떻게 날지 흥미로워지는군."

박성홍이 일도의 어깨를 툭 치며 말했다. 일도는 어떤 결정이 이루어지든 간에 끝까지 당당해지자고 생각했다. 일도와 박성홍이 사무실로 돌아오자 많은 사원들이 출근해 있었다. 사원들의 시선이 일제히 일도에게 쏠렸다. 일도는 담담하게 자신의 자리로 가서 리더십에 관한 책을 책상 위에 펼쳤다.

점심시간이 되기 전에 전무가 일도를 호출했다. 전무 방으로 들어선 일도는 당당하게 인사하고 자리에 앉았다. 전무는 손수 커피를 타서 일도에게 주었다.

"능력 있는 팀장을 만났으면 벌써 최일도 씨는 많은 실적을 올렸을 겁니다. 나로서는 최일도 씨도 살리고 팀장도 살리는 게 리더로서의 의무이자 지혜인데… 최일도 씨의 뜻을 존중하겠습니다. 팀을 옮기셔서 많은 실적을 만들어 내십시오. 오늘 점심은 나하고 같이 합시다."

일도는 전무를 따라나섰다. 전무는 일도를 일식집으로 안내했다.
"그동안 많이 힘들었을 겁니다. 그간의 고통이 분명히 빛을 발할 때가 올 겁니다. 지금은 최일도 씨가 끈기를 가져야 할 때이고, 오기는 생긴 것 같으니 다행이고… 독기도 한번 품어 보기 바랍니다."
전무는 아주 편안하게 대해 주었다.

일도는 처음 전무를 보았을 때를 생각해 보았다. 전무는 지금도 멋있지만 처음 본 그때도 멋있다고 생각했었다. 핸섬했고 연예인 못지않은 외모를 갖추고 있었다.

"어쩌면 처음부터 최일도 씨의 연분은 영업 A팀장이었는지도 모르겠습니다. 최일도 씨의 영업노트를 잘 보았습니다. 훌륭합니다. 노력의 흔적이 분명히 보였습니다."

일도는 전무의 말에 그동안 가슴속에 쌓였던 답답함이 조금이나마 풀리는 듯했다.
"단지 하나…."
전무는 잠시 머뭇거렸다.
"어떤 말씀이든 편하게 해주십시오."
일도는 전무의 어떤 지적이라도 약으로 받아들일 수 있었다.

"솔직한 바보라는 말을 들어봤습니까?"

일도는 고개를 가로저었다.

"마케팅에 있어서 솔직함은 거짓말을 잘하는 거짓말쟁이보다 못한 실적이 따를 수밖에 없는 것이 냉정한 영업세계입니다. 아름다운 거짓말, 심리전에 강한 거짓말, 과대포장시키는 거짓말, 가치를 일부러 떨어트리는 거짓말, 있어도 없다는 거짓말 등은 마케팅에 꼭 필요한 거짓말들입니다. 솔직함은 인생을 살아가는 데 아주 중요한 요소인 건 맞습니다. 인간관계에서 또한 마찬가지입니다. 그러나 분명히 물건을 파는 영업사원은 인생의 솔직함 플러스 아름다운 거짓말을 예술적으로 할 줄 알아야 합니다. 상대방과의 심리전에서 우위에 설 수 있어야 토지분양 계약을 성사시킬 수 있습니다. 그걸 상황이라고 표현합니다. 상황을 능수능란하게 만들어 내고 연출해 낼 수 있어야 계약을 성사시킬 수 있습니다. 그 상황은 오더 설계에서 출발합니다. 다시 말해서 각본을 잘 짜야 한다는 말이죠. 그 각본대로 연기를 잘 해내는 사원이 계약을 잘 쓰게 되어 있습니다. 그 오더 설계능력이 가장 뛰어난 팀장이 영업A팀 팀장입니다. 이제야 최일도 씨는 시련을 조만간에 끝낼 수 있는 때를 맞이한 것 같군요. 초심을 잃지 마시기 바랍니다."

전무는 아주 차분하게 그러면서도 목소리에 강한 기운을 실어 일도에게 애정어린 말들을 쏟아 내었다. 일도는 전무의 말을 꼼꼼히 가슴에 되새겼다. 생각해 보니 임원들의 전체조회나 팀장들의 당직업무 진행 때 또는 사원들의 계약 성공사례 발표 때 많이 들었던 내용들이었다. 단지 그동안은 가슴에 깊이 와 닿지 않았을 뿐이었다.

그러나 5개월 동안 무실적이라는 마음의 고통과 시련을 겪고 나서 한층 성숙해졌다고나 할까 아니면 궁지에 몰려서 마음의 변화가 일어난 절실함 때문이었다고나 할까? 일도는 전무의 말이 가슴에 팍팍 꽂히는 느낌을 받았다. 일도는 박성홍의 말처럼 자신이 좀 더 이기적으로 바뀌어야겠다는 생각을 하면서 굳게 쥔 주먹에 힘을 주었다.

전무가 사주는 비싼 점심을 잘 먹고 회사로 돌아온 일도는 사업계획서를 수정하기 시작했다. 계획 수정작업이 끝나자 일도는 오후 내내 고객 영업관리 노트를 다시 수정하기 시작했다.

공식적인 업무가 끝나면 팀의 자리를 이동해도 좋다는 전무의 말에 기존 팀의 자리에 앉아 열심히 무언가를 정리하고 있는 일도에게 곱지 않은 팀장의 시선이 느껴졌다. 팀장은 가끔 일도 자리의 옆을 지나가면서 헛기침을 해대기도 했다.

일도는 모든 작업이 끝나자 팀장에게 편지를 썼다. 그동안 고맙고 감사했다는 내용이었다. 아울러 일도가 처음 만났을 때 팀장이 일도에게 했던 말들을 상기시켜 주었다. 어찌됐든 인연은 소중한 것이어야 했다.

그러나 일도와 팀장은 악연이었던지 일도가 팀을 옮기고 한 달 정도 후에 첫 계약을 만들어 내고, 그 이후에 일주일 만에도 서너 건씩 계약이 성사되면서 순식간에 월 1등 사원으로 자리를 잡게 되자 주위의 쑤군거림과 스스로의 고통을 극복하지 못하고 인사도 없이 회사를 떠나고 말았다.

그 팀장이 다른 회사로 옮겨갔다는 말이 들려오기도 했으나 그 팀장을 따라서 회사를 옮긴 사원은 그 팀에서 단 한 명도 없었다. 일도의 이러한 경험은 나중에 일도가 팀장이 되었을 때 아주 크나큰 교훈이 되었으며 일도에게 겸손의 미학을 행동철학으로 만들어

주는 계기가 되었다.

팀을 옮긴 일도는 영업 A팀장의 과분한 환대를 받았다. 팀장은 일도가 팀을 옮기자 그날 저녁에 바로 팀 회식을 했다. 팀원들과 격의 없이 빨리 친해질 수 있도록 하기 위한 팀장의 배려였다.

팀원들 중에 누구보다도 박성홍이 크게 좋아했다. 다른 팀원들 역시 일도의 부서 합류를 환영하는 분위기였다. 일도는 5개월 무실적인 자신을 한마음으로 환영해 주는 팀원들에게 감사하면서도 쑥스러운 마음을 금할 수가 없었다.

그러나 팀원들은 지신들이 그동안 일도를 지켜보았던 회사의 동료로서 일도의 장점들만을 들추어내며 환영해 주었다.

일도는 그동안 한결같이 출근시간이 빨랐었다. 남들보다 빠른 시간에 출근해서 팀 동료들의 책상을 닦아놓기도 했고 회사의 구석진 곳들, 건물 청소 아주머니의 손길이 미치지 않은 곳들을 날마다 청소하곤 했었다.

회사에서 만나는 모든 사람들에게 먼저 인사를 했고 한순간 한시라도 일도는 최선을 다하는 자세로 생활해 왔다. 여하튼 팀원들의 평가는 나쁘지 않았고 일도는 그러한 팀원들에게 그동안의 마음고생을 보상이라도 받듯이 마음의 평화로움을 찾을 수 있었다.

팀장은 일도에게 계약이라는 기쁨을 안겨주기 위해 일도의 고객관리를 밀착해 오더를 설계해 주며 일도의 영업을 이끌어 주었다.

"일도 씨의 첫 계약을 이 고객분을 통해 만들어 냅시다."

일도의 고객 영업관리 노트를 점검해 가면서 파악하던 팀장이 지목한 고객은 분당 신도시에서 음악학원을 운영하는 학원장이었다. 그 고객의 이름은 추성자였고 42세의 미혼 여성이었다. 일도가 처음 업종별 전화번호 리스트를 구해 통화하면서 인간관계가 형성된 고객이었다.

　일도가 입사해서 신입사원 교육을 받고 텔레마케팅 영업을 하면서 인연이 되었었다. 처음 전화를 했을 때 전화를 받은 이는 일도의 예상과는 전혀 다른 목소리의 할머니였다. 일도는 전화를 그냥 끊을까 하다가 TM 멘트 실력이나 키워보자 생각하고 통화를 했었다.

　일도가 전화를 건 곳은 음악학원이었고 전화를 받은 할머니는 학원장의 어머니라고 했다. 일도는 자신을 소개하고 자신의 목소리가 어떠냐고 물었다. 할머니는 별 이상한 걸 다 묻는다면서도 일도의 목소리가 괜찮다고 했다. 일도는 할머니의 목소리가 시골 어머니 목소리와 비슷해서 마음이 편하다고 했다. 그러면서 자신의 어머니는 정말 이쁘신데 할머니는 목소리만 이쁘고 얼굴은 혹시 못난이 아니냐고 웃으면서 살짝 격의 없는 멘트를 던졌다. 할머니는 웃으면서 일도에게 어머니는 몇 살이냐고 물으면서 인연이 시작되었다.

　일도는 그날 첫 통화에서 할머니하고 한 시간 정도 통화했다. 그날 일도가 첫 통화에서 파악했던 내용은 아주 많았다. 일도가 어머니 얘기를 잠시 털어놓자 할머니는 일도가 묻지도 않은 얘기들을 옛날얘기 하듯 펼쳐 놓았기 때문이었다. 할머니의 고향은 전라도 목포였다. 나이는 66세였다. 할머니는 '6땡'이라고 표현했다. 일도의 어머니보다 한 살이 위였다. 일도가 전화했던 번호는 큰 딸이 운영하는 음악학원이라고 했다. 학원에 조그마한 실내방이 있는데 할머니는 특별한 외출이 없으면 그 방에 와서 하루 종일 애완견 두 마리와 시간을 보낸다고 했다.

　일도가 긴 시간을 통화하면 학원영업에 방해되지 않느냐고 묻자 할머니는 걱정할 것 없다고 했다. 전화번호가 2개인데 할머니가 받는 전화는 방 안에 있는 전화여서 학원 영업에는 전혀 지장이 없다는 것이었다. 일도는 첫 통화 이후 회사에서 교육받은 대로 이틀에 한 번꼴로 꼭 정해진 시간에 전화해서 할머니의 얘기를 많이 들어주었다. 할머니는 일도에게 별의별 얘기를 다 끄집어내었다.

한 달 정도가 지났을 때는 할머니 집에 숟가락이 몇 개인지까지도 파악할 수 있는 단계에 이르렀다. 일도는 가끔 자신이 살아온 얘기들을 할머니와의 통화에서 양념 치듯이 조금씩 풀어내었고, 할머니는 일도에게 힌빈 시간 내서 놀러오라며 학원의 위치도 알려주었다.

일도는 교육받은 대로 바쁘다며 방문을 미루었다. 어떤 때는 일주일 넘게 일부러 전화를 하지 않았다. 그랬다가 전화를 하면 신기하게도 회사의 교육내용대로 할머니는 일도의 전화를 기다렸던 마음을 표현하곤 했었다.

3개월을 통화하면서도 일도는 할머니께 땅을 살 수 있냐는 말 같은 목적은 입에 담지도 않았다. 오히려 할머니가 일도의 일에 대해 물으면서 왜 땅 사라는 말을 한 번도 하지 않느냐고 물어올 정도였다.

일도는 할머니를 고객으로 생각해 본 적이 없다고 했다. 그냥 고향에 계신 어머니 같은 느낌이 있어 전화를 드리는 것이라고 했다. 할머니는 할머니란 말이 듣기 싫으니 이모나 어머니라고 부르라고 했다.

그때쯤 일도는 분당에 있는 음악학원을 찾아갔다.

"어머! 동생이 최일도였구나. 반가워 어서 와. 엄마! 엄마 아들 왔네요."

일도가 음악학원에 들어서자 일도를 제일 먼저 맞이한 사람은 추성자 원장이 분명했다. 일도와 추성자 원장은 통화를 단 한 번도 해본 적이 없었으나 원장은 일도를 마치 친동생 대하듯이 했다. 일도 역시 처음 보는 추성자 원장이 낯설지가 않았다. 그도 그럴 것이 어머니와의 통화에서 원장에 대한 얘기들을 너무나도 많이 들었기 때문이었다. 추성자 원장 역시 어머니께 일도의 얘기를 수없이 들었음에 틀림없었다.

분당 어머니는 일도를 정말 반갑게 맞이해 주었고 서로 간에 이미 어려운 사이가 아니었다. TM영업은 그토록 놀라운 효과를 만들어 내는 힘을 가지고 있었다.

분당 어머니는 일도에게 정성스러운 저녁을 대접해 주었음은 물론 미혼인 딸의 중매까지도 부탁하였다. 추성자 원장 역시 웃으면서 어머니의 부탁이 싫지 않은 듯 "동생처럼 매력 있는 남자 한번 소개시켜 봐" 하고 격의 없이 대해 주었다.

추성자 원장은 적당한 키에 모나지 않는 평범한 외모였다. 일류 여대 작곡과 출신이기도 했던 추 원장은 음악뿐만이 아닌 미술에도 큰 재능을 가진 여성이었다. 추성자 원장의 아버님은 연극을 하셨는데 빛난 인생은 아니었다고 했다. 부잣집 셋째 딸에게 장가를 가신 추성자 원장의 아버님은 한 달에 한 번이나 집에 들어올까 싶을 정도로 전국을 떠도는 장돌뱅이처럼 살아가다가 젊은 나이에 세상을 떠났다고 했다. 지나친 음주가 사망 원인이었다고 했다.

분당 어머니는 친정에서 물려받은 재산도 있었지만 워낙 활동적인 성격 탓에 돈을 벌 수 있는 장사라면 물불 가리지 않는 적극성으로 재산도 꽤 모으면서 추성자 원장을 키워냈다고 했다.

분당 어머니는 달랑 딸 하나뿐이고 아들이 없어 항상 허전하고 쓸쓸했는데 일도하고 통화하면서 아들이 하나 생긴 것 같은 만족감을 느끼고 있었다고 했다. 분당 어머니는 일도 외에도 전화를 해오는 이가 몇 명 있었다고 했다. 그들은 전화할 때마다 좋은 땅이 있다며 땅투자를 권유했는데 사고 싶어도 돈이 없다고 하면 그들은 서둘러 전화를 끊거나 다음부터는 전화를 해오지 않았다고 했다.

그러나 일도는 달랐다고 했다. 그렇게도 많은 통화를 하면서도 땅 사라는 권유도 없었고 다른 이들은 분당 어머니의 얘기를 듣기보다는 자신들의 얘기만을 쏟아 냈는데 분당 어머니 입장에서는 듣고 싶지 않은 내용들이었다고 했다. 분당 어머니는 일도를 보며 사람이 반듯하고 진실해 보인다고 했다. 그래서 중매를 부탁하는 것이라는 말도 덧붙였다.

분당 어머니는 딸의 나이가 있는지라 굳이 초혼이 아니어도 좋으니 좋은 짝을 좀 찾아보라는 당부를 했다. 일도는 자신이 통화하면서 관리하는 남성 고객들 중에서 두 명의 남성을 소개했었다. 한 남자는 한의원 원장이었고 이혼남이었다. 또 한 남자는 대학교수였는데 45세의 미혼남성이었다. 한 남자는 추성자 원장을 좋다고 했으나 추성자 원장이 싫다고 했고, 한 남자는 그 정반대였다. 일도는 시간이 걸리더라도 꼭 혼인을 성사시키고 싶었고, 그런 내용들은 일도의 고객 영업관리 노트에 자세하게 기록되어 있었다.

팀장은 같이 힘을 합쳐 좋은 짝을 한번 찾아주자며 일도에게 자신의 생각을 밝혔다.

"기왕 좋은 일 하는 거, 투자 한번 해 봅시다. 공개구혼 광고 한 번 내봅시다."

일도는 팀장을 쳐다보았다.

"최일도 씨, 현재 경제적으로 아주 어려운 것 알고 있습니다. 돈은 걱정 마세요. 내가 부담해 드리겠습니다. 나중에 갚으세요."
　일도는 진심으로 팀장에게 고마움을 느꼈다. 그렇지 않아도 일도는 그게 고민거리였다. 일도 역시 팀장과 같은 생각을 해보지 못했던 것은 아니었다. 항상 쪼들렸던 일도는 생각은 있으나 행동으로 실천하지 못하는 애로사항들이 한두 가지가 아니었다.
　구독률이 제일 높은 신문사에 명함크기의 일주일 광고 가격을 문의해 보았을 때 일도는 아예 입을 다물지 못했었다. 광고비용이 보통 비싼 것이 아니었다.
　그런 사실들을 팀장에게 얘기하자 팀장도 놀랐던지 절충안을 찾아보자고 했다. 일도와 팀장은 일단 일일 광고만 해보기로 했다. 큰 기대는 하지 않고 십여 통 정도의 문의전화만 오면 되지 않겠나 생각하고 광고를 진행했다.
　광고가 나가던 날 새벽에 일도의 묵직한 무전기만 한 핸드폰이 울렸다. 일도가 받자 전화는 그냥 뚝 끊어졌다. 순간 일도는 오늘이 광고 나가는 날임을 새삼스레 깨닫고 남자인 자신이 전화를 받으면 안 되겠다는 생각을 했다. 일도는 급히 서둘러 아내가 있는 처가로 갔다. 가는 동안에도 전화는 여러 번 울렸다.
　처가에 도착하자 일도는 아내에게 간단히 설명하고 문의전화가 걸려오면 남편이 누님의 좋은 짝을 찾기 위해 광고를 낸 것이라고 말하고 몇 가지 사항만 물어본 후 연락처를 반드시 기록해 놓으라고 부탁했다.
　그날 저녁 일도는 아내가 내미는 엄청난 양의 연락처를 보고 입이 떡 벌어졌다. 어림잡아도 수백 명은 되었다. 아내는 일도의 부탁대로 상대방의 나이, 고향, 가족관계, 하는 일, 주거형태, 초혼인지 재혼인지 등 기본적인 인적사항부터 연락처까지 기록해 놓은 노트를 일도 앞에 펼쳐 놓았다. 아내는 하루 종일 점심 먹을 시간도 없이 전국에서 걸려오는 전화들로 몸살을 앓을 지경이었다고 했다.

일도와 얘기 중에도 핸드폰은 쉬지 않고 울렸다. 아내가 메모해 놓은 내용을 살펴보던 일도는 정말 놀랄 수밖에 없었다. 전국에서 독도만 빼고는 모든 지역이 포함된 듯했다. 그날 밤 10시 넘어서까지 걸려온 전화는 3백 통이 넘었다.

다음 날 일도가 팀장에게 메모노트를 내밀며 자세한 얘기를 하자 팀장 역시 벌어진 입을 다물지 못했다.

"신문광고란을 못 보았는데 한번 봅시다. 광고문안이 어땠길래 이렇게 많은 전화가 왔는지… 허허."

팀장은 놀라운 광고효과에 그 내용을 궁금해 했다.

일도의 광고문안은 간단했다. 최고의 구독률을 자랑하는 J신문사의 광고란에 공개구혼장을 올렸을 뿐이었다.

"나이 42세 음악하원 원장, 성실하고 능력 있는 남성에게 공개구혼합니다."

이런 문구에다 일도의 연락처를 올렸을 뿐이었다.

분당의 어머니나 추성자 원장은 일도가 신문에 공개구혼 광고를 해서라도 신랑감을 찾아보겠다는 계획을 전했을 때 반대하지 않았으나 혹시나 공개구혼까지 해서 결혼을 해야 하는가 싶어서 염려했었다. 그러나 분당의 어머니나 추성자 원장은 그렇게까지 신경쓰는 일도에게 고마움을 표하면서 좋은 짝이 나타나길 노골적으로 기대했다.

일도는 아내가 메모했던 연락처들 중에 우선 조건이 좋다고 생각되는 남성들에게 전화를 했다. 일도는 자신이 공개구혼장을 낸 장본인이라고 신분을 밝혔고, 누님의 평생 동반자를 찾기 위해서였다는 이유도 밝혔다.

전화를 받은 상대는 일도가 궁금해 하는 질문에 성의껏 대답했다. 일도는 전국에서 많은 전화가 왔었음을 밝히면서 만남의 기회를 가질 수 있도록 노력하겠다는 말을 끝으로 한 통 한 통의 전화를 마무리했다.

지역도 다양했지만 직업도 다양했다. 서울, 경기도를 중심으로 괜찮은 조건의 남자들을 고르고 고르다 보니 30여 명의 리스트가 작성되었다.

일도는 본인이 먼저 남자를 만나본 후에 괜찮다고 판단되면 추성자 원장께 소개하고 같이 미팅을 가졌다. 그렇게 한 달 동안 일도와 추성자 원장은 열 명이 넘는 남자들과 미팅을 가졌다.

그러나 참으로 신기했다. 추성자 원장이 마음에 들어 하는 남자는 추성자 원장을 더 만나기를 원치 않았고, 반대로 남자가 추성자 원장이 좋다고 하면 추성자 원장이 싫다고 하였다.

일도는 조금씩 지쳐 가고 있었고 지쳐 가는 건 추성자 원장도 마찬가지였다. 그렇게 한 달이 넘어간 어느 날 분당 어머니에게서 전화가 왔다. 학원으로 들르라는 전화였다.

팀장이 일도를 불렀다. 팀장은 일도에게 자신의 생각을 얘기하면서 몇 가지 주의를 주었다. 만약 분당 어머니께서 투자할 만한 땅이 있냐고 물으면 지금은 없다라고 말하라는 것이었다. 계약의 실적부담 때문에 쫓기는 일도의 마음을 팀장은 읽고 있었다.

일도를 만난 분당 어머니는 일도의 손을 잡으며 "아무래도 성자 쟈는 혼자 살 팔자인가벼. 아들이 그동안 헛고생 혔네!" 하며 술이나 한잔 하자고 했다.

　술상은 분당 어머니의 정성과 사랑이 담겨 있었다.

　"동상! 엄마 말이 맞는 것 같애… 내가 좋다는 놈은 나 싫다 그러니… 난 그냥 예술하고 결혼했다 생각하고 엄마하고 그냥 살까 해."

　추성자 원장은 씁쓸하게 말했지만 표정은 어둡지 않았다.

　"엄마는 아들 하나 있었으면 하고 날마다 노래 불렀고 나도 남동생 하나 있었으면 하고 아쉬움이 항상 있었지… 중매장이 그만하고 엄마 아들, 내 동생 하자. 어때?"

　추성자 원장이 그렇게 말하자 일도는 아쉬움이 남았다. 아직도 수많은 남자들이 남아 있었다. 어떤 사람이 천생연분이 될지 누가 알겠는가?

　일도가 자신의 생각을 말하자 추성자 원장은 고개를 가로저었다.

　"동생은 모를 거야… 여자인 내가 좋다고 생각하는 남자가 나를 싫다고 할 때 그 심정은 겪어보지 않으면 이해하기 힘들 거야. 동생 알다시피 한두 명이 아니었잖아… 이제 그만하자."

　일도는 더 이상 할 말이 없었다. 일도는 진심으로 추성자 원장이 좋은 짝을 만날 수 있기를 간절히 바랐었다. 그러나 어찌하랴? 일도는 추성자 원장의 마음을 이해할 것도 같았다.

　"그나저나 아들! 엄마가 여윳돈 좀 쬐까 있는디 쓸 만한 땅 좀 있능겨?

　분당 어머니의 말에 일도는 팀장의 말이 생각났다. 일도는 대답 대신 고개를 가로저었다.

　"하는 일이 땅을 판다는 게 맞기는 맞는겨? 워째 1년 다 되도록 쓸 만한 땅이 없다는겨?"

　일도는 자세를 가다듬었다.

"솔직히 말씀드려서 저는 시골에 계시는 저의 어머니께 사드리고 싶을 정도의 땅이 나오면 말씀드리려고 했습니다. 그동안 제 마음이 그 정도 다가서는 땅이 없었습니다. 앞으로도 1년이 걸릴지 한 달이 걸릴지… 당장 내일이라도 그런 땅이 나올지 그건 저도 모릅니다. 제 판단에 그런 땅이 나오면 제일 먼저 연락드리겠습니다."

"꼭 그렇게 혀야 허네. 내가 나이 먹었다고 돈 없을 거라 생각허 믄 안 되여. 이 동네, 내 집에서 사방 십리에 내 말이믄 무조건 따 르는 사람이 지천여. 알겠제?"

분당 어머니는 주먹까지 쥐어흔들며 말했다.

"네… 알겠습니다."

지성이면 감천이라 했던가, 진인사 대천명이라 했던가…. 일도 는 자신도 모르게 눈가에 눈물이 고였다. 일도는 그 눈물을 감추지 않았다. 분당 어머니는 눈물을 보이는 일도의 손을 꼬옥 잡았다. 따스함이 느껴졌다. 일도는 그날 시골 어머니와 분당 어머니의 전 화통화를 연결해 주었다. 두 어머니는 30분을 넘게 통화했다.

일도의 첫 계약은 떠오르는 아침 태양처럼 찬란했다. 중도금, 잔금 기간 없이 일시납 계약성사였다. 현장 답사도 없었다. 분당 어머니는 회사에 와서 확인조차도 하지 않았다. 1억 4천 6백만 원 이란 돈을 오직 일도 하나 믿고 한꺼번에 입금하였다. 일도는 회사 사원들의 기립박수로 축하를 받았다.

일도는 이 세상의 모든 것을 다 얻은 듯했다. 몸뚱이가 하늘을 둥둥 떠다니는 느낌이었다. 6개월이 넘는 무실적의 세월, 설움과 고통이 어찌 없었으랴. 각골통한의 세월이었지만 일도는 정말로 기뻤다. 그러나 그것은 시작에 불과했다.

팀장의 지시대로 움직인 일도는 불과 일주일 후에 또 다른 일시납 계약건을 성사시켰다. 추성자 원장의 투자건이었다. 금액은 2억이 넘었다. 분당 어머니의 등기권리증이 나오던 날 추성자 원장은 자신도 복부인이 한번 되어 보자며 투자를 했다. 추성자 원장의 등기권리증 또한 일사천리로 진행되어 일주일 만에 처리되었다.

팀장의 일처리는 일도의 혀를 내두르게 만들었다. 팀장은 마치 드라마 연출가인 듯했다. 팀장의 각본대로 움직인 일도는 첫 계약 이후 두 달 만에 27건의 계약을 만들어 냈다. 신화가 만들어진 것이다. 분당 어머니는 주위 사람들을 일도에게 소개하면서 거의 모든 준비를 시켜 보내주었다.

만약 일도를 의심하는 말을 조금이라도 비출라치면 소개받는 투자자는 분당 어머니에게 온갖 욕을 다 먹으면서도 돈을 가지고 회사로 일도를 찾아왔다. 분당 어머니의 파워는 실로 대단했다.

일도는 A팀장의 리드대로 공개구혼 광고를 보고 전화를 해왔던 사람들을 또한 고객으로 만들어 수많은 계약건들을 만들어 내었다. 신화창조의 주인공이란 일도를 두고 하는 말이 되었다. 일도는 그렇게 사원생활을 마감하고 있었다.

실전 **기획부동산 04.**

# 뺑끼통과 조약돌

　급히 서울로 상경하던 일도가 불시검문에 걸려 Y경찰서로 연행된 것은 영순이 일도의 하숙집을 떠난 지 8개월째 되는 다음해 3월 중순경이었다.
　가슴 저미도록 애틋한 사랑을 나누고 떠난 영순이 병원에 입원해 있다는 사실을 알게 된 것은 불과 사흘 전이었다. 일도는 당시 마음 편히 연락할 수 없는 현실이 가장 큰 고통 중에 하나였다. 도피길을 떠나기 전 장문의 편지를 큰외삼촌께 인편으로 전달한 이후 반드시 편지를 태워 줄 것을 부탁했을 정도로 일도는 운신의 폭을 극히 조심하였다.
　여러 가지 걱정에 편지를 하고 싶었지만 조그마한 시골 우체국에 감시의 손길이 뻗쳐 있을 것은 너무나도 당연한 일이었고 밝은 세상이 오기 전에 만약 잡혀 들어간다면 예전에 당했던 그 공포감을 극복할 수 없을 것 같은 두려움이 일도를 짓누르고 있었다.
　영순이 떠나고 나서 어쩌다 한 번씩 영순의 소식을 들을 수 있는 길은 탄광 소장의 처남인 일도의 선배가 고향인 미탄면을 찾아와 소식을 일부러 전해줄 때가 유일한 수단이었다.
　당시 시골에는 이장집이나 기관장 자택 아니면 큰 부잣집에나 전화기가 있던 때였는지라 전화 몇 대 없는 지역의 도청 감시는 누워서 떡 먹기였고 제일 편한 감시 방법이란 평가가 퍼져 있었다. 그러 하니 도피인생을 살아야 했던 일도에게 전화라는 통신매체는 오히려 언제 구속당할지 모르는 조심해야 될 독이었다.

영순이 태백을 거쳐 서울로 떠난 이후 일도는 꽤 오랫동안 허전함에서 벗어나지 못했었다. 돌아누우면 영순이 웃으며 품에 안길 것 같았고 탄광일을 마치고 하숙집으로 돌아올 때면 방문을 열자마자 영순이 안기며 맞이해 줄 것 같았다. 몸은 피곤한데도 정신은 말똥말똥해졌고 그럴 때마다 밤을 꼬박 새운 적이 몇 날 며칠이던가?

서울행 버스를 타고 서울로 달려가고 싶어 매표소 앞에까지 가서 서성거리기를 수십 번… 그때마다 일도를 주저앉힌 것은 불시 검문이었다.

탄광일이 을반이었던 일도는 오전과 오후 1시까지는 여유가 있었다. 어머니가 그립고 영순이가 보고 싶을 때면 일도는 버스정류소를 찾았다. 그곳에서 일도는 고향을 만나고 그리운 어머니를 만났다. 어머니는 힘은 좀 들겠지만 당당하게 잘 지내고 계실 것이란 믿음이 있었다. 더구나 큰외삼촌이 한 마을에 계시니 천만다행이었다. 일도는 애써 고향의 어머니 생각을 떨쳐내었다. 그러자 곧바로 영순에 대한 그리움이 밀려왔다.

'내가 이렇게 그리워하는 것을 그녀는 알고 있을까? 토요일에 왔다가 일요일에 올라가도 될 텐데….'

그 불편함을 이해 못하는 건 아니었다. 그러나 일도는 내심 서운했던 것도 사실이었다.

'차라리 자수를 해버릴까… 도대체 언제까지 이렇게 도피인생을

살아야 하는 것일까….'

　일도는 진지하게 생각해 보았다. 도대체 무엇을 위해서 어떤 보상이 있기에 이렇게 살아야 한다는 말인가. 도대체 일도가 잘못한 것이 무엇이란 말인가.

　'억울하지만 자수해서 타협을 해버릴까?'

　분명 일도에게 국가보안법 적용은 국가권력의 횡포였다. 아니 국가의 살인행위나 마찬가지였다. 일도는 북한을 찬양한 적도 없고 그럴 생각은 눈곱만큼도 없었다. 일도가 전대협 민주의 요람 동지 자격으로 기고문을 쓴 것은 양심의 소리였을 뿐이었다. 그럼에도 어느 날 갑자기 쥐도 새도 모르게 국가의 권력에 끌려가 부모도 친구도 아무도 모르게 죽을 수도 있다는 현실이 대한민국에 엄연히 존재한다는 것이 얼마나 무서운 일인가. 이를 글로써 전국의 대학생들에게 알리고자 했던 것이 왜, 어떻게, 국가보안법 위반이란 말인가.

　'억울한 건 하늘이 알아주고 세월이 알아주겠지… 그래, 훗날 세상이 좋아지면 그때 억울함을 보상받고 지금은 그냥 굴복하자. 반성문 쓰고 전향서 쓰면 복학도 할 수 있다고 하니 말이다.'

　일도는 그 부분까지도 생각을 해보았다. 국가로부터 가족으로부터 조상으로부터 혜택을 받은 사람들도 많지 않은가. 일도의 힘들고 외로운 항거는 그들이 해야 되는 것이 아닌가.

　일도는 적당히 타협하고 복학하고 졸업해서 일도가 꾸었던 꿈을 그대로 이루어 가면 될 뿐이었다. 누가 일도를 탓할 것인가.

　이런저런 생각에 골똘해 있던 일도의 눈앞에 불시검문 경찰 두 명의 모습이 스쳐갔다. 서울행 버스의 검문을 끝내고 내리는 듯했다. 일도의 가슴에 한숨이 또 그늘졌다.

'전향서라… 그럴 수는 없었다. 전향서라니… 일도가 빨갱이라는 억지를 인정하라는 얘기 아닌가?'

일도는 그것만은 용인할 수 없다고 생각했다. 그동안 서울행 버스에 몸을 싣지 못한 이유는 이런 것들이었다.

그러나 일도는 이제 더 이상 불시검문을 두려워해서는 안 되었다. 사랑하는 사람, 미치도록 그리운 사람이 듣지도 보지도 못한 희귀병에 걸려 병원에서 죽어가고 있다는 것이었다.

일도는 절대 있을 수 없는 일이라고 생각했다. 지난겨울에 방학이 시작되었을 텐데도 영순이 나타나지도 않고 선배를 통해서 연락조차 되지 않을 때에도 일도는 그런 생각은 아예 상상조차 해본 적이 없었다.

'그토록 건강하고 예뻤던 그녀가 절대… 절대 그렇게 될 리는….'

일도는 분명히 오진일 거라고 생각했다. 그러면서도 왠지 불안해서 도대체 생각이 정리되지를 않았다.

일단 일도는 탄광소장과 황인원에게 서울에 급히 다녀오겠다는 일정을 알렸다. 하숙집 아주머니께도 서울에 다녀오겠디는 인사 정도만 하고 하숙집을 나섰다. 일도는 눈으로 확인해야만 될 것 같았다. 그토록 밝은 미소를 지을 수 있는 영순이 병원에 있다는 그 자체마저도 믿어지지가 않았다.

미탄면 버스정류소에서 서울행 버스에 몸을 실은 일도는 머리가 복잡하면서도 감회가 새로웠다. 처음 미탄면에 올 때는 몇 달 정도만 숨어 지낼 생각이었다. 지내 놓고 보니 1년이 훌쩍 지나간 세월이었다. 처음 탄광 막장생활에 적응이 안 되어 고통스러웠던 시간들이 있었고 언제 끝날지 모르는 도피생활로 좌절에 가까운 고통을 맛보기도 했다.

영순과의 애틋한 사랑 때문에 죽어서도 잊지 못할 곳이 되어 버린 미탄면… 이제는 아주 오래 전부터 지내온 것 같은 생각이 들게 하는 곳이 되어 버렸다.

달리는 차창가로 미탄면에 올 때는 느끼지 못했던 풍경들이 스쳐 지나갔다. 높은 산 굽이굽이 돌아가는 버스 속에서 일도는 '크론'이라는 병을 생각해 보았다. 도대체 발음하기조차도 힘든 이상한 병명이었다. 영순에게 그런 이상한 병이 있다는 게… 생각하면 할수록 어이없고 장난 같은 얘기였다. 더구나 5백만 명 중에 1명 정도 걸릴 수 있는 희귀병이라니….

선배에게 대략 전해들은 크론병은 나이와는 무관하다고 했다. 어린아이에게도 발병할 수 있고 젊은 사람이나 노인에게도 발병할 수 있다고 했다. 미국이나 영국, 일본, 프랑스 등 선진국에서 종종 사례가 보고되는 희귀병으로 정확한 원인이나 치료방법 등이 개발되지 않은 병인지라 전 세계적으로 완치된 사례가 없고, 후진국에서는 크론병에 걸려 사망하는 것인 줄도 모르고 사망한다는 것이었다. 더구나 영순이 걸린 병은 악성 크론이어서 사망할 때쯤이면 미라처럼 바짝 말라버린 상태로 사망한다는 것이었다.

'만약 그게 사실이라면… 영순이 그 병에 걸린 게 사실이라면….'

일도는 강하게 고개를 가로저었다. 절대로 아닐 거라고 생각했으나 그러면서도 불길했다.

'겨울방학에 미탄엘 오지 못한 것이 혹시?'

영순은 분명히 말했었다. 겨울방학 때 한 달 정도는 일도와 같이 있을 것이라고….

영순의 입원 소식을 전해들은 일도는 그날부터 완전히 제정신이 아니었다. 영순이 언제 입원한 것인지, 지금 증세는 어떠한지… 소식을 가지고 미탄에 내려온 선배는 제대로 아는 것이 없었다. 선배 역시 학과 후배들에게서 우연찮게 들은 소식이라고 했다.

'만나 보면 모든 걸 알 수 있겠지….'

일도는 천상미 계곡에서 주워 애지중지 보관해 오던 조약돌을 주머니 속에서 만지작거리며 생각했다.

이틀 밤을 꼬박 새우다시피한 일도는 버스가 고속도로에 접어들자 서서히 졸리기 시작했다.

시골 집 앞의 개울가에 다슬기 풍년이 들었다. 조그마한 바위덩이에 주먹만 한 돌덩이에도 다닥다닥 붙어 있었다. 개울물 속에 일도의 손이 한번 들어갔다 나올 때마다 한 움큼씩 소쿠리에는 다슬기가 쌓여져 가고 있었다.

바로 옆에서는 등에 포대기로 아이를 업은 영순이 일도와 같이 다슬기를 잡고 있었다. 일도는 잠시 허리를 폈다.

개울가 옆의 넓은 조약돌밭에 아이들 3명이 소꿉장난을 하고 있었다. 일도가 쳐다보자 아이들이 웃으며 손을 흔들어 댔다.

'아참, 그렇지… 우리 아들, 딸들이었지.'

남자아이 둘에 여자아이 하나였다. 영순의 등에 업혀 있는 아이도 여자아이였다. 아들 둘, 딸 둘. 일도는 대만족이었다. 개울가에서 멀리 떨어져 있지 않은 집에서 누군가가 머리에 새참을 이고 나오고 있었다.

자세히 보니 어머니였다. 조약돌밭 고랑에 새참을 내려놓은 어머니는 아이들과 새참을 드셨다. 아이들이 어머니의 품속을 파고들며 행복해 했다.

영순과 일도는 다슬기를 가득 안고 어머니께로 갔다. 영순은 등에 업었던 아이에게 젖을 물리고 아이의 얼굴에 행복한 미소와 평화가 흘렀다. 영순의 웃는 미소가 천사의 미소보다도 더 아름답고 따사로웠다.

일도는 조약돌밭에 하늘을 보고 누웠다. 맑은 하늘에 몇 점 흘러다니는 조각구름과 짜맞추기를 하던 일도는 잠시 잠이 들었을까. 누군가 얼굴을 핥아대는 느낌에 눈을 떴더니 주위에 흑돼지들이 조약돌밭을 온통 덮고 있었다.

수백 마리나 되는 흑돼지들은 개울가에서 수영도 하고 조약돌밭에서 뒹굴기도 하며 일도의 아이들과 숨바꼭질도 하고 있었다. 영순은 흔들의자에 누워 책을 보고 있었다. 돼지들은 일도의 얼굴과 팔, 다리를 코로 건드려 가며 일도를 귀찮게 해대고 있었다.

하늘의 조각구름이 하나씩 하나씩 몰려들더니 순식간에 커다란 뭉게구름이 되었다. 뭉게구름 수십 개가 생기더니 검은 먹구름이 되어 하늘을 온통 덮어 버렸다. 일도는 집이 걱정되어 집쪽을 바라보았다. 일본 순사복 차림의 두 사람이 아버지를 양쪽으로 호위하고 끌고 가는 모습이 눈에 들어왔다. 그 뒤로 어머니가 통곡하며 따라가고 있었다.

비가 쏟아지기 시작했다. 아이들이 걱정되어 아이들을 찾아보았다. 아이들이 보이지 않았다. 벌떡 일어나 사방을 살펴보았다. 순식간에 돼지들은 어디로 갔는지 보이지 않았다.

영순이 있는 쪽을 쳐다보았다. 영순이 여전히 흔들의자에 앉아 있는 듯이 보였다. 일도는 잠시 동안에 있었던 일을 영순에게 얘기해야겠다고 생각하고 급히 영순의 옆으로 다가갔다. 그런데 다가가 보니 영순은 보이지 않고 영순이 입었던 옷만 흔들의자에 걸려 있었다.

일도는 깜짝 놀라 숨이 멎을 것만 같았다. 사방을 아무리 둘러봐도 순식간에 아무도 아무것도 보이지 않았다. 굵은 장대비만 세상을 삼켜 버릴 듯 쏟아져 내리고 있었다.

일도는 아버지와 어머니를 찾으며 울부짖었고, 영순을 찾고 아이들을 찾아 울부짖었다. 그러나 아무리 울부짖어도 일도 주위에는 여전히 아무도 보이지 않았다.

일도의 눈에 군화를 신은 모습이 들어왔다. 군복 겉에 검은 잠바를 걸친 모습이었다.

창밖을 살펴보았다. 엄청나게 많은 사람들이 이리저리 바쁘게 움직이고 있었다. 일도는 마장동 터미널일 거라고 생각했다. 1년 전쯤 이곳에서 미탄으로 떠났었다.

일도의 손에 땀이 흥건히 젖어 있었다. 그 젖은 손안에 조약돌이 보였다. 일도의 손목에 수갑이 채워졌다.

타원형 구조의 건물에 삼면은 콘크리트였다. 천정이 높아서인지 정면에 창살의 높이가 한없이 높아 보였다. 옆 칸에도 구조는 비슷할 것 같았다. 그 비슷한 칸들에 많은 사람들이 구속되어 있었다. 일도는 혼자였다.

벌써 며칠이 지났다. 불안하고 고통스럽고 좌절되어 미쳐 버릴 것 같던 마음은 이제… 아예 편안한 단계로 접어들고 있었다.

'포기'라는 것이 사람을 이토록이나 편하게 해주는 것인 줄 새삼 뼈저리게 느끼고 있었다. 아니 오히려 고맙고 감사한 마음까지 들게 하였다. 일도는 우선 옆칸에라도 사람들이 있는 것이 고마웠다. 사람 냄새 맡을 수 있는 자체가 고마웠다.

끼니때마다 식사를 할 수 있게 해주는 것도 고마웠다. 노란 양은 도시락에 완전 꽁보리밥이었다. 그나마 양은 얼마 되지도 않았다. 반찬은 단무지 한 가지가 전부였는데 너무 짜서 입에 대기도 힘들었다. 그래도 일도는 너무 고마웠다.

콘크리트와 창살로 막힌 공간이지만 그래도 그 안에 화장실도 있으니 이 또한 고마웠다. 사람의 기억은… 아니 일도의 경험은 이토록 무서운 생각의 차이를 만들어 내고 있었다. 사실 도피생활을 하다가 붙잡히게 되면 예전처럼 이상한 곳에 끌려가 전과 같은 고통을 겪다 쥐도 새도 모르게 죽게 될지도 모른다는 두려움에 떨었었다.

악마라도 좋으니 일도가 두드리는 문짝을 열어달라고 얼마나 두려움에 떨며 외쳐댔던가. 그때의 경험은 일도를 반항할 수 없는 무력한 존재로 만들어 버렸고 쉽게 포기할 수 있게 만들어 버렸다.

일도는 터미널에서 손목에 수갑이 채워지는 순간 옛 생각에 불안했고 영순에게 갈 수 없다는 생각에 고통스럽게 반항하다가 애원하다가 좌절하다가 거의 미쳐버린 사람 같았다. 유치장에 갇힌 일도는 죽음까지 생각했었다.

'동맥을 끊으면 죽을 수 있을까. 동맥은 무엇으로 끊어야 하나. 벽에 머리를 박으면 죽을 수 있을까. 혀를 깨물면 죽을 수 있겠지?'

일도의 눈은 이미 사람의 눈이 아니었다. 그러면 그럴수록 일도의 육체는 점점 자유와 더 멀어져만 갔다. 창살과 손목에 수갑이 채워지고 일도를 감시하는 인원이 한 명 더 늘어나 잠시도 눈을 떼지 않는 감시의 눈길만 늘었을 뿐이었다.

'영순은 지금 어떤 상태로 어떻게 지내고 있을까… 지금 나의 처지를 알기는 할까… 나를 지금 애타게 찾고 있을지도 모르는데….'

지칠 대로 지쳐 버린 일도는 축 늘어져서도 영순을 생각했다.
'아아, 사랑하는 사람아….'

관할구역인 Y경찰서에서 일주일 동안 수시로 끌려 나가 조사를 받은 일도는 이제 곧 머지않아 Y구치소로 이송될 것이라고 했다. 군부독재의 공권력은 일도에게 '특정범죄 가중처벌 등에 관한 법률위반, 국가보안법 위반' 등으로 몰아가기 위해 장석규 선배와의 연결고리를 강요했고, 여차하면 국가질서 위반, 북한찬양 등 갖가지 죄를 갖다 붙여 일도의 도피생활을 범죄 인정으로 기정사실화 하려 했다. 일도는 끝까지 대자보의 기고문 협조부분만 사실대로 이야기했다. 그것만 사실이었기 때문이었다.
민주화된 국가라면 절대 죄라고 할 수 없는 사실 기고문에 다름 할 뿐이었다. 아무리 군부독재라지만 경찰이 군화 신고 군복점퍼 입고 공포 분위기 조성하는 국가가 세상에 또 어디 있을까.
일도의 손목에 다시 수갑이 채이고 일도의 몸에는 포승줄이 묶였다. Y구치소 담장이 높게 둘러싸인 곳. 교도소 정문이 열리고 일도를 호송하는 차량이 교도소 안으로 들어섰다. 신원확인 절차가 끝나고 신체검사를 진행하였다. 교도소이니 근무하는 사람들이 교도관들이 분명할 텐데… 교도관들마저 군화에 군복점퍼 차림들이었다.
"앉아, 일어서, 돌아서!"
모든 일처리가 반말에 명령조였다. 나중에는 홀딱 벗게 하더니 항문조사까지 진행하였다. 항문에 은폐물을 숨겨 입소할 수도 있다는 이유였다. 일도는 말로 표현할 수 없는 굴욕감을 느꼈다.
교도소라는 곳이 죄인들이 수감되는 곳 아니던가. 사람 죽인 살인자, 흉기로 남의 재물을 빼앗은 강도, 남의 재물을 훔친 절도자, 분명히 타인에게 악행을 저질러 피해를 입힌 사람들을 수감시켜 교화를 통해 새로운 출발을 할 수 있게 해주는 곳이 아니던가.

그런 것들은 그냥 생각일 뿐이지… 현실은 영화에서나 볼 수 있는 인권유린의 만행이 당연스럽게 펼쳐지고 있었다. 일도에게 하늘색 죄수복이 주어졌다. 일도가 입기를 망설이자 욕설과 함께 군화 발길질이 일도의 종아리뼈에 가해졌다. 일종의 조인트 까기라고 했다.

일도가 죄수복을 입자 무슨 번호판을 손에 들고 벽에 붙어 서서 사진을 찍어야 했다. 그 다음 일도의 손에 밥그릇과 젓가락 한 개, 숟가락 한 개가 들려졌다. 사회에서는 볼 수 없는 것이었다.

교도관의 뒤를 따라 이동한 곳은 4동 상층 11번이라는 방이었다. 철커덩 하고 철문이 열렸고 일도는 안으로 들어섰다. 한 사람이 눕고 나면 조금의 공간이 남을까 말까. 교도관은 요시찰 독거실이라고 했다. 콘크리트 벽과 창살 구석에 화장실 하나만 덩그러니 붙어 있었다.

교도관은 일도에게 앞으로 재판을 받아야 하는 몇 달 동안 이 방에 혼자 있어야 한다고 했다. 일도의 오른쪽 가슴에 4상 11이란 명찰과 왼쪽 가슴에 753번이란 명찰이 붙여졌다. 이제 일도는 최일도가 아니었다. 753번이란 수감번호만 있을 뿐이었다.

"753번, 생활 잘 하길 바란다!"

한마디 남기고 인솔 교도관은 물러갔다.

창살 있는 조그마한 창문 사이로 하늘이 보였다. 그나마 하늘이라도 볼 수 있으니 천만다행이었다. 잠시 넋 놓고 창가 너머로 하늘을 쳐다보던 일도는 등을 벽에 기대고 스르르 주저앉았다.

희망찬 꿈을 가득 안고 힘차게 출발했던 대학생활이었다. 스스로 학문의 깊이에 만족하였고 블랙스톤에서의 생활도 만족했었다. 아무런 문제도 없었고 문제될 것도 없었다. 그런데 참으로 기구한 운명이 되어 버렸다. 도대체 왜 일도에게 이런 일이 일어난 걸까….

장석규 선배와의 만남, 그리고 영순과의 만남과 사랑은 일도에게 청춘의 전부였다. 어쩔 수 없는 도피생활 과정에 얻어진 결실이었지만 너무 애틋하고 뜨거웠던 영순과의 사랑이 일도의 미래에 영원히 함께할 것을 조금도 의심하지 않았다. 밝은 날은 반드시 올 것이러 그렇게 믿어 의심치 않았다.

그러나 이제 밝은 날이 오면 무엇 하랴. 사랑하는 사람이 같이할 수 없다면 밝은 날이 무슨 기쁨이 될까.

'이렇게 좁은 공간에 갇혀 반항 한번 제대로 해보지 못하고 허무하다 못해 살아있다는 것조차도 느껴지지가 않는구나.'

일도는 몸의 기운이 쑤욱 빠지는 것이 느껴졌다. 일도는 벽에 기대고 앉아있을 기운조차 느끼지 못하고 옆으로 쓰러졌다.

그런데 잠깐 졸았는지, 잠이 들었었던지, 무슨 소리에 일도는 눈을 뜨고 귀를 쫑긋 세웠다.

"11번 방! 11번 방!"

집중해서 들어보았더니 '11번 방'이라고 부르는 게 분명했다.

'근데 11번 방은 무슨 뜻일까… 누굴 부르는 것일까?'

일도는 순간 자신의 오른쪽 가슴에 4상 11이란 헝겊명찰의 숫자가 붙어 있음을 생각했다.

"혹시 저를 부르는 건가요?"

일도는 소리 나는 쪽을 향해 숨을 죽이며 아주 조용히 물어보았다. 상대방의 음성이 긴밀히 속삭이듯 들려왔기 때문이었다.

"예… 맞아요. 화장실 쪽으로 오세요. 그러면 서로의 말이 잘 들릴 겁니다."

일도는 화장실 쪽으로 자리를 옮겼다. 화장실 문짝이 있기는 했으나 투명 비닐로 문칸을 만들어 복도로 왔다갔다 하는 교도관의 눈에도 화장실 안이 보이게 만들어져 있었다.

화장실 쪽으로 옮겨 보니 옆칸 방과 같이 볼록 튀어나와 붙어 있는 화장실이었다. 아주 조그만 창문이 있었는데 옆칸에도 창문이 있는 듯 옆방에서 하는 말이 선명하게 들려왔다.

"안녕하세요, 저는 밤색 명찰 김성호입니다."

"아 예, 저는 최일도입니다. 근데 밤색 명찰이라는 게 무슨 뜻입니까?"

일도는 자신의 가슴에 붙어 있는 명찰의 색깔을 보았다. 밤색이었다.

"예, 밤색은 요시찰을 뜻합니다. 교도관들이 집중 감시를 할 것입니다. 하지만 자존심 버리고 잘 사귀어 놓으세요. 그래야 조금이라도 숨통이 트입니다."

"아 예…."

"참, 그리고 교도소 생활하시는 데 조금이라도 도움이 될 테니 기억해 놓으세요. 명찰이 일반 수감자는 흰색, 조직폭력배는 노란색, 사형수는 빨강색, 밤색은 국가보안법입니다. 교도소 내에서 운동시간이나 접견 시에 이동할 때 밤색 명찰은 우리들의 동지이니 눈빛으로 인사 나누시기 바랍니다."

"아 예!"

"그리고 통방하다 들키게 되면 창문도 없는 독거실로 가야 하니 서로 간에 조심해야 합니다. 앞으로 제가 눈치껏 부를 때 화장실로 오시면 됩니다. 밥맛이 없어도 억지로라도 나라에서 주는 밥 드시고 방에서 제자리 걷기 운동 좀 하시면 분노를 참아내는 데 도움이 되실 겁니다. 이제… 얼른 방으로 가십시오."

일도는 방으로 돌아왔다. 잠깐 사이의 대화였는데 마음이 엄청나게 편해지는 것을 느꼈다. 사방이 망망대해인 바다에서 섬을 발견한 것 같은 그런 느낌이랄까.

'그럼 그렇지… 사람이 죽으란 법은 없다.'

좁디좁은 교도소의 독거실에 갇히는 순간 언제까지 이 좁은 공간에서 혼기 괴로워해야 하나 은근히 걱정했던 일도는 정말 구세주라도 만난 듯이 몸과 마음이 가벼워졌다. 이때부터 옆방 김성호의 호출만 기다리게 되었다.

김성호는 교도소 생활에 익숙했던지 교도관들의 감시가 뜸해지는 시간을 훤히 꿰차고 있는 듯했다. 아침 6시에 기상해서 6시 10분에 점검이란 걸 했다. 일도가 방에 제대로 있는지 없는지 그걸 확인하는 시간이었다.

물은 하루에 한 번 양동이 한 개의 양을 주었다. 일도는 날마다 아침 6시 30분이면 양동이에 물을 길어다가 세면장에서 토끼 세수를 하고 부랴부랴 양동이에 물을 길어 11방으로 돌아와야 했다.

정해진 시간이 그러했다. 일도는 그 양동이 물 한 통으로 청소하고 설거지하고 모든 걸 해야 했다. 처음에는 물이 항시 부족했으나 나중에는 요령이 생겼다. 며칠 지나자 남는 물을 가지고 샤워도 할 수 있었다. 옆방의 김성호가 도움을 주었음은 물론이었다.

일도는 옆방의 김성호를 한 번만이라도 보고 싶었으나 볼 수가 없었다. 일도가 세면장 쪽을 가려면 김성호의 방을 지나야 했으나 식구통이라는 조그마한 구멍이 무릎 아래쪽에 있을 뿐이고, 철제 출입문에 감시용 창살문이 조그마하게 있으나 교도관의 감시 때문에 방 안을 잠시라도 훔쳐보는 것은 불가능했다. 하루 30분의 운동시간에도 요시찰은 반드시 운동을 혼자서 하게 했다.

교도소의 그러한 행정을 김성호는 멋지게 웃으면서 귀빈 행정이라고 비아냥대었다. 개인 운동장에 개인 경호원이 있는 귀빈 중에 귀빈이 우리들 밤색 명찰이라고 말이다. 김성호의 그 말에는 일도도 웃지 않을 수 없었다.

7시에는 아침식사 시간이었다. 식구통이라는 주먹 두 개 크기 정도의 구멍으로 음식이 들어왔다. 콩과 보리와 쌀이 혼합된 밥이 막걸리 대접 모양으로 찍혀 나왔는데 그걸 수감자들은 '가다밥'이라고 부른다고 했다. 국을 포함해 1식 3찬이 나오는데 국이나 반찬이나 사람이 먹기에는 제대로 된 음식이라고 할 수 없었다.

그나마 요시찰인 밤색 명찰들에게는 음식을 신경 써 주는 것이라고 했다. 왜냐하면 밤색 명찰의 수감자들은 교도소 내의 인권상황이나 재소자들의 생활소식 등을 바깥세상에 다양한 방법을 통해 알리기 때문이라고 했다.

아침식사가 끝나고 나면 또 점검이 이루어졌다. 그 이후 한 시간 정도가 일도와 김성호에게는 자유로운 통방시간이나 마찬가지였다. 면회나 운동이나 모두 9시 이후부터 진행되기 때문에 한 시간 정도는 완전한 공백의 시간이었다. 일도는 날마다 그 시간을 기다렸다. 김성호와 통방하다 보면 시간이 언제 지나갔나 모를 정도였고 궁금한 것들은 김성호가 모두 알려주었다. 또한 김성호와 시국 관련 대화를 나누다 보면 마음이 후련해지기도 했다.

김성호의 성격은 매사가 적극적이고 긍정적인 성격의 소유자인 듯했다. 머지않아 군부독재의 종말이 올 것이라 단언하였다. 동지들의 단결과 단결된 힘의 미래를 반드시 믿으라는 것이었다. 김성호의 그런 믿음과 에너지는 어디에서 나오는 것인지 일도는 부러우면서도 자신이 부끄러웠다.

일도에게는 오전에 30분의 운동시간이 주어졌다. 사방이 높은 담장으로 막힌 독거실 수용자 전용 운동장은 아주 작았다. 그 작은 운동장에 일도 또래의 경비교도대 1명이 감시하고 또 다른 교도관 1명이 감시를 했다.

일도는 그저 시간이 다 되었다는 얘기가 나올 때까지 걷기만 했다. 이때가 일도에게는 영순에게 가장 집중할 수 있는 시간이었다.

한 걸음 한 걸음 걷기운동을 할 때마다 일도는 마음속으로 되뇌었다.

'영순은 일어난다. 영순은 희귀병이 아니다. 우리는 행복해질 거다. 영순은 건강해진다.'

11시 30분이면 점심 배식시간이었다. 혼자 먹는 교도소 음식이 맛있을 리 없었지만 김성호의 말대로 일도는 살기 위해 악착같이 먹었다. 설거지를 끝내고 나면 책을 볼 수 있는 시간이 여유롭게 주어졌다. 교도관들이 수시로 일도를 살피고 갔지만 그때마다 책을 보고 있는 일도에게 교도관들은 교도소 내에 있는 책들을 갖다주기도 했고 보고 싶은 분야의 책을 물어보기도 했다. 일도는 책 읽기를 워낙 좋아하기도 했지만 책을 보는 동안만큼은 다른 생각들이 들지 않아 이 시간을 너무너무 좋아했다.

오후 5시면 점검이 이루어졌고 5시 30분이면 저녁 배식이 이루어졌다. 6시 30분에 마지막 점검이 끝나고 나면 저녁 9시 취침시간이 될 때까지는 10분에 한 번씩 교도관이 순시하는 것 빼고는 별다른 일정이 없었다.

일도와 김성호는 공백시간들을 최대한 활용하여 들키지 않게 통방을 했다. 김성호는 K대 정치외교학과 복학생이라고 했다. 전국대학생 연합회의 조직분과 위원장이라고 했다. 김성호는 일도에 대해 조금은 알고 있다고 했다. 일도가 대자보에 기고하고자 했던 내용에 대해 들은 기억이 있다고 했다. 안타까운 일이나 그 뜻은 전국에 알려졌을 것이라고 했으나 일도는 그저 인사치레라고 생각했다.
　김성호는 수배되었던 일도가 구속되었음을 조직의 동지들에게 알리겠노라고 했다. 훗날 정치 이력을 위해서라도 많은 이에게 알리는 것이 좋다고 했다.
　그러나 일도는 반대했다. 자신은 이제 더 이상 어떤 명분이 있더라도 민중의 요람이나 대학연합 조직에서 하는 일들에는 관여하지 않을 것이라며… 어떤 세력과도 엮이지 않겠다는 뜻을 분명히 했다. 또한 일도는 구속에서 풀려나게 되면 고향으로 돌아가 조용히 살 것이라고 김성호에게 밝혔다.
　솔직히 말해 일도는 자신의 미래에 대해 어떻게 하겠다고 최종 결정한 것은 아무것도 없었다. 일도가 결정한다고 해서 일도의 인생이 그렇게 될 리도 없겠지만 어찌됐든 일도는 정치의 꿈은 눈곱만큼도 없었다. 아니, 상상 자체도 해본 적이 없었다.
　일도가 운동권 동지들에게 정치미래에 관한 한 뜻이 없음을 필요이상 부인하는 데는 그만한 이유가 있었다. 김성호와 통방을 하면서 외로운 독방생활에 활력소가 되고 고통을 조금이나마 덜 수 있는 것에 대해서는 무한히 감사했다.
　그러나 많은 운동권 선배들이나 동지들은 현재 군부독재 정권에 대한 항거를 자신들의 훗날 정치이력으로 활용하고자 꽤 많은 사람들이 운동권에 포진하고 있던 것도 사실이었다. 그들은 멀리는

4 · 19 선배들을 모델로 삼았으며 역사적으로 가까이는 6 · 3 세대 및 유신항거 세력들의 맥을 이어받은 선배들이자 동지들이었다.

물론 항거세력의 맥이 이어져야만 하는 이유가 있었지만 일도는 사필귀정이 역사의 순리라고 생각했다. 하늘의 뜻을 거스르는 자가 하늘이 내리는 벌을 받게 될 테니 말이다. 김성호와의 통방을 통해 일도는 생각과 시야의 폭을 넓히는 계기가 되었다.

김성호는 복학생답게 자신의 목적이 뚜렷했다. 그러나 은연중에 나중에라도 자신의 정치이력에 일도의 활용도에 대한 김성호의 생각이 통방 내용 중에 묻어날 때마다 일도는 정말 서글픔이 느껴지기도 했다. 때문에 일도는 선을 분명히 긋고 관계를 유지하고자 했다.

일도의 교도소 생활이 일주일 정도 되었을 때 일도의 편지를 받은 외삼촌께서 어머니와 함께 찾아오셨다. 도피생활을 할 때는 하고 싶어도 할 수 없던 편지였다. 일도는 어머니께서 놀라 충격을 받으실 것이 염려되어 외삼촌께 신신당부하는 내용을 편지로 드렸었다.

어머니는 일도를 보자마자 눈물을 보이셨다. 일도의 손이라도 잡아보려 하셨으나 가로막힌 철창 때문에 그럴 수는 없었다. 한마디 말씀도 못하시고 눈물만 흘리시는 어머니의 얼굴에 잔주름이 그득해 보였다. 어머니의 눈물을 보면서 일도의 가슴 한구석에서 울컥 뜨거운 것이 밀려왔다.

무슨 말이 더 필요하랴. 아버지가 일찍 떠나신 세상에서 일도는 어머니에게 있어 존재의 이유였다.

어머니는 면회시간이 끝났다는 교도관의 말에 간신히 한마디 하셨다.

"미안허다… 일도야, 엄마가 미안허다."
면회시간이 끝났다는 교도관의 재촉에 외삼촌은 어머니를 부축해 나가셨다. 일도의 얼굴을 한 번만이라도 더 보기 위해 어머니는 떨어지지 않는 발걸음으로 끌려가다시피 하셨다.
허벅지를 꼬집으며 울음을 참았던 일도는 접견실 밖으로 나오자 끝내 참았던 뜨거운 눈물이 터지고야 말았다. 이 잠깐의 면회를 위해 어머니는 새벽밥을 드시고 길을 떠나셨을 것이었다. 아니 식사를 전폐하셨을지도 모른다.
면회시간 내내 우시는 어머니의 입술이 계속 떨리고 있음을 일도는 보았다. 참으로 잔인하고 고통스런 세상이었다. 시골로 내려가시는 동안 어머니는 얼마나 많은 눈물을 흘리실 것인가?
부모가 된 것이 무슨 죄이기에… 어머니는 얼마나 고통스런 가슴앓이를 또 하실 것인가. 차라리 하늘이 무너져 내렸으면….
'어머니, 어머니… 죄송합니다.'
한바탕 실컷 울고 났더니 가슴속 응어리가 줄어든 듯 마음이 조금 가벼워졌다. 방으로 돌아온 일도는 집필을 신청했다. 집필실로 이동한 일도는 편지를 쓰기 시작했다.


그리운 어머니!
면회실에서 어머니를 뵙고 나서 이 편지를 씁니다.
못난 이 아들 때문에 어머니의 눈물이 모두 말라 어찌합니까.
이제 다시는 어머니의 눈에 눈물이 없도록 오늘 어머니의 눈물이 말라 버렸으면 좋겠습니다.
어머니, 이 못난 아들 걱정되더라도 울지 마세요.
이 못난 아들은 끝내 울지 않았습니다.
이제 앞으로 어머니와 제게 더 이상의 아픔은 없을 것입니다.

어머니의 아들로 태어나 아낌없는 사랑을 받고 자랐습니다.

어머니의 아들이어서 저는 행복하고 어머니의 아들이어서 저는 소중했습니다. 이 아들의 어머니이기에 어머니도 행복하시리라고 믿습니다. 이 아들의 어머니이기에 어머니도 소중하시다는 것을 아시리라고 생각합니다.

이 못난 아들이 단 한순간도 어머니 잊지 못하듯 어머니께서도 이 못난 아들 한순간도 잊지 못하실 것이라 생각합니다.

어머니, 그러니 이제는 울지 마세요. 헤어져 있어도 같이 있는 것입니다. 이 못난 아들이 갇혀 있어도 어머니와 저 사이에는 담장이 없습니다.

그리운 어머니, 이 못난 아들이 한 여인을 사랑했습니다. 그러나 하늘이 허락지 않아서 그 사랑이 우리 가족의 울타리 안으로 들어오지 못하고 끝내 타인이 되어 버리고 말 것 같습니다.

그리운 어머니, 사랑하는 사람을 보내고 그 슬픔이 얼마나 크셨습니까. 아버지에 대한 어머니의 사랑을 그때는 정말 몰랐습니다. 이제 이 못난 아들이 조금 컸나 봅니다. 어머니의 마음을 조금이나마 이해할 수 있을 것 같습니다.

그리운 어머니, 이 못난 아들은 이제 몸과 마음을 건강하게 하려고 합니다. 어머니도 몸과 마음을 건강히 하세요.

그리운 어머니, 이 못난 아들은 삼시 세끼 식사를 참으로 잘 먹고 있습니다. 먹고 돌아서면 배가 고플 정도입니다. 왜 이렇게도 밥맛이 좋은지 모르겠습니다.

또한 이 아들은 잠도 아주 잘 잡니다. 꿈에서 어머니를 만날 수 있기 때문입니다. 잠을 잘 자서 아침에 눈을 뜨면 기분이 아주 상쾌하고 마음이 가볍습니다.

어머니 또한 마음 편히 잘 주무셔야 몸과 마음이 건강하십니다. 꼭 그렇게 하셔야 합니다.

그리고 사랑하는 동생들은 보아라.

우리 가족은 강한 가족이며 우리 가족은 사랑으로 똘똘 뭉친 가족임을 명심해 다오. 우리 가족은 지금도 행복한 가족이며 앞으로는 더욱더 행복한 가족이 될 것이다.
너희들의 웃음이 가족을 좀 더 행복하게 할 것이며 너희들의 웃음이 어머니에겐 기쁨이 될 것이다.
우리는 행복한 가족임을 모두 잊지 말자.

그리운 어머니
이 아들은 어머니의 아들이기에 너무 감사하고 고맙습니다.
그리운 어머니 사랑합니다. 또 편지 올리겠습니다.

— 아들 일도 올림


천상미 계곡을 1년여 만에 다시 찾은 일도는 예전의 아름다운 풍경 그대로인 계곡에서 한동안 넋을 잃고 앉아 있었다.
강 건너 '인생쉼터'도 그대로였고 올해도 여전히 빡빡머리는 옥수수 농사를 짓고 있었다. 영순과 함께 걸었던 조약돌 강변도 그대로였다.
'낙원.'
영순은 이곳을 낙원이라고 표현했었다.
'자유 상실.'
그래, 다른 사람을 사랑할 수 있는 자유를 상실한 거야.
'나쁜 사람.'
그렇게 갈 거면 왜 그토록 간절히도 사랑했단 말인가. 혼자 남아 있는 일도는 어쩌란 말인가.
천상미 계곡을 찾아오기 전 일도는 태백을 찾아갔었다. 일도는 구속된 지 4개월이 거의 다 되었을 때 풀려 나왔다. 재판은 네 번이나 연기되었다. 지쳐버린 일도는 모든 걸 포기하고 인정했다. 검찰의 조서 내용대로 모든 걸 인정하고 반성문을 제출하면 즉시 집행을 유예하는 조건으로 출소할 수 있다는 제안을 받아들였다.

억울한 마음에 굴복하고 싶지 않은 독기도 있었으나 다 부질없는 짓으로 여겨졌다. 영순이 없는 이 세상에서 어디에 있고 무엇을 한들 뭐가 그리도 중요할쏘냐.

일도의 편지를 받고 면회를 왔던 블랙스톤 사장 내외는 일도의 재판에 변호사까지 선임해 주면서 온갖 정성으로 일도를 뒷바라지 해 주었다.

일도는 영순을 제일 먼저 부탁했었다. 그러나 영순은 이미 서울에 없다는 것이었다. 아니 영순은 이미 이 세상에 없다고 했다. 그때 일도는 자신이 살아있음을 느낄 수가 없었다. 일도의 나이 이제 겨우 스물둘이었다.

일도는 그동안 일어났던 일들에 대해 정말 자신이 겪었던 일들이었는지 의아심이 들었다. 철없던 나이에 한 집안의 가장이 되어 옆도 뒤도 돌아볼 정신도 없이 오직 앞만 보고 열심히 살아왔고, 살아가면서 닥칠 수 있는 생활의 어려움쯤은 얼마든지 극복할 수 있다고 자신하였다.

그러나 일도 앞에 펼쳐지는 고통 앞에 마치 자신이 겪은 일이 아닌 다른 사람이 겪는 고통을 옆에서 지켜보면서 같이 휩쓸려가는 것은 아닌가 하는 착각마저 들 정도였다.

'이제 영순은 이 세상에 없다.'

일도는 속으로 되뇌어 보았다. 그러나 마치 남의 일처럼 전혀 실감할 수가 없었다.

일도는 출소하자마자 블랙스톤을 찾아가 사장 내외에게 감사의 뜻을 표하고 바로 어머니께로 갔다. 이틀 동안 어머니와 함께 보낸 일도는 태백을 찾아가기로 마음먹었다.

영순의 부모님을 만나보고 싶었다. 이제 와서 무슨 소용이 있으랴마는 그래도 혹시나 하는 마음도 있었고 영순의 흔적을 조금이라도 찾아보고 싶었다.

일도는 태백으로 가는 버스 안에서 조약돌을 꺼내 보았다. 영순이 하숙집을 떠나던 다음 날부터 일도는 조약돌을 작품으로 만들기 시작했었다. 하트 모양의 목걸이를 만들어 영순의 목에 걸어주겠다는 일념으로 쇠줄톱과 조각칼, 사포 등을 동원해서 만들다 만 조약돌 목걸이였다.

영순의 부모님이 운영하는 약초 농장은 태백의 시외버스 터미널에서 다시 '소도'라는 동네로 한참을 더 들어가야 하는 곳이었다. 민가 일곱 채 정도가 있는 작은 마을 한가운데 야트막한 동산이 있었다. 그 동산의 삼분의 일 정도가 오랜 세월 정성들여 가꾼 듯 농장이 꾸며져 있었다.

'태백 안선준 약초 농원'이란 간판이 눈에 들어왔다.

여러 가지 팻말로 표기된 약초 농원 진입로를 따라 조금 언덕배기를 올라가니 아담한 2층 기와집이 모습을 드러냈다.

문패에 '안선준'이란 이름이 표기된 걸로 보아 영순의 부모님 댁이 분명해 보였다. 일도는 길게 심호흡을 했다.

"계십니까?"

대문이 살짝 열려 있어서 일도는 안으로 들어서며 말했다.

"안에 계십니까?"

다시 한 번 불러도 안에서는 기척이 없었다. 일도는 어쩔 수 없이 밖으로 나와 농원을 한 바퀴 둘러보기로 했다. 참마시나무, 개똥쑥, 황지, 골담초 등 약초의 종류가 수십 가지는 되는 듯했다. 농원의 한쪽에는 약초 건조장인 듯한 시설물이 있었고 약간 경사진 능선에는 계단식 논처럼 농원을 가꾸어 오랜 세월 정성이 많이 들어간 걸 느낄 수 있었다.

영순은 이곳에서 꿈 많은 소녀 시절을 보냈을 것이었다. 이렇게 아름다운 곳에서 꿈을 키웠으니 그토록 아름다운 시적 언어를 많이 표현할 수 있었으리라.

'이곳에서 영순을 만날 수 있으면 얼마나 좋을까? 정녕 이렇게 많은 약초들 중에 영순에게 도움이 되는 약초는 없었단 말인가.'

안타까움이 밀려왔다.

천천히 농원을 한 바퀴 둘러보면서 일도는 다시 아담한 기와집을 찾았다. 대문은 아까와 마찬가지로 살짝 열려 있었다. 대문 안으로 들어서려던 일도는 잠시 동작을 멈추고 살펴보니 좀 전에 본 것 같지 않은 차가 한 대 늘어나 있었다.

일도는 집안에 영순의 부모님이 계실 것을 확신하고 옷매무새를 가다듬었다.

"계십니까?"

잠시 후 현관 출입문이 열리더니 개량한복 차림의 아주머니 한 분이 모습을 나타냈다. 단아하게 빗어 넘긴 머리와 이마의 모습이 영락없이 영순의 모습이었다.

'영순이가 나이 먹어 아줌마가 되면 이런 모습일까?'

"혹시… 일도… 최일도 학생?"

영순의 어머니께서 먼저 말문을 여셨다.

"예, 제가 최일도입니다."

일도의 음성이 가늘게 떨리었다. 영순의 어머니가 다가와 일도의 두 손을 꼭 쥐었다. 금세 영순 어머니의 눈에 눈물이 그득했다.
'아… 이 눈물의 의미는 무엇인가?'
혹시나 영순의 죽음이 사실이 아니기를 일도는 얼마나 갈망하고 기원했던가. 짧은 생애, 짧은 사랑을 하고 영순이 세상을 떠난 것이 사실이었다. 일도와 영순의 어머니는 한동안 아무 말도 하지 못했다. 무언의 정적 속에서 서로의 아픔을 느낄 뿐이었다.
"모든 게 사실이었군요… 어머니께서 얼마나 힘드셨습니까? 죄송합니다. 이제 와서…."
일도의 목소리가 떨리다 못해 갈라지고 있었다. 한참 동안을 아무 말도 못하고 일도의 손을 잡고 있던 영순의 어머니는 간신히 눈물을 머금고 일도를 집안으로 안내했다.
영순의 아버님이 일도가 찾아온 걸 알고 계셨던 듯 거실에서 일도를 맞이했다. 일도는 두 분께 큰절로 인사를 올렸다. 서글픔이 밀려와 서로 아무 말 못하고 잠시 정적이 흘렀다.
"우리 아이한테 자네 얘기를 많이 들었네. 힘들게 갔지만 좋은 곳으로 잘 갔을 걸세…."
영순의 아버님은 힘겹게 말문을 여셨다. 영순의 부모님은 절에 다녀오셨다고 했다. 앞으로도 3년 동안 계속 불공을 드릴 거라고 했다.
영순은 대학생활을 시작하고 두 달쯤 되었을 때 부모님께 일도의 이야기를 처음으로 했단다. 환영회 때 있었던 이름 삼행시 짓기도 얘기했고, 남태령의 이모집에서 학교를 다니면서 생활하다가 어쩌다 한 번씩 태백 집에 들르면 얘기 중의 절반 이상이 일도에 관한 이야기였다고 했다.
다른 남학생들은 자신에게 잘 보이려고 온갖 구실을 만들어 접근하는데 일도는 여학생들에게 전혀 관심도 없는 듯 자기 일만 하는 재미없는 남자라고 했단다. 동갑내기 대학 동기인데도 마치 큰오빠처럼 느껴져서 같이 있으면 든든한 마음이 생겨서 좋다고 했단다.

처음 병원에 입원했을 때 일도가 보고 싶은데 아픈 모습을 보이면 안 된다면서 금방 나을 거니까 이쁜 모습으로 만나야 된다며 병실에서 화장도 했었다고 했다.

영순이 불치병이라는 걸 알았을 때 일도라면 자신의 병을 고쳐 줄 수 있을 것이라며 일도에게 가자고 부모님을 졸라대기도 했단다. 부모님은 영순을 데리고 일도에게 가볼까 하고 생각도 해보았으나 나중에는 영순이 그럴 수 없다고 했단다. 몰라보게 말라 버린 자신의 모습을 보고 이런 모습을 일도에게 보일 수는 없다며 울부짖기도 했단다.

일도는 더 이상 부모님의 말씀을 듣고 앉아 있을 수가 없었다.
'얼마나 고통스럽고 괴로웠을까….'

일도는 가슴을 칼로 도려내는 듯한 쓰라림을 느꼈다. 그렇다고 영순의 부모님 앞에서 대성통곡을 할 수는 없었다. 하나밖에 없는 소중한 딸을 잃은 부모님의 마음을 더 아프게 할 수는 없었다.

일도는 양해를 구하고 밖으로 나왔다. 일도는 아까 보았던 약초 건조장이 떠올랐다. 뛰다시피 건조장에 도착한 일도는 참고 참았던 울음을 터트렸다.

울어도 울어도 마음이 풀리지 않았다. 영순이 그토록 고통스럽게 삶을 마감할 때 잠시도 같이 있어 주지 못한 죄책감에 가슴은 갈가리 찢어지고 목에서는 짐승 같은 울부짖음이 터져 나왔다.

그렇게 미친 듯이 몸부림치며 얼마나 울었을까. 누군가 일도의 양 어깨를 감싸 안는 손길을 느낄 수 있었다.

영순의 아버님이었다. 일도는 울음을 그치려 했다. 그러나 그럴수록 서글픔은 더욱 커져만 갔다. 영순의 아버님은 일도의 서글픔을 달래려 하지 않았다. 결국 일도는 영순의 아버님 품에 얼굴을 묻고 한없이 울고 또 울었다.

한바탕 서럽게 울고 난 일도는 영순 아버님의 손에 이끌려 집안으로 들어왔다. 거실의 탁자 위에 네모난 상자가 보자기에 싸여 있었다.

"우리 아이 유언이었네."

순간 일도의 표정이 굳어졌다.

"천상미 계곡에 뿌려 달라고 하더군. 그 아이는 좀 늦어지더라도 자네가 올 걸 알고 있었네. 자네 손으로 뿌려 달라는 유언이었네."

영순의 아버님은 담담하게 말씀하셨다.

"유언이 또 하나 있네."

일도는 영순의 아버님을 쳐다보았다.

"1년에 한 번! 그 아이가 뿌려진 곳을 찾아달라더군. 7월 마지막 날이라고 했네. 그날은 꼭 그 아이가 뿌려진 곳을 찾아달라더군."

영순의 아버님은 말씀을 끝내자 보자기에 싸인 네모난 상자를 일도 앞으로 내밀었다.

'7월 마지막 날!'

일도의 머릿속에 지난날의 추억이 생생하게 떠올랐다. 바로 그날이었다. 일도와 영순은 그날 영원히 함께할 사랑을 나누었다. 온 세상을 다 얻은 듯 일도와 영순은 미치도록 행복했었다.

그날의 소중했던 사랑을 남겨두고 영순은 어디로 갔는가. 이제 이승과 저승 사람으로 갈라져 애절한 그리움으로만 만나야 하는 아픈 인연이 되어 버렸다. 일도는 영순의 타버린 육체가 담긴 네모난 상자를 소중히 가슴에 안았다.

　천상미 계곡에서 넋을 잃고 흘러가는 강물을 바라보며 상념에 잠겨 있던 일도는 주머니에서 조약돌을 꺼내었다.
　'이렇게 미완성으로 끝날 운명이었나?'
　목걸이를 만들기 위해 손에 물집이 잡히도록 정성들여 만들어 가던 목걸이였다. 오직 영순이 기뻐하는 모습을 보고 싶다는 일념 하나였다.
　영순의 목은 가녀린 듯 길었다. 어떤 액세서리를 하더라도 잘 어울릴 것 같은 그런 여자였다. 일도는 이 세상에서 오직 하나밖에 없는 목걸이를 만들어 주고 싶었다. 정성과 사랑이 가득 담긴 선물로 말이다.
　'천년이 지나도 변치 않을 사랑의 선물을 해주고 싶었는데….'
　일도는 영순과 함께 걸었던 조약돌 강변으로 눈길을 돌렸다. 영순이 조약돌 강변을 걷고 있는 듯한 환상이 보였다.
　'하늘이 우리 사랑 지켜줄 거예요. 잠시 떨어져 있더라도 우리 사랑 무럭무럭 잘 키워요 우리….'
　'인생쉼터'에서 마지막 날 저녁을 보내면서 영순은 말했었다. 시 쓰고 싶을 때 시 쓰고, 졸릴 때 잠자고, 여행하고 싶을 때 여행하고, 배고플 때 밥 먹고, 일도 닮은 아들 낳고, 영순이 닮은 딸 낳고, 재미있게 살다가 일도와 함께 한날한시에 떠나는 것. 영순은 그것이 꿈이라고 말했었다.
　'나쁜 사람.'
　일도는 혼자 속으로 되뇌었다. 이토록 아름다운 강변에 영순을 뿌려야 한다는 사실에 일도는 주변을 다시 한 번 둘러보았다. 영순이 깊은 물은 무서워할 것 같았다. 영순의 환상이 보였던 조약돌 강변을 다시 살펴보았다.

일도와 영순은 손잡고 조약돌 강변을 걸었었다.

'자유상실…. 자유상실이 아니라 난 사랑을 상실한 것이 아닐까. 아니다. 내가 이렇게 생각한다면 영순이 엄청나게 슬퍼할 거야. 그래, 난… 당신을 잊을 수 있는 자유를 상실한 거야.'

일도는 조약돌 강변에서 영순을 한줌 뿌렸다. 무수한 조약돌 위로 발등 높이의 강물이 흐르고 있었다. 일도가 뿌리는 영순의 한줌… 한줌은 조약돌 위에 살며시 가라앉았다가 천천히 아주 천천히 강물을 따라 흘러가기 시작했다.

'영순이 가는 끝은 어디일까? 남한강을 거쳐 서해 바다로 가는 걸까? 영순을 흘러가게 해서는 안 되는 것 아닌가?'

일도는 1년에 한 번 꼭 이곳을 찾아달라 했다는 영순의 유언을 생각해 냈다.

영순이 정확하게 원하는 것이 어떤 것이었을까. 강물에 흘러가게 하는 것이었을까. 아니면 이곳에 영원히 머물게 하는 것이었을까. 고민 끝에 일도는 영순의 모든 것을 강물에 뿌려주기로 했다.

'여행하고 싶을 때 여행하고….'

일도는 영순이 넓은 바다로 나가 이 세상 모든 곳을 여행하고 싶을 것이라고 생각했다.

일도는 마지막 한줌까지 뿌리면서 속으로 되뇌었다. 제주도, 홍도, 일본, 대만, 미국, 영국… 바다를 통해 갈 수 있는 모든 나라들을 영순이 여행하길 기원했다.

영순을 모두 뿌려주고 난 일도는 한 통의 편지를 썼다.

당신을 사랑해서
미안합니다.
사랑하니 구속해서
미안합니다.
당신의 사랑을 받은 이가
나여서 미안합니다.
당신을 사랑한 이가
나여서 미안합니다.

당신과 인연되어
미안합니다.
당신을 지켜주지 못해
미안합니다.
당신의 눈물을 닦아주지 못해
미안합니다.
당신 먼저 가게 해서
미안합니다.

당신을 뿌린 이가
나여서 미안합니다.
당신을 천상미에 두고 가는 이가
나여서 미안합니다.

미안하다 말해서 미안합니다.

너무 미안합니다.
너무 너무 미안합니다.
이제는 내려놓으렵니다.
내려놓는 자리에 당신의

권한을 얹으소서.
이제는 비워 놓으렵니다.
비워 놓는 자리에 당신의
한을 채우소서.
먼저 가게 해서 미안합니다.
가는 길 힘들어도
그냥 가라 해서 미안합니다.
당신을 보내는 이가
나여서 미안합니다.

 일도는 편지를 곱게 접어 비닐봉투 속에 넣었다. 일도는 주머니에서 조약돌을 꺼내었다. 미완성 목걸이였지만 이제는 영순에게 보내줄 참이었다.
 일도는 편지와 조약돌을 비닐봉투로 한겹 한겹 물이 스며들지 않게 정성껏 포장했다. 물위에 띄워 놓자 비닐봉투는 강물을 타고 서서히 흘러가기 시작했다. 일도는 비닐봉투가 보이지 않을 때까지 천상미 계곡에서 꼼짝 않고 서 있었다.
 영순을 보낸 일도의 가슴에 휑하니 찬바람이 불었다.
 일도는 숨을 길게 들이 쉬었다. 그리고 길게 숨을 내쉬었다.

실전 **기획부동산 05.**

# 기획부동산

일도는 이제 중간 관리자가 되었다.

처음 기획부동산을 시작했을 때 HS빌딩의 11층 SH개발의 영업 D팀에서 팀사원으로 출발해서 6개월 동안 단 한 건의 계약도 성사시키지 못했던 일도였다. 그러나 이제 일도는 강남에 존재하는 기획부동산 업체들의 집중적인 스카웃 대상이 되어 있었다.

일도는 이제 팀장으로서 팀원을 관리하면서 실적을 만들어 내는 중간관리자로서 최고의 위치에 서기 위해 일도 특유의 부지런함과 조직관리 능력을 유감없이 발휘하고 있었다.

일도는 우선 중간 관리지로서의 자질을 갖추기 위해 남모르는 노력을 쏟아 부었다. 일도는 항상 제일 먼저 출근하고 제일 늦게 퇴근했다. 일도가 사원일 때 누군가가 말했었다.

"팀장은 출근하는 사원의 뒷모습을 보아서는 아니 되고, 퇴근하는 팀장의 뒷모습을 사원들에게 보여서는 아니 된다."

당연한 조직 관리론을 이야기한 것이었지만 단순히 팀장은 부지런해야 한다는 얘기보다 받아들이는 사람에게 얼마나 많은 공감대를 만들어 내는 말인가 싶어 일도의 가슴속에 깊이 남아 있었다.

일도는 그동안의 경험을 바탕으로 자신이 걸어가야 할 팀장의 모습을 스스로 정리하고 있었다. 영업조직의 팀장이란 자신이 운영하는 팀에서 최고의 실적을 창출해야만 최고의 팀장으로 인정받을 수 있는 것이 지극히 당연한 현실이었다. 기계가 하는 일이 아닌 이상 영업은 사람이 하는 것이다. 일도는 팀의 조직 관리를 위해 조직원의 구성방법에 대한 나름대로의 원칙을 설정했다. 땅을 팔 수 있는 사람으로 인원 구성하는 것을 첫째 원칙으로 했다.

판매하는 상품이 토지이므로 토지를 팔 수 있는 사람을 팀원으로 구성해야 했다. 토지를 팔 수 있는 사람은 어떤 사람인가. 토지를 살 수 있는 사람을 많이 알고 있거나 아니면 개척할 수 있는 사람이었다. 그렇다면 남자, 여자 중에 누가 더 토지를 잘 판매할 수 있을까.

박성홍처럼 토지의 변화를 체험한 사람 중에 남자가 나을까, 여자가 나을까? 일도는 우선 토지를 사는 고객의 성비를 먼저 생각해 보았다. 7:3 정도로 여성고객이 압도적이었다. 그렇다면 그 여성고객을 관리하는 사원의 성비는 어떠할까. 일도가 근무하는 회사의 사원은 140여 명을 넘고 있었다. 그 중에서 여성사원은 15% 정도 되는 20여 명이었다. 20여 명의 여성사원이 만들어 내는 판매실적이 전체의 거의 삼분의 일을 차지하고 있었다. 그렇다면 답은 나와 있는 것이었다. 일도는 사원을 모집하면서 여성사원 채용에 집중했다. 다른 업체나 일도가 근무하는 회사의 팀원 성비 구성이 대개 남자 8, 여자 2정도였다. 일도는 그 비율을 정반대로 맞추어 팀을 운영하는 것을 목표로 하였다.

그 다음은 연령대였다. 예를 들면 20대의 남성사원이 입사하여 판매실적을 올렸다고 치자. 그 사원의 고객은 100% 혈연이었다. 그중에서도 형제가 거의 대부분이었으며 형제 중에서도 누나 형제였다. 토지를 매입한 누나가 주변에 다른 사람을 소개하지 않는 이상 그 남자사원의 추가실적은 기대하기 어려웠다. 20대 남자사원은 입사해서 한 건의 계약 이후 6개월 이상을 실적 없이 시간을 허송하는 사원이 거의 대부분이었다.

실제로 일도의 교육사원 동기 중에 여수에서 수산업을 하는 친누나에게 토지를 판매한 이후 6개월 넘게 무실적 사원으로 눈총받다가 스스로 포기한 남자사원도 있었다. 그 사원의 포기 사유는 고객이 없다는 이유였다.

그러나 20대의 남자사원 중에 영업의 기본을 파악하고 있거나 알려주면 알려주는 만큼은 실천하고 행동하는 사원이 있었다. 그런 남성사원은 능력있는 팀장을 만나면 반드시 시간이 걸리더라도 빛을 발하였다. 일도는 20대 남성사원을 채용할 때는 철저하게 두 가지 원칙을 고수하였다.

첫째는 인맥이 없더라도 목표가 뚜렷하면서 설득력 있는 언어구사력을 가진 남성사원이었다. 젊음은 누구나 가진 것이지만 그 젊음을 값어치 없이 보내는 젊은이도 많았다. 값어치 없는 젊음은 젊음이 아니다. 일도는 20대의 젊은이들에게서 70대의 늙음도 많이 보았다. 그런 젊음은 이미 젊음이 아니다. 반면 60대의 늙음에서 20대의 젊음도 보았다.

일도는 회사의 방침을 어겨 가면서도 그런 영업사원을 채용하였다. 20대의 남자사원은 팀의 활력소가 되기도 했지만 반대로 팀장의 능력이 부족하거나 관리가 소홀해지면 그 사원은 편리한 큰 것 한 방의 유혹에 빠져 있다가 소중한 몇 달의 세월을 헛되이 보내는 것이 다반사였다.

그러나 일도와 인연이 되는 20대 남자사원은 달랐다. 뚜렷한 목표를 가지고 있었고 일도가 부족한 영업력을 채워주는 대로 행동하고 실천하였다.

성주호라는 27세의 남성사원은 일도가 하나를 알려주면 둘을 행동으로 옮기는 젊은이였다. 성주호는 입사 이후 일주일이 지나자 스스로 사업계획서를 작성하였다. 그리고 많은 시행착오를 겪으면서도 꿋꿋하게 자신의 목표를 향해 넘어지고 피 흘리면서도 자신과의 싸움을 벌여 나갔다. 훗날 크게 성공했음은 말할 나위도 없다.

일도는 또한 40대의 여성사원을 채용하는 데 집중하였다. 세상은 항상 일도가 생각하는 대로 양지가 있으면 음지가 있고 음지가 있으면 양지가 있기 마련이었다. IMF로 인해 수많은 기업들이 파산하였으니 그만큼 돈벌이를 찾아 움직이는 사람들이 많을 수밖에 없었다. IMF가 시작된 지 1년이 훌쩍 넘어가면서 나라는 안정을 찾아가고 있었지만 4, 50대 집안의 가장이나 주부들 중에는 쓸 만한 돈벌이를 할 수 있는 직장이 없어 하루하루 헛꿈을 꾸면서 소중한 나날을 보내는 사람들도 많았다. 특히 금융권에 근무했던 40대 여성 중에 정확히 표현해서 쫓겨난 인생들이 한둘이 아니었다. 일도는 금융권에서 일했던 40대 여성사원을 채용하는 데 주력했다.

한편 일도는 개인적으로 취업 설명회를 개최하였다. 주로 토요일 오후와 일요일을 시간대로 잡고, 설명회는 회사의 교육실을 이용하였다. 강남이라는 지역의 명성과 설명회 이후 식사제공이라는 광고내용은 많은 문의전화로 일도를 정신없게 만들었다. 한번 취업 설명회를 개최할 때마다 이십여 명이 모였으나 문의전화는 백여 통이 넘었다. 일도는 걸려오는 문의전화는 모두 영업관리 노트에 기록하며 일부러 차기 채용사원으로 돌려놓았다.

문의해 오는 사람들에게 "생각보다 빨리 채용인원이 모두 끝났다며 차후에라도 기회가 온다면 제일 먼저 연락을 드리겠다"고 하면 상대는 꼭 좀 그렇게 해달라고 신신당부를 하였다.

실제로 통화내용이나 연락처를 기록해 두었다가 나중에 전화를 하게 되면 상대방은 신기하게도 일도를 정확히 기억하고 있었다. 이미 다른 일을 시작한 사람 중에도 한 번 면접을 보고 싶다는 사람도 있었고 한 달 만에 전화했는데도 그때까지 일자리를 얻지 못한 사람도 있었다. 일도는 이런 방법을 통해서 사람을 골라서 채용하는 여유를 얻었다. 사람은 많은 세상이지만 필요한 사람은 한정되어 있는 것이 특히나 영업세계였다.

채용 설명회를 한 번 개최할 때마다 최소 20여 명은 모였으나 그중에 일도의 눈에 합격점을 받는 이는 한두 명에 불과했다. 일자리가 필요해서 온 건지 밥 한끼 얻어먹으러 온 건지 개념 없는 여자들이 한둘이 아니었다.

일도는 한마디 한마디로 적당히 제압해 가면서 정말로 안 되겠다는 사람은 아주 냉정하게 사람들이 모두 보는 자리에서 퇴출시켜 버렸다. 일도는 여자로서보다는 엄마로서 목표가 뚜렷한 사람을 집중 상담했다. 다음은 돈이 절실하게 필요한 사람이었다. 그 다음이 자신의 사업을 해본 사람이었다. 크게 했든 작게 했든 자신의 사업 경험이 있는 사람은 상담 자세부터가 분명히 달랐다.

일도의 이러한 사원채용 방법은 엄청난 효과가 있었다. 일도의 채용방법을 따라서 흉내 내는 팀장도 있었으나 이상하게도 다른 팀장은 일도만 한 효과를 얻지 못했다. 이유는 간단했다. 겉모양만 따라했기 때문이었다. 일도는 철저한 준비를 통해 매순간마다 준비했던 프로그램을 가동했지만 일도를 따라한 팀장은 그러하질 못했다. 일도는 중간 관리자인 팀장으로서 자신이 해야 될 일을 철저하게 사업이라고 생각하였다. 사업을 하는 데는 필요한 요소들이 있기 마련이다.

첫째, 자본이요, 둘째는 사람이었다. 셋째가 물건을 파는 사업이라면 상품이라고 할까. 그 세 가지가 있어야 가능한 게 사업이었다. 일도는 자본이나 상품은 걱정할 필요가 없었다. 일도는 팀장으로서 사람을 구하기만 하면 되었다. 일도의 머릿속에 개념이 정리되어 있는 사람이면 되었다. 그런 사람들을 모아서 교육을 통해 변화시키고 영업력을 키워서 돈맛을 보게 해주면 되는 것이었다. 그러면 그 다음부터는 사원들이 알아서 모두 해냈다.

일도는 채용방법부터가 다른 팀장들과는 달랐지만 교육방법 또한 특이했다. 우선 교육시간을 근무시간 외로 잡았다. 특히 일요일이나 회사에서 근무일이 아닌 날을 선택했다. 쉬는 날에 교육하겠다고 출근시키면 사원들은 당연히 입이 댓발은 나올 것이었다. 일도는 휴일 교육출근을 절대로 강요하지 않았다. 본인의 의지에 따라 결정하게 했다. 사원 한 명이 출근하면 그 사원 한 명에게 최선을 다했고, 두 명이 출근하면 그 두 명에게 최선을 다했다.

또한 일도는 교육 프로그램을 철저하게 준비했다. 휴일에 쉬지 못하고 하나라도 배워 보겠다고 출근한 사원의 입에서 나오는 말 한마디가 얼마나 큰 파괴력을 가지고 있는지 너무나도 잘 알고 있었다. 또한 일도는 반드시 교육받은 사원에게 밥을 사도록 했다. 그 이유는 간단했다. 첫째는 교육 받은 사원의 입에서 나오는 말 한마디의 파괴력을 믿었기 때문이었다. 밥 사면서까지 교육받을 가치가 충분히 있었노라고 말이다.

둘째는 그들에게 필요한 것을 일도가 채워 주었기 때문이었다.

그것도 철저히 준비된 프로그램을 온 열정을 다해서 채워 주었다. 일도의 귀에 들리는 말들도 있었다. 쉬는 날 출근시켜 사원에게 밥 사게 만든다는 말들이었다. 그러나 일도는 전혀 개의치 않았다. 일도는 확신하고 있었고 그 확신은 정확히 맞아 떨어졌다.

한 달 정도가 지나자 쉬는 날 교육출근을 철저하게 무시했던 사원들이 교육에 참가하기 시작했다. 그것도 집에서 일도의 음식까지 정성껏 준비해서 출근하는 것이었다. 녹음기를 준비해서 출근하는 사원도 있었지만 일도는 녹음기 사용을 금지했다. 그 이유는 자신의 교육내용이 외부에 알려지는 걸 방시하기 위해서였다. 남들이 생각할 때는 아무것도 아닌 걸 가지고 유난 떤다 생각할 수도 있겠으나 일도는 교육 프로그램을 준비하면서 사실 코피 터진 게 한두 번이 아니었다. 또한 혼자서 벽에 대고 연습은 얼마나 많이 했던가. 일도는 자신의 교육 내용을 소중하게 생각했다.

또 하나의 이유는 교육 집중력을 키우기 위한 조치였다. 녹음을 하다 보면 녹음에 신경 쓰느라 집중력이 떨어질 것이기 때문이었다. 교육이란 교육자의 말과 눈빛, 행동 하나하나가 조화를 이룬 하나의 예술이어야 했다. 때문에 청각 교육보다는 시청각 교육의 효과가 월등히 큰 것이 아니겠는가.

일도는 사소한 것 하나라도 소홀히 하지 아니하고 자신만의 세계를 만들어 나갔고, 3개월이 지났을 때 회사에서 최고의 팀장이 될 수 있었다. 당연히 실적으로 최고가 될 수 있었다. 일도의 팀에서는 사원들 전체가 골고루 실적을 만들어 냈다. 일도의 용병술은 탁월했고 일도의 말 한마디면 팀원들은 일사분란하게 움직였다. 일도가 운영하는 팀원들은 출근시간이 한결같이 빨랐다. 물론 일도가 출근시간을 강요한 것은 절대 아니었다. 그러나 교육을 통해서 변화된 사원들은 자발적인 행동으로 실천하였다. 쉬는 날에도 일도가 운영하는 팀에는 출근하는 사원들이 많았다. 기획부동산 특성상 쉬는 날의 근무 효과는 상상을 초월하였다.

텔레마케팅 영업이란 말 그대로 전화로 하는 영업이다. 때문에 다양한 기법이 적용되었다. 일도가 처음 기획부동산을 시작했을 때 과연 전화영업으로 땅을 팔 수 있을까 하는 의문 때문에 텔레마케팅의 영업효과를 이해할 수 없었으나 사실 상상을 초월하는 것이었다.

일도는 텔레마케팅을 처음 효과 면에서 이해하고자 했을 때 Y교도소에서의 통방을 생각해 내었다. 서로 얼굴을 볼 수 없는 상태에서 김성호와의 통방이 이루어지면서 일도는 김성호란 사람이 얼마나 궁금했는지 모른다. 그건 김성호도 마찬가지였을 것이다. 특수한 환경에서 통방을 통해 서로의 처지를 이해할 수 있는 입장이다 보니 서로를 더 보고 싶어 했는지도 모른다. 서로를 알게 된 것에는 통방이라는 수단이 있었던 것을 생각해 보면 통방을 통한 인연처럼 전화를 통해서 인연을 개척하는 것이 텔레마케팅 영업의 기본이었다.

일도 역시 첫 계약을 전화로 인연을 만들어 낸 상대에게서 창출해 내지 않았던가. 상대는 원하지 않는 전화를 받게 되므로 당연히 거절하는 것이 순리이지만 많은 거절 속에 인연은 이쪽에서 어떻게 영업을 하느냐에 따라서 맺어지는 것이었다.

일도는 김성호와의 통방을 통해서 한 가지 소중한 경험을 했었다. 김성호와의 인연을 소중하게 생각했었다. 그러나 통방을 하면서 김성호가 은연중에 자신의 훗날 정치적 목표 때문에 일도를 이용할지도 모른다는… 아니 활용이라고 표현해 주자. 그렇더라도 김성호의 속마음을 알게 되는 순간 일도는 김성호를 더 이상은 보고 싶지 않다는 생각을 했었다.

텔레마케팅 영업의 핵심은 거기에 있지 않을까. 일도는 사원으로 일할 때도 상대방들과 통화할 때는 철저하게 땅 얘기를 회피했었다. 김성호가 자신의 정치적 목적을 일도에게 얘기하지 않았다면 일도는 김성호에 대한 좋은 감정을 끝까지 가져갔을 것이었다. 만약에 일도가 먼저 김성호의 야망에 대해 이야기할 수 있도록 말문을 트이게 해준 이후에 김성호의 목적이 일도에게 가감되어 전달됐더라면 일도가 받아들였을 감정의 폭은 상당히 달랐을 것이었다.

수많은 영업관련 서적들을 읽어 보아도 영업은 "나를 먼저 고객에게 팔라"였다. 나라는 상품을 팔아야지 나의 목적을 팔아서는 안 되는 것이었다. 나라는 상품을 제대로 팔면 내가 파는 상품은 자연스럽게 최고가 되는 것이었다.

일도는 김성호와의 통방에서 얻은 경험과 사원 때 했던 전화영업을 바탕으로 교육 프로그램을 각색하여 만들었고 이 교육내용은 핵심을 찌르면서도 무궁무진했다. 또한 사원들에게 자신감을 키워 주었으며 시도해 볼 수 있는 용기를 주었다. 사람은 얻어지는 것이 있으면 달라지는 것이 당연한 이치였다. 얻어지는 것이 있음에도 달라지지 않는 사람이라면 그 사람은 자식이라도 버려야 한다.

일도는 동료 팀장들에게 독종 소리를 들었다. 그러나 그건 일도의 겉모습만 보고 하는 소리였다. 아니 일종의 질투심에서 나오는 능력 부족한 팀장들의 입에서 나오는 소리였다. 일도의 팀이 계속 일등을 달려 나가자 보이지 않는 적들이 생겼다. 그럴싸한 음해로 일도를 괴롭혔다. 그러나 일도는 무언과 무표정으로 담담하게 받아들였다.

동료 중에 김을수라는 팀장이 있었다. SH개발의 사장 친척이라고 했다. 사원생활 1개월 만에 팀을 맡아 팀장을 하고 있었다. 들리는 말에 의하면 그 팀을 운영하던 팀장을 잘라내고 그 팀을 인계시켰다고 했다. 김을수가 팀을 맡은 다음 날 팀원의 절반이 출근을 하지 않았다. 남아있는 사람들은 모두 무실적 사원이었다. 똥인지 된장인지… 꼭 먹어보아야만 "이건 똥이요, 이건 된장이요" 하는 사람은 이미 사람이 아니다. 아니 사람이라도 사람모양만 하고 있는 것이다.

일도가 팀의 여성사원과 그렇고 그런 사이라는 소문이 번졌다. 당사자인 일도와 그 여성사원만 몰랐다. 일도를 하늘같이 받드는 성주호 과장이 일도에게 시간을 요청했다. 하나를 알려주면 둘을 행동하는 성주호 과장이었다. 군대에 가 있는 동안 전주에서 사업을 하던 아버지가 사기꾼에게 당해 집안이 풍비박산 난 사연을 안고 일도와 인연이 되었다. 성주호는 대학을 졸업하고 카이스트에 합격되었음에도 모든 걸 포기하고 현실을 택한 사람이었다. 입사 일주일 만에 사업계획서를 작성하여 일도에게 제출하며 큰절을 하면서 자신의 포부를 밝혔었다.

"절대 아닌 것은 알고 있습니다. 그러나 그런 인간에게 당하지 마십시오."

일도는 무슨 말인가 했다. 성주호는 자신이 들었던 얘기들을 일도에게 전했다. 일도는 웃지도 않고 인상을 찡그리지도 않았다.

"억울하지 않습니까? 팀장님!"

성주호는 자신이 억울해 미치겠다는 듯이 얼굴이 벌게져 말했다.

"아니… 전혀."

일도는 김을수의 처신이 괘씸한 생각이 들었지만 그렇게 대답했다.

"성주호 과장… 마음에 여유가 생겼나 보군. 남의 일에 신경을 다 쓰다니….”

일도는 자리를 그 한마디로 정리하고자 했다.

"팀장님!"

일도가 자리를 뜨려 하자 성주호가 급히 불렀다.

"사실은 김을수 팀장이 팀을 맡자마자 그만두었던 사람들 중에 두 사람이 제게 전화를 했습니다."

일도는 다시 자리에 앉았다.

"팀에 자리가 없으면 팀장님 옆자리라도 좋으니 우리 팀에서 일하고 싶다고 했습니다."

일도는 성주호의 얼굴을 보았다. 언젠가 일도의 중학교 성장 과정을 들으면서 눈물 콧물을 한 바가지 쏟아냈었다. 그때는 모처럼 1인분에 10인분 가격 하는 고깃집에서 단둘이 실컷 먹어보리라 마음먹었을 때였다. 일도는 느낄 수 있었다. 성주호의 마음을….

일도는 잠시 깊은 고민을 했다. 성주호의 마음을 삼분의 일만 받아들이기로 결정을 내렸다.

"그래, 성 과장 생각은 어때?"

"두 분 다 받아들였으면 합니다. 고객들이 많거든요."

"그래… 팀에 문제는 되지 않을까?"

"그건 생각해 보지 않았습니다."

"성 과장은 내게 제출했던 사업계획서 내용… 지금도 모두 기억하나?"

순간 성주호의 눈에 의아한 눈빛이 일었다.

"아버님을 사기 쳤던 그 사람들… 그 사람들의 사기수법을 정확히 파악했는가 말야."

성주호의 표정이 굳어졌다.

"성 과장이 나를 생각해 주는 것은 고마워… 그러나 내가 한 가지 묻지. 나는 사원일 때 성 과장처럼 오지랖이 넓지 못했어. 성 과장 한비자 알지… 성 과장이 목표를 이룰 때까지 그 사람 흉내라도 한번 내봐."

성주호의 얼굴이 약간은 억울하다는 표정이었다.

"내가 두 가지만 얘기해 주지. 사람은 내가 노력해서 모아야 내 사람인 거야. 그것도 엄청난 노력을 들여서…. 두 번째는 그 두 사람을 성 과장 사람으로 만들게. 결국은 성 과장도 멀지 않아 팀장을 할 수 있으니 말야."

솔직한 일도의 심정이었다. 기획부동산의 피라미드 구조는 단순했다. 어느 조직이나 비슷하겠지만 오너가 꼭짓점에 있으면 그 밑에 임원이 있었다. 회사의 규모에 따라 그 구성원들은 조금씩 차이가 있었지만 오너 밑에는 총괄 책임자인 전무가 있었다. 전무 밑에 상무, 상무 밑에 이사, 이사 밑에 실장, 실장 밑에 팀장. 팀장을 부장이란 직급으로 부르기도 했다. 팀장 밑에 수석 차장, 차장 밑에 과장, 대리, 사원… 이런 식이었다.

회사에 따라서 전무를 총괄 본부장이라고도 했고, 실장을 이사 위에 두는 조직도 있었다. 한마디로 기업의 모양새는 따라가되 운영은 법인만 기업이지 구멍가게만도 못한 엉성한 업체도 있었고, 대기업을 모태로 제대로 운영되는 회사도 있었다. 그러나 어떤 조직에서도 자신이 하기 나름 아닐까 하고 생각했었다.

예를 들어 사원이 입사하면 사원의 직급은 팀장이 지정해 주었는데 참 웃기는 현상이었다. 팀장들이 하는 형태를 보면 사원의 나이 따라 직급을 결정해 주는 것이었다. 40대가 입사하면 실적이 하나 없이도 그냥 과장이라는 명함을 파주는 것이었다. 일도는 그런 고정관념을 철저히 배격하였다. 그리고 실적을 만들어 내면서 대리, 계장, 과장, 차장이란 직급을 부여하였다. 회사 내에서는 언니, 동생, 형, 아우란 호칭을 철저히 금지시켰고 일도 또한 철저히 자신의 지시사항을 지켰다.

일도가 성주호를 철저하게 과장이라고 호칭하는 것은 그만한 실적을 성주호가 만들어 내기도 했지만 호칭으로써 서로의 틀을 엄격하게 유지하고자 하는 뜻도 있었다.

일도는 분명히 임원자리를 내다보고 있었다. 이유는 간단했다. 조직의 구성은 피라미드 형태지만 수익구조는 정반대였기 때문이다. 회사가 망하지 않고 이윤이 남는 한 가장 많은 수익은 역시 오너의 몫이었다. 물론 순익분기점을 기준으로 해서 말이다.

사원들은 일비와 기본급 외에 실적 수당을 받았다. 수당으로 1년에 억대 수입을 올리는 이도 있었음은 말할 나위 없다. 팀장은 기본급과 판매수당을 받았다. 판매수당은 팀 사원이 받는 수당의 20%였다. 사원이 1천만 원의 수당을 받으면 팀장은 2백만 원의 수당을 받는 것이다. 팀에서 월 전체 매출이 10억이 나왔으면 특약판매건이 없을 때 기본 1억이 사원의 수당이었다. 사원수당 1억의 20%가 팀장의 수당이니 2천만 원이 된다. 적지 않은 돈이다.

일도는 회사에서 받는 월급은 전부 팀 운영비용에 활용했다. 일도는 그 돈을 월급이라고 생각해 보지 않았다. 그러나 그렇지 않은 팀장들도 많았다. 한 달 동안 무실적으로 마감했으면서도 월급이 적다는 불만을 하는 팀장들도 있었다. 솔직히 일도는 그런 팀장들하고는 말 한마디 섞지 않았다. 사원만도 못한 팀장이란 그런 사람들을 두고 하는 말이려니 했다. 최소 열 명의 사원에 팀장이 한 명이면 회사에선 비싼 강남의 임대료까지 몇 천만 원이 그 팀에 투자되곤 했다.

세상에 공짜는 절대 없듯이… 노력해서 임원이 되면 대우는 확연히 달라졌다. 팀장과 실장은 한 끗발 차이지만 수익에 있어서는 백 끗발 차이였다.

팀장은 팀 사원의 수당을 받는다. 그러나 실장이라는 직급의 임원이 되면 전체 사원의 실적수당을 받는다. 단, 수당의 퍼센트는 줄어든다. 하지만 가랑비에 옷이 젖듯 회사만 잘 돌아가면 그 가랑비가 장마보다 더한 빨랫감을 만들어 내는 게 기획부동산의 영업 형태였다.

실장, 이사, 상무, 전무로 승진할수록 수당의 액수는 높아진다. 수당을 현금 봉투로 받아들이는 임원의 주머니는 말 그대로 양복 주머니, 바지주머니에 날마다 꽉꽉 채울 수 있는 게 기획부동산 임원이었다. 물론 그 돈의 출처는 소중한 고객들의 주머니에서 나오는 피와 땀 같은 돈이었다.

일도는 성주호를 생각할 때 일도 자신이 임원을 하면 충성을 다해 자신의 입지를 세워줄 팀장으로 생각했다. 그러나 일도는 결코 자신의 속마음을 이야기하지 않았다. 김성호와의 통방에서 얻었던 교훈 때문이었다. 또한 박성홍을 통해 얻은 깨달음과 열 번이 넘게 탐독한 한비자와 마키아벨리의 영향 때문이기도 했다. 결국 성주호는 몇 달 후에 일도가 임원을 할 때 일도에게 충성을 다하는 팀장의 역할도 제대로 하였다.

김을수는 어찌 되었을까. 세상은 참 묘하고도 기이로웠다. SH개발의 오너가 개인적으로 일도를 찾은 적이 있었다. 성주호와의 개별적인 만남이 있고 나서 얼마 되지 않은 때였다. 일도는 한 통의 전화를 받았다.

"날세…. 오늘 저녁 시간 좀 비워 놓았으면 하고 미리 전화하는 걸세. 혹시 저녁에 선약 있으신가?"

회사의 오너였다. 팀장들은 그를 '회장'이라고 불렀다.

"준비하고 있겠습니다!"

일도는 문득 자신이 무슨 준비를 하고 있겠다는 건지… 회사 오너의 친척 중에 한 사람인 팀장과 연결된 내용일 테니 억울해도 처분을 따르겠다는 준비인지… 오너가 술을 좋아하니 같이 한잔 하겠다는 준비인지… 뭐지?

일도는 왜 준비하고 있겠다는 말을 했나 싶었다. 일도는 자신의 마음을 먼저 정확히 정리해야 했다.

'당당하자! 그냥 당당하자!'

잠시 후 오너의 전화가 또다시 울렸다. 차가 회사 앞에 대기하고 있으니 내려오라고 했다. 약속한 저녁이라고 하기엔 너무 이른 시간이었다. 일도에겐 아직 할 일이 많이 남아 있었다. 일도는 기다려 달라고 했다. 오너는 시간이 얼마쯤이면 되냐고 물었다. 일도는 두 시간을 얘기했다.

오너가 '허허' 하고 웃는 소리가 전화기에 들려왔다.

묘한 기운이 일도에게 몰려왔다. 일도는 탄광 막장을 생각했다. 날마다 죽음의 현장이나 마찬가지인 막장으로 일도 스스로 원해서 들어갔던 지하지옥 같은 곳이었다.

"사장님은 언제든지 시간 내실 수 있지만 저는 그렇지 못합니다. 업무 마치고 내려가겠습니다."

오너는 아무 말이 없었다. 일도가 먼저 전화를 끊었다. 그리고 정말 그대로 두 시간 후에 혹시나 하는 마음을 가지고 내려갔다.

오너는 그 자리에 있었다. 일도를 발견한 오너는 뒷좌석인 오너 옆자리에 일도를 태우면서 기사에게 강북으로 갈 것을 지시했다.

한강다리를 건널 때까지 오너는 한마디 말도 없었다. 일도는 자리가 한없이 불편했지만 묵묵히 인내했다. 일도가 SH개발에 입사해서 사원과 팀장 생활을 하면서 근 1년 동안 오너를 본 것은 오늘이 딱 다섯 번째였다.

처음엔 오너가 전체조회를 주관할 때였다. 오너가 전체조회를 주관한다 해서 일도는 무척 긴장했었다. 그때 일도는 입사 5개월째로 실적도 없었다. 오너가 단상에 서서 했던 말은 몇 마디 안 되었다.

"대한민국 서울에 있는 건물은 몇 개나 될까?" 하는 말과 이어 몇 사람을 지목해 질문한 것이 전부였다. 지목받은 사람들 중에 당연히 제대로 대답한 사람은 아무도 없었다. 끝으로 일도를 지목했을 때 일도가 대답한 내용은 이러했다.

"숫자는 모릅니다. 몇 개면 뭐합니까. 제 것은 한 개도 없습니다."

오너는 일도를 앞으로 나오라고 했다. 양복 안주머니에서 지갑을 꺼내더니 수표 한 장을 꺼내 일도에게 주었다.

두 번째 오너와의 만남은 일도가 팀장이 되고 나서 술자리에서였다. 오너는 일도의 술잔에 술을 부었다. 술잔은 바가지였다. 일도는 마시지 않겠다고 했었다. 순간 분위기는 완전히 잔칫집에 초상집 상주가 등장한 격이 되었다.

일도는 순간 기지를 발휘했다. 술바가지가 너무 적어 양에 차지 않는다고 했다. 더 큰 술바가지가 나오려니 했다. 그러나 그 반대였다. 일도는 그 바가지 술을 단숨에 들이켰다. 오너는 그때 일도를 자신의 옆자리로 오게 했다. 무슨 말인가 일도에게 할 법도 했지만 오녀는 단 한마디도 없었다.

그 이후에 단상에서 두 번 그리고 오늘이 다섯 번째였다.

강북에 도착한 곳은 술집 요정이었다. 신문에서 한 번 정도 익혔던 요정이었다. 두 사람이 차지하기에는 아방궁처럼 넓은 방에 오녀는 일도를 자리 잡게 했다. 잠시 후 일도는 자신이 조선시대의 왕이 되었나 싶을 정도의 우아한 환상 속에 갇혔다. 그러나 그것은 환상이 아니었다. 속살이 훤히 다 보이는 한복을 입은 아리따운 아가씨들 수십 명이 일도 앞에 서 있었다.

오녀는 일도에게 아가씨를 선택하라고 했다.

'이건 또 무슨 의미일까?'

일도는 오녀의 얼굴을 한번 쳐다보았다. 오녀의 표정은 진지했다. 일도는 순간 고민했지만 영순의 이미지와는 영 딴판인 아가씨를 한 명 선택했다. 오녀는 한 명 더 선택하라고 했다. 일도는 싫다고 했으나 이건 오녀로서 명령이라고 했다. 일도는 영순의 이미지를 닮은 한 명의 아가씨를 더 선택했다.

그 이후에 오녀에게 단골 지명 아가씨가 있는 듯 스스로 오녀의 옆에 한 아가씨가 자리 잡고 앉았다. 만약 일도가 그 아가씨를 선택했다면 예상할 수 없는 분위기가 될 수도 있는 상황이었다.

술잔이 오고가는 동안 조금 여유를 갖고 살펴보니, '조선의 왕도 이런 술안주상은 받아보지 못했을 것이다' 하는 생각이 들 정도로 엄청난 안주들이 술상에 올라와 있었다. 동서양을 통틀어 귀하다 싶은 것들은 모두 올라와 있는 듯했다. 오녀는 옆에 앉은 아가씨가 만들어 주는 술잔을 그대로 마시고 있었다. 칵테일 바에서… 그 뭐랄까… 칵테일을 만들 때 흔들어 대는 그 무엇인가… 여러 가지 썰은 야채를 넣고 안동소주인가 뭔가 하는 고급스런 술을 섞어 흔들어 댄 다음 술잔에 따라주는 것이었다. 일도 역시 그 술을 한잔 받아 마셔 보았으나 도대체 무슨 맛인지 알 수가 없었다. 한두 잔 예의상 받다가 일도는 일반 소주를 마시기로 했다.

"최 사장… 앞으로 날 좀 많이 도와주게."

일도는 오너가 누구에게 하는 말인가 싶었다.

"자네 말야. 조만간 계열사 하나 맡아서 운영해 주게."

일도에게 하는 말이 분명했다. 일도는 오너가 자신에게 이유 있는 장난을 하는 것이라고 생각했다. 많은 사람들이 오너에게 회장이란 호칭을 쓰고 있었다. 일도는 그게 융통성 없이 궁금했었다. 오너는 아가씨들을 잠시 물러나게 했다.

일도와 단둘이 있게 되자 오너는 한 장의 사진을 꺼내더니 일도 앞에 내밀었다. 흑백사진이었다. 다 쓰러져 가는 시골의 초가집에… 초가집을 배경으로 아주머니 한 분이 두 아이를 안고 네 명의 고만고만한 남녀 아이들이 일렬로 쭈욱 앉아 찍은 사진이었다.

"제일 오른쪽에 민대머리 사내아이가 날세."

오너는 웃으며 말했다. 오너는 육남매 집안의 맏이라고 했다.

사진을 좀 더 자세히 보니 분명히 가족사진이었고 아이들은 형제들이 분명해 보였다. 맨 오른쪽에 빡빡머리 아이가 있었는데 일곱 여덟 살은 되어 보였다.

"최 사장."

오너는 일도를 계속 사장이라고 호칭했다.

"최 사장은 돈 좋아하나."

돈 싫어하는 사람도 있을까. 일도는 대답 대신 오너를 빤히 쳐다보았다.

"육남매의 맏이… 그리고 연년생인 동생들… 쌀 한 톨, 땅 한 조각 없는 전라도 촌구석의 집안에서 아버지 없이 내가 어떻게 살았을 것 같은가."

오너는 일도의 얼굴을 뚫어져라 쳐다보며 말했다.

"배고프면 사람도 잡아먹을 수 있는 게 사람일세."

일도는 오너가 왜 이런 말까지 하면서 자신과의 술자리를 만들었는지 도통 짐작조차 할 수 없었다. 오너는 대체 일도에게 무슨 말을 어디까지 하려는 것일까.

오너는 전라도 화순군의 청풍이란 지역에서 정말 말 그대로 찢어지게 가난한 집에서 육남매의 맏이로 태어났다고 했다. 막내동생이 태어나고 한 달 만에 아버지는 동네 저수지에 빠져 자살했다고 했다. 동네 사람들은 물귀신이 잡아갔다고 했고, 한이 맺힌 처녀귀신이 끌고 간 것이라고도 했다. 오너는 여덟 살의 나이에 머슴살이를 했다고 했다. 오십이 조금 넘어선 오너의 머리는 거의 백발이었다. 대화 중에 상대를 쳐다볼 때는 상대의 눈을 집중해서 쳐다보는 습관이 있었다. 말없이 상대를 쳐다볼 때는 꽉 다문 입술이 목표가 있으면 반드시 이루고 만다는 타고난 고집을 잘 표현해 주는 것 같았다.

사람들은 오너를 '의지의 청풍맨'이라고 부르고 있었다. 오너는 여덟 살의 나이에 청풍에서 제일 큰 부잣집에서 머슴살이를 했다고 했다. 엄청난 크기의 기와집에서 생활하였는데 방의 숫자가 무려 아흔아홉 칸이나 되었다고 했다. 오너가 머슴살이를 한 집안의 땅은 동네 사람들이 밟지 않고는 다닐 수 없을 정도로 많았고 머슴만도 오너를 포함해 열 명이 넘었다고 했다. 오너는 머슴살이를 하면서 제일 좋았던 것이 배불리 먹을 수 있는 것이었다고 했다. 집주인은 머슴들에게 언제나 쌀밥에 고기반찬을 먹을 수 있도록 배려해

주었다고 했다. 더구나 그해 농사에서 풍년이 들어 수확이 넉넉해졌을 때는 반드시 머슴들에게 정해진 머슴 새경 외에 보너스를 넉넉하게 챙겨 주었다고 했다.

"옛말에 머슴살이 3년 해도 주인 성씨 모른다는 말이 있네."

일도에게 술잔을 권하며 오너가 말했다.

"자네, 그게 무슨 말인지 아나?"

일도는 대답하지 못했다.

"배고픈 시절이었지… 먹을 수만 있다면 환경은 그렇게 중요하지 않았네. 주인의 성씨가 김씨든 이씨든 신경 쓸 일이 없었다는 말일세."

오너의 입가에 씁쓸한 웃음이 번졌다.

"그런데 말야."

오너의 눈빛이 다시 일도의 눈 속으로 들어왔다.

"다른 머슴들은 주인의 성씨에 신경도 안 썼지만 난 주인의 성씨는 물론 이름까지 알고 머슴 생활을 했다네."

일도는 순간 자신의 여덟 살 때를 떠올려 보았다. 초등학교 입학생이었을 것이다. 어떤 추억거리를 떠올려 보려 했으나 그저 어머니 따라 동네 우물가에 다닌 생각 외에는 별다른 추억거리가 떠오르지 않았다.

"난 그 집주인의 이름을 가슴에 품고 살았다네. 주인의 발끝만큼이라도 되는 부자가 되고 싶었거든…. 난 남들보다 일찍 일어나고 늦게 잠들었지. 난 기회 있을 때마다 주인의 눈에 한 번이라도 더 띄기 위해 엄청난 노력을 했다네. 그에 따른 대가는 물론 있었네."

일도는 자신도 모르는 사이에 오너의 이야기에 빠져들고 있었다.

"그 대가가 뭐였는지 알겠나."

"그게 무엇이었습니까? 원하는 걸 얻으신 겁니까?"
"내 동생들이 있는 집에 조금 넉넉한 식량이 전달되곤 했지. 물론 고마웠지. 그러나… 그러나 말일세. 그게 나의 바램은 아니었네."
"그 바램이 무엇이었는지요."
"난 공부를 하고 싶었네. 학교를 다니고 싶었지."

일도는 자신도 모르게 고개를 깊이 끄덕였다. 그러고 보니 오너의 학벌에 대해 이야기하는 동료를 본 적이 없었다. 야간대학을 다녔다는 얘기도 있었고 방송통신대학을 수료했다는 얘기들이 그냥 전해질 뿐이었다.

"학교는 분명히 다니셨을 텐데 어떻게 그 꿈을 이루셨습니까?"
일도는 정말 그게 궁금했다.
"한 3년 걸렸지."
"예?"
"허허허… 소설 같은 나의 지나간 삶에 관심이 생겼는가 보이. 오늘은 이 정도 하고 술이나 질펀하게 마셔 보세."

오너의 대화술은 대단했다. 일도는 오너가 자신을 상대로 영업을 하고 있을지도 모른다는 생각을 순간적으로 해보았다. 앞으로 일도는 분명히 오너의 지나온 삶에 대해 궁금해 할 것이니 말이다. 사실 오너는 회사 내에서 신비한 인물이었다. 어쩌다 한 번씩 나타나 사원들이 모두 모인 자리에서 단상에 올라 선문답 비슷한 얘기들로 업장의 분위기를 파악해 보다가 안주머니에서 돈지갑을 꺼내 수표를 몇 장 꺼내 놓고는 사라지곤 했었다.

사원들은 오너가 단상에 서기를 은근히들 기다리는 눈치였고 오너가 한번 나타나면 "회장님!" 하면서 모두가 큰 박수로 맞이하곤 했었다. 일도가 팀장이 된 이후에 공식적인 회식자리가 몇 번 있었지만 일도는 거의 참석하지 못했었다. 이상하게 그때마다 고객이 회사를 방문하거나 팀원과 같이 사원의 고객과 만남이 있어 외부 미팅을 하곤 했었다.

그런 이유 때문에 동료 팀장들이나 실장, 이사, 상무의 질시와 미움도 받았지만 모든 것을 총괄 책임자인 전무가 커버해 줌으로써 일도는 일에만 몰두할 수 있었다.

일도가 팀장이 된 지 얼마 되지 않아 조직을 완벽하게 갖추고 3개월이 지나면서 회사 전체 실적의 삼분의 일 이상을 만들어 내면서 계속 일등을 달리자 수군거림은 줄어들었지만 질시는 그만큼 늘어나 있었다.

"김을수 말일세. 정리될 걸세. 많은 사람들이 의아해 했을 걸세… 왜 그런 사람을 내가 앞장서서 팀장으로 앉혔을까 하고 말일세."

오너는 신세를 갚는 일이었다고 했다. 김을수의 부모에게 큰 신세를 진 적이 있었다고 했다.

"내가 예상했던 대로 본인 스스로 두 손 들었네."

오너는 본인이 예상했던 것보다 월등히 빨리 김을수가 두 손 들고 팀장자리를 포기했다고 말했다.

"그 팀을 자네가 재건해 주게… 다시 말해서 두 팀을 운영해 달라는 말일세."

일도는 무슨 말인가를 하려다 멈추었다.

"오늘부터 정확히 1년 후가 되는 날에… 자네는 계열사의 사장이 되어야 하네."

사람을 정신 못 차리게 만드는 게 오너의 특기인 듯싶었다. 앞으로 3개의 법인을 오늘로부터 1년 내에 설립할 것이라고 했다. 3개의 법인 중에 제일 나중에 설립되는 법인을 일도에게 맡으라고 했다.

"그리고 말야… 자네 이제 그만 지하실 방에서 지상으로 올라오시게."

일도의 눈이 커졌다.

"자네 처가 동네에 32평짜리 아파트 하나 물색해 두라고 지시했네. 네 식구 사는 데는 문제없을 게야. 물론 공짜는 아닐세… 자네가 팀을 운영하면서 가동한 프로그램 말일세. 그걸 앞으로 우리 그룹의 팀장이나 임원들이 모두 활용할 수 있도록 제공해 주게. 아파트 한 채면 그 정도 가격으로 적정하지 않을까 싶은데… 어떤가?"

도대체 오너는 어떤 사람일까. 절대 평범한 사람은 아닐 것이라고 생각해 오던 바였다. 일도의 지난 흔적을 철저하게 꿰차고 있었다. 타고난 사업가인가, 아니면 타고난 전략가인가? 용병술의 대가임은 분명한 듯했다.

일도는 잔잔한 감동을 느꼈다. 누군가가 나를 알아주고 인정해 준다는 것은 남자로서 무한한 가치를 느끼게 해주는 것이었다.

"자네 나주에 있는 J총포사 잘 알고 있지? 그 오 사장이 안부 전해달라고 하더군."

일도의 눈이 또 휘둥그레졌다. 도대체 오늘 오너는 일도를 손바닥 위에 놓고 가지고 노는 듯했다.

"핫하하… 세상은 말야, 아니 대한민국은 아주 좁은 땅덩어리야!"

오너는 기분이 정말 좋은 듯했다. 오너는 잠시 후에 아가씨와 밴드를 불러들였다. 전통 가옥과 한식 그리고 밴드. 오너는 기분껏 놀이를 하는 데 재빨리 집중하였다. 음악이 방안을 뒤흔들자 아가씨들이 신바람이 났다. 언제 옷을 갈아입고 왔는지 머리까지 풀어헤친 그녀들은 순식간에 발랄하고 상큼한 아가씨들로 바뀌어 있었다.
 시간이 어떻게 흘러갔는지… 일도는 취해 있었다. 오너도 많이 취한 듯해 보였다. 오너는 옛노래를 주로 불렀다. 부모, 어머니 등이 가사에 많이 등장하는 노래였다. 일도는 오너가 즐기는 흥의 모습에서 부모와 고향을 느꼈다. 오너가 일도에게 마이크를 넘겨주었을 때 부를 만한 마땅한 노래가 없었다.
 당시 일도는 '야화'라는 노래를 좋아해서 자주 흥얼거렸었다. 영순이 생각날 때마다 자신도 모르게 '야화'의 노래가사를 음미하곤 했었다. 그러나 마이크를 잡고 노래를 해본 적은 거의 없었다. 팀원들과 회식을 하고 2차로 노래방을 갔을 때도 일도는 분위기를 맞추어 주는 편이었지 나서서 먼저 노래를 부르는 입장은 아니었다. 일본의 가라오케에서 힌트를 얻어 국내에서 노래 반주기를 개발한 이후 부산에서부터 시작된 노래방은 특히 강남에서 많이 성업하고 있었을 때였음에도 일도는 노래를 몇 곡 불러본 경험이 없을 정도로 흥의 놀이와는 거리가 멀었다.
 그런데 일도는 오너가 넘겨주는 마이크를 전해 받고 '야화'를 불렀다. 잘은 못했지만 노래가사의 의미에 충실하려 했다. 일도는 한 순간 한 순간 모든 일에 최선을 다하겠다는 생각뿐이었다. 술을 마실 술자리가 있으면 술자리에 최선을 다한다는 생각이었고, 노래할 일이 있으면 잘하지 못해도 최선을 다하겠다는 생각이었다. 다행히 분위기를 망쳐 버리지는 않았다. 오너는 일도의 어깨를 감싸고 엄지손가락을 펴 보였다.
 술자리는 방을 옮겨 2차로 이어졌다. 이번에는 양주 술상이 차려져 있었다. 술자리의 멤버도 늘어나 있었다. 일도가 모시는 전무와 회사의 경리이사라는 사람도 자리를 함께했다. 오너는 많은 술을 1차에서 마셨음에도 주량이 끝이 없었다. 일도는 몰래 두 번이나 화장실을 다녀왔고, 토하고 마시고 토하고 마시기를 반복했다. 그 방법이 일도에겐 최선이었다.

오너는 전무와 경리이사 앞에서도 일도를 '최 사장'이라고 호칭하였다. 일도 모르게 언질이 있었던지 전무와 경리이사는 당연하게 받아들이는 눈치였다. 일도는 취중에도 중심이 흩어지지 않으려 노력했다.

"오늘 마시는 데까지 마시고 내일 새벽 5시에 R호텔 내에서 모이자구! 임원과 팀장들 전부 말일세! 송 이사 예약은 해 놓았겠지?"

오너는 맥주 컵에 폭탄주를 만들게 했다. 합석한 술자리의 멤버가 아홉 명이었다. 오너의 파트너, 그리고 전무, 이사의 파트너, 일도의 파트너 둘…. 돌아가면서 건배제의를 했고 그때마다 원샷을 해야 했다. 일도는 폭탄주 아홉 잔을 마셔야 했고, 그 사이 일도는 화장실을 두 번 더 다녀와야 했다. 그때까지 오너는 전혀 끄떡없는 듯이 보였다. 주량이 말술이었다. 아니, 드럼통이었다.

새벽 2시가 되어 가고 있었다. 시계를 몇 번 쳐다보자 전무가 일도의 행동을 제지했다.

"핫하하! 지하실 방이 뭐가 그리 그리운가. 오늘 고생했네… 5시까지는 자네 자유일세."

일도는 멍하니 앉아 있었다.

"이 사람들 뭐하나… 최일도 사장 모시게!"

오너가 일도의 양옆에 앉아있는 파트너들에게 말했다. 둘은 기다렸다는 듯이 일어섰다. 일도는 난감했다.

전무가 일도를 보고 눈을 찡긋했다. 일도는 정중히 인사하고 일어섰다. 일도는 파트너들에 이끌려 밖으로 나왔다. 이미 고급 승용차가 대기하고 있었다. 일도는 그냥 벌어지는 대로 휩쓸려 보자고 마음먹었다.

잠시 후 일도는 고급스런 방에 들어섰다. J호텔이라 했다. 일도는 먼저 화장실을 찾았다. 몇 번 토해서였는지 헛물만 나왔다. 일도는 손가락을 목구멍에 집어넣었다. 한 움큼의 배설물이 넘쳐 나왔다. 얼굴을 씻고 나온 일도는 둘에게 그만 집으로 돌아가 줄 것을 부탁했다. 둘이는 서로 얼굴을 마주보다가 한 사람이 백을 집어 들었다. 남은 사람은 영순을 닮은 아가씨였다.

"제가 새벽에 깨워 드릴게요."

아가씨는 이름이 미혜라고 했다. 일도는 순간 실망했다. 본명이든 가명이든 중요하지 않았다. 영순의 이름과 한 음절이라도 비슷하길 바랐었다. 그리고 보니 술자리에서 아가씨는 본인의 소개를 한 적이 있었다.

생각해 보니 핸드백을 들고 나간 그 아가씨가 영미라 했던가, 영은이라 했던가….

일도는 침대 위에 쓰러졌다. 눈꺼풀이 무겁게 내려앉았다.

"숙취 음료에요… 드시고 주무시면 효과 있을 거예요. 주무세요. 깨워 드릴게요. 저는 낮에 자면 되요."

일도는 미혜를 바라보았다. 고운 얼굴이었다. 목이 길었다. 말투가 영순과 비슷했다. 일도는 무슨 말이라도 붙여보고 싶었지만 다시 눈을 감았다. 일도는 그대로 잠이 들었다.

얼마나 잠이 들었을까. 목이 말라서 눈을 떠 보니 미혜가 침대에 기댄 채 엎드려 잠들어 있었다. 시간을 보니 깊이 잔 것 같았는데 불과 30분 정도 흘러 있었다.

일도는 미혜가 편하게 눈을 붙일 수 있게 해주고 싶었다. 침대 위로 올리려 했을 때 미혜가 눈을 떴다.

"죄송해요… 4시에 깨워달라고 프런트에 부탁하고… 정말 죄송합니다."

미혜는 몸 둘 바를 몰라 했다. 그녀에게 무슨 잘못이 있을까. 일도는 그녀의 행동이 어색해 보이지 않았다.

"책임지고 깨워줄 거예요. 저도 조금만 옆에 누워 자면 안 되요? 술이… 참 못됐어요."

미혜는 일도의 옆으로 파고들더니 일도의 왼쪽 팔을 끌어다 베개 삼아 누웠다. 일도는 영순을 생각했다. 가슴 아픈 사랑을 체험한 일도가 애들 엄마를 만나 결혼하고 신혼여행을 갔을 때도 첫날밤을 그냥 보낸 일도였다.

미혜가 몸을 밀착시켜 왔다. 어림잡아 막내 여동생보다 한참이나 어려 보였다. 미혜의 왼손이 일도의 배로 올라왔다. 잠시 후 일도의 허리 벨트를 만지작거리더니 풀어내기 시작했다. 미혜의 손이 일도의 그곳으로 들어왔다. 과감했다. 묻지도 않았고 거침도 없었다.

일도가 침묵하자 미혜의 손놀림이 계속 이어졌다. 순식간에 일도를 알몸으로 만들더니 따뜻한 수건으로 일도의 알몸을 닦아내기 시작했다. 침대를 내려가더니 순식간에 자신도 알몸이 되었다. 일도가 눈길을 피하려 하자 미혜는 그것마저 허락하지 않았다.

술집 여자인 자신이지만 본인이 원해서 이렇게 행동하는 것은 처음이니까… 자신을 인정해 달라고 했다. 이 시간 이후 자신을 잊거나 영원히 찾지 않아도 좋다고 했다.

미혜가 다시 일도의 품속으로 파고들었다. 순식간에 일도는 자신의 몸이 아니었다. 미혜의 움직임대로 미혜가 이끄는 대로 한 조각에 불과했다. 일도에게 희열이 밀려왔다. 이런 느낌은 처음이었다. 그럼에도 일도는 영순을 생각하는 데 집중하려 했다.

그러나 미혜는 그것마저도 철저하게 용납하지 않았다. 거친 태풍이 휩쓸고 간 듯 잔해만 남았다. 잔해 속에서 일도는 늘어져 신음했다. 일도는 그렇게 무너졌다. 무너진 영순에 대한 마음을 다시 쌓아 보고자 정신을 차리려 했을 때… 또다시 미혜의 공습이 시작되었다.

일도는 5시 조찬회의에 간신히 다리를 비틀거리며 나타났다.

일도는 부팀장 제도를 운영키로 했다. 운영과 권한과 수익 면에서 모든 것을 보장해 주는 나름대로의 제도였다. 일도는 성주호를 팀의 부팀장으로 임명하였다. 나이 많은 사원들의 불만도 당연히 있을 것이었다. 그러나 모든 것을 능력 위주로 해결하고자 하였다. 성주호에게 부족한 것은 일도가 채워주면 되었다.

성주호는 브리핑 능력이 뛰어났다. 특히 판서 브리핑 능력이 타의 주종을 불허했다. 도표를 이용한 시청각 브리핑은 열에 아홉 정도는 브리핑이 끝남과 동시에 계약서를 상담실로 가져가 결과를 만들어 내고 있었다. 일도에게 배운 판서 브리핑의 방법을 성주호는 극명하게 한 단계 업그레이드시켜 신빙성까지 더해 주는 브리핑의 기법을 발휘하고 있었다.

예를 들어 일도가 판서 브리핑 과정에 자신의 설명을 신빙성 있게 제공하는 차원에서 신문기사를 응용했다면 성주호는 인터넷 자료를 그때그때 컴퓨터 화면에서 보여주면서 자신의 브리핑 내용이 사실임을 입증이라도 하듯이 시각적이고 사실적인 브리핑을 통해 결과를 만들어 내고 있었다. 일도뿐만이 아니고 회사의 총괄책임자인 전무까지 나서 성주호의 입지를 세워 주자 잡음은 금세 사그라졌다.

성주호는 나이가 어림에도 처신술이 대단했다. 성주호의 어머니는 반찬솜씨가 보통이 아니었다. 반찬 중에서도 갓김치 담그는 솜씨가 대단했다. 담백한 게 코끝을 찔러대는 맛이 으뜸이었다.

성주호는 일도가 시키지 않아도 갓김치를 회사의 오너와 임원들, 팀장들 및 성주호가 팀장 대행을 맡고 있는 팀 사원들에게까지 모두 선물하였다. 물론 그 비용은 일도가 모두 부담해 주었다. 그 효과는 대단했다. 한동안 갓김치 얘기가 모든 화젯거리에 오를 정도였다. 타부서의 계약사원이 계약고객에게 선물을 보낼 때 성주호의 어머니표 갓김치가 회사의 공식선물로 등장했을 만큼 성주호 어머니의 갓김치는 인기가 최고였다.

일도가 운영하는 팀과 팀장대행 체제로 운영되는 성주호의 팀이 안정되자 일도는 이틀간의 휴가를 신청했다. 회사에서는 기꺼이 승낙해 주었다. 단 하루도 쉬지 않고 회사일에 미쳐 회사에서 살다시피 했던 일도였다.

일도는 강원도 천상미 계곡을 가기 위해 서둘렀다. 성주호에게 맡기고 천상미 계곡을 들른 후에 전남 나주의 종합총포사 오 사장님을 찾아보고 싶었으나 역시 2일간의 시간으로는 무리였다. 3일의 휴가를 얻고 싶었으나 차마 그렇게 할 수가 없었다. 며칠 전에 회사에서 제공하는 공식적인 3박 4일간의 휴가가 있었기 때문이었다.

일도는 그 공식적인 휴가기간 동안에 회사에서 오너가 제공해 준 아파트로 이사를 했다. 사업실패로 길거리 인생이 된 지 거의

2년여 만이었다. 18층에 위치한 아파트는 조망권이 아주 좋았다. 아이들은 이방 저방을 뛰어 다니며 좋아라 했다. 그런 아이들을 지켜보던 집사람은 일도의 손을 잡으면서 아무 말도 없이 고마움을 따뜻한 눈길로 전달했다. 일도의 생활은 안정되어 가고 있었고 일도의 마음 또한 많은 평온을 얻고 있었다.

천상미 계곡으로 출발하면서 일도는 차마 집사람에게 사실을 얘기하지 못했다. 영순을 가슴에 품고 살아가는 것이 아내에게는 미안한 일이었지만 일도는 영순을 뿌린 이후 단 한 번도 거르지 않고 해마다 천상미 계곡을 찾고 있었다. 영순의 유언대로 7월 말에 찾아야 했으나 그러지 못한 해도 있었다.

천상미 계곡은 이제 많은 사람들에게 알려져서 예전의 조용한 계곡이 아니었다. 일도와 영순이 손잡고 걸었던 조약돌 강가에는 수십 개의 방갈로가 설치되어 있었다. 많은 상업시설들이 들어서 옛날의 모습은 이제 일도의 추억 속에서만 존재하는 곳이 되어 버린 지 오래였다.

빡빡머리의 옥수수밭은 삼분의 일 정도로 줄어 있었고, 대신에 고급스런 집들이 들어섰다. 강남의 돈 많은 사람들이 주말이면 와서 휴식을 즐기기 위해 땅을 사들여 별장 같은 집들을 지었기 때문이었다.

덕분에 빡빡머리는 졸지에 부자가 되었고, 늦은 나이에 처녀장가까지 들어 행복감을 만끽하며 살고 있었다.

'인생쉼터'에 도착해 빡빡머리와 인사를 나눈 일도는 강변으로 나왔다.

'참으로 오랜 세월이 흘렀구나… 지금 영순은 어디쯤 여행하고 있을까….'

일도는 15년도 더 지난 추억 속으로 서서히 빠져들기 시작했다.

일도는 영순을 이곳 천상미 계곡에 뿌려주고 난 이후 오랜 시간을 방황했다. 학교에 복학하려 했으나 학문에 뜻을 잃어버린 일도는 블랙스톤에서 몇 달간을 허송세월하고 있었다. 가끔 한 번씩 캠퍼스를 찾아 영순과의 추억이 서려 있는 곳들을 둘러보는 것이 유일한 낙이었다.

일도는 술로 지내는 시간들도 많았다. 그러면서도 블랙스톤의 일에는 열심이었다. 블랙스톤 사장 내외는 일도에게 변화를 갖기 위한 선택을 제안했다. 군대였다. 괴로움을 잊기 위해서라도 군엘 다녀오라고 했다. 일도는 아버지가 계시지 않은 입장에서 여러 가지 가정의 사정을 고려해서 굳이 군대엘 가지 않아도 될 수 있는 상황이었다. 그러나 지원을 하면 바로 갈 수 있는 곳이 군대였다. 일도는 블랙스톤 사장 내외의 뜻에 따르기로 하고 바로 지원해서 군에 입대했었다.

블랙스톤 사장 내외의 조언은 일도에게 큰 도움이 되었다. 날마다 가슴이 아파 죽을 것만 같던 일도는 군대라는 환경 속에서 아픈 가슴을 치유받을 수 있었다.

제대 이후 일도는 고향에 머물렀다. 어머니는 다니던 학교를 마치라고 성화였지만 일도는 왠지 모르게 학업에 뜻을 둘 수가 없었다. 대신 일도는 글을 쓰고 싶었다.

결국 어머니는 일도 뜻대로 하라고 하셨다. 일도는 중·고등학교 때처럼 생활하면서 틈나는 대로 책을 읽고 글을 썼다. 시골은 일도를 편안하게 해주었다.

실전 기획부동산 06.

# 사돈 사장

 2년이 흐른 뒤 일도는 단 한 번도 생각해 본 적이 없는 일을 하게 되었다. 일도의 매형 때문이었다. 아니 매형의 친형님 때문이었다. 일도에게는 사돈이 되는 격이었다. 일도 누님의 결혼식 때 일도를 눈여겨보았다고 했다.
 사돈 사장은 도매사업을 하고 있었다. 공기총, 엽총 같은 사냥용품을 전국에 있는 소매점포에 공급해 주는 영업이었다. 일도는 우선 전국을 다녀볼 수 있다는 사실이 마음에 들었다. 그러나 영업에는 자신이 없었다. 운전에도 자신이 없었다. 면허만 취득했을 뿐 운전을 해본 적도 없었다.
 사돈 사장은 일단 서울 행당동에서 한 달만 같이 생활해 보자고 하였다. 행당동은 도매사업체가 있는 곳이었다. 3층짜리 건물에 1층은 사냥용품 판매매장으로 활용하고 있었고 2층은 도매용품 창고였다. 일도는 사냥용품 판매매장을 둘러보면서 종류의 다양성에 대해 놀랐다. 단순히 공기총, 엽총만을 생각했었으나 사냥에 필요한 사냥용품의 종류는 수십 가지를 필요로 하고 있었다. 총의 종류만도 다양했고 엽총사냥에 쓰는 엽탄의 종류만 해도 BB탄에서부터 쓰리제로 BK탄알까지 열 종류가 넘었다. 만약 일도가 사돈 사장의 제안을 받아들여 사업에 참여하게 된다면 일도는 탑차에 이 모든 물건들을 싣고 전국을 다니면서 지방 총포사 소매점에 물건 파는 일을 하는 것이었다. 전국을 무대로 할 수 있는 사업이니 전국을 모두 다녀볼 수 있다는 것은 큰 매력으로 다가왔다. 그러나 역시 일도는 영업엔 자신이 없었다.

사돈 사장은 일도를 차에 태웠다. 성수대교를 건너 올림픽대로를 진입해 구리시로 빠지더니 차를 춘천으로 몰았다. 경춘가도를 달리는 차속에서 일도는 가슴 후련함을 느꼈다.

사돈 사장은 인상이 참 좋았다. 사업가다운 인상에 이목구비가 뚜렷한 호남형이었다. 사돈 사장은 일도의 누님에게서 일도의 성장과정을 듣고 같이 일해 보고 싶은 욕심을 가졌노라고 했다. 북한강변을 따라 경춘가도를 달리는 동안 사돈 사장은 많은 얘기를 했다. 사냥용품 도매사업은 겨울 한 시즌 동안에 벌어서 봄, 여름, 가을 동안을 먹고 살 수 있는 장사라고 했다. 사돈 사장은 해볼 만한 사업 아니냐며 싱긋 웃었다.

의암댐을 지나 화천 쪽으로 10분 정도를 가니 산자락에 무슨 사격장인가가 나왔다. 사돈 사장은 그곳에서 차를 세웠다. 클레이 사격장이라고 했다. 일도는 사돈 사장이 시키는 대로 안전수칙에 대해 설명을 듣고 서약서를 작성했다.

탄약들에는 경고문들이 붙어 있었다. 일도는 사돈 사장을 따라 사격용 조끼와 귀마개를 쓰고 사격장으로 나섰다. 클레이 사격은 안전수칙을 잘 지키고 기본자세만 확실히 배우면 초보자도 쉽게 즐길 수 있는 레저스포츠라고 했다.

사돈 사장은 일도에게 초보자들이 사격할 수 있는 트랩으로 안내했다. 날아가는 접시 1개를 쏘는 것으로 시속 40km 정도라고 했다. 각도나 높낮이가 일정하게 날아가서 초보자들에게 맞는 경기방식으로 1라운드는 25발을 기준으로 한다고 했다.

일도는 발모양을 사돈사장이 알려주는 대로 자리 잡은 다음 왼손은 총의 몸체를 쥐고 오른손을 방아쇠 위치에 올렸다. 일도는 살짝 긴장감이 느껴졌다.

사돈 사장은 일도에게 눈을 부릅뜨라고 했다. 그 다음 상체를 약간 앞으로 기울인 후 개머리판을 뺨에 단단히 붙이라고 했다. 사격준비가 끝나면 "아!" 하고 소리치라 했다. 그러면 접시가 날아갈 것이라고 했다. 접시를 따라 총을 이동하되 개머리판이 뺨에서 떨어지면 안 되고, 총구와 접시가 일직선이 될 때 그때 방아쇠를 당기면 된다고 했다.

일도는 마음의 준비가 끝나자 "아!" 하고 소리쳤다. 순간 접시가 솟구쳐 올랐다. 일도는 목표물을 따라 총을 이동하다 방아쇠를 당겼다. 실패였다. 일도는 호흡을 한번 가다듬고 집중했다. "아!" 소리와 동시에 접시가 또 솟구쳐 올랐다. 일도는 아까보단 조금 여유있게 방아쇠를 당겼다. 보기 좋게 명중이었다.

묘한 쾌감이 밀려왔다. 명중했을 때의 쾌감도 짜릿했지만 격발음과 두 발의 총을 쓰고 난 후 총신을 꺾어 탄피를 배출해 낼 때 나는 소리는 마치 일도 자신이 서부영화의 주인공이 된 것 같은 기분을 느끼게 해줬다. 25발을 모두 발사하고 나자 세상 모든 고민이 사라진 듯 기분이 그렇게 상쾌할 수가 없었다.

흐뭇한 표정으로 지켜보던 사돈 사장은 일도를 밖으로 데리고 나왔다. 사돈 사장은 사냥을 할 때 느끼는 총맛은 클레이 사격에서 느끼는 총맛의 백 배는 된다고 했다. 꿩이나 노루, 멧돼지 등을 잡았을 때는 사냥을 해보지 않은 이상 그 희열을 느낄 수 없을 것이라고 했다.

 일도는 사냥을 해보고 싶은 마음이 굴뚝같아졌다. 일도의 속마음을 읽었는지 사돈 사장은 호탕하게 한바탕 웃었다. 돌아오는 길에는 일도에게 운전을 맡겼다. 일도는 망설였지만 한번 해보기로 했다. 처음에는 몸에 익숙하지 않아 어색했으나 시간이 지나면서 자신감을 얻었다.

 사돈 사장은 돌아오는 동안 별말을 하지 않았다. 일도가 초보운전이라 운전에 집중할 수 있도록 배려한 조치였다. 행당동 사업장에 도착했을 때 일도는 사업에 뛰어들기로 거의 결정을 내렸다.

 한 달 동안 상품에 대한 파악을 마친 일도는 결국 겨울 시즌이 되자 도매사업에 종사하게 되었다. 그러나 그해 겨울, 일도의 사냥레저용품 도매사업은 비참하리만치 초라하게 끝나고 말았다.

 역시 영업실력이 부족한 탓이었다. 당시 전국의 총포사는 서울, 경기를 포함해 500여 개나 되었다. 열 명이나 되는 도매사업자들이 500여 점포의 소매상들을 상대로 피 튀기는 경쟁을 하고 있었으니 일도 같은 풋내기가 의욕만 가지고는 할 수 없는 사업이었다.

 그러나 사돈 사장은 결코 실망하지 않았다. 오히려 첫 경험에서 그 정도면 큰 성공이라며 위로해 주었다. 이번 시즌 경험을 바탕으로 좀 더 영업력을 키우면 내년 시즌엔 완전히 달라질 것이란 말도 잊지 않았다.

 사돈 사장은 서울, 경기, 인천 지역에 있는 총포사 관리만으로도 시간이 부족했다. 전라도와 경상도, 부산, 울산, 대구, 충청도, 대전은 사돈 사장이 도저히 시간상 엄두를 낼 수 없는 지역이었기에 일도를 끌어들인 것이었다.

 사돈 사장은 총포사업만 하는 게 아니었다. 여름이면 텐트 판매사업도 했다. 일도는 일단 마음을 추스르고 다시 한 번 새롭게 도전해 보기로 했다. 일도는 며칠 동안 실패 이유에 대해 파고들었다. 경쟁이야 어느 업종이든 존재하기 마련이었다. 결국은 영업력 부족이었다. 일도는 영업력을 키울 수 있는 방법들에 대해 파고들기 시작했다.

일도는 생각을 정리하는 대로 노트에 기록했다. 골똘히 생각에 잠겨 있던 일도는 순간 무릎을 탁 쳤다. 총포 도매업으로 지방 소매점들을 다니다 보니 지방 총포사를 운영하는 사람들에게 한 가지 공통점이 있었다. 그 공통점은 그들에게 골치 아픈 고민거리가 있다는 것이었다. 바로 고장 난 총들 때문이었다. 총을 제조하는 업체가 한두 곳이 아니다 보니 고객이 찾는 총도 다양했고 사용하다 고장이 났을 때 소비자들은 당연히 총을 구입한 총포사에 수리를 맡기는 것이었다. 일도가 개척하고자 방문하는 총포사들마다 사장들은 수리해야 될 총 때문에 골머리를 앓고 있었다.

총을 제조한 회사에 택배를 보내면 빨리빨리 수리해서 보내주는 것도 아니었고 그렇다고 세밀하게 고장 난 총을 수리할 수 있는 기술을 익힌 총포사 사장도 몇 안 되는 상황이었다.

'그래, 내가 총을 만드는 제조업체에 취직해서 총에 대해 완벽하게 마스터 하자!'

일도의 손이 빨라지기 시작했다. 한참 동안 노트를 정리하던 일도는 이번엔 A4용지에 사업계획서를 작성하기 시작했다.

다음 날 일도는 사돈 사장을 만나서 자신의 뜻을 얘기하고 사업계획서를 내밀었다. 한참을 집중해서 사업계획서를 읽어 보던 사돈 사장의 얼굴이 조금씩 밝아지더니 호탕하게 웃어젖혔다.

"하하하! 역시 내가 사돈을 제대로 보았어. 사돈, 그렇게 합시다!"

일도는 사돈 사장의 소개로 용인의 한 공장에 취직했다. 공기총, 엽총을 생산하는 공장이었다. 용인의 공장에서 생산하는 총을 사돈 사장이 도매로 물건을 받아가서 소매점에 판매하고 있었다.

총을 생산하는 회사는 국내에 다섯 개 정도 되었다. 그러나 외국으로 수출까지 하는 업체는 일도가 취직한 용인의 공장이 유일했다. 일도는 기숙사에서 먹고 자고 하면서 열심히 기술을 익혔다. 총은 간단해 보이면서도 상당한 기술을 요했다. 조금만 오차가 생겨 불량부품이 나오면 총은 제 구실을 전혀 하지 못했다. 일도는 하나의 부품에 자신의 기술이 익숙해지면 또 다른 부품 코너로 이동하면서 철저하게 총의 원리를 익혀 나갔다. 무려 7개월을 공장에서 일하면서 총에 대해 귀신은 못 되어도 고장 난 총의 수리 정도는 눈 감고도 할 수 있을 정도가 되었다.

일도는 행당동으로 돌아와서 부지런히 움직였다. 일도는 카탈로그 제작을 위해 상품 하나하나를 사진기에 담았다. 사냥에 필요한 사냥용품은 정말 가지 수가 많았다. 사냥화, 사냥복, 사냥모자는 기본이었다. 개머리판을 보호하기 위한 보호개와 총열을 보호하는 총열 보호개까지…. 영점을 잡는 스코프도 종류가 수십 개였다. 그 많은 종류를 사진으로 찍어 한번에 보기 좋게 진열하다 보니 대문짝만 한 크기의 카탈로그를 제작할 수밖에 없었다.

일도는 절반 크기의 카탈로그를 제작하기 위해 몇 날을 고생한 끝에 완성된 카탈로그를 받아 보았을 때, 일도보다 사돈 사장이 더 기뻐하였다. 상품 밑에 사용설명서까지 쓰여 있어 한눈에 보아도 무엇에 쓰이는 물건인지 누구나 알 수 있는 카탈로그였다.

일도는 가슴이 뿌듯했다. 일도는 사업계획서 대로 움직였다. 본격적인 겨울철 시즌이 되려면 아직 한 달도 넘게 남아 있었지만 일도는 지방 총포사들을 찾아다니기 시작했다. 정해 놓았던 코스대로 일일이 찾아다니며 영역을 넓혀 나갔다. 총포사를 찾은 일도는 씩씩하고 당당한 목소리로 정중히 인사했다.

"안녕하십니까 사장님! 편지로 인사드렸던 최일도입니다!"

일도는 방문하기 전에 반드시 편지를 먼저 보냈다. 일도의 방문에 총포사 사장들은 각양각색의 반응을 보였다. 그러나 한 가지 공통점이 만들어졌다. 고장 난 총이 있으면 즉시 수리를 해드리겠다는 말에 총포사 사장들은 긴가 민가 하는 표정으로 아주 오래된 옛날 총까지 내놓는 것이었다.

일도는 준비해 간 큰 수리가방을 열어놓고 시원시원하게 고장 난 총들을 고쳐주었다. 부품이 크게 손상되어 당장 고칠 수 없는 총은 다음 방문할 때 고쳐가지고 오겠다고 약속했다. 그 다음에 일도는 총포사마다 총이 진열돼 있는 진열장을 깔끔하게 청소해 주었다. 청소가 끝나면 카탈로그를 총포사에서 제일 잘 보이는 깨끗한 곳에 강력 테이프로 떡 하니 붙여 놓았다. 카탈로그에 있는 품목 사진들을 보고 분명히 소비자가 찾는 것이 있을 테니 카탈로그를 신경 써서 잘 관리해 주십사 하는 당부도 잊지 않았다.

그렇게 마무리하고 일도가 일어서려 하면 열이면 열 모두 커피라도 한잔 하고 가라며 잡는 것이었다. 그때가 일도에게는 천금 같은 기회였다. 겨울시즌 장사 준비는 언제쯤 할 거라는 얘기쯤은 서로 격의 없이 오갔으니 말이다.

하루하루 몸은 피곤해도 일도의 행진은 멈출 줄을 몰랐다. 일도는 진열장 청소를 해주면서 재고로 남아있는 총의 생산업체들을 파악해 보았다. 앞으로 일도가 공급해야 할 상품과 철저한 비교를 해보기 위해서였다.

지역의 총포사들은 거의 대부분 낚시점이나 등산용품점을 겸해서 장사하고 있었다. 그도 그럴 것이 총은 겨울 한철 장사 상품이기 때문이었다. 도매를 하는 입장에서도 겸업은 마찬가지였다. 레저와 관련된 업종을 겸해 수입된 제품들을 많이 취급하고 있었다. 일도는 일단 이번 겨울시즌 사냥 레저용품 도매업에 집중키로 하고 떠오르는 아이디어들은 노트에 착실히 메모해 두었다.

일도의 노력은 시즌이 시작되자 서서히 빛을 발하기 시작했다. 일도의 참신한 영업방법은 성실성과 맞물려 지역의 총포사 대표들에게 젊은 사람이 제대로 살고 있다는 인식을 심어 주었다. 일도는 방문할 때마다 자필로 쓴 카드나 편지를 꼭 전달하였다. 장사가 잘 되는 다른 점포의 운영비법을 전달해 주기도 하였다. 일도는 전략적으로 한정된 점포만 집중 관리하면서 거래를 하였다. 군 단위의 한 지역에 총포사가 서너 곳이 있다면 입지가 가장 좋은 자리에 위치한 한 점포만 집중 관리하였다.

일도가 총포사들에 배포했던 카탈로그를 소비자들이 보고 상품 구매를 의뢰해 오면 일도는 지역 거래처의 총포사 위치까지 자세히 알려주면서 그곳을 이용하도록 유도하였다.

거래처 총포사들의 진열용품은 일도가 공급하는 용품들로 채워지기 시작했다. 거래가 늘어나면서 외상거래를 요구하는 점포들이 있었지만 일도는 외상거래의 단점을 상대방이 기분 나쁘지 않게 설명함으로써 설득했다.

사실 외상으로 물건을 받으면 그 사람이 손해였다. 물건을 외상으로 줄 때는 알게 모르게 공급가격에서 차이가 날 수밖에 없었다. 그건 어쩔 수 없는 선택일 수밖에 없었다. 리스크 발생 확률이 있는 거래에 리스크 비용이 어떻게 포함되지 않을 수 있겠는가. 일도가 종사하는 도매사업체 역시 마찬가지였다.

　공기총 사냥할 때 쓰는 가스통이 하나의 예였다. 5파운드나 7.5파운드의 가스통을 도매사업자가 직접 생산할 수는 없었다. 생산비용을 감당하면서 생산공장까지 갖출 수는 없기 때문이었다. 수십 가지나 되는 상품을 모두 생산하려면 수백 명의 인원과 수십 개의 공장이 필요했다. 그러니 배보다 배꼽이 더 큰 격이 될 수밖에 없었다. 현금거래를 해 주어야만이 좋은 상품을 조금이라도 더 싼 가격에 공급해 드릴 수 있다는 현실을 진실되게 설명해 주었다. 그러한 설득으로 총포사 소매상들의 수긍을 얻어내는 데는 큰 무리가 없었다.

　총포사 소매상들에게 있어 일도의 등장은 도매 경쟁업체 하나 늘어난 것에 불과했다. 그러나 단시간이었지만 일도의 존재가치는 컸다. 고장 난 총들의 수리 의뢰가 들어올 때 소매점들은 그것이 제일로 큰 애로사항 중의 하나였다. 그 골치 아픈 애로사항을 일도가 방문할 때마다 속 시원히 해결해 주니 그들에게 있어 일도는 청량제 같은 존재였다. 그 어떤 도매사업자들도 일도와 같은 전략과 전술을 갖추지 못했다는 것을 그들도 알고 있었다. 다른 도매업자들은 단지 오래되었다는 인정 하나만으로 자신들을 관리하고 있다는 것을 훤히 알고 있었다.

　일도의 영업전략은 거의 일도가 의도하는 대로 되어 가고 있었다. 넉 달 동안의 겨울시즌 장사가 끝났을 때 사돈 사장은 일도의 두 어깨를 힘차게 끌어안으며 기뻐했었다.

　일도의 활약은 눈부셨다. 일도는 각 지역에 있는 총포사들 중에서 100개의 점포를 공략대상으로 선정했었다. 목표했던 100개의 점포 중에서 93의 점포와 거래를 만들어 냈으니 성공률 93%에 이르렀다. 더구나 속이 알찬 영업이었다. 20억이 넘는 매출이었음에도 미수금은 3천만 원이 안 되었다. 3천만 원의 미수금도 일도는 시즌 이후 1개월 내로 거의 전액을 수금하였다.

그리고 시즌이 끝난 비수기에도 매달 한 통씩의 편지를 거래처마다 보낸 것은 물론 거래처 사장님의 생일은 반드시 챙겨드렸다. 경조사가 생기면 그들이 먼저 연락을 해왔다. 일도는 연락이 오는 경조사에는 거리를 따지지 않고 직접 찾아가 축하하거나 애도의 뜻을 표했다.

시작해 놓고 보니 겨울 한철 장사가 아니었다. 거래처를 지속적으로 관리해야 했고 비수기에도 겨울 장사를 위한 준비 또한 만만치 않았다. 경쟁업체들보다 우위에 서기 위한 노력은 당연히 경쟁업체들보다 더한 노력을 요구했다. 일도는 사돈 사장과 힘을 합쳐 사업체의 규모를 점점 키워 나갔다.

일도와 사돈 사장은 베레타 엽총을 직수입하였고 일제 최첨단 스코프를 직수입하였다. 독점 수입권을 보장받는 조건이었다. 전 세계의 엽사들에게 베레타 엽총은 권위의 상징이었다. 그런 베레타 엽총에 일제의 전자 핫구(Hakku) 스코프는 명예를 더해 주었다. 일제인 최첨단 스코프는 100여 미터 떨어져 있는 짐승의 체온을 감지하여 스코프에 적색을 표시해 줌으로써 엽사들에게는 꼭 간직하고 싶은 사냥용품 중에 단연 으뜸이었다.

경쟁력이 강화된 도매사업은 다음 시즌에도 더더욱 빛을 발했다. 사업이란 바로 그런 성취감 때문에 하는 것이라 일도는 피곤할 줄도 모르고 일에 몰두하곤 했다. 사업의 규모가 점점 더 커지자 사돈 사장은 사업의 다각화를 시도했다. 한마디로 레저 천국을 만드는 사업이었다. 사돈 사장의 뜻에 따라 일도는 사냥 레저용품 도매 관련 분야를 전담하게 되었다. 사업체에서 이제 일도의 비중은 절대적이었다.

일도가 처음 사돈 사장과 손을 잡았을 때 사업체의 인원은 사돈 사장과 일도, 그리고 경리아가씨와 매장판매 및 창고관리를 동시에 맡아 일하는 한 사람을 포함해 4명이었다. 그러나 두 번의 시즌을 보내면서 인원은 이제 20여 명으로 늘어나 있었다. 규모도 커지고 매출도 그만큼 늘어났으며 사업은 계속 번창일로였다. 일도는 세상 모든 것이 자신의 것처럼 여겨졌다. 크고 작은 시련들도 있었으나 어려서부터 삶을 헤쳐 나가는 데 익숙해진 일도에게 극복 못할 일은 없었다.

적어도 IMF라는 국가 대란이 있기 전까지는 말이다. 사냥 레저용품 도매사업에 뛰어든 지 10년 만에 맞는 날벼락이었다. 그해는 조짐도 시작부터 영 좋지 않았었다. 나라에 대란이 일어날 조짐이 었는지 총기 관련사고가 유난히도 많이 발생하였다. 공기총 엽총으로 사람을 해치는 대형 사건들이었다.

청주에서 일어난 사건이었는데 부부싸움을 하고 처가로 가버린 아내를 찾아 술에 취한 남편이 공기총을 들고 들이닥쳤다. 아내는 남편을 피해 도망을 갔고, 온갖 행패를 부리던 남자는 항의하던 처남을 공기총으로 쏘아 버렸다. 이어 장모까지 쏘아 버렸다. 신문에 대문짝만하게 대서특필되었다. 그도 그럴 것이… 사위란 놈이 장모를 총으로 쏘아 죽이면서 짐승만도 못한 짓을 한 것이었다. 장모의 가슴과 장모의 그곳을 향해 총을 발사한 것이었다. 그리고는 자살해 버렸다.

공기총은 개인 소관용이었으나 엽총은 개인 보관이 불가능했다. 경찰서에 보관하였다가 수렵 시즌이 되면 수렵증을 제시하고 사용

후 다시 경찰서에 반드시 반납해야 했던 것이다. 그런데도 엽총사건이 종종 발생하였다.

공기총도 경찰서에 보관시켜야 한다는 여론이 일었으나 경찰서의 인력이나 시설로는 한계가 있었다. 대신에 핵심부품을 따로 떼어내 보관해야 한다는 여론이 일었다.

어수선하기가 말로 다할 수 없었다. 갈수록 무언가 이상하다 싶더니 결국은 본격적인 사냥 레저 시즌을 앞두고 IMF가 터지고야 만 것이었다. 전국이 요동쳤다. 은행에서는 돈을 거두어들이느라 인정사정없었다. 일도는 정신을 차리고 정면 돌파해 볼 길을 찾고 또 찾아 발버둥치고 있었다. 그러나 길이 보이지 않았다. 창고에는 물건이 산더미처럼 쌓여 있었다.

엄청나게 큰돈이었다. 한두 푼 하는 물건들도 아니었다. 판매해서 돈으로 만들지 않으면 쓰레기일 뿐이었다. 더구나 스키장들이 늘어나면서 사냥레저와 스키레저는 치열한 경쟁 중에 있었다. 마진율도 떨어져 있는 상태에서 마지막 승부수를 띄운 해였다. 수입물품 대금을 마련코자 돈을 빌렸던 은행에서는 날마다 익지소리만 해대었다. 신용도가 좋으니 돈 좀 더 쓰시라고 사정할 땐 언제고…. 일도의 잘못도 아니었는데 말이다.

지방의 총포사에서는 한 자루의 총도 판매되지 않았다. 다들 난리였다. 돈이 보이질 않았다. 하늘로 솟았나 땅속으로 꺼졌나, 어떻게 손을 쓸 방법이 없었다. 창고에 쌓인 물건이 쌀이라면 어려운 백성 도와준다고 나눠주면 될 일인데….

일도와 사돈 사장은 몇 날 며칠을 머리 싸매고 방법을 짜냈지만 길은 냉정하게도 더 이상 보이지 않았다.

실전 **기획부동산 07.**

## 최고의 전문가

'영순 씨… 우리도 이제는 중년의 나이가 되어 버렸군.'
잠시 지난 추억에서 빠져나온 일도는 영순의 40대 모습을 생각해 보았다. 태백에서 뵈었던 영순의 어머니 모습이 떠올랐다.
'두 분은 잘 지내고 계실까?'
영순이 살아있었으면 장인, 장모님이 되었을 분들이었다. 여러 번 찾아뵐까도 생각해 보았으나 두 분의 마음만 아프게 할 것 같아 그러하질 못했다.
이런저런 생각에 서글퍼진 일도에게 반가운 얼굴이 다가왔다. 황인원이었다.
"왜 인제 오시우?"
출발할 때 황인원에게 전화를 했던 일도였다. 황인원의 머리에 백색 물빛이 그윽했다. 일도는 또다시 세월이 많이 흘러갔음을 실감했다. 그날 저녁 일도는 빡빡머리와 황인원 셋이서 코가 삐뚤어져라 술을 마셨다.

일도는 이제 임원이 되었다. 임원회의는 팀장들 회의가 있기 전에 이루어졌다. 새벽별 보고 출근해서 날 바뀌는 시간의 별 보고 집에 들어가는 게 임원생활이라고 했다. 그러나 일도에겐 어려울 게 없었다. 팀장시절에 이미 그렇게 생활해 왔기 때문이었다. 단지 달라진 것이 있다면 팀장일 때는 팀에만 신경 쓰면 되었다. 그러나 이제는 회사 전체의 실적을 신경 써야 했다. 임원이 되고 보니 팀장의 자리라는 것이 얼마나 중요한 자리였던가를 다시 한 번 절실히 느끼게 되었다.

'사원만도 못한 팀장'이란 말을 뼈저리게 현실에서 느끼게 만들었다.

일도는 전무의 지시에 따라 팀장들의 교육 프로그램을 만들었다. 전무는 일도에게 전폭적인 지지를 보내면서 일도에게 힘을 실어 주었지만 그것이 일도에게 꼭 좋은 일만은 아니었다. 왜냐하면 일도는 이제 첫 번째 임원인 실장이었다. 그 위에 이사, 상무라는 쟁쟁한 선배 임원들이 버티고 있는데 그들의 입장 또한 고려하지 않을 수 없었다.

마키아벨리는 "적은 적이라고 표시하고 다니지 않는다"고 말했다. 한비자는 또한 "적은 나의 말 한마디에 결정된다"고 말했다. 선배 임원들은 회사의 동료이지만 언제든 일도에게 적이 될 수 있는 사람들이었다.

전무의 지원이 일도에겐 그들이 적이 될 수 있는 요소이기도 했다. 사람은 철저히 자신의 이익에 따라 움직이는 위대한 동물이기 때문 아니겠는가. 일도는 전무를 찾아뵙고 자신의 그러한 뜻을 정중하게 전달했다. 일도는 다시 바쁘게 움직였다. 일도는 본인이 팀장을 했을 때를 생각하면서 그 교육 프로그램을 만들었다.

중간 관리자인 팀장이 흐트러지면 그 조직의 생생한 파워는 나올 수가 없다. 팀장에게는 우선 팀의 관리자로서 예의가 있어야 했다. 동서양을 막론하고 윗사람의 몸가짐은 아랫사람에게는 거울이 되는 것이다.

팀장은 우선 '인사'를 제대로 할 줄 알아야 했다. 이건 유치원생 교육이 아니다. 일도는 팀장생활을 하면서 사원들이 출근할 때 인사하는 목소리에서 그날 그 사원의 컨디션을 파악할 수 있었고 인사말에서 그 사원의 변화를 예측할 수 있었다. 또한 인사하는 자세에서 영업인의 성공 여부를 파악할 수 있었다.

인사는 자신을 표현하는 가장 원시적인 방법이면서도 자신의 가치를 무한히 올릴 수 있는 수단이기도 했다. 그래서 인사는 중요한 것이다. 사람은 첫인상을 상당히 중요하게 여기므로 영업인의 첫인상은 인사방법과 함께 결정되는 것이 아닐까. 하물며 팀의 리더인 팀장이 그 기본을 몰라서야 되겠는가.

일도는 팀장이 갖추어야 할 예의에서 인사 다음으로 '보고 자세'를 중요하게 생각했다. 보고는 보고다워야 한다. 보고하는 자의 입장에서 보고서를 작성하면 안 되고, 보고받는 자의 입장에 서서 작성되어야만 보고의 효과가 있는 것이다. 임원이 되어 보고를 받아 보니 어이없어 웃음이 나올 때가 한두 번이 아니었고, 그러한 보고들이 멀쩡하게 비싼 종이 없애면서 이루어지고 있었다. 아예 기본개념이 정리 안 되어 있는 팀장도 부지기수였다.

보고 내용 못지않게 보고자세 또한 엉망인 팀장도 많았다. 일도보다 나이 많은 팀장은 아예 절반 이상이 반말이었다. 그러니 슬리퍼 질질 끌고 와서 장난질하는 것 아니겠는가. 일도는 문제점들을 메모하면서도 팀장들이 기분 나쁘지 않게 받아들일 교육 내용들을 만들어 내는 데 골몰하였다.

일도는 서로 반대의 입장에서 역할을 바꾸어 보는 연극 같은 교육내용을 실천해 보았다. 반응은 상상 외로 놀라웠다. 몰라서 잘못한 것은 잘못이 아니라고 했던가. 일도의 교육을 받은 팀장들은 분명히 달라지고 있었다.

팀장의 예의에서 세 번째로 '근무태도'를 교육했다. 가끔 일도가 건물의 옥상에 올라가 보면 사원이 팀장하고 맞담배질하는 모습을 종종 보곤 했다. 그것도 엄연한 근무시간에 말이다.

그 팀의 실적은 어떠했을까. 국가는 국가다워야 국가이다. 영토 있고 인구만 있다고 국가가 아니다. 군사력이 없다면 그 국가는 끝장 본거나 마찬가지이다. 국가는 또한 경제력이 있어야 한다. 팀에 사원은 많은데 실적을 만들어 낼 수 있는 사원이 없다면 경제력과 군사력이 없는 국가나 마찬가지이다. 팀이 아닌 국가도 잘못되면 망하는 것이다. 하물며 그까짓 팀 하나 정도 망하는 것이야 제대로 틀도 잡아보기 전에 망할 수 있다. 조직도, 가정도, 회사도, 군대도 원칙에서 벗어날 수 있는 신의 파워를 가진 예외는 없는 것이다. 그 예외는 오직 저승에서만 가능한 것이다.

또한 부지런해야 한다. 부지런하면 나에게 어떤 이득이 생기는가? 부지런해서 성공한 사람은 구체적으로 어떻게 부지런하였는가? 내가 부지런해질 수 있는 요소는 무엇인가?

일도의 부지런함은 해야 할 일 때문이었다. 성정과정이 그러했고 지금도 부지런한 것은 일도가 정확히 해야 될 일이 있기 때문이었다. 몇몇 팀장은 지각, 결근 안 하면 그것이 근무태도의 최고라고 잘못 알고 있었다.

"팀장님! 팀장님께서 100명을 거느린 회사의 오너이신데 지각, 조퇴, 결근 있는 사원들이 한 달 동안 한 명도 없었습니다. 그런데 매출은 무실적이었습니다. 팀장님께서 오너라면 그 사원들의 근무태도가 좋았다고 생각될까요?"

일도는 한 명의 팀장에게 질문했다.

"저희 팀, 무실적 아닌데요."

순간 교육장에 한바탕 웃음이 터졌다. 일도도 같이 한바탕 웃어 젖혔다. 한바탕 웃고 난 일도는 그 팀장에게 지목한 것에 대해 사과했다. 그 팀장은 성실했으며 엄청난 노력을 하는 팀장이었다. 회사에서 중간 정도의 실적으로 매달 그 선을 유지하고 있는 팀장이었다.

잠시 후 전무가 시켜준 것이라며 튀김닭 몇 마리와 소주 몇 병이 들어왔다. 일도는 그 팀장 옆자리로 가서 앉았다. 술잔이 몇 잔 오고간 이후 분위기가 조금 무르익자 그 팀장에게 제안했다. 그 팀장은 11명의 팀장 중에서 두 명의 여성 팀장 중 한 명이었다.

"박혜숙 팀장님!"

"예… 왜요?"

'예'라는 대답은 공손했으나 '왜요'라는 말에는 살짝 가시가 박혀 있었다.

"우리 삼행시 짓기 해볼까요?"

박혜숙 팀장이 일도를 쳐다보았다. 일도보다는 두 살이 많았는데 부동산 컨설팅 경력은 벌써 6년째였고 전무가 팀장일 때 사원이었다고 했다.

"제가 팀장님의 성함으로 삼행시를 지을 테니 운을 띄우세요. 속는 셈치고 한번 해보세요."

일도의 제안에 박 팀장은 잠시 망설이다 운을 띄웠다.

"박! 박혜숙 팀장님.

혜! 혜숙 팀장님.

숙! 숙명입니다. 우리 만남은….”
순간 다시 교육장에 잔잔한 웃음이 터졌다.
“어머 괜찮다….”
박 팀장의 기분이 풀렸는지 박수를 치며 좋아했다. 일도는 그날 교육을 그 정도로 끝내고 전무의 허락을 얻어 팀장들을 전원 일도의 집으로 즉석 초대하였다. 전무, 상무, 이사, 팀장들까지 만장일치가 순식간에 이루어졌다.
일도의 아내는 갑자기 이루어진 일임에도 불구하고 정성을 다해 주었다. 일도가 회사 사람들과 집에 도착했을 때는 장모님까지 동원되어 이미 근사한 술상이 차려져 있었다. 사람 사는 세상에 일거리만 있으면 무슨 낙이 있으랴.
그날 회사 동료들은 아주 즐거운 시간을 보내면서 일도의 삶을 아주 가까이에서 이해할 수 있는 여러 모습들을 보게 되었다. 일도의 아이들과 일도의 아내 그리고 벽에 걸린 일도의 사진들.
일도의 아내는 평상시와 달리 회사 동료들이 권하는 술잔을 거절하지 않고 받아들이더니 나중엔 아예 술자리에 끼어들었다. 아내는 그 자리에서 일도의 지난 흔적을 모두 쏟아내고 있었다. 일도의 어머니나 동생들… 누님께 들은 일도의 성장 과정까지도.
아내가 모르는 일도의 지난 흔적은 영순과의 사랑 정도였다.
“와아~ 저 사진이 실장님 총장사 할 때 사진인가 보다!”
일도 아내의 얘기를 집중해 듣던 박혜숙 팀장이었다.
일도의 고급 승용차 운전석 문짝이 열려져 있고 일도가 그 차문짝 사이에 서서 베레타 엽총을 엽사하는 모습이 담긴 사진이 걸려 있었다. 사진이 하도 멋지게 나와 사진전에 한번 출품해 볼까 생각했었다. 그 엽총의 목표물은 태양이었다.

그때 사람들은 그 차를 각 그렌저라고 불렀다. 당시 국내 최고급 승용차이기도 했지만 모서리가 각으로 처리되어 그렇게 불렀다. 거기에다 베레타 6연발 엽총이었으니 당시에는 철없던 일도가 한 번쯤 자신을 과시해 보고 싶은 욕심에 갖고 있던 것들이었다.

"와아~ 실장님! 정말 대단했었군요."

회사 동료들의 탄성이 이어졌다.

"어쩐지 처음부터 평범한 사람은 아닐 거라고 생각했었어."

일도가 임원으로 승진하고 현재 같이 활동하는 팀장들은 거의 대부분 일도와 팀장 생활을 같이했던 사람들이었다. 일도는 오직 자신의 일에만 미쳐 있었기에 사실 팀장들끼리 많은 대화를 나눌 시간이 없었다. 오죽하면 임원이나 회사대표가 주관하는 회식자리에도 제대로 참석하지 못했다.

그날 술자리는 늦게까지 이어졌다. 전무는 다음 날 임원회의와 팀장회의를 한 시간 이상을 앞당겨 주관했으나 회의에 늦은 사람은 단 한 명도 없었다.

기회부동산의 팀장 업무 중에서 가장 중요한 핵심은 사원 충원이었다. 땅을 판매하는 건 사원이었다. 물론 팀장, 임원들도 고객들에게 판매영업도 하였다. 왜냐하면 그 모든 수익은 본인의 것이기 때문이었다. 예를 들어 팀장이 토지를 분양했다고 치면 토지분양가의 10%인 사원수당 몫과 팀장의 수당인 사원수당의 20%까지 그대로 팀장의 몫이었다. 임원 또한 마찬가지였다. 사원수당과 팀장수당, 임원수당까지 고스란히 챙기는 것이었다. 그러나 팀장이나 임원들은 사원관리 때문에라도 개인적인 고객관리가 힘들었다.

결론은 사원들이 실적을 만들어 낼 수 있게 뒷받침하는 것이 팀장이나 임원의 역할이었다. 사원은 회사의 매출 중심에 서야 했다.

그게 정상이었다.

그런데 그 중심을 소홀히 하는 팀장들이 있었다. 일도는 그걸 묵인해서는 안 될 위치에 있었고 그 위치가 아니었더라도 그건 당연히 안 될 말이었다. 일도는 팀장의 업무 중에 충원을 가장 중요하게 생각했다. 영업조직에서 땅을 파는 것도 결국은 사람이 하는 일이기 때문이었다.

사람을 구하는 건 쉬운 일이 결코 아니다. 내가 필요로 하는 사람을 구하는 건 더더욱 어려운 일이다. 더구나 땅을 팔아야 하는 일을 할 사람을 구하는 일이다. 의심으로 가득 찬 상대가 자세한 얘기를 듣기도 전에 마음의 문부터 닫아버리는 일이 다반사로 벌어지는 상태에서 해야 되는 일을 할 사람을 구하는 일이다.

준비 없이는 절대 쉬운 일이 아니었다. 일도는 팀장 생활을 하면서 유능한 사원을 충원하기 위해 시간을 투자하였고 금전을 투자하였다. 그리고 정성을 투자하였다. 팀에 사원들이 꽉 차 있을 때도 일도는 꾸준히 금전투자를 하면서 예비사원들을 준비하는 작업을 멈추지 않았다. 사원 관리수첩을 따로 만들어 꾸준히 관리하기도 했다. 그리고 사람을 얻으면 일도는 그 사람의 마음을 먼저 얻기 위해 철저한 프로그램을 가동했다. 팀장의 팀 운영은 한 치의 오차도 없이 어떤 프로그램에 의해 운영되어야만 팀이 제대로 기능을 하는 것이었다.

많은 사람들이 삼국지의 유비처럼 사람을 구하고 다스려야 한다고 생각하고 있었으나 결코 일도는 유비라는 인물이 뛰어나다고 생각해 본 적이 없었다. 삼고초려해서 유능한 사람을 구했는지 몰라도 오히려 유비는 무능력한 사람 중의 하나라고 생각했다. 물론 받아들이는 이해는 여러 갈래일 것이다. 유비는 중국을 통일한 진

황제 같은 사람도 아니었다. 삼국시대의 세 나라 중에 제일로 약소국인 촉한의 1대 황제였을 뿐이었다. 그것도 황제로서의 제위기간이 1년 정도로 짧았다. 관우, 장비, 제갈공명 때문에 그 위치에 오를 수 있었던 유비는 물론 덕망 있고 선한 사람이었으나 그는 무능한 사람이었다.

유비의 천적인 조조가 전투할 때마다 80%의 승리를 만들어 냈다면 유비는 거의 지는 전투였고 20%의 승리밖에는 만들어 내지 못했다. 또한 유비는 전술이나 군대의 운용에도 서툴렀다. 그런 무능을 가지고도 살아남을 수 있었던 것은 덕이라는 무기를 가지고 있었음을 일도는 부정하진 않았다.

그러나 영업세계에서 덕 이상으로 중요한 것은 팀장의 능력이었다. 유비는 덕이라는 덕목 하나로 생존했지만 영업조직의 팀장은 유비보다는 조조의 졸개 같은 사람이라도 능력이 필요했다.

팀의 우두머리인 팀장이 능력 없이 덕으로만 팀을 이끌어서는 절대 안 된다는 것이 또한 일도의 생각이었다. 역사에 해박한 지식을 갖고 있지 않은 일도였지만 삼국지 몇 번 읽어 보면 얻을 수 있는 답이었다.

사실 유비는 리더로서 방법을 뚜렷이 제시 못하고 "그럼 그렇게 하시오" 아니면 "그 방법을 상의해서 탈이 안 나게 진행해 보시오" 그것이 유비의 관리방법이 아니었던가. 오늘날의 리더가 유비 같다면 생존할 수 있는 기업의 오너가 몇 명이나 될까?

때문에 팀장들이 리더로서의 모델로 유비를 생각한다면 이는 크게 잘못된 선택이라고 생각하고 있었다.

덕을 갖춘 유비가 조조와 같은 능력을 겸비했다면 역사는 달라졌을 것이다. 영업조직의 팀장이 덕만 있고 능력이 없다면 어찌될까. 성공하는 팀장이 되기 위해서는 꼭 필요한 요소들이 있기 마련이다. 시간과 금전과 정성을 투자하여 사람을 얻었다면 다음엔 반드시 그 사람의 마음을 얻어야 한다는 것이 일도의 생각이었다. 일도는 사람의 마음을 얻기 위한 프로그램을 가동했었다. 결코 덕으로만 될 일은 아니었다.

그 다음이 '교육'이었다. 아무리 좋은 교육도 상대의 마음이 열리지 않은 상태에서는 오직 경계심만 키울 뿐이었다. 실 예로 일도가 팀장생활을 할 때의 일이었다. 40대 중반의 여성사원으로 은행에서 근무했던 경력이 있었다. 일도가 진행했던 채용 설명회에서 일도와 인연이 되었다. 인텔리한 용모로 주부모델 같았고, 무언가 하나라도 얻어내고자 눈빛은 항상 적극적이었다. 그러나 그녀는 그런 속마음을 전혀 내색하지 않았다. 일도가 진행하는 휴일 교육에도 자발적으로 참여했으나 질문도 없었다. 그때 마치 일도는 감시를 받는 느낌이었다.

일도는 팀에서 자신의 오른팔이라고 생각하는 성주호에게 지원을 요청했다. 사원들끼리는 격의 없는 대화가 있기 마련이었다. 아니나 다를까, 여성사원은 성주호에게 많은 것을 물어보면서 특히 팀장인 일도에 대해 이것저것 물어보았다는 것이었다. 일도는 적당한 구실을 붙여 성주호와 함께 그 여성사원을 일도의 집으로 초대하였다. 햇빛도 안 드는 지하실 단칸방에 말이다.

일도는 그날 아내에게 아이들을 데리고 올 것을 부탁했었다. 그리고 일도는 정성을 다해 저녁식사를 대접했다. 방바닥에 신문지 깔고 삼겹살을 구워 놓고 술잔도 주고받았다. 일도는 일부러 아이들을 데리고 밖으로 나왔다.

한 시간쯤 지나 들어갔을 때 그 여성사원은 눈빛이 달라져 있었다. 경계의 눈빛이 사라진 것이었다. 일도가 아이들과 함께 자리를 비운 사이에 성주호와 일도 아내에게서 듣게 된 얘기들을 통해 일도의 가치를 확인한 것이었다.

이후에 그 여성사원은 본인이 직접 투자를 하였다. 500평짜리의 필지에 1억을 투자하였다. 등기권리증을 받아든 여성사원은 그 다음부터 고객들을 유치하기 시작하였다. 혈연과 친구, 동창들, 과거 직장의 동료, 동네의 부녀회장까지 그 여성사원이 4개월 동안 올린 매출이 30억이었다.

충원은 이토록 중요한 것이었고, 사람의 마음을 얻는 것은 더더욱 중요한 일이다. 영업에는 원칙이 있어야 하고 정확한 중심이 있어야 한다. 사원의 마음을 얻은 이후의 교육은 이미 사원교육이 아니다. 고객을 교육시키는 것이나 마찬가지이다. 이런 중요한 사항을 소홀히 하며 사원들에게 해서 될 말과 안 될 말을 구분 못하는 팀장도 있었다.

일도는 팀장들에게 팀 사원들 교육 프로그램을 작성해서 제출하라고 지시한 적이 있었다. 평상시에 준비되어 있던 팀장들은 그나마 억지로라도 봐줄만 했지만 역시나였다. 사원들에게 팀장으로서 유식해 보이기 위한 부동산 관련 용어들만 잔뜩 책에서 베껴 제출한 팀장도 있었다. 일도는 기가 찼으나 표현은 절대 하지 않았다. 오히려 수고들 했다며 팀장들에게 회식을 시켜 주었다.

다음 날 일도는 전무의 승낙을 얻어 팀장들과 현장답사를 진행하였다. 당시 일도네 회사는 강원도 땅을 팔고 있었다. 큰 규모의 스키장이 들어올 지역이었다. 물론 계획은 확정되어 설계도면이 나와 있는 상태였다. 일도네 회사가 분양하는 땅은 고속도로 IC에서 빠져나와 스키장까지 들어가는 4km 정도의 계획도로 2차선 우측에 도로를 따라 길게 붙어있는 땅이었다.

또한 계획도로 건너편에 비슷한 모양의 꽤 큰 땅을 200평, 300평, 500평 형태로 분할하여 분양하고 있었다. 분양가격은 평당 15만 원에서 20만 원까지였다. 다시 말해서 스키장이 들어온다면 고속도로에서 스키장 진입로까지의 메인도로 우측과 좌측에 붙어있는 땅이었다. 경사도도 적당했고 임야인 상태였다.

일도가 팀장들을 데리고 현장답사를 간 곳은 회사가 분양하는 땅이 아니었다. 일도는 팀장들을 평창군 봉평면 면온리로 안내했다. 이미 스키장이 들어선 지역이었다.

면온IC에서 빠져나온 일도는 스키장까지 들어가는 길의 우측에 어떤 시설들이 들어서 있는지 확인케 했다. 주로 스키용품 대여점들이 위치 좋은 자리마다 들어서 있었음은 말할 나위가 없었다. 일도는 팀장들에게 땅의 시세를 각자 확인해 보도록 했다. 두세 명씩 짝을 지어 스키대여점을 해볼 요량으로 땅 시세를 보러 왔다고 거짓말을 하라고 했다.

잠시 후 차에 모인 팀장들은 입이 딱 벌어져 있었다. 일도는 스키장으로 차를 몰았다. 한 바퀴 쭈욱 둘러보니 일도 자신도 가슴이 후련하였다. 머지않아 스키시즌이라서 스키장은 벌써부터 준비가 한창이었다.

스키장을 둘러보고 나오는 길에 일도는 식당이나 모텔이 들어서 있는 곳에 차를 세웠다. 그리고 팀장들에게 이번에는 500평, 1,000평, 2,000평 정도 되는 땅들의 시세를 알아보게 했다. 군데군데 가든이나 모텔들이 꽤 많이 들어서 있었다.

다시 차에 모인 팀장들은 말이 없었다. 모두가 진지한 표정들이었다. 무언가를 다들 골똘히 생각하는 모습들이었다. 일도는 이제

이 정도면 되었다 싶어서 차를 다시 회사의 분양토지 현장으로 몰았다. 현장에 도착할 때까지 팀장들은 거의 말이 없었다. 그렇다고 차에서 눈을 감고 잠을 자는 팀장도 없었다.

현장에 도착한 일도는 지적도와 계획도면을 펼쳐 들었다. 그리고 땅에 대한 설명을 곁들였다.

"우리가 서 있는 곳이 미래의 2차선 도로 위가 되는 곳입니다. 이쪽 땅이 미래의 스키장 진입로 우측 땅이 되는 것이고, 면온리에서 보았던 스키 대여점들이 자리 잡은 곳이라고 생각하면 됩니다. 그리고 이쪽이 모텔이나 가든들이 들어서 있던 자리라고 보면 됩니다."

팀장들은 모두 고개를 끄덕였다.

"팀장님들, 지금 우리 옆으로 차들이 지나다니는 것이 보입니까?"

일도는 팀장들을 둘러보며 말했다.

"예에!"

한두 명만 빼고는 전원 대답했다. 목소리가 우렁찼다.

"평당 15만 원, 20만 원에 분양하고 있습니다. 분양가격이 비쌉니까?"

일도는 다시 좌중을 둘러보며 힘을 주어 말했다.

"아닙니다! 절대 아닙니다!"

이번엔 팀장들 전원이 대답하였다. 일도는 팀장들을 모두 모이게 했다. 그리고 회사구호를 다 같이 외치게 했다. 조용하고 삭막한 산자락에서 함성의 메아리가 요동쳤다.

회사로 돌아온 팀장들은 움직임이 달라졌다. 시키지 않아도 본인들이 일거리를 찾아 움직였다. 시끌벅적하고 열기가 후끈후끈했다. 일도는 전무의 승낙 하에 금일 중으로 가계약금이 입금되는 건에는 평당가격 2만 원 DC에 3일내 정계약금 입금과 계약서 작성을 원칙으로 하는 시상을 걸었다. 금일 중으로 정계약금이 입금되고 계약서가 발행되는 건에는 평당가격 4만 원 DC 조건으로 걸었다. 또한 사원들에게도 금반지, 금두꺼비, 금송아지, 현금 등 다양한 시상을 걸었다.

팀장들 중에 두 명의 팀장이 즉시 땅을 매입하였다. 새벽 일찍 출발해서 갔다 오느라 피곤했을 텐데도 그 눈빛에서 피곤함은 찾아볼 수 없었다. 점심도 거르고 회사에 도착했건만 식사하러 가는 팀장도 없었다. 사원에게 고객께 전화 걸어 바꿔달라 해서 팀장이 직접 통화를 해주는 내용들로 업장이 시끌벅적했다. 회사의 실적판에 고객의 돈이 입금된 액수와 사원이름, 평수, 고객의 이름까지 채워지기 시작했다. 2시간 정도가 지났을 때는 대문짝만 한 실적판에 기록할 자리가 없었다.

일도는 옥상으로 올라갔다. 단 한 사람도 일도네 회사 사람은 없었다. 일도는 담배를 한 대 피워 물었다. 영순이 이 세상에 없음을 현실로 받아들였을 때 그 서러움을 못 이겨 피우기 시작한 담배였다.

"최 실장, 아주 큰 고생했네."

돌아보니 전무였다. 일도는 재빨리 담배를 껐다. 전무가 일도의 어깨를 힘차게 끌어 잡았다.

"오늘 프로그램도 준비되었던 것이었나?"

일도는 고개를 가로저었다.

사실이었다. 일도는 팀장들의 역량이 너무도 안타깝고 답답했었다. 일도는 고객들 모시고 현장이나 한번 다녀오자 생각하고 진행한 일이었다. 일도네 회사의 판매 토지는 미완성 토지였다. 완성과 미완성의 차이는 클 수밖에 없었다. 특히나 토지에 대한 투자는 미완성의 토지에 완성되었을 때의 수익을 보고 투자하는 것이다. 그러나 일반인들이 미완성의 토지를 보면서 완성된 미래를 그려낼 수 있다는 것은 불가능에 가까웠다. 미완성의 토지와 완성된 토지의 가격은 현저하게 다를 수밖에 없다. 평당 2~3만 원 정도에 매입한 토지를 15~20만 원 가격으로 분양하려면 고도의 판매기법이 필요한 것은 어쩔 수 없는 선택이었다. 그러나 단순히 평당 2~3만 원에 매입했다고 해서 단순히 그걸 평당 2~3만 원짜리 땅이라고 생각해서는 절대 안 될 일이었다. 기획부동산 업체 운영의 묘미는 깊이를 알면 알수록 긍정과 부정이 절대 공존하는 한 지붕 두 가족이란 사실이었다.

5만 평짜리 필지를 평당 2~3만 원씩에 사들였다고 치자. 그러나 그 땅은 평당 2~3만 원짜리가 아닌 것이다. 땅주인이 평당 5~10만 원 받으려고 했을 수도 있기 때문이다. 단지 조직을 갖춘 업체가 땅주인의 매도 희망가격을 다양한 방법으로 무너트린 다음 싸게 매입을 하는 것이다. 물론 모든 업체가 그렇게 운영되는 것은 아니었다. 부동산의 모든 거래에는 세금이란 친구가 따라다니게 된다. 주인이 바뀔 때마다 그 친구는 따라붙는다. 또한 분할이란 과정을 거쳐야 하는데 거기에도 비용이 따른다. 알게 모르게 뒷돈도 들어가야 하는 것이 현실이었다. 땅을 분할하다 보면 못 쓰는 자투리땅이 나오게 된다. 그 땅은 버리거나 그냥 끌어안고 갈 수밖에 없다. 들려오는 소문에 의하면 다양한 방법으로 처분한다지만 일도는 그런 땅을 쳐다본 적이 없었다.

각종 수당과 회사 운영비, 그리고 회사의 마진이 적용된 가격이 판매가격이었다. 따라서 땅의 판매가격은 엿장수 마음이었다. 그러니 사기수법이 등장하게 되고 말도 많고 탈도 많은 사업인 것이다. 그러나 분명한 것은 있었다. 계획대로 됐을 때의 토지가격이었다. 일도가 팀장들에게 현장답사를 통하여 정확하게 인식시켜 준 것이 바로 그것이었다. 팀장들이 직접 시청각을 통해 완성된 토지와 미완성된 토지를 비교해 볼 수 있는 체험을 하게 해준 것이었다. 일도는 팀장으로 팀을 이끌 때에도 반드시 사원들에게 이런 체험을 하게 만들어 주었으며, 고객들을 모시고 현장답사를 할 때도 마찬가지였다. 그럴 경우 고객들은 인정할 건 인정했고 부정할 건 부정했다. 그러나 계약의 확률은 높을 수밖에 없었다.

전무는 저녁에 술이나 한잔 하자고 했다. 일도는 3일 정도 후에 근사하게 한잔 사달라고 했다. 팀장들과 다 같이 말이다. 다음 날부터 회사는 3일 동안 정신이 없었다. 가계약금을 입금시킨 고객들의 회사방문이 본격적으로 이루어졌기 때문이다. 임원들은 회사를 찾아오는 고객들에게 브리핑을 하느라 정신이 없었고 상담실이 부족해 고객들은 교육실에서 대기하는 상태에까지 이르렀다. 눈치 빠른 팀장들은 고객들을 회사 근처의 커피숍으로 모셔가 지적도 한 장만 들고 설명한 이후 계약서를 만들어 내었다. 고객들 또한 눈으로 직접 정신없이 바쁜 회사의 모습을 눈으로 확인했는지라 별다른 의심 없이 계약금을 내밀고 계약서에 도장을 찍었다. 현장이야 가볼 것도 없다는 고객도 있었고 현장은 나중에 보아도 되니 땅을 먼저 확보하겠다는 고객도 있었다. 사원들은 분양해야 할 토지가 자꾸 없어지자 평상시에 고객에게 돈 얘기를 꺼내보지도 못했던 사원들도 돈을 입금시키라면서 목청을 높였고, 잘못되면 모두 본인이 책임지겠다며 자신의 주민등록번호를 불러주는 사원도 있었다.

어떤 사원은 통화중에 상대가 전화를 끊어버리자 고객을 찾아가 막무가내로 고객의 지갑을 빼앗아 오는 사원도 있었다. 그 사원은 대신에 자신의 신분증을 고객께 드렸고, 고객은 지갑을 찾으러 왔다가 놀라서 땅을 사기도 했다. 참으로 놀라운 기현상이 발생한 것이었다. 아무리 IMF라도 돈 있는 사람들이 있기는 있었던 모양이었다.

때마침 정부의 건설경기 부양책으로 부동산 시장이 꿈틀거리기 시작한 여파도 있었지만 온몸으로 들이대는 사원들의 설득력에 긴가민가하던 고객들도 지갑을 연 것이었다.

마침 회사에 들렀다가 깜짝 놀란 오너는 일도와 잠시 마주치자 판매해야 될 또 다른 땅을 준비해야겠다며 자리를 빠져나갔다. 3일 만에 일도네 회사는 3만 평의 토지를 분양하였다. 기획부동산이 탄생한 이후 전무후무한 기록이라고 했다.

전무가 술 한잔 사겠다는 약속은 오너가 술을 사는 자리로 바뀌었다. 오너는 임원들과 팀장들의 고생을 높이 치하해 주었다. 두둑한 특별보너스도 있었고 사원들에게는 이틀간의 특별휴가가 주어졌다. 돈봉투가 주어졌음은 물론이다. 오너는 일도의 손에 남들 모르게 봉투를 챙겨주었다. 꽤 큰돈이었다.

"자네, 지금 당장 하고 싶은 게 무엇인가?"

일도는 고향에 마음 편히 다녀오고 싶다고 했다. 임원들이나 팀장들에게도 특별휴가를 달라고 했다. 오너는 전무에게 이번에 고생이 컸다며 한 이틀 푹 쉬면서 고향에 다녀오는 게 어떠냐고 물었다. 전무는 기뻐했다. 덕분에 모두에게 이틀간의 특별휴가가 주어졌다.

일도는 가족들과 함께 고향의 어머니께로 갔다. 큰아이가 방학은 아니었으나 함께 동행했다. 어머니께서 특히나 큰아이를 이뻐했기 때문이었다.

 일도는 마음 편히 리더에 관련된 책을 보면서 리더자로서의 역할에 대한 내용을 정리해 보고 싶어서 출발하기 전에 여러 권의 책을 구입했다. 시대를 앞서 살았던 리더들 중에는 오늘날 영업을 하는 이들에게 가르침을 주는 서적들이 많았다. 그들이 실천하고 이끌었던 방법들을 현대식으로 터득한다면 조직관리의 기법에서부터 사람을 상대하는 요령까지 참으로 무궁무진했다. 먹고 읽고 자고, 일도는 이틀 동안 참으로 오랜만에 휴식다운 휴식을 취했다.

 이틀 동안 마음 편한 특별휴가를 마치고 출근한 일도는 다시 바쁜 일상으로 되돌아갔다. 회사는 하나의 계열사를 더 오픈하였다.
 일도는 이사라는 직급을 거치지 않고 상무로 승진하였다. 전무는 계열사 사장으로 발령되었다. 공석인 전무자리는 상무가 이어받았다. 이사는 전무를 따라 계열사로 이동하면서 상무로 승진하였다. 따라서 회사는 새로운 임원을 보충해야만 했다. 신임 전무와 일도는 외부 영입이냐 자체 승진이냐를 놓고 상의했다. 결론은 한 명 영입, 한 명 자체 승진이었다. 신임 전무와 일도는 이사급을 영입하고 실장을 자체 승진시키기로 했다. 팀장들 교육은 일도가 계속 전담키로 했다.
 당시 나라의 부동산 정책은 일도와 같이 부동산 컨설팅업에 종사하는 사람들에게 호재였다. 정부는 건설경기를 활성화시켜 경제를 일으키기 위한 조치들을 적극적으로 취하고 있었다. 정부는 우선 분양가 자율화 정책을 펼쳤다. 얼어붙은 건설경기를 활성화시키기 위한 조치였다. 정부에서 금융권의 성공적인 구조조정을 위해 일시적인 고금리 정책으로 대형 금융기관끼리의 합병을 유도

하자 지역은행들은 합병되거나 퇴출되는 사태를 피해 가지 못했다. 은행들은 서로 자신들의 고유상호를 지키기 위해 혈안이었고 합병된 은행들이 아예 이름을 바꾸기도 했다. 어느 정도의 은행 구조조정이 완료되자 정부는 언제 그랬냐는 듯이 고금리 정책을 버리고 저금리 정책으로 전환시켰다. 그것도 물가 상승률에 미치지 못하는 금리가 되게끔 초저금리 정책이었다.

　은행의 금리가 박하니 고객들은 수익성을 따라 돈들을 이동시키기 시작했다. 정부는 이때를 기다렸다는 듯이 부동산 경기를 활성화시키기 위해 분양가 자율화 조치를 택한 것이었다.

　건설사들은 기다렸다는 듯이 활개를 펴기 시작했고 새로운 개념의 주거시설인 고급 주상복합 아파트들이 선보이기 시작했다. 동대문을 중심으로 새로운 상업시설들도 분양을 시작했다. 밀리오레 같은 테마 상가였다. 선시공 후분양도 아니고 선분양 후시공이었다. 그만큼 위험 발생율도 높았으나 정부는 시간적 여유가 없었다. 은행 구조조정의 효과를 극대화하기 위한 타이밍을 놓쳐선 안되기 때문이었다. 돈이 돌게 만들어야 했다. 그래야 실물경제가 살아나니 말이다.

　정부의 의도대로 수백조의 유동자금들이 주식시장으로 부동산으로 몰려들기 시작했다. 부동산이 들썩이더니 가격이 상승하기 시작했다. 돈이 돌기 시작하면서 망할 것 같던 나라가 다시 살아난 것이었다. 일도는 경제 전문가는 아니었지만 정책을 이해는 할 수 있었다.

　일도는 팀장들이나 사원들 교육자료를 만드는 데 몰입했다. 생각이 날 때마다 메모했던 내용들을 짜깁기했다. 어떤 날은 꼬박 밤을 새우기도 했다. 일도는 자신이 단상에 서는 날이면 하루 전부터 전체조회 할 내용을 정리하고 연습하였다. 그리고 열정을 다했다. 한 시간 정도의 전체조회가 끝나면 일도의 몸은 땀에 흥건히 젖어 있었다. 준비된 내용으로 미친 듯한 열정을 쏟아 부으니 사원들은 당연히 집중도가 좋아졌다. 일도뿐만이 아닌 임원들 전원이 열심이었다. 일도는 또 틈나는 대로 팀장이나 사원들과 일대일 상담을 했다. 어떤 팀장은 사원면접을 봐달라고 요청하기도 했다. 자신이 면접을 보았는데 입사를 시켜야 할지 말아야 할지 구분이 안 된다는 것이었다. 일도는 시간이 허락하는 한 팀장들의 요구를 모두 들어주었다.

팀장의 부탁을 받고 면접실로 들어가 보니 50대 중반의 아줌마였다. 괜찮은 집안의 사모님 같은 이미지였다. 이력서를 보니 전직 고등학교 교사였다. 일도는 면접이라기보다는 인생 선배라고 생각하고 대화를 나눈다는 마음으로 말문을 열었다.

"학교 선생님이 저의 꿈이었죠."

일도는 공감대를 형성하기 위해 일도의 청소년 시절 꿈에 대한 얘기로 시작했다. 그녀는 사범대학 출신으로 국어교사였다고 했다. 대화를 주고받으면서 그녀의 표정이 서서히 밝아졌다. 처음에는 일도의 눈을 제대로 쳐다보지 않고 눈길이 살짝이라도 부딪힐라치면 얼른 눈길을 돌리던 그녀였다.

일도는 부동산 컨설팅업에 왜 종사하려는지 물어보았다. 그녀는 머뭇거리더니 작정한 듯 얘기를 시작했다. 그녀는 일도네 회사가 처음이 아니라고 했다. 교직에서 몇 달 전까지 근무를 할 때였는데 절친한 친구가 긴히 만나자는 연락을 해 와서 만났다고 했다. 그 친구는 2~3년만 갖고 있으면 10배 정도는 오를 수 있는 땅이라며 땅 살 것을 권유했다고 했다. 그녀는 갑자기 받은 권유에 전혀 마음이 없었다고 했다. 친구가 부동산회사에 근무한다는 사실도 처음 알았고, 부동산에 대해 전문가도 아니라는 사실을 잘 알고 있기 때문이었다. 친구는 자신도 땅을 살 예정인데 같이 살 사람을 물색하던 중 제일 먼저 그녀가 생각났다면서 무척 적극적이었다고 했다. 그녀는 그렇다면 땅을 먼저 한번 보고 나서 결정하겠다는 의사를 전했고, 친구는 지금 바로 결정을 못할 시에는 금방이라도 다른 사람이 계약해 버리면 닭 쫓던 개 지붕 쳐다보는 격이라면서 땅을 다른 사람에게 뺏기지 않기 위해서라도 우선 가계약을 하자고 했다. 그러면 3일간은 우선순위를 인정받을 수 있다는 설명도 덧붙였다. 그녀는 가계약과 정계약의 차이는 알고 있었다. 50년 넘게 인생을 살면서 이사를 수없이 해본 경험 때문이었다.

　그녀는 친구에게 3일 후 쉬는 날에 땅을 보러 가기로 하고 가계약금 1백만 원을 주었다고 했다. 믿을 만한 친구인데 그것도 못 들어주면 친구에 대한 예의가 아닌 것 같아서 그렇게 했다고 했다. 친구는 영수증을 써 주면서 3일 후 약속을 꼭 지켜달라며 아침 일찍 강남의 회사로 와야 된다며 돌아갔다.

　3일 후 그녀에겐 다른 중요한 일이 있었지만 친구와의 약속 때문에 어쩔 수 없이 강남을 찾았다. 가계약금 1백만 원이 걸려 있어 그게 신경이 쓰인 것도 사실이었다. 강남의 회사에 도착하자 부장이라는 사람이 그녀를 환대해 주면서 이런저런 설명들을 친절하게 해주었다. 그녀는 한 시간 정도 땅에 대한 설명을 듣고 현장으로 출발했다. 회사에서 부장이란 사람이 말한 대로라면 상당히 괜찮은 땅이라는 생각이 들었다. 그런 땅이니 친구가 무턱대고 달라들었을 것이라는 생각도 했다.

　땅이 있는 지역은 강화도였다. 머지않아 새로운 다리가 들어선다고 했다. 땅을 본 그녀는 땅에 대해서는 잘 모르지만 괜찮아 보였다. 바다가 한눈에 보이는 땅이었다. 주변에는 군데군데 괜찮은 민박집들도 들어서 있었다. 다리가 건설된다면 서울에서 시간도 많이 단축될 것이었다. 회사에서 보았던 서류에는 머지않아 공사가 시작될 것이라고 했다. 그녀는 퇴직 후에 이곳에 와서 살아도 괜찮겠다는 생각을 했으나 그것을 표현하지는 않았다. 친구는 자신이 살 땅은 바로 그 옆이라며 더 생각할 것 없이 빨리 결정하자고 졸라댔다고 한다.

장소는 횟집으로 옮겨졌다. 부장이란 사람이 안내한 곳이었다. 부장은 계약서를 내밀며 계약서 작성하고 기분 좋게 회에다 소주 한잔 하자고 했다. 그녀가 망설이자 친구는 부장이란 사람에게 자신이 살 땅이나 빨리 계약하자며 나섰다. 부장도 별말 없이 친구의 계약서만 작성하고 계약서를 친구에게 전달하며 축하한다고 했다.

잠시 후 회가 식탁에 차려졌다. 부장이란 사람은 소주도 한 병 주문했다. 한참 식사를 하던 중에 부장이란 사람이 일어섰다. 부장은 백만 원을 그녀에게 내밀며 가계약금을 돌려주는 것이라고 했다. 그녀에게 팔려고 했던 땅은 다른 사람에게 팔아야 하니 그렇게 알라고 했다. 부장은 급한 전화통화를 해야 한다며 잠시 자리를 떴다. 부장이 투자권유를 딱 멈추어 버리고 자신을 길가의 돌멩이 보듯 하자 그녀는 은근히 약이 올랐다. 그녀는 부장이 자리를 뜨자 친구에게 물었다.

"계약금도 안 내고 계약을 써주니?"

친구는 가계약금 5백만 원을 회사에 냈었고 나머지는 내일 은행이 문을 여는 즉시 납입키로 약속되어 있다고 했다. 친구가 산 땅은 300평이었다. 평당 25만 원씩 7천 5백만 원이었다. 친구는

2~3년 후에 다섯 배의 수익만 되어도 땅을 팔 것이라고 했다. 그녀에게 권했던 바로 옆의 필지는 700평짜리였다. 친구는 그 땅을 그녀에게 권유했었다. 친구는 자신이 돈만 여유 있으면 700평짜리 땅을 사고 싶다고 했다. 2~3년 후에 700평에서 절반만 분할해서 팔고 나머지 땅에는 자신이 나중에 민박집을 했으면 좋겠다고 생각했노라고 했다.

듣고 보니 그럴싸했다. 사실대로 된다면 2~3년 후에는 절반만 팔아도 땅을 사는 데 들어간 돈이 회수되고도 남았다. 그녀는 은근히 구미가 당겼다. 700평이면 1억 7천 5백만 원이었다. 1억 3천까지는 마음만 먹으면 투자할 수 있는 돈이 있었다. 물론 남편과 상의는 해야 했다. 땅을 사더라도 남편 모르게 하고 싶은 마음은 없었다. 그러면서도 머릿속에서는 욕심이 생겼다. 여고 동창이 땅에 투자해서 큰 부자가 되었다는 얘기를 익히 들었던 터였다.

친구는 그녀의 눈치를 살피면서 말했다. 자신은 전부터 좋은 투자기회가 있었는데 배짱이 없어서 여러 번 기회를 놓쳤다고 했다. 이번 기회만큼은 죽어도 놓칠 수가 없어서 사실은 돈을 대출받아서 투자하는 것이라고 했다.

그녀는 친구의 말을 듣고 머릿속이 복잡해졌다. 그때쯤 부장이란 사람이 다시 들어왔다. 친구는 기다렸다는 듯이 호들갑을 떨었다. 친구는 그녀가 배짱이 좀 부족해서 결정을 못한 것이니 기분 풀고 그 땅을 그녀에게 줄 수 있게 해달라고 부장이란 사람에게 사정했다. 부장은 계약서 쓰고 먼저 땅을 잡는 사람이 땅주인이 되는 것이라며 여유를 부렸다. 친구는 그 땅이 친구 아닌 다른 사람의 것이 되는 것만은 참을 수 없다는 듯 그녀를 강하게 설득하면서 부장에게 매달렸다. 그녀도 마음이 많이 흔들렸다.

"500평은 안 되나요?"

그녀의 말에 부장은 곤란한 표정을 지으면서 땅을 분할하려면 돈도 들어가고 시간도 많이 걸려서 조금 애로사항이 있다면서 자금 때문이냐고 물었다. 그녀는 그렇다고 대답했다. 부장이 어딘가에 전화를 했다. 잠시 후 부장은 500평이 가능하다고 했다. 마침 200평 정도 즉시 투자할 수 있는 돈이 있는 고객이 있는데 힘들더라도 회사에서 분할해 주겠다는 약속을 받아냈다는 것이었다. 통화하는 내용을 옆에서 들어 의심할 여지도 없었다. 친구는 박수를 치며 좋아하면서 나중에 회사 사장님께 술 한잔 대접해야 된다며 그녀에게 억지 약속까지 받아내었다. 분할비용까지 회사에서 대주는 경우는 처음이고 모든 것이 자신의 얼굴을 보고 회사에서 배려하는 것이라며 생색도 냈다.

부장이 다시 계약서를 내밀었다. 그녀는 저질러 보자고 생각했다. 남편은 성격이 소심해서 상의해 보았자 무조건 반대부터 하고 나올 것이 뻔했다. 2~3년 후에 땅값이 많이 올랐을 때 얘기해도 늦지 않을 것이라고 생각했다. 망설이는 사이에 다른 사람이 사가 버리면 안 되니 일단 저질러 보자는 심산이었다. 더구나 몇 년 후에 친구가 산 땅이 큰돈이 되면 배 아프게 될 일이었다. 그녀는 땅을 보고 나서 괜찮으면 조금이라도 사보자는 생각에 가지고 왔던 돈을 내밀었다.

3백만 원이었다. 가계약금까지 4백이었다. 그녀는 부장에게 4백만 원 받고 500평 계약서를 써달라고 했다. 500평이면 1억 2천 5백이었다. 4백만 원 먼저 받고 8백은 내일 오전에 은행문이 열리는 즉시 내겠다고 했다. 부장은 망설이더니 일단 4백만 원은 달라고 했다. 그리고 계약서는 발행해 드릴 테니 계약서는 자신이 잠시 보관하겠다고 했다. 내일 그녀의 친구를 그녀에게 보내서 나머지 계약금을 받은 이후에 그때 계약서를 전달해 주겠노라고 했다. 친구도 그러자고 했다. 그녀도 자신이 손해 볼 것은 없다는 생각이 들어서 그렇게 하자고 했다.

그때부터 분위기는 완전 달라졌다. 부장은 운전 때문에 술을 마실 수 없으니 기분 좋게 친구들끼리 소주 한잔씩 더 하라며 분위기를 띄웠다. 그녀도 결정하고 나니 마음이 홀가분하면서 기분이 좋아졌다. 태어나서 처음으로 사보는 땅이었다. 고민할 때는 머리 아프더니 결정하고 나니 머리도 맑아졌다. 그녀는 앞으로 자신이 엄청난 어떤 계획을 잡아보아도 될 것 같은 생각에 기분이 정말 좋아졌다.

중도금을 치르고 약속대로 잔금을 제날짜에 치렀다. 계약서는 혹시나 남편이 보면 안 된다는 생각에 학교의 집무 책상서랍 속에 깊숙이 보관해 두었다. 등기는 분할 때문에 시간이 두 달 정도 걸린다고 했고 그녀는 모든 것을 친구만 믿기로 했다. 친구도 땅을 샀으니 친구가 모든 걸 다 알아서 처리해 주려니 했다. 한편으로 불안하기도 했지만 두 달 동안은 온갖 상상의 나래를 펴면서 행복했다.

일도는 내심 속으로 양심이 찔려 왔다. 더 이상은 얘기를 듣지 않아도 알 수 있는 상황이었다. 한마디로 그녀는 철저히 준비된 시나리오에 의해 제대로 걸린 것이었다. 기획부동산에서 흔히 쓰는 수법이었다.

"등기는 잘 받으셨습니까?"

일도의 말에 그녀는 깊은 한숨부터 내쉬었다. 그녀는 등기가 늦어지면서 자꾸 이상한 생각이 들었다고 했다. 아무래도 뭔가 석연

치가 않았다. 회사를 찾아가 보니 문이 잠겨 있었다. 강남 테헤란로에서 두 블록 정도 이면도로에 있는 5층짜리 건물의 3층에 있던 사무실이었는데 찾아가는 것도 힘들었다. 처음 회사를 방문할 때는 친구가 전철역까지 마중 나와서 얘기를 나누다 보니 건물에 도착했었는데 혼자 찾아가려니 찾기도 힘든 오래된 건물이었다. 건물 관리인도 눈에 띄지 않았다. 친구는 전화도 받지 않았다. 아니 아예 통신두절이었다.

속이 타고 가슴이 터질 듯 울렁거렸다. 머릿속이 텅 비어 가는 느낌이었다. 두 달 동안 행복했던 고민들은 가슴을 쥐어 짜내는 듯한 고통으로 되돌아왔다. 학교에도 나가질 못하고 며칠 동안 어떻게 보냈는지, 정신을 차렸을 때는 더욱 더 암담한 현실뿐이었다. 친구집을 힘들게 수소문해서 찾아갔을 때는 이미 그 집에서 이사 간 지 오래였다. 친구를 찾을 길이 막막해졌다.

동네 공인중개사 사무실의 협조를 얻어 땅의 위치를 다시 확인한 그녀는 잠시 기절했다. 공인중개사의 말에 의하면 계약서의 지번과 땅의 위치가 전혀 아니라고 했다. 계약서 지번의 땅을 찾아보니 전혀 엉뚱한 땅이었다. 땅이라고 할 수도 없는 곳이었다. 그 땅마저 회사의 땅이 아닌 다른 사람의 땅이라는 것이었다. 친구를 찾아내는 방법밖에는 달리 도리가 없었다.

학교에는 병가를 냈다. 미친 사람처럼 찾아 헤매다 친구를 찾아냈을 때는 또다시 절망했다. 사는 꼴이 예전의 절친했던 친구라고는 도저히 상상도 할 수 없는 열악한 환경에서 생활하고 있었다. 그 친구는 예전에 꽃가게를 운영하는 정말 괜찮은 친구였다. IMF 때 어려워졌다는 말을 들은 적은 있었으나 그런 모습은 상상도 못했었다.

친구는 울면서 죽여 달라고 했다. 자신이 이 모양으로 사는 꼴을 고백 못한 것은 잘못이지만 땅만큼은 회사를 믿고 사장을 믿고 부장을 믿어서 생긴 일이라고 했다. 자신은 수당 때문에 돈이 필요해서 회사에서 시키는 대로 했을 뿐이라고 했다. 친구는 더 이상은 살기 싫으니 죽여 달라고 했다.

얘기를 듣던 일도는 가슴이 답답해졌다. 일도가 처음 기획부동산을 시작할 때만 해도 업체 수는 강남대로와 테헤란로를 중심으로 2백여 개 정도밖에 되지 않았다. 그러나 이제는 한 달에만도 수십 개의 업체가 생겨났다가 절반 정도가 무너지면서 별의별 영화 같은 일들도 벌어지고 있었다. 업체수가 기하급수적으로 늘어나면서 생기는 문제들은 영업을 점점 더 어렵게 만들었고 영업이 어려워질수록 판매기법은 아주 지능적으로 변화될 수밖에 없었다. 한마디로 치열한 적자생존의 현장이었다.

처음부터 의도적으로 사기계획을 수립하고 돈이 생기면 문 닫아 버리고 도망가서 다른 사람 이름으로 다시 법인을 설립해 똑같은 수법으로 사기행각을 일삼는 사람들이 존재했다. 그들은 사람을 모으기 위해 월급을 좋은 조건으로 내걸었다. 강남의 기획부동산 생리를 정확히 모르는 사원들은 당연히 월급 따라 움직이는 영업직 월급쟁이들이 생겨날 수밖에 없었다.

사원 면접을 보다 보면 "월급 얼마예요?"라고 묻는 아줌마들이 급격히 늘어나고 있었다. 영업회사에 입사하면서 월급이 얼마냐를 따진다는 게 어디 말이 될 일인가. 실적이 없어도 몇 달 잘 버티면 월급은 챙길 수 있으니 그들에겐 그게 생명줄이었다. 어차피 실적은 만들어 낼 수도 없고 귀찮고 하니 힘든 일로 치부해 버리고 거짓말만 적당히 잘하면 몇 달 월급 타고 다른 회사로 옮겨가면 되는 것이었다.

　세상은 그래서 또 웃기는 것 아닌가? 모든 사람이 다 일도처럼 노력하고 최선을 다한다면 그게 어디 세상인가? 어쩌면 그 떠돌이들도 스스로는 최선을 다해 살고 있다고 생각할 것이었다.

　"학교는 왜 그만두셨나요?"

　그녀의 눈에 눈물이 고인 채 입술마저 떨리고 있었다. 일도는 따뜻한 커피를 한잔 권했다. 커피의 영향인지 그녀는 조금 안정을 찾아갔다. 그녀는 그 회사의 사장이나 부장을 잡아내기 위해서라도 친구를 경찰에 고소했다고 했다. 친구의 증언이 절대 필요했기 때문이었다. 학교로 돌아갔으나 도저히 학생들 앞에 설 수가 없었다고 했다. 한없이 어리석은 자신이 학생들에게 무엇을 가르칠 수 있을 것인가 끊임없는 반문에 스스로 학교를 그만두었다고 했다.

　그리고 그녀는 결심하였다. '호랑이 굴로 들어가자!' 도대체 기획부동산이 어떤 곳인지 체험해 보자고 마음먹었다. 몰래 휴대용 녹음기를 준비해 가지고 모든 걸 녹음했다가 경찰에 증거물로 제출하여 기획부동산 업체 모두를 문 닫게 만들겠다는 생각도 했다. 그래서 행동하기 위해 한곳에 취업을 했고 보름동안 근무하면서 녹음을 했다. 녹음한 내용을 가지고 경찰에 신고를 했으나 경찰은 신고내용이 무엇이고 누구를 고발하는 것이냐고 물었다. 녹음 내용은 범죄가 될 만한 어떤 내용이 없다는 것이었다.

　또다시 그녀는 어리석은 자신을 자책하고 마음을 바꾸기로 했다. 사기당한 돈을 벌기로 작정했다. 남편은 아직 아무것도 모른다고 했다. 이상한 것은 조금 눈치 챘지만 남편은 아직 학교를 그만둔 것도 모른다고 했다. 그녀는 1~2년 내로 사기당한 돈을 벌어야 한다고 했다. 그것도 가능하면 빨리 벌어야 한다고 했다.

"우리 회사는 어떻게 알게 되셨습니까?"

일도는 상담실에 들어오기 전 팀장에게 대략 얘기를 들어 알고 있었지만 그녀에게 물었다. 팀장은 일도에게 아는 사람 소개라고 했다.

"보름 동안 근무한 회사의 팀 동료였어요. 옆자리에 앉아있던 사람이에요."

그녀는 그런 회사를 알고 있냐고 물었고, 동료는 솔직히 자신은 월급을 많이 주니까 그곳에 있는 것이라면서 일을 제대로 배워 돈을 벌려면 자신이 소개하는 팀장이 있는 회사를 찾아가 보라고 했다는 것이었다. 그곳이 일도네 회사였다.

모든 얘기를 들은 일도는 잠시 생각하다 말했다.

"호랑이 굴에 잘 오셨습니다. 이제 선생님께서 잡아야 할 것은 호랑이가 아니고 새로운 인생입니다."

일도는 팀장을 불러서 그녀를 사원으로 입사시키도록 했다. 그리고 팀장에게 말했다.

"팀장님, 이분을 사원으로 채용은 하시되 한 달 동안 절대로 일은 시키지 마십시오. 그리고 궁금한 질문을 이분이 하시면 그때 모든 것을 있는 그대로 답변해 주세요. 꼭 그렇게 해야 됩니다."

팀장이 확실한 목소리로 대답하자 이번엔 그녀를 향해 말했다. 그녀는 김경자라고 했다.

"일단 거창한 계획은 생각 마시고 한 달 동안 마음 편하게 근무해 보십시오. 근무시간에 책을 보시는 것도 좋은 방법입니다. 그리고 검증할 것은 철저하게 검증해 보세요. 검증하는 방법을 모르시면 제가 알려드리겠습니다. 그러면 내일부터 뵙겠습니다."

일도는 인사를 나누고 일어섰다. 김경자는 잘 알겠다고 대답하며 고맙다는 말을 덧붙였다. 김경자는 그 다음 날부터 출근했다. 김경자는 일도를 볼 때마다 고개 숙여 인사했다.

일도는 계약성공 사례담과 계약실패 사례담을 전체회의에서 진행시켰다. 날마다 하루에 두 명의 사원을 추천받아서 한 사람은 성공담을 발표하게 했고, 한 사람은 실패담을 발표하게 했다. 일도는 일주일 동안 계속 진행하도록 지시했다. 그리고 그 시간에는 좀 멀리 떨어져 있으면서 김경자를 예의 주시했다. 전에도 지속적으로 진행해 왔던 사례발표였다. 그러나 일주일간 계속 전체조회 시간에 발표토록 지시한 것은 순전히 김경자 때문이었다. 김경자는 집중해서 듣고 있었다. 어떤 때는 웃기도 하고 어떤 때는 무릎을 치기도 했다. 또 어떤 때는 순간적으로 표정이 굳어지기도 했다. 김경자는 근무시간이면 책을 보고 있었다. 영업에 관련된 책들과 고전문학 서적을 보는 경우도 있었다. 때로는 노트에 무언가를 열심히 쓰기도 했다.

한번은 입사 4일째 되는 날 일도의 방을 찾아왔다. 일도가 주는 커피를 마시고 싶어서 왔다고 했다. 커피를 마시면서 김경자가 물었다.

"팀장님이 정말로 회사 땅을 사셨나요?"

일도는 그렇다고 했다. 일도는 등기를 보지 않았냐고 물었다. 팀장이 대충 보여주기는 했는데 믿을 수가 없어서 적당히 보고 말았다고 했다.

"믿을 수 없다기보다는 정확히 볼 줄 모르시기 때문에 적당히 보신 건 아닐까요?"

일도는 웃으면서 말했다. 김경자는 긍정도 부정도 하지 않았다. 일도는 등기부등본 확인하는 방법에 대해 설명해 주었다. 건물이나 토지나 모든 부동산의 등기부등본은 표제부, 갑구, 을구로 구성되어 있다. 표제부에는 부동산의 표시가 나와 있다. 다시 말해 토지의 표제부엔 땅의 번지수가 나와 있는 것이다. 갑구에는 부동산의 이동과정이 나와 있는데 거래과정을 거쳐 최종적으로 누구의 소유인가가 나와 있다. 을구에는 그 부동산에 근저당이 설정되어 있는지 아닌지, 다시 말해 빚이 있냐 없냐가 나와 있는 것이다. 등기부등본의 소유자를 믿지 못하겠으면 등기필증을 보면 되는 것이었다. 등기부등본상의 소유자와 등기필증이 정확히 맞아떨어지면 그건 정확한 것이니 그 이상의 의심은 병이 될 수 있다고 했다.

일도의 설명을 들은 김경자 사원은 다시 한 번만 천천히 이야기해 달라고 했다. 일도는 아예 교육자료 중에서 한 장을 챙겨 주었다. 일도가 말한 내용이 정리된 교육자료였다. 김경자 사원은 고맙다고 인사하며 일도의 방을 나갔다. 그러나 금방 다시 문이 열리더니 김경자가 물었다.

"상무님은 회사 땅 사신 것 있으세요?"

일도는 웃으면서 손가락 두 개를 펴 보였다. 일도는 김경자 사원이 나이에 비해서 귀여운 면이 있다고 생각했다. 사실 일도는 아직도 갚아야 할 빚이 조금 남아 있었다. 일도는 기획부동산에 입문하여 많은 돈을 벌었음에도 빚 갚는 데 많은 돈이 나가고 있었다. 총포 도매사업을 하면서 은행빚을 쓰기도 했지만 개인에게 빌려 쓴 돈도 꽤 되었다.

총포 도매사업을 하다 보니 거래처 지역의 총포사 고객들 중에 재력가인 엽사들이 있었다. 거래처의 사업에 도움도 줄 겸 재력가인 엽사들과 함께 일도는 시간이 허락하는 한 접대용 사냥을 하였다. 지방 총포사에서는 공기총보다는 엽총을 팔아야 수익이 많이 생기므로 엽사들이 늘어나면 그만큼 일도에게나 지방 총포사에게 나 득이 되는 일이었다. 때문에 일도는 피곤했지만 접대사냥을 할 필요가 있었다.

　일도의 접대사냥 덕을 가장 많이 본 지역의 총포사가 나주의 J 총포사였다. 이상하게도 일도와 종합총포사의 오 사장은 궁합이 잘 맞아떨어졌다. 나이 차이가 많이 있었음에도 오 사장은 일도에게 친구 먹자며 얘기할 정도로 일도를 좋아했다. 일도는 겨울시즌이 되기 전에 창고에 도매물건을 준비해야 했고 그때는 무더기 돈이 있어야 했다. 그때 일도는 친분을 쌓은 지역 재력가인 엽사들의 돈을 빌려 쓰곤 했었다. 시즌이 끝나면 이자와 함께 정확한 반환을 했으므로 일도의 신용은 항상 좋았다. 그러나 사업이 무너지면서 일도는 창고에 쌓인 물건들을 울며 겨자 먹기로 재력 있는 도매 경쟁업체나 지방 총포사들 중에 좀 여유있는 업소 사장들에게 싼 가격에 처분하여 급한 불을 끄고 사업을 정리했었다. 일도는 은행 돈을 먼저 갚은 다음 엽사들에게 조금씩 빚을 갚고 남은 빚은 지금도 갚아 나가고 있는 것이었다.

　일도는 무실적 사원 6개월 이후 결과를 만들어 내면서 주머니에 돈이 들어오기 시작하자 엽사들의 돈을 갚기 위해 계획을 세웠다. 매달 다만 얼마씩이라도 반드시 성의를 보였다. 어떤 달은 5만 원을 갚고 어떤 달은 7백만 원을 갚은 적도 있었다. 일도가 여덟 명의 엽사들에게 빌린 돈이 8억이었고 창고정리 후 남은 빚이 5억이었다. 신용 때문에라도 빚은 반드시 갚아야 했다. 일도는 어떤 사람에게는 일부러 7만 2천 5백 원의 빚을 줄여 나가기 위해 의도적으로 그 돈을 갚은 적이 있었다. 그리고 다음 달에는 1백 5십만 원 정도로 갚아 나가는 계획을 진행했다.

매달 얼마씩이라도 빚을 갚아 나아가자 지역유지 엽사들은 일도에게 어떻게 지내느냐고, 한번 만나자고, 도대체 무슨 일을 하느냐고 물어왔다. 일도는 빚을 모두 갚고 나서 그때 당당하게 말씀드리겠다고 답했다. 서울 강남에 있다는 말과 함께 "몇 년이 걸려도 빚은 반드시 갚겠다. 그리고 죄송하지만 이자까지는 갚을 수 없을 것 같다"는 말도 덧붙였다.

어느 날인가 일도의 전화가 울렸다. 엽사였다. 서울에 볼일이 있어서 왔으니 얼굴 좀 보자는 것이었다. 저녁에 식당에서 만난 엽사는 꼬치꼬치 캐물었다. 일도는 주저하다가 사실대로 얘기했다. 엽사는 그런 일이 있었으면 진즉에 얘기하지 않았느냐고 나무랐다. 사업이 망한 거야 일도의 힘으로는 어쩔 수 없는 중과부적인 걸 알고 있었기 때문에 엽사는 빌려준 돈을 포기하고 있었다고 했다. 일도는 사업실패 후 1년 동안 전화조차 드리지 못했던 것을 사과드렸다. 엽사는 일도에게 좋은 땅이 있으면 남은 빚은 땅으로 갚아도 된다고 했다. 그러면서 정말 괜찮은 땅이냐고 물었다. 일도는 가끔 빚을 얻어서라도 투자하고 싶다는 생각이 드는 땅이 나온다고 했다. 엽사는 그러냐며 그런 땅이 나오면 즉시 자신에게 연락을 달라고 했다. 일도는 그러겠다고 대답하고 화제를 다른 쪽으로 돌렸다. 저녁식사를 끝내고 헤어질 때 엽사는 꼭 연락 달라며 식사비용도 직접 지불했다.

일도는 그 이후 정확히 한 달 후에 전화를 걸었다. 7십 3만 원이라는 액수의 빚을 송금하고 난 지 일주일 만이었다. 며칠 후면 정말 괜찮은 땅이 나올 예정이었는데 일도가 갚아야 할 원금이 5천 2백만 원 정도였다. 일도는 자신이 판단하기에 땅이 정말 좋다는 결론이 나왔을 때를 전제조건으로 엽사에게 물었다. 빚이 남은 원금만큼만 투자를 할 것인지, 추가로 투자할 것인지. 엽사는 평당 가격이 얼마냐고 물었으나 그건 아직 알 수가 없다고 대답했다. 엽사는 평당 얼마짜리든 일도가 판단하기에 진짜 괜찮은 땅이라면 5억 정도의 선에서 맞추어 보자고 했다. 일도는 잘 알겠다고 말하고 전화를 끊었다. 그때 일도네 회사는 강원도 정선의 카지노 인근 땅을 분양 중이었다. 정부의 '폐광지역 개발 특별법'에 의한 관광도시 개발이 진행되는 곳이었다.

정부의 정책으로 개발하는 국책사업이었으니 리스크 발생률은 비교적 안전한 지역이었다. 다만 어떤 입지의 땅을 확보하느냐가 관건이었다. 처음 현장을 답사했을 때 사실 일도는 막막했었다. 폐광지역이다 보니 사람들이 떠난 지역이었다. 광부들이 떠난 사택은 귀신이 나올 듯 흉가처럼 버려져 있었고 차가 한번 지날 때마다 포장 안 된 도로에서는 시커먼 탄가루가 날려 창문을 닫아야만 했다. 하얀 와이셔츠를 입고는 현장답사가 불가능한 지역이었다. 막막했던 일도는 그 지역을 다섯 번 정도 계속 돌아본 후에 개발계획도를 펴놓고 그림을 그려 보았다. 카지노와 스키장 등 개발계획대로만 된다면 이 지역은 완전히 달라질 것이었다.

일도는 눈을 감고 그 지역의 미래를 생각해 보았다.

카지노와 골프장과 스키장이 들어서는 종합관광도시에 관광객들이 몰려들고 있다. 국내 관광객들이 출입할 수 있는 국내 유일의 내국인 전용 카지노였다. 전국에서 도박을 즐기는 사람들이 모여들었고, 이제는 동남아나 라스베이거스까지 돈 들여 갈 필요가 없었다. 전당포들이 수없이 생겨났고, 경치 좋은 곳에는 음식점이나 숙박업소들이 들어섰고, 스키장에는 사람들이 북적거렸고, 골프장에는 내기 골프를 즐기는 사람들도 보였다….

일도는 눈을 떴다. 전당포가 들어설 자리나 가든이나 숙박업소 등이 들어올 수 있는 입지가 되는 자리라면 된다는 생각이 들었다. 일도는 그렇게 결론을 내렸다. 순식간에 마음이 뜨거워지고 가슴이 벅차올랐다. 일도는 엽사에게 팔 땅과 돈을 맞춰 보았다. 5천 2백만 원이 포함된 5억에 맞추어야 하니 계산을 정확히 해야만 했다. 땅의 분양가격은 평당 2십만 원이었다. 일도는 특약판매조건으로 계산해 보았다. 특약판매조건이면 평당 30만 원에는 팔아야 했다. 1,700평 정도면 엽사의 투자자금과 맞아떨어졌다. 1,700평의 특약판매 수당은 8천 5백만 원이었다. 회사에도 8천 5백만 원의 부수익이 발생했다. 공식판매가 수당은 3천 4백, 그 외에 이것저것 포함해서 임원수당이 1천 5백 정도였다. 수당을 합해 보니 1억 3천이 조금 넘었다. 일도는 그 중에서 자신이 부담해야 할 5천 2백을 빼고 계산해 보았다. 그래도 8천만 원 정도는 손에 쥘 수 있었다.

일도는 계획대로 밀어붙였다. 일도는 전화해서 정말 좋은 땅이 나왔으니 모든 것은 자신을 믿고 투자하시면 된다고 했다. 엽사는 투자는 분명히 하는데 어떤 땅이냐고 궁금해 했다. 일도는 엽사에게 5분 정도 집중해서 통화할 수 있느냐고 물었다. 엽사는 그렇다고 했다. 그러면 잠시 눈을 감으라고 했다. 엽사는 웃으면서 눈을 감았다고 했다. 일도는 지금부터 정말로 집중해서 잘 들으시라고 다시 한 번 다짐을 주었다.

일도는 시골에 엽사의 땅이 1,700평이 없지만 있다는 가정을 하라고 했다. 그 땅 주변으로 내국인들이 출입할 수 있는 국내에서 딱 하나뿐인 내국인 전용 호텔 카지노가 들어서면 기분이 어떻겠냐고 물었다. 엽사는 웃으면서 좋을 거라고 했다. 엽사는 라스베이거스를 몇 번 가보았노라고 했다. 일도는 라스베이거스에 골프장이 있냐고 물었다. 엽사는 당연히 있다고 했다. 자신은 골프도 좋아한다고 했다. 라스베이거스에 스키장은 있냐고 물었다. 엽사는 없다고 했다. 그러면 엽사의 시골 땅 주변으로 골프장과 스키장까지 들어오면 기분이 어떻겠냐고 물었다. 엽사는 대답 대신 웃으면서 일도에게 물었다.

"그런 것들이 들어오는 지역인가?"

일도는 그렇다고 대답했다.

"강원도 폐광촌 이런가늘 얘기하는 것 같군! 신문에서 본 적 있네. 그래 5억이면 1,700평을 살 수 있나?"

일도는 4억 5천만 부담하시면 된다고 했다. 엽사는 시간이 되면 일도에게 계약서를 가지고 내려오든지 시간 없으면 돈을 부쳐줄 테니 위임계약서를 쓰라고 했다. 엽사는 일시불로 처리하겠노라고 했다. 일도는 회사의 계좌번호를 불러 주었다. 그리고 엽사의 주소와 주민등록번호를 물었다. 아예 등기는 누구 앞으로 할 것인지도 물었다. 엽사는 아들 앞으로 해줄 것이라고 했다. 아들이 스물일곱 살이니 승여세가 얼마나 될지 계산을 뽑아 보라는 말도 덧붙였다. 일도는 자신을 믿고 시원한 결정을 해주셔서 감사하다는 인사를 했다. 엽사는 계속 열심히 살라며 일도를 격려했다.

일도는 사실 놀랐다. 투자를 할 것이라는 확신은 갖고 있었으나 그렇게 쉽게 일도의 말대로 할 줄은 예상하지 못했기 때문이다. 4억 5천만 원은 통화가 끝나고 채 1시간도 안 되어 전액 입금되었다. 그때 일도는 수당으로 생긴 여유자금을 가지고 300평의 땅을 샀다. 그것도 임원이라는 특권을 누려 평당 15만 원씩 4천 5백에 말이다.

엽사의 아들 앞으로 토지등기가 나왔을 때 일도는 일부러 나주까지 내려갔다. 엽사는 받기를 포기했던 빚을 갚아주고 좋은 땅까지 사게 해줘서 고맙다며 일도에게 근사한 식사까지 대접했다. 일도는 개발 계획도와 신문에서 보도된 자료들을 정리하여 챙겨 갔던 파일을 나중에 시간 날 때 한번 보시라고 드렸다. 엽사는 땅이 더 있냐고 물었다. 일도는 없다고 했다. 엽사는 앞으로도 좋은 땅이 나오면 연락하라고 했다. 본인이 땅을 더 살 일이 있으면 더 사고 아니면 소개라도 해주겠다고 했다. 일도는 진심으로 감사해하며 준비해 간 선물을 드렸다. 3십만 원 정도 들여 구입한 황금열쇠였다.

"빚을 늦게 갚은 죄송한 마음에 드리는 겁니다. 이자라고 생각해 주십시오."

엽사는 그때 식당이 떠나갈 듯 기분 좋게 웃어젖혔다. 그 이후 엽사는 일도를 통해 추가 투자한 것은 물론이고 주변 인맥까지 소개해 주었다.

김경자는 입사한 지 일주일이 지나면서부터 일도를 찾는 횟수가 많아졌다. 궁금한 내용들도 그만큼 다양해졌다. 등기에 대해서는 아주 세밀하게 물어보았다. 단독등기는 무엇인지, 지분등기는 무엇인지, 공동등기는 무엇인지를 정확하게 납득이 될 때까지 물어왔다. 일도는 쉽게 이해할 수 있도록 설명해 주었다. 단독등기는 떡이 한 조각 있다면 그 한 조각 그대로 자신의 것임을 문서로 권리를 증명할 수 있고, 지분등기는 떡 한 조각에 두 사람, 세 사람의 돈이 지불됐다면 지불된 돈만큼 자신의 소유물이라는 것이 문서로 증명될 수 있는 것이라고 했다. 단, 한 조각의 떡 중에서 어디에서 어디만큼이 자신의 것이라는 구분이 없는 것이 지분등기다. 공동등기는 쉽게 말해서 떡 한 조각을 집안의 문중들이 소유한 것이다.

그때서야 김경자는 고개를 끄덕거리며 또 어떤 땅이 좋은 것이냐고 묻기도 했다.

일도는 잠시 생각하다가 납득이 쉬운 방법을 택했다.

"집을 지을 건가요? 호텔을 지을 건가요? 아니면 농가주택을 지을 건가요?"

김경자는 회사에서 파는 땅 중에 어떤 땅이 좋은 거냐고 물었다.

"다 좋은 땅입니다."

일도의 대답에 김경자의 표정이 굳어졌다.

일도는 처음부터 토지에 대한 기본개념을 설명해 주었다. 기획부동산에서 판매하는 토지는 미완성 상태에서의 미래가치를 판매하는 것이다. 그래서 잘되면 효자이고 잘못되면 자식이 아닌 웬수가 되었다. 투자가 목적인 사람에게는 땅값이 오를 수밖에 없는 땅이 최고 좋고, 장사를 할 사람에겐 건물을 지어 장사를 했을 때 큰 수익이 날 수 있는 땅이 최고 좋은 땅이다. 그러니 그런 가치기 이미 인정된 땅들은 엄청 비싸다. 기획부동산의 토지 상품은 미래 지향적 상품이니, 좋은 땅이라는 결과는 세월이 증명해 줄 수밖에 없었다. 그러니 결론이 났을 때는 도박이었나, 권리분석에 의한 결정이었나가 판가름 나는 것이었다.

김경자는 고개를 끄덕이면서도 집요했다.

"회사에선 땅을 누가 잡나요?"

판매하는 토지는 누가 어떻게 확보해 오느냐 하는 뜻이었다. 일도는 매입팀이 있다고 했다.

"상무님도 그 팀에 포함되시나요? 아니면 상무님 의견이 포함되나요?"

김경자의 눈빛은 정말 반짝반짝했고 일도의 눈을 뚫어져라 쳐다 보고 있었다.

"권리 분석팀에 저의 의견을 분명히 제시합니다. 그러니 참여하는 게 맞습니다."

사실이었다. 팀장일 때는 아예 그런 권한이 없었고 임원이 되어 실장일 때도 마찬가지였다. 상무가 되었을 때 일도는 자신의 의견을 제시할 수 있는 권한이 생겼다. 그러나 상대의 권리나 영역을 존중해 주어야 하는 것이 조직의 흐름을 원활하게 할 수 있음을 누구보다 잘 알고 있었다. 다만 일도는 판매조직의 중요한 책임자로서 조언 정도만 했을 뿐이고, 고객이 회사를 방문했을 때 빠르고 쉽게 결정할 수 있도록 토지의 입지를 가지고 있는 땅을 판매할 수 있게 확보해 줄 것을 부탁드리는 정도였다.

김경자는 잠시 생각하더니 일도에게 말했다.

"저를 위해서 땅을 좀 한 번만 보아 주시면 안 되나요?"

일도는 무슨 말인지 알았지만 모른 척 질문했다.

"보아 두신 땅이 있나요?"

김경자는 대답 대신 고개를 끄덕였다.

"개인적인 부탁이라면 딱 한 번만 들어드리겠습니다."

당연히 김경자가 부탁한 내용은 회사에서 분양하는 땅이 아닌 다른 땅이었다. 일도는 바쁜 시간을 쪼개어 김경자의 뜻을 들어주었다. 현장을 보고 토지서류를 권리분석했을 때 일도는 교육의 허무함을 느꼈다. 어쩌면 이럴 수 있을까.

김경자가 안내한 땅을 보았을 때 그 땅은 정말 환상적이었다. 강원도 삼척의 근덕면 바닷가에 있는 땅이었는데 한 폭의 그림이었다. 평당 70만 원이라 했고, 그 정도 자리면 토지의 사용도는 무궁무진했다. 만약에 그 땅에 숙박업소를 운영한다면 호텔 못지 않은 수익을 낼 수 있는 최고의 자리였다. 그런 땅이 평당 70만 원이면 일도 자신이 빚을 내서라도 사고 싶은 땅이었다.

토지이용계획 확인원을 살펴본 일도는 김경자 사원에게 어떻게 설명해 주어야 가장 빨리 이해할까 생각해 보았다. 일도는 땅을 여자에 비교해서 설명해 주기로 했다. 정말로 예쁜 여자가 있었다. 얼굴만 예쁜 것이 아니고 몸매까지 너무너무 예쁜 여자였다. 힌 남자가 결혼을 하려고 뒷조사를 해보았더니 그 여자는 여자가 아닌 남자였다. 남자가 여장을 했는데 그토록 예뻤던 것이었다.

"이토록 아름다운 땅이 쓸모없는 땅이란 말인가요?"

일도는 고개를 끄덕였다. 절대 개발 불가의 땅이었다. 토끼집 하나도 지어서는 안 되는 땅이었다. 많은 사람들이 천년만년 보고 아름다움을 느껴야 하는 그런 땅이었다.

일도는 김경자 사원에게 물었다.

"이 땅은 어떻게 알게 되었습니까?"

김경자는 잠시 망설이다가 대답했다.

"신문의 부동산 코너에서 보았어요."

일도는 어이없었지만 그 심정을 이해할 수 있었다. 일도는 서울로 돌아오는 길에 김경자 사원에게 토지의 안목을 키워주기로 했다. 전에 팀장들에게 가르쳤던 현장답사의 순서를 그대로 적용시켜 보기로 했다. 일도의 계획대로 모든 순서가 끝났을 때 김경자 사원의 표정은 심각하게 굳어 있었다.

일도는 김경자의 심리 상태를 예측해 보았다. 처음 김경자가 보았다는 강화도 땅과 이번에 일도와 같이 본 근덕면 땅은 공통점이 있었다. 바로 바닷가 땅이라는 점이었다. 물론 강화도 땅은 악덕 기획부동산 업자에게 속아서 엉뚱한 땅을 본 것이지만 말이다. 김경자는 회사에서 보고 듣고 배운 것이 분명히 있었을 텐데도 땅의 겉모습만 보는 게 틀림없었다. 악덕업자들에게 사기를 당하기 아주 좋은 생각을 가지고 있는 것이었다. 김경자는 또한 여유자금, 학교를 그만두었으니 퇴직금을 받아 놓은 것이 분명히 있을 것이었다. 그러니 김경자의 내면세계는 여러 가지 복잡한 생각들로 가득 차 있을 것이 분명했다.

다음 날 일도는 김경자 사원을 자신의 방으로 불렀다. 따뜻한 커피를 한잔 하면서 김경자의 표정을 살펴보니 아직도 복잡한 생각들이 그녀를 지배하고 있음이 분명해 보였다.

"그래… 무언가 답을 찾아가고 계신가요?"

김경자 사원은 살며시 웃었다. 일도가 보기에는 억지로 웃는 씁쓰레한 웃음이었다.

"낭비했던 시간이나 어리석었던 자신에 대한 후회에서 이제는 그만 벗어나시죠. 시간이 길어질수록 또 다른 후회를 갖게 될 것입니다."

김경자는 일도의 눈을 응시했다.

"이제는 정말… 결정을 해야 될까 봐요."

일도의 눈을 뚫어져라 응시하던 김경자가 말했다. 일도는 김경자의 다음 말을 기다렸다.

"회사 땅을 사야 되겠어요. 몇 날 며칠 잠 못 자고 고민했어요. 상무님께서 시키는 대로 한번 해볼 생각이에요. 시키는 대로 다 할 테니 돈 벌 수 있는 방법을 좀 알려 주세요."

김경자는 간절해 보였다. 회사 땅을 사야겠다는 생각은 계약사례 발표 때의 사원들 영향을 받았겠지만 그렇다고 자신도 그 사원들처럼 돈을 벌 수 있다는 자신감에서는 확신을 갖지 못한 듯했다.

일도는 그녀의 확신에 대해 질문해 보았다. 회사 땅에 믿음이 생겼느냐고 묻자 김경자는 땅보다는 회사에 대한 믿음이 생겼고 일도에게 믿음이 생겼다고 했다. 다른 사원들과 얘기를 많이 나누어 보았느냐고 물었더니 그렇다고 했다. 다른 사원들도 회사를 믿고 있더라고 했다. 일도는 정말 시키는 대로 할 수 있겠느냐고 다짐 받듯 물었다. 김경자의 대답은 단호했다. 돈만 벌게 해주면 시키는 대로 하겠다는 것이었다. 일도는 하루 저녁만 더 생각해 보고 최종 결심을 얘기해 달라고 했다.

다음 날 김경자는 결심에 변함이 없다며 확실한 의지를 일도에게 표명하였다. 일도는 김경자가 원하는 대로 300평의 땅을 취득할 수 있게 해주었다. 땅값은 6천만 원이었다. 그리고 등기를 최대한 빨리 해결해 주었다.

김경자는 일도의 지시대로 인맥을 만나고 다녔다. '혈사학지종직모'의 모든 인연 중에 고객이 될 만한 사람이 있으면 모두 만나라고 했다. 단, 땅을 사라는 얘기는 아예 꺼내지도 말라고 했다. 그저 처음 친구에게 사기당했던 이야기를 하면서 오늘날까지 있었던 이야기를 있는 그대로 털어 놓으라고 했다.

김경자는 일도가 시키는 대로 했고, 김경자에게 보고받다 보면 상대방들의 반응은 다양했다. 그러나 한 가지 공통점이 드러났다. 예상했던 대로 대부분의 반응은 호기심들이 표면화되었다는 것이었다. 때마침 부동산 경기는 예상했던 것보다 빨리 활황세가 이어지고 있었다. 강남을 중심으로 집값이 상승하기 시작하더니 서서히 전국적인 상승세로 이어지고 있었다.

김경자 사원의 인맥은 주로 50대였다. 경제적인 안정을 이룬 나이라고 할 수 있었다. 아울러 노후준비에 대한 생각이 강하게 자리 잡을 수 있고, 투자 목적의 아파트, 상가, 토지 등에 관심이 없을 수 없는 나이였다. 일도는 김경자 사원에게 인맥을 꾸준히 만나면서 일도 자신에 대한 얘기를 많이 하도록 했다. 아파트나 상가, 토지 등 경매 부동산까지 최고의 전문가가 김경자 뒤에 있음을 은연중에 인식시키는 작업이었다.

일도는 호기심을 발동시키면서 일도에게 부동산 상담을 받길 원하는 김경자 사원의 인맥이 있을 때는 일도가 정해주는 날 시간에 맞추어 회사로 내사하게 하였다. 김경자 사원이 내사시키는 인맥은 거의 모두가 돈이 있는 사람들이었다. 일도는 처음 계획대로 순서를 밟아 나갔다. 아파트나 상가, 토지의 안전성, 수익성, 환금성에 대하여 비교 분석해 주면서 자연스레 토지의 장점을 인식시켜 주었다. 고객이 회사에서 판매할 토지가 현재 있냐고 물으면 있으면서도 더 좋은 상품을 준비 중이라고 했다. 조만간 최고의 상품이 나올 것이라고 했다. 김경자의 인맥들은 일도의 영업술이 상투적이려니 생각하면서도 토지의 메리트만큼은 모두 인정하고 돌아갔다.

일도는 김경자 사원과 호흡을 맞추어 철저하게 일도가 직접 통화하면서 내사 상황, 예비물건 준비상황, 선착순 입금상황 등을 차분하게 진행하였다. 김경자는 적극적이었고 본인이 토지등기를 손에 쥔 탓인지 매사에 자신있게 행동하였다.

김경자 사원은 일도의 도움으로 한 건 한 건 계약을 만들어 가면서 예전에 보았던 우울한 모습은 찾아볼 수가 없었다. 입사한 지 채 한 달이 안 되어 첫 계약을 성사시키더니 매달 두세 건의 계약

실적을 만들어 내고 있었다. 6개월이 지났을 때 김경자 사원은 사기당한 돈을 회복했고, 1년이 지났을 때는 본인이 투자한 돈까지 복구하였음은 물론이고 8천만 원이 넘는 여유자금을 손에 쥐고 가정으로 돌아갈 수 있었다.

실전 **기획부동산 08.**

# 신화 창조

　일도는 정말 오랜만에 김종백을 만났다. 처음 김종백을 돼지껍데기 집에서 만났던 것이 엊그제 같았는데 벌써 5년이 훌쩍 흘러가 있었다.
　"형님 사업체는 요즘 어떠십니까?"
　일도는 이제 김종백을 형님이라고 부르고 있었다.
　"나야 뭐, 구멍가게만 한 업체인걸 뭐."
　김종백은 자신이 직접 30여 명의 사원을 채용한 업체의 오너가 되어 있었다. 일도를 처음으로 기획부동산에서 일할 수 있게 해준 김종백은 일도와 같이 SH개발의 같은 팀에서 3개월을 근무하다가 다른 회사의 팀장으로 승진해서 이동했었다. 그때 김종백은 일도를 사원으로 데려가려 했으나 일도는 정중히 거절했었다.
　"최 사장은 요즘 대단하다던데… 최 사장의 신화 창조에 대한 얘기들이 빠지질 않아."
　김종백의 호칭대로 일도는 이미 꽤 오래전에 사장이 되어 있었다. 강북의 술집 요정에서 있었던 약속대로 SH개발의 오너는 일도에게 계열사 사장자리를 맡긴 것이었다. SH개발은 예정했던 것보다 많은 수의 계열사를 거느리며 승승장구하고 있었다.

"앞만 보고 정신없이 달리다 보니 일이 좀 풀려 그런 거지, 신화 창조는 무슨… 하지만 듣기에 나쁘진 않군요."

사실이었다. 휴일도 없이 미친 듯이 앞만 보고 살아온 세월이었다. 기획부동산의 업체 수가 늘어난 만큼 경쟁은 심화되었으며 늘어나는 만큼 문제를 일으키는 업체는 배가되고 있었다.

새로운 정권이 들어선 이후 부동산 경기는 꼭짓점을 향해 수익선이 가파른 상승세를 이어가고 있었고 강남의 집값은 최고 평당가가 5천만 원을 능가하는 괴이한 현상까지 발생하자 정부는 제2차 토지공개념 제도까지 도입하면서 부동산의 규제책을 펼쳐나가기 시작했다.

대통령 선거를 치르면서 지방 분권 개발을 공약으로 내걸었던 대통령은 행정수도 이전 및 기업도시, 혁신도시 공약 실천을 위한 각종 계획들을 발표하면서 전국이 부동산 투자 광풍으로 거센 폭풍이 일어난 터라 부동산 투자 열풍은 정부의 웬만한 규제정책으로는 수그러들 기미가 보이지 않았다.

"과연 누가 이 나라를 IMF를 겪은 나라라고 생각하겠는가? 내가 생각해 봐도 너무 심해."

"그건 제 생각도 마찬가지이지만… 형님은 여유가 있으시군요."

일도는 나라걱정까지 하는 김종백의 사려에 솔직한 자신의 느낌을 말했다. 들리는 소문에 의하면 간신히 법인으로서의 회사 명맥만 유지하고 있다는 소문이었다.

"형님도 남들 다 떼돈 벌 때 벌어야 하지 않겠습니까?"

일도는 김종백의 표정을 살피며 말했다.

"나야 뭐… 자네 같은 능력도 없고… 자네 같은 능력을 가진 아랫사람도 없으니 항상 그렇지 뭐…."

김종백이 씁쓸한 표정으로 말했다. 일도는 꼼꼼히 김종백을 살펴보았다. 마음고생이 심했던지 전에 없던 흰머리와 잔주름이 늘어나 있었다.

"많이 힘드십니까 형님?"

일도는 측은한 생각이 들었다. 일도가 어려움에 처해 있을 때 일도를 기획부동산으로 입문하게 해준 여러모로 고마운 사람이었다.

"솔직히 많이 힘드네. 자네 알다시피 기획부동산의 이윤 폭리가 얼마나 심한가. 그래서 나만이라도 양심적인 기획부동산을 운영해 보고 싶었네. 그래서 회사를 설립했지. 그런데 내가 어리석었던 것 같으이…."

일도는 말없이 김종백을 바라보았다.

"진짜 좋은 땅을 저렴한 가격에 분양하는 회사를 만들어 보고 싶었네. 진짜 좋은 사람들과 함께 말일세. 그런데 그런 내 생각은 어리석은 꿈에 불과했어."

"자세한 말씀 좀 해 주시죠?"

일도는 궁금했다. 김종백은 깊은 한숨을 내쉬더니 일도에게 하소연하듯 긴 얘기를 쏟아내었다. 당시 기획부동산은 등기부등본에 실거래 가격이 등재되지 않는 맹점을 악용해 토지 매입가격의 최소 5배에서 20배까지의 가격 폭리를 취해 토지를 분양하고 있었다. 토지가격은 공시지가 외에 따로 정해지는 거래가격이 없다는 기존 관념을 이용한 영업 형태이기도 했다.

토지를 평당 1만 원에 매입했다 하여 2만 원에 분양하라는 법도 없었고, 2백만 원에 분양하라는 법도 없었다. 단지 회사의 오너가 결정하는 가격이 분양가격이었다. 그러하니 순전히 땅의 좋고 나쁨이나 분양가격을 떠나서 땅을 판매할 수 있는 조직이나 영업력이 최고의 가치를 발휘할 수밖에 없었다. 때문에 토지판매 마케팅은 고난도의 영업력을 요구했고 사람의 심리를 파고드는 영업전술이 개발되고 발전할 수밖에 없었다. 일도는 그런 영업력을 만들어 내고 훈련시킬 수밖에 없었으며 이러한 경쟁은 치열하다 못해 드라마 작가 못지않은 기획력을 갖추어야만 했다. 일도는 팀장이 되면서부터 철저하게 모든 일을 사전 준비에 의한 기획대로 움직였었다.

김종백은 그러한 현실에 염증을 느껴 자신만이라도 기획부동산의 영업 형태를 벗어나 진실의 힘으로 성공해 보고자 했다. 그래서 선택한 방법이 매입가격의 3배를 넘지 않는 선에서 분양가격을 책정하였고, 현지 시세가 평당 3만 원에 거래되는 땅이었다면 2만 원에 매입하기 위해 정말 피눈물 나는 노력을 했다. 평당 3만 원에 매입하면 분양가격이 최소 3배 가격으로 책정해도 9만 원이요, 2만 원에 잡으면 분양가격이 최소 6만 원에 책정할 수 있으니 최선을 다했다고 했다.

영업조직은 책임자인 임원 상무 한 사람을 두고 팀장 3명과 사원들은 한 팀에 10명씩 30명을 두었다고 했다. 양심이 통하는 회사를 만드는 것이 꿈이었던 김종백은 회사 운영도 양심적으로 했다. 실적이 없는 사원에게도 최대한 오랜 시간적인 기회를 주었고 사원들의 월급은 날마다 활동비로 지급하는 일비 1만 원 포함해서 월 120만 원을 지급했고, 팀장들은 월급 250만 원을 지급했다. 그렇게 해서 한 달 최소 운영비용이 8천만이 지출되었다. 임대료, 전화요금, 기타 운영비를 따져 보면 사원 1인당 200만 원이 지출되었다. 회사의 수익은 월평균 최소 분양가 6만 원짜리로 책정했을 때 토지 분양실적은 월 3천 평이 넘어야 했으나 그러하지 못하면서 회사는 점점 어려움에 처해졌다고 했다.

판매상품은 준비했으나 영업조직에서 판매하지 못하면 어려움에 처하는 것은 어느 업종, 어떤 기업이나 마찬가지였다. 6개월 동안 단 한 평의 땅도 판매하지 못한 사원이 노동청에 자신을 고소한 일도 있었다고 했다. 임금을 주지 않았다는 이유였다. 실적이 전혀 없었어도 6개월 동안 매달 월급을 지급했으나 사원의 퇴사 이후 다음 달 6일 동안의 근무치를 결산해 주지 않은 결과였다고 했다.

김종백은 혀를 차며 얌전한 성격의 입에서 쌍욕이 터져 나왔다. 거의 저주에 가까운 욕이었다. 일도는 충분히 이해할 수 있었다. 그도 그럴 것이 그 사원에게 김종백은 6개월 동안 1천 2백만 원을 치렀을 것이었다. 그럼에도 실적은 전혀 없이 회사에 손해만 안겨 준 그 사원은 47세의 아줌마였다고 했다.

양심적으로 기획부동산을 운영해 보고자 했던 김종백이 양심 없는 아줌마에 의해 분개하는 것이었다. 사람이 짐승과 다른 게 무엇이겠는가. 사고능력의 차이가 아니겠는가. 일도는 그럴 수도 있겠거니 생각되면서도 도대체 그런 아줌마는 사고방식을 어떻게 갖고 세상을 살아가는 것일까 하는 궁금증이 일었다.

그러나 그런 아줌마들이 엄연하게 존재하는 현실을 부정할 수는 없었다. 문제는 그런 아줌마들의 수가 급속도로 늘어나고 있다는 데 문제의 심각성이 있었다. 영업의 결과는 오직 실적으로만 평가할 수 있다. 인물도 학벌도 중요한 것은 아니었다. 초등학교를 졸업 못했어도 땅만 잘 팔면 그 사원은 남자이건 여자이건 영웅이 됐다.

그러한 영업조직의 기업윤리는 비단 기획부동산에만 국한되는 것은 아니었다. 보험업계나 자동차 판매조직도 마찬가지의 기업윤리가 적용될 것이었다. 단지 영업조직의 기업윤리를 명백히 인식하지 못하는 사람들이 유독 기획부동산에 많이 흘러들었기 때문에 문제의 심각성은 점점 더 확대되고 있는 상황이었다.

"형님만 겪는 일은 아닙니다. 그런 아줌마는 어느 영업조직에나 있기 마련이니까요."

"그래서 말인데… 좋은 방법이 없겠나?"

"글쎄요."

일도는 잠시 생각해 보았다.

"팀들의 실적 경쟁 시스템으로 운영되는 게 현실이니 팀의 팀원인 사원들에 대한 인사권은 팀장들의 고유 권한 아닙니까?"

"그야 그렇지."

"그렇다면 달리 방법이 있겠습니까? 인사권자인 팀장에게 권한과 책임을 엄격하게 적용시키는 수밖에요."

일도는 그렇게 생각할 수밖에 없었다.

무슨 묘안이 있었을까 하고 기대했던 김종백은 실망스런 표정이 역력하였다. 그렇다고 일도에게 무슨 묘안이 있을 수 없었다. 일도는 잠시 망설이다가 일도 자신이 팀장으로서 팀을 운영했을 때의 방법들을 이야기해 주었다.

그리고 일도는 팀을 운영할 때 회사에서 공식적으로 회사와 사원 간의 갑을 약정서를 체결하는 것 외에 팀장으로서 나름대로 사원관리 규정을 두고 있었다. 사원이 입사를 해서 1개월까지는 실적의 의무를 전혀 규정하지 않았으며 2개월 차부터는 철저하게 차별화된 규정을 두고 있었다. 규정의 중요 내용은 계약실적보다는 가망고객 확보의 성과에 중점적인 규정을 두었다. 사원의 철저한 노력을 요구한 것이었다. 6개월 계약 무실적이어도 고객관리 영업 노트에 뚜렷한 노력의 흔적만 있으면 일도는 결코 그 사원에게 부담감을 심어주지 않았다. 단, 노력도 없는 계약 무실적 사원은 가차 없이 해고해 버렸다.

일도가 요구한 월 가망고객 확보 수는 10명이었다. 일도는 팀장과 사원의 약정서를 만들어 사원이 약정된 목표를 초과달성했을 시에는 팀장이 개인적으로 보너스를 지급했고 그 반대인 경우에는 사원이 어떤 불이익도 감수하겠다는 서약서를 받고 팀을 운영했다.

일도는 임원이 되어서 팀장들을 교육했던 내용들도 김종백에게 세세히 이야기해 주었다. 일도의 이야기를 들으면서 김종백은 몇 번의 감탄사를 연발했지만 일도의 이야기를 모두 듣고 난 김종백은 다시 깊은 한숨을 내쉬었다.

"내게 그런 팀장이나 그만한 능력을 갖춘 임원이 있어야 말이지… 자네 말을 듣고 나니 더욱 더 갑갑해지는군."

그럼 어쩌란 말인가. 일도는 김종백을 빤히 쳐다보았다. 김종백은 무슨 말인가를 하려다 멈추었다. 일도는 김종백의 속마음을 알 수 있었다. 그러나 그럴 수는 없는 일이었다. 5년이란 세월 동안 휴일도 없이 미친 듯 앞만 보고 달려온 결과가 현재 자신이 쌓아놓은 일도의 분신과도 같은 회사였기 때문이었다. 비록 법인 오너가 아닌 계열사 사장이었지만 200여 명의 사원이 만들어 내는 결과는 다른 기획부동산들이 감히 따라올 엄두를 내지 못할 정도의 실적을 내고 있었다. 그런 공든 탑을 버리고 김종백을 선택할 수는 없었다.

"형님이 직접 나서는 건 어떻습니까? 팀장들 교육을 형님이 직접 시키는 것 말입니다."

일도의 말에 김종백은 고개를 가로저었다.

"그렇다면 팀별로 한 달 운영비를 팀장에게 선지급하고 완전 팀 사업체체로 운영해 보는 건 어떻습니까?"

일도의 말에 김종백이 바싹 다가앉았다.

"구체적으로 어떻게 말인가?"

일도는 순간 당혹했다. 구체적인 것이야 김종백 자신이 몇 날 며칠 밤을 새워서라도 효과적인 방법을 찾아내야 할 것 아닌가?

"형님, 배 아파 낳은 자식하고 옆집 자식하고 누구에게 더 애정이 가겠습니까? 구체적인 방법은 형님께서 산고의 고통을 한번 겪어 보시지요. 그리해야 실패를 하더라도 최선을 다했다는 스스로의 자산이나마 남게 될 것입니다."

일도의 말에 김종백은 다시 고개를 떨구었다.

일도와의 만남 이후 김종백은 일주일이 지나도록 일도가 제시했던 제안에 대해 구체적인 방법론을 찾아내지 못한 듯 예전 방식 그대로 시간을 허비하고 있었다. 한 달 정도가 다 되어 갈 때 일도는 김종백으로부터 만나고 싶다는 연락을 받았다.

"어떻게 시도해 보셨습니까? 효과는 있었는지요."

김종백의 얼굴이 많이 편안해 보이는 표정이었기에 일도는 더더욱 궁금했다.

"나는 기획부동산을 완전히 떠나기로 했네."

김종백의 입에서 뜻밖의 말이 터져 나왔다.

"그동안 많은 생각을 해보았네. 은행에서 20년을 보내고 어느 날 갑자기 평생직장이라고 생각했던 곳에서 쫓겨났을 때… 난 사실 제정신이 아닐 정도로 충격을 받았었지."

일도는 처음 김종백을 만났을 때를 떠올렸다. 정장차림에 넥타이를 풀어 헤치고 혼자서 술을 마시던 모습이 떠올랐다.

"난 은행일 말고는 특별히 잘하는 게 없네. 지내놓고 보니 그래. 자네의 의견을 지난번에 듣고 나름대로 방법을 모색해서 실행해 보려고 했었네."
"그랬는데요… 무슨 문제라도?"
"사업에는 인재가 필요하다는 걸 몰랐던 바는 아니었지만… 내게는 인재가 없다는 사실을 뼈저리게 깨달았네. 인재가 없는 것도 나의 무능이지만 더 이상의 욕심은 더 큰 화를 불러올 것만 같은 생각이 들었네."
일도는 조용히 김종백의 말을 듣고만 있었다. 할 말이 없었다.
"자네한테 한 가지 부탁이 있네."
잠시 침묵이 흐르자 김종백은 힘겹게 입을 열었다.
"회사를 운영하면서 잡아 놓은 땅이 5천 평 정도 남아있네. 자네 회사에서 인수를 좀 해주면 안 되겠나? 은행빚을 깨끗이 정리하고 홀가분히 떠나고 싶어서 그러네."
일도는 그 정도의 도움은 되어 줄 수 있을 듯도 싶었다. 일도가 비록 법인 오너는 아니었지만 계열사 사장인 자신이 그 정도의 선택권은 있다고 판단했다. 물론 회장에게 당연히 보고는 해야 했다. 일도는 일단 땅을 보고 나서 최종 결정하기로 했다.
경기도 남양주에 있는 땅으로 앞으로 전철이라는 교통수단이 신설될 지역에서 불과 500m 정도 떨어져 있었다. 가격도 평당 10만 원이었다.
일도는 여러 가지 조건이 괜찮다고 생각했다. 회장은 기꺼이 일도의 제안을 받아들였다. 분양가격은 평당 50만 원으로 책정하였다. 일도네 회사는 5,000평의 땅을 단 이틀 만에 판매를 끝냈다.
김종백은 양심을 가지고 기획부동산업을 운영하고자 했던 자신의 실험이 너무나도 이상적이고 추상적이었다는 현실을 인정하고 완전히 기획부동산의 세계를 떠났다.

법인을 설립하고 회사 사장이 된 지 딱 1년 만의 결과였다. 그렇게 회사를 설립했다가 1년이나 아니면 몇 달 만에 무너지는 사람은 비단 김종백뿐만이 아니었다. 김종백이 회사를 정리하고 손에 쥔 돈은 불과 천만 원도 안 되었다. 사원, 팀장, 임원생활을 거치면서 꽤 많은 돈을 벌었던 김종백은 법인 오너 1년 만에 모든 것을 잃어버렸다. 다행히 모든 걸 청산하고 홀가분하게 기획부동산을 떠난 김종백은 고향인 강원도 홍천으로 낙향했다.

우연한 만남으로 인연이 되어 일도를 기획부동산에 입문시킴으로써 재기의 발판을 만들어 준 김종백이 그렇게 기획부동산을 떠나자 일도는 잠시 마음의 공허함을 느꼈다. 일도는 앞으로 기회가 된다면 자신이 법인을 설립해 오너로서 자신만의 작품을 한번 만들어 보고 싶었다. 단순히 이윤을 남기고 토지분양만 하는 기획부동산 형태를 완전히 벗어난 사업을 해보고 싶었다. 토지 분양을 위한 기획이 아닌 실제 개발업자로서 멋진 작품을 만들어 보고 싶었다.

김종백과 마찬가지로 일도 또한 기획부동산의 형태에 대해 염증을 느끼고 있던 것도 사실이었다. 당시 너무나도 많은 사회문제를 양산해 내고 있었다. 기획부동산의 마케팅 구조나 판매 전략전술은 실로 대단하다고 인정할 수밖에 없었다. 한마디로 모든 과정이 각본에 의한 상황연출로 결과를 만들어 낸다고나 할까. 숨소리 빼고는 거의 모두가 조작되는 연출이라고 해도 무리가 아니었다. 심리전에서 능해야 했고 타이밍에 강해야 했다. 순수했던 사원들도 돈맛을 보면서 상황연출의 필요성을 절대적으로 깨달으며 실력자들로 성장했고, 선배들로부터 배운 기술을 좋은 쪽으로 활용하는 사람들보다는 악용하는 사람들이 급속도로 늘어나고 있었다.

32세의 젊은 사장이 있었다. 그는 26세의 나이로 기획부동산에 입문하였다. 타고난 소질이 있었던지 많은 실적을 올려 사업자금을 확보하게 되자 법인을 설립하였다. 그는 충북 제천에 있는 땅을 분양하기 위해 매입하였다. 기획의 이슈거리는 150만 평에 이르는 관광단지 조성 계획이라는 대기업의 사업 진행이었다. K라는 대기업은 관광도시 조성을 위한 계획을 수립하고 용역을 거쳐 설계도면까지 사업을 진행한 상태에서 IMF라는 날벼락을 맞이했고, 사업은 백지화되었다. 32세의 젊은 사장은 그 맹점을 악용하기로 했다. 그는 쓰레기처럼 쓸모없어져 버린 설계도면을 돈을 주고 사들였다. 그리고 K라는 대기업 회사명을 외국의 투자기업처럼 변형시켰다. 유령회사였다. 그는 자신과 찰떡같은 궁합을 자랑하는 임원들과 팀장들을 규합하여 사업을 시작하였다. 사원들에게는 다른 회사들보다 월등히 좋은 조건의 월급과 수당을 내걸었다. 팀장이나 임원들에게도 마찬가지였다. 법인의 대표이사는 자신이 아닌 다른 사람을 내세웠다. 일명 바지사장이라는 거였다.

그는 5만 평의 땅을 평당 5천 원에 매입하여 평당 50만 원씩에 분양하였다. 100배에 이르는 폭리였다. 5만 평의 땅은 3개월 만에 분양을 마무리했다. 원가가 2억 5천인 땅에서 2백 5십억이란 매출을 올린 것이다. 분할 비용 및 기타 필요경비를 감안한다손 치더라도 처음부터 사기를 작정하지 않고는 할 수 없는 일이었다.

젊은 사장은 사기사업의 성공을 위해 분양토지 인근에 공인중개사 사무실까지 위장 설립하였고 사원들에게는 사원 소개로 입사한 사원이 실적을 만들었을 때 실적사원이 받는 수당의 절반 정도를 충원수당으로 지급하였다. 5만 평의 분양을 마친 회사는 문을 닫고 잠적해 버렸고 들리는 소문에 의하면 장소를 옮겨 또 다른 바지

사장을 내세워 비슷한 수법의 사기행각을 일삼는다는 것이었다.

어디 그 젊은 사장뿐이겠는가? TV 뉴스나 신문지상에 기획부동산의 병폐는 밥상에 콩나물 반찬 오르듯 수시로 보도되었다. 일도는 그러한 현실을 안타까워하면서도 피할 수 없는 선택인 듯 기획부동산을 떠나지 못하고 사장자리를 유지하고 있었다.

"사장님, 이 계약서를 한번 검토해 주십시오."

성주호 이사였다. 그는 일도와 함께 꾸준히 성장하였고 임원의 자리에 올라 있었다. 성주호 이사의 손에는 처음 보는 계약서가 들려 있었다. 일도는 그가 내미는 계약서를 자세히 살펴보았다.

계약서에 표기돼 있는 회사는 일도가 익히 알고 있는 회사였다. 박성홍이 근무하는 회사였다. 일도가 6개월이라는 세월 동안 무실적으로 고통스러워할 때 많은 도움을 주었던 분이었다.

박성홍은 회사에서 팀장 승진을 간절히 바라고 있었으나 이상스럽게도 번번이 탈락했고, 일도의 첫 계약을 끝내 보지 못하고 다른 회사의 팀장으로 자리를 옮겼었다. 일도가 승승장구하여 사장자리에까지 오르는 동안 아직까지도 팀장의 자리에 머물러 있었다. 그러나 박성홍은 그러한 현실에 의기소침해하지 않았다. 그저 모든 것이 자신의 탓이려니 하면서 일도와의 관계를 한결같이 유지하고 있었다. 박성홍은 일도의 성공을 진심으로 기뻐해 주었고 당연한 결과라며 일도의 노력을 인정해 주었다.

박성홍이 근무하는 회사는 규모가 제법 컸다. 회사 차원에서 투자 세미나를 많이 개최하기도 했고 회사의 오너가 신문지상에 자주 등장하기도 했다. 그 회사의 운영 콘셉트는 다른 회사들과 달랐다. 일종의 부동산 뮤추얼 펀드(mutual fund) 형태의 토지 분양을 하고 있었다. 회사는 몇 십만 평 정도의 대규모 땅을 사들였다. 그것도 아주 헐값에 사들였다. 회사는 사들인 땅을 자체적으로 개발계획을 수립했다. 일도 역시 그 회사에서 발행한 개발 팸플릿을 여러 번 본 적이 있었다. 회사는 일반 투자자들에게 투자금을 유치한 후에 계약조건이 무려 3장에 이르는 내용을 담아 계약서를 체결하고 있었다.

그 회사는 자체개발을 통해 땅의 가치를 올린 다음 상업지는 개발 전 계약평수의 30%를 환지해 주고, 일반 택지는 계약평수의 50%를 환지해 준다는 내용을 계약서에 담고 있었다. 또한 3년 내에 회사에서 약속을 지키지 못하면 원금을 포함해 3년 동안의 이자 10%를 고객에게 돌려준다는 내용도 포함되어 있었다. 박성홍을 통해 대략은 내용을 알고 있었으나 계약서 내용을 자세히 살펴본 일도는 가슴이 답답해졌다.

일도의 생각에는 한바탕 또 거대한 사회문제가 될 것이 분명한 계약서인 것으로 판단되었기 때문이었다. 그 회사에서 진행한다는 개발 사업지는 이미 한두 곳이 아니었다. 제주도, 강원도, 경상북도 등 수십만 평의 땅을 어설픈 고객들에게 분양만 해놓고 개발은 흉내도 못 내고 있었다. 회사에서 약속대로 개발만 제대로 해낼 수 있는 자금이나 기술력이 있다면 모르겠으나 일도는 도저히 불가능할 것으로 예측하고 있었다. 1군에 속하는 대형 건설회사도 큰 사업을 여러 지역에서 거의 동시에 벌인다는 건 어려운 일이었다. 물론 그 회사는 시행사로서 시공업체를 선정하여 자금만 대면 된다는 논리로 사원들과 고객들을 설득하고 있었지만 단 한 곳도 제대로 사업을 진행하지 못하고 있다는 현실에서 이미 불가능은 증명되고 있었다.

일도의 예상은 생각보다 빨리 맞아떨어졌다. 결국은 엄청난 사회문제로 대두되면서 투자자들은 대혼란을 겪으며 아우성 집단으로 바뀌어 갔다. 그러나 이미 때는 늦은 일이었다. 투자자들 중에 눈치 빠른 일부 고객들만 피해를 보상받았을 뿐 거의 대부분 고객들은 보상받을 길이 막막했다.

그 회사의 오너는 잠적해 버렸고, 오너가 잡혀 인신구속을 당한다 해도 보상해 줄 수 있는 자금이 없으면 이미 해결될 수 없는 일이었다. 투자자들은 자신의 권리를 행사할 수 없는 소유권 이전 가등기 등기권리증 하나만 손에 쥐고 속을 태울 수밖에 없었다. 그리고 넓은 땅에 분할 단독등기라 해도 이미 의미 없는 투자로 결정되어 버린 마당에 소유권 이전 가등기였으니 영영 쓸모없는 문서 하나만 늘어난 셈이었다.

일도는 박성홍이 걱정이었다. 박성홍은 그 회사에 팀장으로 이동한 뒤에도 자신의 고객들에게 꽤 많은 토지를 분양했던 것으로 듣고 있었다. 일도가 박성홍에게 전화했을 때 그의 핸드폰은 아예 연락조차 되지 않았다. 기획부동산 업체들의 문제점은 분명히 도를 넘고 있었다. 또한 어쩌다 한 번 문제를 일으키는 것도 아니었다. TV나 신문지상에도 많은 문제점들이 보도되고 있었지만 그 사건들은 빙산의 일각에 불과했다.

서울 강남을 중심으로 세력을 키우던 기획부동산은 이제 전국으로 번져 가고 있었다. 아니 전국으로 퍼진 지 이미 오래였다. 인천, 부산, 대전, 대구, 광주, 울산 등 처음에는 광역시를 중심으로 크고 작은 기획부동산 업체들이 침투하더니 나중에는 아예 인구가 50만도 안 되는 소도시에까지 생겨나고 있었다. 그러면 그럴수록 그 업체들이 일으키는 문제는 심각해졌다. 소설에서나 볼 수 있는 다양한 사기 행각들이 판을 쳤다. 누구에게 명함조차 내밀 수 없는 분위기가 사회적으로 조성되었다.

정부는 다급해졌다. 2차 토지공개념 제도책으로 부동산 규제정책을 펴도 안정기미가 보이지 않자 정부는 세금으로 부동산 안정화 정책을 펼치기 시작했다. 투기지역을 중심으로 주택거래 신고제를 도입했음은 물론 나중에는 주택거래 허가제 및 종합부동산세를 신설하였다. 또한 기획부동산 업체들을 규제하기 위해 다양한 방법을 동원하였다. 토지 분할의 조건을 신고제에서 허가제로 전환하더니 그래도 기획부동산들이 판을 치자 아예 모든 거래가격을 등기부 등본상에 표기되도록 부동산 실거래 명시법을 시행하였다.

온 국민이 참여해서 행복한 나라를 만들자던 참여정부는 각종 선거공약들로 인해 전국을 부동산 투기판으로 만들어 놓더니 이제는 걷잡을 수 없는 부동산 열풍에 짓눌려 허겁지겁 각종 규제책을 내놓고 있었다. 그러나 정부의 강력한 규제책에도 기획부동산 업체들은 교묘히 법망을 피하면서 힘든 영업을 계속하고 있었다. 참으로 끈질긴 생명력이라고 아니할 수 없었다.

일도 역시 힘들기는 마찬가지였다. 회사의 계열사는 열 개도 넘게 늘어났다가 일도가 사장으로 있는 계열사를 포함해 세 개로 줄었다. 규모가 크고 매출이 많은 업체들을 대상으로 집중적인 세무감사를 펼치는 데는 아무리 배짱 좋은 회장이라 해도 어쩔 수 없는 선택이었다. 사원들은 예전같이 순수한 열정을 가진 사원들이 거의 없었다. 오히려 팀장이나 임원들을 교묘히 이용해 자신들의 영역을 몇 달 동안 지켜내는 사원들이 급속도로 늘어나고 있었다. 일도가 아무리 팀장들의 역량을 키워주기 위해 다양한 방법으로 교육시키고 훈련시켜도 팀장의 머리 위에서 지능적으로 놀아나는 사원들이 한둘이 아니었다.

그나마 사장인 일도가 워낙 빈틈을 보이지 않고 열정적으로 선두에 서서 솔선수범하자 실적만큼은 꾸준하게 나오고 있었다.

"사장님 찾는 전화가 있었습니다."

상담 중이던 고객이 일도의 방을 나가자 고객안내 데스크의 아가씨가 메모를 가져왔다. 박성홍의 연락처였다. 일도는 반가움에 즉시 전화를 걸었다. 박성홍이 근무했던 회사가 사회문제를 일으키고 난 뒤 거의 1년 동안 연락이 두절되었다. 일도는 회사 업무가 끝나는 시간에 박성홍을 만났다. 예전에 그에게 여러 번 대접을 받았던 곱창집이었다.

"선배님 얼굴이 많이 안됐습니다. 그동안 어떻게 지내셨습니까?"

미남형은 아니었어도 깔끔한 외모를 가지고 있던 박성홍은 몇 달 동안 면도를 하지 않은 듯 수염이 잔뜩 자라 있어서 생기라고는 찾아볼 수 없었다.

"염치없네… 이런 꼴로 만나자고 해서."

박성홍은 목소리마저 갈라져 있는데다 기운조차 없었다. 일도는 안타까웠다. 1년 동안에 마음고생이 얼마나 심했을까를 생각해보니 눈앞에 보이는 박성홍의 모습이 이해가 될 듯도 싶었.

박성홍은 회사에 문제가 발생하자 제일 큰 걱정이 자신의 고객들이었다고 했다. 처음 박성홍이 그 회사를 선택했을 때 철저하게 믿었다고 했다. 자신을 팀장으로 초빙한 그 회사의 전무가 자신의 대학 선배였는데 믿을 수 있는 사람이었다고 했다.

박성홍이 그 회사에 처음 갔을 때 회사의 사업지는 제주도였는데 그 현장을 처음 보았을 때 첫눈에 반했다고 했다. 대한민국의 대표적인 관광지였고 국제적으로도 대표적인 관광지역이 될 수 있는 것이 우선 마음에 들었다고 했다. 더구나 바다가 한눈에 훤히 보이는 지역이어서 자신이 먼저 투자하고 싶은 욕구를 느꼈다고 했다.

박성홍은 실제 본인이 먼저 투자를 했고 고객들 또한 제주도 땅을 선호했다. 더구나 온천 관광단지를 조성하는 데에 있어 반드시 전제조건인 온천수의 온도, 성분, 일일 채수량 등 3가지 전제조건이 지질연구원의 합격점을 받아 개발은 시간문제였다고 했다. 10만 평이 넘는 땅은 몇 달 만에 분양이 끝나고 회사는 완전 축제 분위기였고, 이제 본격적인 개발만 들어가면 되는 것이었다. 박성홍은 사돈의 팔촌까지 투자자의 길로 이끌었고 그의 인생에서 그때가 가장 행복한 순간이었다고 했다.

그러나 어쩐 일인지 회사는 개발 흉내만 낼 뿐 다른 사업을 벌이고 있었다. 그때까지만 해도 박성홍은 회사를 철석같이 믿고 있었으나 또 다른 세 번째 사업을 무모하게 벌이는 회사를 보면서 그제서야 마음이 불안해지기 시작했다고 했다.

박성홍은 회사를 믿고 제주도 땅에 미쳐 소유권 이전 가등기를 염려하는 고객들에게 훗날 문제가 생기면 형사상 민사상의 모든 것을 책임지는 것은 물론 투자자금까지 본인이 책임지겠다는 내용까지 문서화해 주었다는 것이었다.

박성홍의 입술은 파르르 떨리고 있었다. 마시던 소주잔을 치우고 물 컵에 소주를 따라 벌컥벌컥 들이켰다. 일도는 할 말이 없었다. 안타깝고 속이 상해 터져 버릴 듯했으나 어쩔 도리가 없었다. 박성홍은 연거푸 물잔에 소주를 따라 마시고 나서야 조금 안정을 되찾는 듯했다.

"1년 동안 어떻게 지내신 겁니까?"

박성홍은 깊은 한숨을 내쉬고 한참이 지나서야 다시 말문을 열었다.

회사의 오너가 잠적해 버리자 회사는 제대로 돌아갈 리가 없었다. 고객들은 날마다 수십 명씩 회사를 찾아와 아우성이었다. 시간이 갈수록 상황은 악화되어만 갔다. 박성홍의 고객들 또한 예외는 아니었다. 나 몰라라 도망칠 수도 없었다. 박성홍의 고객들은 대부분 혈육이거나 아주 가까운 친척들이었다. 꽤 괜찮은 배경을 가지고 있는 집안에서 태어났던 박성홍은 그만큼 주변에 투자할 수 있는 여유를 가지고 있는 사람들이 많았다. 그저 좀 먼 관계라 했을지라도 대학 선배들이나 박성홍이 다니던 교회의 교인들이었다. 박성홍이 가까운 사람들의 돈을 회사에 투자시킨 돈이 백억에 가까웠다. 박성홍은 3~4억 정도면 어떻게 해보겠으나 도저히 엄두를 내지 못하고 회사의 오너가 잡히기만을 기대할 수밖에 없었다. 그러는 동안 박성홍이 가지고 있는 재산에는 처분금지 가처분이 내려져 재산권도 행사할 수 없는 불행을 겪어야 했다. 대학 선배에게 투자를 권유했을 때 그 선배가 소유권 이전 가등기에 대한 불안감을 표시하자 자신의 인감증명서까지 첨부하면서 훗날 문제가 생기면 투자금액을 채권금액으로 활용해도 좋다는 문서를 써준 것이 큰 화근이었다.

참으로 무모하고 어이없는 투자유치였다. 박성홍은 당시에 자신이 제정신이 아니었다고 했다. 단란하고 소중했던 가정은 산산조각이 났고, 가족은 뿔뿔이 흩어지고 아내는 늦게서야 이혼을 요구했다. 진즉 서둘러 재산을 아내에게 돌리고 위장이혼이라도 했더라면 그나마 가정이라도 지킬 수 있었을 텐데 박성홍은 최악의 상황에 빠져버렸다.

박성홍이 간신히 정신을 차렸을 때는 이미 모든 것이 끝난 뒤였다.

가지고 있던 모든 것을 빼앗기고 남편으로서 아버지로서 아들로서 모든 자격을 상실한 뒤였다. 참으로 냉정하고 잔혹한 세상이었다.

한 인간의 그릇된 욕망 때문에 얼마나 많은 사람들이 고통 속에 좌절했을까? 일도는 기획부동산에 대한 정나미가 뚝 떨어졌다. 박성홍이 일했던 회사의 오너는 신문에서 몇 번 기사내용을 보았고 투자 세미나에 일부러 참석해서 본 적이 있었다. 강연의 내용은 그리 대단한 것이라고는 할 수 없었으나 많은 사람들이 몰려들어 그의 강연을 듣는 모습을 보았었다. 사기꾼처럼 보이는 인상은 아니었고 오히려 이웃집 아저씨처럼 푸근한 인상이었다. 간혹 경상도 사투리를 쓰면서 평범한 얘깃거리들을 강연 주제로 삼았던 기억이 떠올랐다.

"그 회장이란 자는 어떻게 됐습니까?"

일도는 궁금했다. 박성홍은 회장이란 자를 찾기 위해 두 달 동안 몇 명의 팀장들과 함께 전국을 뒤졌다고 했다. 사원들이 떠나자 회사는 문을 닫을 수밖에 없었고 몇 명의 임원들이 회사를 살려보고자 안간힘을 썼으나 역부족이었다. 더구나 핵심 책임자로 일했던 임원은 회장 대신에 구속되어 이러지도 저러지도 못했고, 모든 해결책을 제시할 수밖에 없는 회장을 찾아내기 위해 미친 듯이 전국을 뒤졌다고 했다. 몸은 망가져 갔고 마음은 지쳐만 갔으나 그래도 포기할 수는 없었다. 외국으로 도피했다는 얘기는 있었으나 확인된 얘기가 아닌지라 전국을 헤맬 수밖에 없었다.

박성홍은 그나마 다행스럽게도 부모님이 경제적인 여유가 있어서 박성홍의 아내에게 이혼 위자료로 장사 밑천을 지원해 주었고, 아이들은 한 달에 한 번이라도 부모님 집에 찾아올 수 있게 했다. 잘해 보려다 억울한 입장에 몰린 박성홍에게 누님이나 형님, 동생들은 자신들의 투자자금이 허무하게 사라졌음에도 불구하고 박성홍이 자살이라도 할까 싶어 속앓이를 하면서도 그에게는 힘이 되어 주었다고 했다.

박성홍은 회장을 찾아내면 모든 것이 해결될 수 있다는 기대감을 가지고 있었으나 시간이 갈수록 기대감은 사라지고 증오심만 늘어나는 자신을 느꼈다고 했다. 회장을 만나면 그를 죽이고 자신도 생을 끝내겠다는 독기를 품은 채 칼을 가슴에 품고 다녔다고 했다. 그러나 회장을 찾을 길이 없었고, 지칠 대로 지쳐버린 박성홍은 자살을 결심했다. 회장을 죽이고 자신도 죽으려 했으나 순서만 바뀌는 것이라고 스스로 위안했다. 박성홍은 귀신이 되어서라도 반드시 회장을 찾아내 죽이고야 말리라 결심하고 품고 다니던 칼로 자신의 팔목을 그었다.

"선배님 그만… 이제 얘기 그만 하시죠."

박성홍의 얼굴은 눈물 콧물로 범벅이 되어 있었다. 일도는 더이상 듣고 있을 수가 없었다.

한비자의 이념을 책상 앞에 붙여놓고 사기관리를 하던 박성홍이었다. 누구보다 당차고 알차게 자신의 세계를 꾸려 가던 그였기에 충분히 자살을 생각했을 것이었다. 살아났으니 일도 앞에 나타났을 것이고 그는 지금 절실하게 일도의 도움이 필요할 것이었다.

"선배님, 힘들겠지만 고통은 빨리 잊는 게 좋습니다. 선배님은 현명하시니 잘 이겨내서 반드시 재기할 수 있을 것입니다. 빨리 무슨 일이라도 시작하셔야 됩니다. 그래야 고통을 이겨낼 수 있습니다. 제가 힘이 되어 드리겠습니다. 선배님, 하고 싶은 일이 무엇입니까?"

진심이었다. 일도는 진심으로 박성홍을 돕고 싶었다. 일도의 말에 힘을 얻었는지 눈물을 닦고 자세를 고쳐 앉았다.

박성홍은 다시 시작하고 싶으니 일도네 회사에서 사원으로 출발해 보고 싶다고 했다. 그러나 일도는 고개를 가로저었다. 안 될 말이었다. 사원으로 다시 시작하는 거야 어려운 일이 아니겠지만 기획부동산으로 재기한다는 것은 절대 불가능하다고 판단하는 것이 현명한 처사였다.

일도는 박성홍을 자신의 집으로 데려가고자 했다. 마땅한 거처도 없음이 분명해 보였으나 박성홍은 일도의 집에 가기를 한사코 거부했다. 그 심정을 이해할 수 있을 것 같았다. 일도는 다음 날 저녁에 다시 만날 것을 약속했고, 헤어질 때 지갑에 있는 대로 현금을 박성홍의 손에 쥐어 주었다. 한사코 거부하는 박성홍에게 일도는 다짐 받듯 말했다.

"선배님, 내일 만날 때 사업계획서 준비해 오십시오. 제가 큰 도움은 못 되지만 3천만 원선에서 시작할 수 있는 사업계획을 갖고 오시면 도와드리겠습니다."

박성홍을 돌려보내고 일도는 한참 동안 곱창집 식당 앞에서 생각에 잠겨 있었다. 일도는 박성홍에게서 많은 도움을 받았었다. 6개월 동안 무실적 사원으로 일하면서 경제적인 압박은 일도에게 너무나 큰 애로사항이었다. 돈이 없으니 하고 싶은 것도 할 수 없었고 술 한잔 마시고 싶어도 그럴 만한 경제적인 여력이 안 됐었다. 당시에 회사에서 받는 일비와 월급이 있었지만 그 돈은 영업활동비에도 턱없이 부족했었다. 날마다 우편 발송하는 서신이 하루에만도 몇 십 통씩이었으니 먹고 싶은 것도 꾹꾹 참을 수밖에 없는 처지였던 사람이 일도였다. 그럴 때 박성홍은 귀신같이 일도의 마음을 알아차리고 적당한 핑계거리를 대어 일도를 곱창집으로 끌고 가곤 했었다. 박성홍은 곱창을 포장해서 일도에게 싸주기도 했었고 아이들 케이크이라도 사다 주라면서 가끔 돈봉투를 건네주기도 했다. 일도는 그 고마움을 깊이 간직하고 있었다. 어쩌다 회사를 잘못 선택하여 죽음보다 더한 고통스런 환경에 처해 있는 박성홍에게 일도는 진심으로 힘이 되어 주고 싶었다.

"선배님, 사업계획서를 기대하고 있습니다. 준비는 되셨습니까?"

다음 날 저녁 곱창집에서 깔끔하게 면도하고 나타난 박성홍을 보며 일도는 기대에 찬 대답을 기다렸다.

"밤새 고민했네… 자네의 제안에 대해서… 염치없지만 고맙게 받아들이기로 했네. 열심히 살아서 자네에게 진 신세를 갚기로 하겠네. 진심으로 고맙고 감사하네."

마음이 많이 편안해진 듯했다. 박성홍은 고향인 일산에서 포장마차를 하기로 했고, 부모님도 고향에 계시고 한 달에 한 번 정도는 아이들을 볼 수 있으니 고향이 좋겠다고 했다. 더구나 다니는 교회는 일산에 있었고 교인들이 많이 투자한 상태에서 정면돌파를 하고 싶다고 했다. 박성홍은 투자자인 교인 고객들을 피하지 않고 날마다 만 원씩이라도 투자자금을 갚아 나가는 방법을 선택했노라고 했다. 자신은 이미 한 번 죽었던 목숨이니 이제는 모든 것을 내려놓고 살아가겠노라고 했다.

일도는 박성홍의 결심에 잔잔한 감동을 느꼈다. 사필귀정이니 회장이란 사람은 언젠가는 그 죄의 대가를 받을 것이요, 진인사대천명이니 박성홍이 모든 것을 내려놓고 최선을 다하다 보면 새로운 기회가 생길 수도 있지 않겠는가. 또한 호사다마라 했으니 고통 다음에 기쁨이 어찌 없을 것인가. 일도는 박성홍이 행복한 가정을 다시 찾기를 간절히 기원했다.

보름 정도가 지나서 박성홍에게 연락이 왔다. 개업식에 참석해 달라는 내용이었다. 일도는 임원, 팀장들을 이끌고 박성홍의 포장마차 개업식에 참석했다. 장소는 쉽게 찾을 수 있었다. 박성홍은 부동산 컨설턴트 경험자답게 아주 기발한 발상으로 포장마차를 차려 놓고 있었다. 주변은 상권이 형성되어 있었고 사무실과 주택들이 6:4의 비율을 이루고 있는 지역이었다. 7층짜리 건물 옆에 약간의 나대지가 있는 장소를 임대하여 포장마차를 차렸는데 그 건물은 아버님 친구분의 건물이라 했다. 몽골식 텐트 위에 조립식 패널을 씌워 안정감까지 더해주고 있었다.

'기본안주 무료'라는 간판을 도로 한쪽으로 세워놓고 지나가는 이들의 호기심을 자극했고, 일도 일행이 도착했을 때 10평 정도 되는 실내는 이미 손님들로 꽉 차 있었다. 박성홍의 누님과 여동생인 듯한 두 사람이 박성홍의 손발을 맞추어 도와주고 있었고 박성홍은 당황하지 않고 준비가 충분했었는지 여유있게 손님들을 맞고 있었다.

일도 일행은 포장마차 옆의 작은 공터에 종이박스를 펴서 자리를 만들었다. 기본안주 무료라는 메뉴가 나왔을 때 일도는 무언가 잘못되었다는 생각을 했다. 닭똥집으로 뚝배기에 찌개를 끓여 나왔는데 그 맛이 기가 막혔다. 또한 닭똥집을 골뱅이 무침처럼 무쳐 나온 것도 기본공짜 안주라고 했는데 그 또한 맛이 신선하면서도 아주 특이했다. 도대체 이런 안주들이 기본공짜라면 박성홍은 어디서 이윤이 남는단 말인가. 일도의 일행들은 저마다 궁금증을 가졌다. 궁금증은 2시간 후에야 풀렸다.

정신없이 바쁘게 움직이던 박성홍이 잠시 짬을 내어 일도 일행이 있는 자리로 왔을 때 잠시 합석하는 자리에서 일도는 보름 동안 박성홍이 얼마나 많은 생각을 하고 준비했었는지 감동 깊게 느낄 수 있었다. 박성홍은 파주에 있는 도계장을 적극 활용했다. 닭을 도살하는 도계장에서 닭 내장이나 똥집은 처리 곤란한 애물단지였다고 했다. 그러니 조금만 성의를 베풀면 신선한 닭똥집은 얼마든지 헐값에 구입할 수 있었다. 단지 손질에 많은 시간을 투자해야 했지만 그것은 문제가 되지 않았다. 박성홍은 어머님과 누님, 동생의 도움을 받아 닭똥집 안주 메뉴를 개발했고 그 결과가 오늘 일도 일행이 맛본 기본안주라고 했다. 기본안주는 무조건 공짜로 제공하기로 했고, 단 소주는 한 병에 5천 원을 받기로 했다. 그 외에 유료안주는 딱 3가지만 갖추기로 하고 차별화된 포장마차 사업전략을 수립한 것이었다.

일도는 진심으로 기뻐서 박수를 쳤다. 일도는 자신이 무실적으로 6개월간 경제적인 고통을 겪을 때를 생각해 보았다. 맛있는 닭똥집 찌개 안주가 무료에, 소주 한 병 5천 원이면 일도 역시 구미가 당길 만한 이유가 충분히 있었다. 집에서 손수 해먹는다 해도 5천 원은 들어갈 일이었다. 맛도 괜찮으니 소문나는 것은 시간문제였다. 여러 가지를 심사숙고해서 결정한 사업전략임이 분명했다. 일도의 일행들도 생각이 일도와 비슷했는지 다 같이 박성홍의 사업성공을 기원하면서 힘찬 박수를 보내주었다.

기분 좋게 포장마차 개업식에서 시간을 보낸 일도 일행들은 각자 준비했던 봉투를 박성홍에게 건넸다. 박성홍은 당황하며 극구 사양했으나 일도 일행의 뜻을 꺾지는 못했다. 일도는 흐뭇했다. 전혀 예상하지 못했던 일행들의 처신을 눈앞에서 목격하는 즐거움은 말로 표현할 수 없는 것이었다.

실전 **기획부동산 09.**

## 기획부동산의 종말

"아무래도 이번엔 쉽지 않을 것 같네."

회장의 말이었다. 일도는 드디어 올 것이 왔다고 생각했다.

회장은 직감이 빠른 사람이었다.

"최 사장은 걱정할 것 없네… 모든 책임은 내가 질 것이고 아랫사람을 다치게 하는 일은 없을 걸세."

며칠 전 일도네 회사는 날벼락을 겪었다. 점심시간이었다. 안내데스크 아가씨의 급한 전화를 받고 일도가 부랴부랴 회사에 도착했을 때 이미 일은 벌어져 있었다. 한번 뜨면 대기업도 벌벌 떤다는 특수팀이었다. 일도네 회사의 3개 계열사는 동시에 특수팀의 기습방문을 받은 것이었다. 특수팀은 수사에 자료가 될 만한 것들은 사원들의 책상에 있는 것까지 싸들고 조용히 사라졌다.

회장은 이미 체념한 듯했다. 아무리 정도껏 회사를 운영했다손 치더라도 기획부동산 업체를 운영하면서 털어 먼지 안 날 수는 없기 때문이었다. 세금 문제부터 시작해서 과도한 이윤판매 및 토지의 과대포장 설명까지 증거를 잡아 걸고자 하면 걸려들지 않을 방법이 없었다. 신의 아들이 세운 회사라도 피해갈 수 없는 것이 특수팀의 특별수사였다.

회장은 몇 년 전부터 이상한 조짐을 간파했던지 회사의 계열사 수를 대폭 축소했었다. 한때 10개가 넘었던 계열사를 3개로 줄여 운영된 지 오래였고 표적이 되지 않게끔 운신의 폭을 철저히 스스로 통제하고 있었다. 그러나 그랬음에도 이제는 때가 된 듯했다. 체념이란 결정은 이미 회장만 내린 것이 아니었다. 일도 역시 체념하고 있었다. 일도는 한 달 전 자신이 사원으로 있을 때 수많은 계약을 성사시킬 수 있게끔 이끌어준 영업 A팀장을 만났었다.

그는 일도네 회사에서 또 다른 계열사의 사장까지 하다가 몇 년 전 회사를 창업해 일도네 회사를 떠났었다. 그때 꽤 많은 팀장들이 그를 따라가면서 그 계열사는 휘청거렸고 회장과 그는 한때 서먹해지는 관계로까지 멀어졌던 적도 있었다. 어쨌든 그는 실로 대단한 능력의 소유자였다. 회사를 창업한 지 불과 3년 만에 계열사를 8개나 거느린 회장이 되어 있었다.

한 달 전 일도가 그를 만났을 때 그는 큰 어려움에 처해 있었다. 남들은 뭔가 이상한 낌새를 눈치 채고 회사의 규모를 줄여 나가는 데 반해 그는 오히려 문제될 것이 없다며 규모를 계속 키워 나간 것이 화근이었다. 자식이 많다 보면 효자노릇 하는 자식도 있겠지만 속 썩이는 자식도 당연히 있기 마련이었다.

계열사 사장 중에 여자를 밝히는 사람이 있었다. 그 사장은 순진하고 예쁘장한 30대 후반의 주부사원을 농락했고 그 여자는 계열사 사장의 농락을 사랑으로 받아들였다. 결국 남편이 알게 되면서 계열사는 시끄러워졌다. 계열사 사장은 무책임하게 잠적했고 여자는 가출해 버렸다. 졸지에 가정이 망가져 버린 남편은 며칠 동안 회사를 찾아와 사장을 찾아내라며 행패를 부렸다. 그리고는 며칠 뒤에 잠잠해졌다. 그런 일이 있었던 것이 1년 전이었다고 했다.

그리고 1년 후에 회장인 그는 국세청, 검찰, 경찰의 합동수사 특수부의 조사를 받게 되었다. 그때 그는 믿기 어려운 현실 앞에서 자신의 두 눈을 의심했다고 했다. 그의 눈앞에는 계열사들이 발행했던 계약서들 중에 일부 복사본과 팀장이나 임원들이 고객들께 브리핑했던 자료와 녹음된 내용이 담긴 테이프는 물론 분양했던 토지들에서 문제점이 발생된 자세한 내용들이 고소인들의 인적사항과 함께 거짓말 좀 보태어 산더미처럼 쌓여 있었다고 했다.

이미 경찰은 피해 고소인들의 진술 내용을 토대로 빠져나갈 수 없는 단계에까지 구체적인 증거들을 확보해 놓은 상태였고 회장인 그는 더 이상 버틸 수 없는 증거들 앞에서 인정할 수밖에 없는 상황에 몰리게 되었다. 자세한 내막을 모두 알게 되었을 때는 이미 덮을 수 있는 상황이 아니었다.

묘지가 있는 땅을 판 적이 있었던 것도 사실이고 팀장이나 임원들의 허위개발 브리핑 내용도 사실이었다. 묘지는 지주에게서 토지를 매입할 때 이전 약속을 받았던 것이 현재까지 약속이행이 되지 않았던 부분이었고, 팀장이나 임원들의 브리핑 내용은 회장인 그가 일일이 통제할 수 없는 부분이었으니 내용이 녹음된 증거물 앞에서는 그가 어떻게 해볼 수 있는 사항이 아니었다. 결국 모든 책임은 회장인 그가 져야 했다. 더구나 고소인들 중에는 회사에 근무했던 사원들이나 팀장들도 몇 명 포함되어 있었다. 많은 문제를 안고 계열사들이 운영되고 있었던 것을 회장인 자신만 모르고 있었던 것이다. 회장인 그는 그 와중에도 궁금한 것이 있었다. 누군가 나서서 주도적으로 일을 꾸민 것이 아닌 이상 그렇게까지 구체적으로 증거들이나 고소인들이 있을 수 없기 때문이었다.

그런데 일을 꾸민 주도자는 1년 전 계열사 사장에게 농락당하고 가출해 버린 주부사원의 남편이었다. 얼마나 철저하게 준비하고 치밀하게 일을 꾸몄던지 회장인 그는 두 손을 들 수밖에 없었다고 했다. 피해 당사자들에게 합의를 하기로 서면 약속하고 구속은 피할 수 있었지만 그는 이제 더 이상 회사를 운영할 수 없다고 했다. 세금 문제 또한 심각하다고 했다. 아직 최종 통보는 받지 못했으나 자신이 기획부동산에 입문하여 그동안 일궈 놓았던 모든 것이 한순간에 물거품이 될 것 같다고 했다.

그때 그는 일도에게 말했었다. 하루라도 빨리 기획부동산을 정리하고 떠나는 것이 현명한 처신이라고 말이다. 일도는 그의 말을 듣고 회사를 떠날까를 깊이 고민했었다. 분명히 머지않아 단속의 손길이 미칠 것 같은 예감도 있었다. 일도가 선택할 수 있는 길은 두 가지뿐이었다. 떠나든가 아니면 회장과 끝까지 함께 하든가.

일도는 깊은 고민 끝에 어떠한 어려움에 처하더라도 끝까지 회장과 함께할 수밖에 없는 운명임을 스스로 인정하고 있었다.

자신을 인정해 주고 이끌어 주는 주군에게 목숨을 바칠 수 있는 것이 남자라고 했다. 회장은 일도에게 있어 은인이자 주군이었다. 회장은 일도가 팀장일 때 이미 일도를 장차 계열사 사장으로 지목하면서 일도를 인정해 준 사람이었다. 또한 회장은 일도의 가족이 함께 살 수 있도록 집까지 마련해 주었다. 처와 아이들을 처가에 들여보내 놓고 햇빛도 안 드는 지하방에서 생활할 때 지상으로 나올 수 있게 해준 이가 회장이었다. 그때 일도가 받은 감동은 말로 다 표현할 수 없는 것이었다.

그뿐만이 아니었다. 회장은 사람을 놀라게 만드는 데 천부적인 소질이 있는 사람임에 틀림없었다. 회장은 일도의 어머니가 계시는 시골 마을에 일도에게는 한마디 상의도 없이 마을회관을 신축해 기부해서 일도를 놀라게 만든 적이 있었다. 신축된 마을회관에는 최신 전자제품들까지 몽땅 선물로 채워 주었고 동네잔치까지 베풀어 주었다. 회장은 모든 일을 자신이 주도해 놓고서는 마을 사람들에겐 일도가 하는 일로 둔갑시켜 버렸다. 일도에게 있어 회장은 운명처럼 받아들여야 하는 그런 사람이었다.

일도의 어머니는 동네에서 아들 하나 있는 것이 아들 열 명 몫을 한다는 칭찬을 들으면서 행복해 하셨고 일도에게는 고맙다는 말을 수도 없이 하셨다.

언젠가 일도는 회장과 나주의 J총포사 오 사장과 셋이서 술자리를 같이한 적이 있었다.

"정말! 두 분이 고향의 소꿉친구였단 말입니까?"

일도는 놀라서 눈이 휘둥그레져 물었다. 나주 J총포사의 오 사장은 일도가 총포 도매사업을 할 때 일도에게 아주 각별한 거래처 고객이었다. 갑자기 회장이 술 한잔 하자는 연락을 받고 일도가 찾아간 술집에는 회장과 오 사장이 윗도리 벗어젖히고 흥겨운 술판이 벌어져 있었다. 일도를 본 오 사장은 친구 왔냐며 예전처럼 장난기가 가득한 미소를 띠며 반갑게 맞이했다. 나이 차이가 꽤 있었음에도 오 사장은 예전에도 일도에게 친구 먹자며 장난을 하곤 했었다.

"최 사장, 언젠가 내가 얘기한 적 있지 않았나. 대한민국은 아주 좁은 땅덩어리라고 말일세."

회장은 통쾌하다는 듯 호탕한 웃음을 터뜨렸다. 일도는 강북의 요정에서 있었던 일을 잠시 떠올렸다. 나주의 J총포사 오 사장이 일도에게 안부를 전하더라는 말을 회장이 한 적 있었다. 일도는 그냥 알고 지내는 사이려니 하고 무심히 넘어갔었다.

"이 친구 덕에 나는 글씨를 배울 수가 있었지. 내 선생님일세."

회장의 표정이 사뭇 진지해졌다. 회장과 오 사장은 동갑내기로 한동네 친구였다고 했다. 회장이 어릴 적에 집이 찢어지게 가난했다면, 오 사장의 어릴 적 집안은 동네에서 열 손가락 안에 드는 부잣집이었다고 했다. 여덟 살의 어린 나이에 큰 부잣집의 머슴으로 들어간 회장은 공부가 하고 싶었다. 주인의 눈에 들기 위해 부지런히 노력해도 기회는 좀처럼 오지 않았다.

3년이란 세월이 흘러 열한 살이 되었으나 학교에 다니는 친구들을 볼 때마다 회장은 부러움이 아닌 적개심마저 느끼게 되었다.

회장은 머슴생활을 떠나 서울로 도망가야겠다는 생각을 했다. 그러나 그게 생각처럼 쉽지 않았다. 자신이 떠나 버리면 어머니나 동생들이 굶어 죽을 것 같은 생각에 행동으로 옮길 수도 없었다. 회장은 절망했고 어린 나이에 술도 배웠다. 술김에 치밀어 오르는 화를 참지 못하고 회장은 그만 불을 질렀다. 주인집이었다. 대궐같이 큰 집에 불을 지를 용기는 없었다. 대신에 웬만한 집안의 본채보다도 더 큰 뒷간채에 불을 질렀다.

회장은 몸뚱이를 멍석으로 똘똘 말린 채 몽둥이질을 당해야 했다. 몽둥이질을 당하면서 회장은 학교에 보내달라는 말만을 되풀이하면서 울부짖었다. 결국 회장은 주인집에서 쫓겨났다. 회장의 어머니는 불을 지를 거면 식구들이 있는 집에 불을 질러 다 같이 죽었으면 좋았을 거라면서 어린 아들을 끌어안고 대성통곡을 했다. 회장은 어머니의 말씀처럼 그렇게 해서 온가족이 모두 죽을까 하고 생각해 보았다고 했다.

"산다는 게 죽는 것보다 더 어려운 시절이었지… 그래도 살아야 했지… 그러다 보니 구세주가 나타나더군… 바로 이 친구였네.”

회장이 오 사장을 쳐다보며 말했다. 오 사장의 아버님은 돌아가신 회장 아버님의 친구이기도 했다. 회장이 여덟 살의 나이에 청풍에서 제일 큰 부잣집으로 머슴생활을 하러 가기 전부터 오 사장의 아버님은 회장네 가족을 여러모로 돌보아주고 있었다. 집안에 머슴은 없었지만 꽤 많은 논밭을 소작농에게 임차하여 농사를 짓는 부잣집이었던 오 사장네는 남들 모르게 회장네를 돕고 있었다.

회장이 학교에 가고 싶어 어린 나이에 분을 참지 못하고 주인집에 불을 질렀다가 몽둥이찜질을 당한 뒤 쫓겨났다는 소문을 듣고 오 사장의 아버님은 아들과 함께 회장네를 찾아왔었다.

오 사장의 아버님은 회장네가 소작할 수 있도록 논과 밭을 싸게 임차해 줄 테니 머슴은 그만하고 농사를 지으라고 했다. 학교도 보내줄 테니 우선 글씨를 깨우치라고 했다.

"이 친구 머리가 아주 비상했지. 두 달 만에 한글을 모두 깨우쳤응께 말일세."

오 사장이 감회가 새롭다는 듯 눈을 지그시 감고 말문을 열었다.

"자네 여동생은 자네보다 더 빨리 한글을 깨우쳤지 아마?"

"그랬지… 자네가 좋아했던 내 동생… 그 애가 나보다 더 빨랐지!"

회장의 바로 밑에 여동생을 좋아했던 오 사장은 아버지를 졸라 회장네를 도와주자고 적극 나섰다고 했다. 자신이 공부했던 책들을 회장에게 전해주고 틈이 날 때마다 들러 도와주었다고 했다. 등잔불 밑에서 여동생과 회장은 오 사장의 도움을 받아 한글을 깨우쳤다. 회장은 학교에 가고 싶었지만 끝내 학교에 갈 수는 없었다고 했다. 한글을 깨우치며 지켜본 동생이 너무 똑똑했기 때문이었다고 했다.

회장은 자신이 학교에 가고 싶었지만 어린 동생들을 생각해 보니 자신이 지나친 욕심을 부린 것 같아 생각을 바꾸기로 했다.

자신이 가족들의 생계를 책임지면서 동생들을 하나씩 학교에 보내기로 했고, 대신에 자신은 친구인 오 사장의 도움을 받아 오 사장이 공부한 책들을 빌려 독학을 하기로 했다. 회장은 나이 스물이 될 때까지 고향에서 동생들을 뒷바라지하며 농사일을 했다. 그런 환경에서도 회장은 항상 가슴속에 큰 꿈을 품고 살았다. 어릴 적 머슴살이했던 집의 주인처럼 부자가 되는 꿈을 한시도 버리지 않았다. 동생들이 어느 정도 성장하자 회장은 서울로 상경했다.

"이러다가 밤을 새우겠네. 인자 내 얘기 그만하고 술이나 즐기세."

회장은 상기된 얼굴로 오 사장과 일도에게 술잔을 권했다. 일도는 회장의 서울생활을 듣고 싶었으나 더 이상 얘기를 원하는 것은 예의가 아니라는 생각이 들었다. 사연 많은 회장과 오 사장이 자신을 술자리에 불러준 것만도 고마운 일이었다.

"최 사장… 내가 내 인생을 스스로 돌이켜보니 말일세. 지나온 인생에서 한순간도 함부로 버려야 될 것은 아무것도 없다는 생각이 드네… 좋았던 일도 나빴던 일도 모든 것이 운명이었으니 말일세… 자네와 나의 만남도 운명 아니겠는가?"

일도는 자신도 모르게 고개를 끄덕였다.

'운명!'

그렇다. 운명이란 분명 인간의 삶에 존재하는 것일게다. 사람으로 태어났다는 자체가 운명이 아닐까?

나중에 회장에게 들은 얘기였지만 회장은 자신이 설립한 회사에 입사하는 사원들의 이력서를 단 한 번도 본 적이 없다고 했다. 평생을 학교 근처도 가보지 못한 회장에게 학력은 그다지 중요한 요건이 아니라는 생각 때문이었다고 했다.

　그러나 딱 한 번 사원의 이력서를 본 적이 있다고 했다. 바로 일도의 이력서였다. 처음 김종백의 소개로 기획부동산에 입문하여 김종백의 친구인 팀장을 만나 그 밑에서 5개월 동안 단 한 평의 판매실적도 올리지 못하자 팀장은 일도를 내쳤었다. 그때 일도는 실적이 나올 때까지 무급사원으로 근무해서라도 회사의 고마움에 보답하겠다는 뜻을 전무에게 밝힌 적이 있다. 우연히 전무를 통해 일도의 얘기를 들은 회장은 일도가 전무에게 전했던 편지를 읽어 보고 난 후 처음으로 사원인 일도의 이력서를 보았다고 했다.

　무급으로 일해서라도 반드시 회사의 은혜에 보답하겠다는 사원도 처음이었거니와 총포 도매업을 했었다는 일도의 이력이 회장의 호기심을 불러일으킨 것이었다. 회장은 소꿉친구였던 나주 J총포사의 오 사장에게 혹시 최일도를 알고 있느냐고 물었고, 오 사장에게 일도의 얘기를 전해들은 회장은 이미 그때부터 장차 계열사의 사장감으로 점찍어 놓았다고 했다.

　오 사장에게 들었던 얘기는 온통 일도의 칭찬뿐이었다고 했다. 회장의 말대로 일도 역시 지난날을 지내놓고 보니 그동안 살아온 세월에서 버릴 것은 단 한순간도 없다는 생각이 들었다. 도매사업이 망했던 것도… 김종백을 우연히 만난 이후 기획부동산 일을 시작했던 것도… 6개월 무실적이라는 과정이 없었다면 어떻게 회장이 일개 사원일 뿐인 일도의 존재를 알 수 있었을까?

　일도는 회장의 말대로 모든 것이 운명이었다는 생각이 강하게 들었다. 일도는 회장과 회사의 운명을 끝까지 같이하기로 운명처럼 받아들이기로 했다.

회장은 당국의 강도 높은 세무조사를 받았다. 운신의 폭을 줄이기 위해 문을 닫았던 지난날의 모든 계열사들까지 조사 대상에 포함되었다. 회장은 변호사마저도 선임하지 않았다. 당국은 그런 회장에게 뜻밖의 호인을 만났다며 정상참작을 약속했다. 실거래 가격이 등기부등본에 표기되기 시작한 부동산 실거래법이 시행된 이후의 세금은 크게 문제될 것이 없었다. 그러나 그 이전이 문제였다. 회장뿐만이 아닌 계열사 사장들이나 임원, 팀장, 수당을 받았던 사원들까지 수백 명에 이르는 사람들이 모두 문제가 될 판이었다. 회장은 그 모든 문제 요소들을 혼자서 감당하고자 했다.

평생을 고생해서 이루어 놓은 모든 것이 날아갈 상황이었으나 회장의 그러한 결자해지의 의지를 배신하는 사람들도 생겨났다. 검은머리 달린 짐승들의 야비하고도 몰염치한 처세들이었다. 검은머리 짐승들은 회장을 믿지 않았다. 어느 날 갑자기 회장이 잠적해 버리면 자신들이 뒤집어쓸 수도 있다는 염려가 이유였다. 회장은 그러한 일들까지도 담담하게 운명처럼 현실로 받아들였다. 회장은 자신이 가진 모든 재산 내역을 당국에 신고했고 당국은 회장의 노력에 호의를 베풀었다. 회장이 제출한 재산의 내역을 인정하고 그 선에서 모든 것을 끝내기로 선처가 이루어졌다. 회장의 결단 때문에 다친 사람은 아무도 없었다.

일도는 회장 앞에 무릎을 꿇고 눈물을 흘렸다. 회장을 대신해 전면에 나서지 못한 자신의 옹졸함에 죄인의 마음으로 얼굴을 처박고 고개를 들지 못했다. 회장은 모든 것을 잃고 나서도 초연했다. 회장은 남은 계열사들을 정리하면서 모든 권한을 계열사 사장들에게 일임했다.

일도는 이제 기획부동산을 완전히 떠나기로 했다. 회장과 끝까지 함께하기로 했던 일도였지만 회장이 그동안 일구어 놓은 모든 것을 다 잃고 기획부동산을 떠나는데 더 이상 기획부동산에 미련이 남지 않았다.

일도는 회사를 정리하면서 임원과 팀장, 사원들에게 일도가 할 수 있는 최선의 혜택을 베풀었다. 적지 않은 돈이 지출되었지만 아깝다고 생각하지 않았다. 마지막으로 사원들 앞에서 단상에 선 일도는 한동안 말문을 열지 못했다.

"그동안 진심으로 감사하고 진심으로 고마웠습니다."

일도는 무겁게 입을 열었다.

"여러분들은 SH개발의 사원이기 이전에 엄마이고 아버지이며 스스로 인생의 지배자이기도 합니다. 여러분들의 인생에서 단 한 순간이라도 함부로 버려야 될 것은 단 한 가지도 없다고 생각합니다. 저 또한 그렇습니다. 지금 이 순간도 마찬가지입니다. 저는 앞으로도 지금 이 순간을 제 인생에서 결코 버리지 않겠습니다. 아니 버릴 수가 없습니다. 왜냐하면 그동안 우리가 함께했던 시간들은 운명이 정해준 시간이었기 때문입니다. 이제 우리는 헤어져야 합니다. 이 또한 운명이기 때문입니다. 앞으로 남은 여러분들의 운명에 행운의 여신이 함께하기를 기원합니다."

일도는 그것으로 마무리 인사를 했다. 일도가 단상에서 물러나는 길에 사원들이 모두 일어서 아쉬운 작별의 인사를 했다. 일도의 눈에 살짝 이슬이 맺혔다.

일도는 회장을 찾았다. 회장은 모든 것을 다 잃어버리고도 얼굴 표정이 평화로웠다.

"뭐라도 시작하셔야 되지 않겠습니까?"

일도는 조심스럽게 회장 앞으로 봉투를 내밀었다. 회장은 물끄러미 일도와 봉투를 번갈아 쳐다보았다. 사람들은 이러쿵저러쿵 많은 얘기들을 보태어 하고 있었다. 회장이 먹고 살 것은 다 빼돌려 놓았을 것이라는 얘기들이 대부분이었다. 그러나 일도의 생각은 달랐다. 회장의 성격으로 보아 절대 그럴 사람이 되지 못한다는 것이 일도의 생각이었다. 어차피 회장이 모든 책임을 감수하였기에 지킬 수 있었던 일도의 재산이었다.

일도는 시골로 낙향을 결심하고 최소한의 기반 자금만을 남겨놓고 돈을 만들어 회장의 생계를 조금이나마 책임지고 싶었다.

"자네는 앞으로 어떤 계획을 가지고 있나?"

회장은 일도의 앞일을 물었다.

"고향에서 어머니와 함께할 것입니다. 어릴 때 꿈이었던 흑돼지 농장을 해보고 싶습니다. 회장님께서는…."

회장은 다시 한 번 일도를 물끄러미 쳐다보았다.

"자네와 나는… 역시 운명이었나 보군."

일도는 금세 무슨 뜻인지 알아들을 수 없었다.

"나도 낙향을 할걸세. 언젠가는 이런 일이 있을 것으로 예상하고 준비해 둔 것이 있었네. 청풍에 1만 평 정도 되는 야트막한 임야를 준비해 놓았네. 총포사 오 사장 명의로 말일세. 그것만이라도 지켜야 나도 남은 인생 다시 한 번 시작해 볼 것 아닌가. 그곳에 나의 조그마한 왕국을 한번 세워보고 싶다네. 자네처럼 농장을 하면서…."

회장은 아주 밝은 표정이었다.

"자네, 그동안 꽤 알뜰하게 살았군 그래."

일도가 내민 봉투를 열어본 회장이 은근히 놀라는 기색을 보이며 말했다. 회장은 봉투에서 수표 한 장을 꺼내어 자신의 지갑에 담았다. 그리고는 봉투를 일도 앞으로 내밀었다.
"차비에 잘 보태 쓰겠네."
"알겠습니다. 나머지 돈은 제가 알아서 잘 쓰겠습니다."
일도는 정중히 인사드리고 회장실을 빠져나왔다. 일도가 쓰던 계열사 사장 집무실의 삼분의 일도 안 되는 크기의 회장실이었다. 아주 가끔 일도를 불러 1점에 백 원짜리 고스톱을 치자며 두어 시간씩 잡아두기도 했던 회장이었다.
회장은 돈에 관한 한 철저한 철학이 있었다. 쓸 때는 아낌없이 쓰자는 주의였다. 그러나 결코 아무데나 돈을 쓰지는 않았다. 회장은 불우이웃돕기 연말성금에 큰돈을 기부하며 보이지 않는 많은 선행을 하기도 했다. 어떤 기획부동산 업자 중에는 아주 작은 선행을 계획된 의도대로 베풀어 놓고 사보에 활용하거나 삼류 출판사의 홍보책자에 활용하는 사례들도 있었지만 회장은 결코 그런 치졸함을 보이지 않았다.
회장은 술을 좋아했는데 말술을 능가하는 엄청난 주량이었다. 그러나 아무리 많은 양의 술을 마셔도 흐트러짐이 없었다.
회장은 일도에게 말했었다. 술을 마시면 활활 타오르는 불길을 느낄 수 있어서 희열을 느낀다고. 머슴으로 있을 때 주인집의 뒷간 채에 불을 지르고서야 울분을 풀 수 있었다고. 멍석말이 몽둥이찜질을 당하면서도 그 불길 생각에 아픈 것도 몰랐다고 했다. 회장은 그 불길을 술을 마실 때 느낄 수 있다고 했다.
일도는 고향으로 낙향하기 전 회장을 다시 만나게 되면 안동소주를 한 병 선물해야겠다는 생각을 하면서 걸음을 재촉했다.

실전 **기획부동산 10.**

# 자음과 모음

    천상미 계곡에서 변하지 않은 것은 오직 산과 계곡물뿐이었다. 사람들이 조약돌을 주워간 탓인지 조약돌 강변마저 옛 모습을 찾을 수 없었다. 몇 년 전까지만 해도 방갈로들이 들어서 있음에도 아주 예쁜 조약돌이 지천으로 깔려 있었던 상태였으나 이제는 조약돌다운 조약돌은 거의 찾아보기도 힘들었다.
    '하긴, 벌써 30년이 다 되는 세월이 흘렀으니….'
    일도의 흰색 머릿결이 다듬어지지 않은 자연인의 모습처럼 흩어져 있었다.
    지천명! 하늘의 뜻을 알고 하늘의 명령을 받들어도 되는 나이가 되어 버린 일도는 그동안 무수히 흘러가 버린 천상미 계곡의 물처럼 세월의 흔적이 선명하게 남아 있었다.
    일도의 유년시절은 마냥 철없이 즐겁고 행복했다. 가을이면 탈곡을 앞둔 들판에 메뚜기가 지천이었다. 메뚜기를 장작이 타다 남은 불에 살짝 구워먹으면 맛이 고소하면서도 감칠맛이 있었다. 메뚜기를 구워먹은 일도의 입 주변은 검은 그을음으로 채색되기 일쑤였다. 다슬기는 또 하나의 소중한 추억이었다. 어머니가 된장을 살짝 풀어 삶아준 다슬기는 옷핀으로 쏙쏙 뽑아 먹는 재미가 쏠쏠

319

했다. 어쩌다 날카로운 핀 끝에 손가락을 찔려도 호호 불어 버리고 다슬기 속살을 빼서 먹었는데 하나라도 더 먹기 위해 아픔마저도 잊어버릴 수 있는 재미였다.

　뒷산의 진달래는 일도에게 또 다른 간식거리였다. 입술이 퍼렇게 물들 정도로 맛이 있었고, 진달래꽃을 따 먹고 배탈이 나도 다음 날이면 또다시 진달래꽃을 간식삼곤 했다. 딱지치기를 해도 거의 잃은 적이 없었고 새끼줄로 엮어 만든 축구공으로 공차기를 하다가 발가락이 퉁퉁 부어 끙끙 앓을 때에도 어머니께서 발등에 된장을 잔뜩 붙이고 감싸주면 신기하게도 그 다음 날이면 부기는 흔적도 없이 사라지곤 했었다.

　'그 시절 영순은 서울이라는 도시에서 살아서 내가 맛본 소박한 행복을 전혀 맛보지 못했겠지….'

　천상미 계곡에 흐르는 강물을 보며 일도는 영순의 어린 시절을 생각해 보았다. 그때쯤 영순의 아버님은 대기업에 근무했을 것이니 영순의 집에는 TV도 있었을 것이고, 영순은 온갖 사랑과 보호 속에서 유년기를 보냈을 것이라고 생각했다.

　"김소월 님이 알면 미움 받겠다. 그런데 정말 그렇게 맛있어?"

　청룡동산 호수에서 일도가 진달래 꽃맛이 꿀맛이라고 얘기하자 영순이 믿지 못하겠다는 듯 말했다. 영순은 그로부터 얼마 후 진달래꽃이 상의 전면에 그려진 티셔츠를 입고 일도 앞에 나타났었다.

　"이 진달래는 따먹지 마!"

　영순은 깔깔대며 일도를 놀리곤 했었다.

　일도의 삶이 생활계획표처럼 바뀐 청소년기에는 별 다른 추억이 없었다. 일도의 인생 중에서 일도 자신도 모르게 가장 빨리 지나가 버린 세월이기도 했다.

눈뜨고 눈감으면 하루가 지날 정도로 일도는 사춘기라는 삶의 과정을 겪어보지 못하고 지나간 세월이었다.

그 시절, 삶에 대해 영순은 일도에게 많은 얘기를 했었다. 서울을 떠나 태백이란 산골로 내려온 영순은 눈에 보이는 모든 것이 신기했다고 했다. 동네 머슴애들이 영순을 몰래 쳐다보다가 영순과 눈길이 마주치면 머슴애는 그 자리에 눈사람처럼 얼어붙어 한참을 꼼짝도 못하고 넋이 나가 버렸다고 했다.

일도는 영순의 얘기를 들으며 황순원 님의 소설 '소나기'의 주인공인 소녀를 떠올렸다. 그러나 자신의 사려 깊지 못한 생각에 금세 자신을 꾸짖었다.

'제대로 피어 보지도 못하고 세상을 떠난 그 소녀를 왜 영순과 결부시켰을까?'

영순은 여고시절에 처음으로 이성에 대한 사랑의 감정을 느낀 적이 있었다고 했다. 영순은 체육시간이 싫었는데 그 선생님 때문에 체육시간을 기다리는 여학생으로 바뀌었다고 했다. 영순은 자신이 체육시간에 잘할 수 있는 것이 아무것도 없었다고 했다. 달리기도 잘 못했고 뜀틀 같은 종목은 아예 숙맥소리를 들을 정도로 운동신경이 무뎠다고 했다. 100m 달리기를 할 때도 자신이 50m 정도를 뛰었을 때 이미 친구들은 결승점에 도달했다고 했다.

그런 영순에게 체육선생님은 항상 격려해 주며 "안영순이 체육과목까지 잘하면 세상이 공평하지 못한 거야" 하면서 친구들의 놀림을 막아주셨다고 했다.

체육선생님은 웃을 때 일도처럼 치아를 잘 드러내 보이지 않고 입가의 미소로 대신하는 때가 많았다고 했다. 선생님은 키도 컸고 손이 엄청나게 컸다고 했다. 그때 일도는 영순의 얘기를 들으며 자신의 손을 본 적이 있었다.
 영순이 모르게 자신의 손을 내려다본다고 생각했었는데 영순이 까르르 웃으며 말했었다.
 "일도 씨 손은 크진 않지만 강하고 단단해요. 그리고 나를 만질 때는 너무너무 부드러워요."
 영순은 자신이 체육선생님을 좋아했었다는 첫사랑 감정을 일도에게 털어 놓으면서 은근히 일도의 질투심을 유도했었다.
 "자기는 체육선생님 한 분을 첫사랑으로 좋아했겠지만 나는 내 첫사랑이 수십 명이야. 그 애들도 나를 엄청 좋아했지. 나를 보면 내 품에 안기려고 서로 싸우기까지 했었지."
 일도는 진지한 표정으로 말했다. 영순의 눈이 둥그레졌다.
 "언젠가는 그 애들한테 돌아갈 거야."
 일도의 표정은 계속 진지했다. 영순이 시무룩해지는가 싶더니 깔깔대고 웃기 시작했다. 나중에는 배꼽까지 잡고는 뒹구는 시늉까지 하면서 웃음을 그칠 줄 몰랐다.
 "일도 씨, 나도 그 애들 좋아할 수 있을 것 같애. 그 애들도 분명히 나를 좋아할 거야."
 영순이 한참을 웃어젖히고 나서 말했다.
 "소 키우고 흑돼지 키우는 농부작가 최일도! 아주 근사해요. 농부작가의 아내! 참 행복할 수 있을 거야. 일도 씨! 나보다 더 그 애들 좋아하면 안 돼요."
 영순이 했던 말들이 일도의 가슴에 어제 일처럼 생생하면서도 감미롭게 파고들었다. 한참을 천상미 계곡에서 지난날의 추억에 빠져 영순과의 재회에 몰입하던 일도의 눈에 반짝 뜨이는 것이 있었다. 일도는 한순간 자신의 눈을 의심했다.

'어쩌면 이리도 똑같을까….'

일도는 조약돌 하나를 손에 들고 이리저리 살펴보았다. 옛날 조약돌 목걸이를 영순에게 해주고 싶어 미완성으로 편지와 함께 강물에 띄워 보냈던 것과 똑같이 생긴 조약돌이었다.

'정말로 신기한 일이로군.'

일도는 조약돌을 소중하게 주머니에 잘 챙겨 넣었다. 이번에는 완성된 목걸이를 만들 수도 있겠다는 생각이 들었다.

'영순 씨… 이번 목걸이는 완성품으로 만들어 잘 간직하고 있다가 당신을 만나는 날 내 손으로 당신의 목에 직접 걸어 주리다… 그때까지 외롭고 힘들어도 혼자 하는 여행을 하길 바라오. 이 다음에 나와 함께해야 할 여행지는 남겨놓고 마음껏 여행하길….'

주머니에 있는 조약돌을 힘주어 손에 쥐며 일도는 영순에게 다시 이별을 고했다.


"어머니, 시간됐습니다. 애들 오기 전에 준비하고 계셔야지요."

텃밭에서 부지런히 움직이고 계신 어머니를 향해 일도가 채근했다. 어머니는 일도를 향해 손을 내저었다. 오늘은 어머니가 공부를 해야 되는 날이었다.

까막눈이 평생의 한이자 두려움이셨던 어머니께 한글을 깨우쳐 드리고자 전부터 마음먹었으나 글씨를 몰라도 시골에서 사는 데 불편한 것이 전혀 없다며 이 나이에 글을 배워 뭐하냐며 굳이 반대 하시던 어머니 때문에 계속 미루어지고 있었다. 그러던 차에 일도의 장학금을 받는 학생들이 발 벗고 나선 것이었다.

일도는 어머니가 계신 시골로 낙향하자마자 나름대로 생각했던 일들을 진행했다. 제일 먼저 시작한 일은 장학사업이었다. 기획부동산업에 종사하면서 일도는 적지 않은 돈을 모을 수 있었다. 일도가 팀장 시절일 때 회장이 사준 아파트를 처분했더니 그 돈이 시골에서는 아주 큰돈이었고, 기회가 될 때마다 시골에 땅을 조금씩 준비했던 일도에게 낙향 이후의 땅은 일도의 꿈을 이루어 가는 데 큰 도움이 되었다.

일도는 회장이 모든 재산을 헌납하듯 세금으로 추징당하자 회장에게 드리고자 했던 자금을 장학사업에 활용키로 하고 자신이 다니던 중·고교 학생들 중에 가정형편이 어려운 후배들에게 가능한 한 드러나지 않게 조용히 장학사업을 펼치고 있었다.

그리고 단순히 장학금을 지원하는 데 그치지 않고 학생들이 큰 꿈을 가질 수 있도록 자신의 집에서 일주일에 한 번씩 대화와 토론의 시간을 갖기로 했다. 일도는 시골집을 개조하여 자신의 서재를 꾸밀 때 학생들이 많은 책을 볼 수 있도록 독서실 기능을 설계하였고, 많은 책들로 장식한 서재가 독서실 겸 토론장이 되기도 했다.

일도의 어머니는 학생들이 놀러올 때마다 온갖 맛있는 음식을 만들어 내시는 게 크나큰 즐거움이 되었다.

어느 날 어머니가 문맹이란 사실을 알게 된 학생들은 기특하게도 스스로 회의를 거쳐 일도 어머니의 학업계획을 수립하게 되었다. 재미있는 한글 깨우치기 공부법을 만들어 어머니의 까막눈을 글눈으로 바꾸어 드리기로 한 것이다.

오늘이 그 첫날이었다. 어머니는 부끄러워하면서 계속 공부하기를 거절하셨다. 그러나 어머니는 아이들의 성화에 끝내 굴복하셨다. 어머니 한글 깨우치기 교육법을 옆에서 지켜보던 일도는 학생들의 기발한 방법에 속으로 탄성을 내질렀다.

학생들은 준비가 철저한 듯했다. 어머니께서 흥미를 느낄 만한 단어들을 하나씩 배울 수 있게끔 교육하는 것이었다. 한글 자음인 'ㄱㄴㄷㄹ'과 모음인 'ㅏㅑㅓㅕ'를 억지로 외우거나 쓰게 하는 것이 아니었다.

학생들은 어머니께 어떤 글씨를 제일 먼저 알고 싶으시냐고 물었고 어머니는 아들인 일도의 글씨이름을 알고 싶다고 하셨다.

학생들은 자음 중에서 'ㅇ'을 설명하고 모음에서 다시 'ㅣ'를 끄집어내었다. 다음에 자음에서 'ㄹ'을 꺼내어 놓으니 '일'이 되었다. 자음에서 'ㄷ'을 꺼내고 모음에서 'ㅗ'를 꺼내니 '일도'라는 이름이 완성되었다.

어머니는 '일도'라는 글자와 일도의 얼굴을 번갈아 보며 신기해하셨다. 학생들은 어머니가 시골의 농사꾼임을 감안하여 채소들의 이름 글자와 농사에 필요한 단어들을 이용하여 집중적으로 일도의 이름 가르치듯이 반복하였다.

어머니는 분명 자신도 모르게 빠져들고 계셨다. 어렵다 힘들다를 반복하시면서도 자음과 모음이 결합하여 평상시에 어머니의 생활 속에 쓰는 말들이 글씨로 만들어지는 것을 보고 신통하다는 말을 공부하시는 내내 입에 다셨다.

한참 글씨 배우는 재미에 빠져있던 어머니는 복합 자음자와 복합 모음자에서 어렵다를 연발하시더니 얼굴에 근심이 가득해졌다.

"할머니! 까꿍."

중학교 3학년인 김동균이란 학생이 갑자기 일도의 어머니를 놀리듯 뱉은 말이었다.

"할머니! 까꿍이라는 말, 할머니께서 아저씨 키우면서 아저씨 아기 때 많이 쓰셨죠? 할머니, 까꿍이라는 말 귀엽지 않아요? 여기 있는 'ㄱ'이 하나가 아니고 두 개가 모여서 '까꿍'이라는 귀여운

글을 만들어 내는 거예요. 할머니! 걱정하시지 마세요. 할머니도 얼마 있으면 저희들에게 책을 읽어 주실 수 있을 거예요. 할머니는 꼭! 하실 수 있어요."

김동균 학생이 일도 어머니의 손을 잡으며 말했다.

어려운 가정형편에도 항상 밝은 모습으로 살아가는 학생이었다. 언젠가 대화토론 시간에 일도의 중학교 때 성장과정을 들으며 두 주먹에 힘을 주며 자신의 꿈을 당차게 밝히던 아이였다.

자신의 꿈만이 아닌 다른 사람에게도 꿈을 심어 줄 수 있는 아이들로 바뀌는 모습을 보며 일도는 행복했다.

그날 저녁 어머니는 일도의 서재를 찾으셨다.

"아범! 내가 궁금한 것이 있어 왔는디."

책을 보고 있던 일도가 서재로 들어서는 어머니를 보고 무슨 일인가 싶어 여쭈려는 순간 어머니가 하신 말이었다.

"그러니께 요것들을 내가 머릿속에 집어넣어야만 쓰것구먼. 요것들만 알면 글씨는 빨리 배울 수도 있을 것 같구먼."

어머니는 대단한 결심이라도 하신 듯했다. 일도는 슬며시 웃음이 났다. 분명 어머니는 한글 깨우치기에 재미와 의욕을 느끼신 듯했다.

어머니는 학생들이 남겨주고 간 자음판과 모음판을 들고 있었다. 자음 모음의 암기 필요성을 스스로 절실히 깨달으셨음이 분명했다. 일도는 어머니의 의욕에 도움이 되고 싶었다. 그래서 어머니께서 자음 모음을 빨리 암기하고 기억할 수 있는 방법을 찾기로 했다. 일도는 어머니께서 자음과 모음을 하루에 하나씩 외울 수 있도록 했다.

ㄱ = (기역) 낫 놓고 ㄱ자도 모른다.

ㄱ이란 자음을 외우게 하고 속담을 한 가지 알려드린 다음 ㄱ자가 어디에 쓰이는지를 설명해 드렸다.

ㄴ = (니은) 남의 떡이 커 보인다.
ㄷ = (디귿) 둘이 먹다 한 사람이 죽어도 모른다.
ㄹ = (리을) 그 나물에 그 밥이다.
ㅁ = (미음) 그믐밤에 홍두깨 내민다.
ㅂ = (비읍) 바람 잘 날 없다.
ㅅ = (시옷) 소문난 잔칫집에 먹을 것 없다.
ㅇ = (이응) 이유 없는 무덤 없다.
ㅈ = (지읒) 쥐구멍에 볕들 날 있다.
ㅊ = (치읓) 천 리 길도 한 걸음부터.
ㅋ = (키읔) 도토리 키 재기이다.
ㅌ = (티읕) 티끌 모아 태산이다.
ㅍ = (피읖) 평양감사도 제 싫으면 그만이다.
ㅎ = (히읗) 형만 한 아우 없다.

어머니는 글씨는 몰라도 속담들은 어색해 하지 않으셨다. 'ㄴ'이란 자음을 다음 날이면 까먹고 헷갈려 하시다가도 '남의 떡이 커 보인다'는 속담을 기억해 내셨다.

일도가 '남의 떡이 커 보인다'라는 속담을 크게 써놓고 'ㄴ'이란 자음이 들어간 자리를 찾아내라 하면 어머니는 쉽게 'ㄴ'을 찾아내시고는 "맞어! 이게 니은이라고 했지!" 하셨다.

학생들은 일주일에 한 번씩 모일 때마다 돌아가면서 한 명씩 어머니께 간단한 편지를 써가지고 왔다. 편지를 써온 학생은 편지를 어머니께 읽어준 후에 'ㄱㄴ'이란 자음을 찾아내게 했고 'ㅏㅑ'란 모음을 찾아내 동그라미를 치게 했다. 계속해서 반복되는 학생들의 교육에 어머니는 보답이라도 하듯 자음과 모음을 두 달이 안 되어 익히게 되었다.

어머니의 성화에 이제는 입장이 완전히 뒤바뀌어 버린 현실에 기쁨을 느끼면서도 좀 더 일찍 어머니의 까막눈을 뜨게 하지 못한 죄책감에 빠져들기도 했다. 어머니는 이제 새로운 세상을 사시는 듯했다. 동네 어르신들이 마실이라도 오신 날이면 어머니는 자신이 배운 한글 자랑에 시간가는 줄 모르셨다.

어느 날부터는 아예 공책을 품에 안고 다니셨다. 결국 어머니는 백 일도 채 되기 전에 웬만한 초등학교 국어책을 읽을 수 있는 수준까지 이르게 되었다. 글쓰기는 아직 유치원생보다 못한 수준이었지만 어머니의 까막눈 탈출기는 어머니께 있어 완전 새로운 세상을 선물해 주었다.

일도는 어머니께서 공부를 시작한 지 백 일이 되는 날에 동네잔치를 열었다. 온 세상을 다 얻은 듯 행복해 하는 모습을 보면서 일도 또한 무한한 행복감에 빠졌다. 일도가 일구어 가는 농장도 별 탈 없이 잘 성장해 갔고, 아내와 아이들 또한 시골생활에 잘 적응하였다. 무엇보다도 연로하신 어머니께서 건강하신 것이 일도에게는 크나큰 행복이었다.

큰외삼촌께서는 술이 거나하게 취하셨던지 동네잔치가 벌어진 일도네 마당에서 한바탕 흥겨운 춤사위를 벌이셨다. 일도는 어머니를 등에 업고 마당을 몇 바퀴고 돌고 돌았다. 기쁘고 행복해서 흘리는 눈물은 스스로 감동을 만들어 낸다고 했던가. 일도의 눈에 뜨거운 눈물이 흘렀다.